教育部人文社会科学规划一般项目"文本诗学：当代文学文本理论研究"
（10YJA751015）资助成果

当代文本诗学
研 究

董希文 著

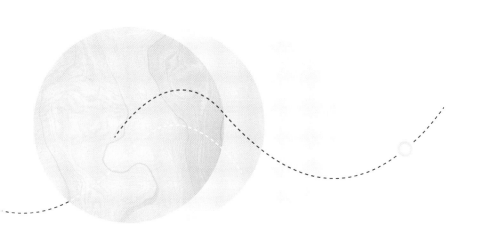

中国社会科学出版社

图书在版编目（CIP）数据

当代文本诗学研究/董希文著 . —北京：中国社会科学
出版社，2018.9
　ISBN 978 - 7 - 5203 - 1624 - 8

　I. ①当… II. ①董… III. ①诗学—研究 IV. ①I052

中国版本图书馆 CIP 数据核字（2017）第 294792 号

出 版 人　赵剑英
责任编辑　郭晓鸿
特约编辑　席建海
责任校对　韩海超
责任印制　戴　宽

出　　　版　**中国社会科学出版社**
社　　　址　北京鼓楼西大街甲 158 号
邮　　　编　100720
网　　　址　http://www.csspw.cn
发 行 部　010 - 84083685
门 市 部　010 - 84029450
经　　　销　新华书店及其他书店

印　　　刷　北京明恒达印务有限公司
装　　　订　廊坊市广阳区广增装订厂
版　　　次　2018 年 9 月第 1 版
印　　　次　2018 年 9 月第 1 次印刷

开　　　本　710×1000　1/16
印　　　张　24.75
插　　　页　2
字　　　数　318 千字
定　　　价　99.00 元

目　　录

绪论　当代文本诗学研究的逻辑起点和问题视域

文本诗学是"文学文本理论"的雅称，它是西方现代化进程中文学现代性追求的理论表现，是西方现代文论的一个重要支脉。同时，文本诗学也是西方文学研究的一种重要方法。由于"文本诗学"既涉及理论派别、理论思潮乃至具体学者，又涉及研究方法、研究理论，因此，其研究内容相当丰富。这一现象，一方面使得文本诗学研究看起来相当繁荣，另一方面也必然地造成该研究领域出现无序与混乱。仿佛只要研究文学文本，甚至涉及"文本"字眼的研究都可称为"文本诗学"，因此就出现了"诗歌文本诗学""小说文本诗学"等说法。又由于在英文文献中只要涉及"text"的文学理论都可以将其译为"文本"，并作为文本理论进行研究。一时间，文本解读学、文本阐释学、文本的文化解释等研究也具有文本诗学的味道。事实上，文本诗学作为20世纪初出现的一种理论奇观，其研究须遵循生成于自身的逻辑，其丰富、延展固无不可，但不应超越独特的问题视域。文本诗学研究只有厘清上述问题，才能真正推进当代文学理论的发展。

一 文本诗学研究的逻辑起点

文本诗学作为文学理论的一个重要领域和学科研究方向，自然有其存在的内在逻辑系统和范畴体系。该体系逻辑地验证了文本理论研究存在的可能性，这就是逻辑起点。严格来说，逻辑起点是文本诗学研究的起始环节，是其知识体系合理存在的基点，也是提出其他相关问题的理论依据。

文本诗学研究的逻辑起点是什么呢？从这一研究领域的基本范畴看，必然涉及"文本"和"诗学"这两个重要范畴的深度关联性研究。概而言之，文本诗学就是对"文本"的理论探究，其中对"文本"含义的深度理解影响着文本诗学的形态和发展。当然，"诗学"作为一种理论研究视角，受到哲学思潮、研究范式转型等社会文化语境的影响很大，这种影响凝结为方法论上的指导。因此，在多数情况下，"诗学"是以方法论的形式影响理论家对文本的理解。由此看来，从根本上讲，文本诗学研究的逻辑起点就是对"文本"的深度理解。

何谓"文本"？这是一个含义颇为复杂的问题。从词源学上看，"它的词根 texere 表示编织的东西，如在纺织品（textile）一词中；还表示制造的东西，如在'建筑师'（architect）一类的词中"（霍兰德）。但在一般意义上认为"文本就是由书写而固定下来的语言"（利科）。从语言学角度看，杜克罗和托多洛夫主编的《语言科学百科辞典》的解释是："文本的概念与句子（或分句，单位语符列等）的概念不属于同一层次；因此，文本应与几个句子组成的印刷排版单位的段落相区别。文本可以是一个句子也可以是整本书，它的定义在于它的自足与封闭；它构成一种与语言学不同但有联系的体系。"[①] 还有论者认为，"从符号学角度看，文

---

① 董学文等主编：《当代世界美学艺术学辞典》，江苏文艺出版社 1990 年版，第 296—297 页。

本表示以一种符码或一套符码通过某种媒介从发话人传递到接受者那里的一套记号。这样一套记号的接受者把它们作为一个文本来理会，并根据这种或这套可以获得合适的代码着手解释它们"①。后结构主义者克里斯特娃则认为，文本是"一个超越语言的工具，它通过使用一种通讯性的言辞来重新分配语言的秩序，目的在于直接地传递信息，这些言辞是与那些先于其而存在的和与其并存的言辞相互联系的"②。而在当代有些批评家那里，文本则超出了语言学界限。法国现象学符号理论家让-克罗德·高概将其归结为一种表达方式："说文本分析的时候，应该把文本理解成一个社会中可以找到的任何的一种表达方式。它可以是某些书写的、人们通常称作文本的东西，也可以是广告或某一位宗教人士或政界人物所做的口头讲话，这些都是文本。它可以是诉诸视觉的比如广告画。也就是说，实际上是一个社会使用的旨在介绍自己或使每个人在面对公众的形式下借以认识自己的表达方式。"③ 由上述分析可看到，文本概念言人人殊。

国内学者对此也有不同的认识，"text"一词最早引起国人重视是在20世纪80年代初，一般将其直译为"本文"。后来，国内学者在该词的译介方面达成共识，将其一律翻译为"文本"，以与"作品"概念相区别。冯寿农的观点是，"'文本'顾名思义就是以文为本，与'人本'相对而言。20世纪50年代新小说派和荒诞派戏剧取消主要人物，取消心理描写，取消主要情节，六十年代结构主义批评宣称'作者死了'，文学的确不再是'人学'了，不再'以人为本'了，文学真正回到了它的本体，它的本真——'以文为本'了，文学批评转向内部，就是转向文本，回

---

①　王先霈、王又平主编：《文学批评术语词典》，上海文艺出版社 1999 年版，第 168 页。

②　同上。

③　［法］让-克罗德·高概：《范式·文本·述体》，《国外文学》1997 年第 2 期。

归本体"①。冯先生的用意显而易见，"文本"即为以文为本，以此区别于先前的以人为本，这体现了西方世界对文学的一种新的认识。而黄鸣奋则认为，"在词源学的意义上，'文本'（text）一词来自意为'编织'（weaving）的另一个词"②。在此基础上，黄先生对其含义做了进一步分析："如果我们将'文'理解为某种信息、将'本'理解为某种载体的话，那么，'文本'作为一个范畴是多意的，因为信息的范围可大可小，载体的类型多种多样。"③ 在他看来，"文本"就是运用一定媒介编织而成的"织体"，"文学文本"就是以语言文字为媒介创造出的语言织体，通常所说的"文本"主要是指"文学文本"。以上两位先生的分析代表了目前国内学者对"文本"范畴的认识。但毫无疑问，他们的理解也存在着较大的差异。综合国内外学者的论述，概括地说，文本范畴包含以下含义：第一，文本是一个现当代文论概念，对其解释必受语言学模式影响，新的语言学理论的出现会改变人对文本含义的理解。第二，文本作为一种客观存在的"织体"，具有"词语"的类似存在方式。从结构上看，词语具有能指、所指之别，文本也包含类似的二重组合，"能指"是其语音、句法、结构，"所指"是其隐而不露的意指思想。第三，文本意指思想不是自明的，其意义生成方式多种多样，意义因解读方法、立场的不同而有所区别。

何谓"文本诗学"？简言之，就是对文本进行的理论研究。当然，这也是一个众说纷纭的问题。A. 布洛克和 Q. 斯塔里布拉斯合编的《方塔那现代思想辞典》的解释是："文本理论（Theory of Text），这个术语为德国批评家马克斯·本斯和另一些批评家所运用，用来表示对'文本'

---

① 冯寿农：《文本·语言·主题》，厦门大学出版社 2001 年版，第 13 页。
② 黄鸣奋：《超文本诗学》，厦门大学出版社 2002 年版，第 368 页。
③ 同上书，第 24 页。

的'科学的'分析——他们所以选择这个术语，是想背离'文学'或'诗歌'这样的术语中所蕴涵的价值判断——这种分析很大程度上是通过诸如文体统计学这类数学方法进行的。这种观点强调了文本分析的科学性与文本的内在自律性，较为符合二十世纪前半叶俄国形式主义、新批评和结构主义文论的文学观念。"①众所周知，罗兰·巴特曾为法国《世界大百科全书》撰写过"文本理论"条目，提出了全新的文本观。巴特认为"作品是一个数量概念，是一个实体；而文本是一个质量概念，是一个场。……文本探讨的不是语句，不是意义，而是表述，是意义生产过程。更确切地说，文本理论研究主体是如何在运用语言进行工作的"②。也就是说，文本理论研究的重点是文本的意义生成过程。该学说从根本上实现了对早期文本观念的颠覆，它的任务不再像早期理论那样妄图通过作品客观机制建立文本"科学"，而在于打破语言中心论和逻各斯严密控制，从而真正实现哲学、科学、文学、历史诸学科的融会贯通，以发散性思维和多重逻辑取代理性思维。因此，从这一角度而言，文本理论强调主体与社会文化的互动关系，为后起文论的发展开辟了新的途径。上述两种文本观念很有代表性，分别在 20 世纪前期和后期占据主导地位，并影响了当时的其他理论。

西方文论派别众多，哪些属于文本诗学研究范围？综合上述分析，可以肯定衡量文本诗学的标准是：第一，是否坚持以作品本身为研究的重点，更关注作品自身意义的生成，放逐作者的决定地位；第二，是否将作品视为一个语言构成物，多层次、多角度地运用语言学方法研究作品。只要坚持了上述两点，即使在其理论中没有明确提出"文本"主张、没有出现"文本"字眼，我们也将其视为文本诗学。

---

① 董学文等主编：《当代世界美学艺术学辞典》，江苏文艺出版社 1990 年版，第 135 页。
② ［法］罗兰·巴特：《文本理论》，张寅德译，《上海文论》1987 年第 5 期。

既然文学文本是一个语言客体，其存在具有内在自律性；既然文本意义不是自明的，需要读者解读与阐释，那么，我们可以按照具体文本解读顺序研究文本诗学的相关问题。文本诗学研究的逻辑起点自然应立足文本客观存在，剖析其独特的结构层次及建构规律。一般而言，文学文本解读需要由表及里、由浅入深逐层展开、逐步深入，依次分析文本语言、剖析文本结构、探讨特殊技法、考量整体形式，在此基础上再进一步考察上述客观形式的变化对于文本意义传达的制约作用。因此，语言、结构、表现技巧和文体形式对于文本诗学研究至关重要，这自然是文本诗学研究的核心问题。

　　语言是文学文本存在的客观基础，失去了语言和类语言符号，文学内容便无所傍依，无"体"可靠。20 世纪以来在结构主义语言学影响下，文论界对文学语言的诗性特征进行深入挖掘，文学语言的诗性品质和陌生化效果得以凸显。与此同时，文学语言在文本中的功能也得到了深入剖析，语言不再被定位为表情达意的工具，而是具有本体地位，语言就是作品本身。对语言本质与地位的不同理解直接决定了文本诗学的类型与形态。因此，语言分析是文本诗学研究不能回避的重要支脉。

　　结构就是对文本构成因素的组织、安排。有了一定形式的组织安排，文本中各要素才能形成有机统一体，并使文本具有特殊风貌。文本诗学不应该仅仅关注文学文本的显在结构，如前后衔接与过渡、上下起承转合、伏笔与照应等，更要探究文本深层结构，特别是要挖掘文本中潜在的各种对立因素，并揭示其背后特定文化因素的浸淫与影响。文本诗学不仅要勘探文本中起支配作用的稳固结构和贯穿全文的平衡关系，还要注意分析结构的断裂性和颠覆性，以及由此导致的文本释义的多样性。在这方面，结构主义和解构主义文论颇有建树，其主张与认识影响了 20世纪其他文艺思想，值得重视与关注。总之，文本诗学需要探究文本诗性结构及其效果。

表现手法与技巧的运用是形成文学文本诗性特征的重要因素。在抒情性作品中，什么样的语言富有诗意；在叙事性作品中，什么样的结构富有张力；在现代作品中，什么样的构思使文本成为"有意味的形式"，创作技巧的灵活运用十分关键。文本诗学不仅需要借鉴各种方法从学理上挖掘文本的上述诗性品质，而且更需要在动态过程中阐释上述因素的形成：普通语言通过怎样的变形才能转化为诗性语言，具有特殊表现力；普通事件经过怎样的处理才能成为生动且富有文学性的情节；普通素材经过怎样的虚化处理才能具有"悲剧""荒诞""滑稽"等形而上的审美风貌，具有普遍的人类学价值。俄国形式主义文论对于陌生化手法的关注，英美新批评对于用字技巧的探讨，法国经典叙事学对文本时间与故事时间关系、叙事视角类型、叙事复合序列形成、作品人物叙事功能的研究，都突出了上述提及的问题，值得深入挖掘。

在文学作品中，形式与内容相对，是对作品组织结构与存在形态的整体性特征所进行的理论概述及表达。在传统诗学中，内容决定形式，形式反作用于内容并具有相对独立性。但在现代化进程中，随着各门学科定位明确和研究对象的确定，形式因素越来越得到重视，甚至出现形式决定论等绝对化观点。在文艺发展过程中，形式因素得以凸显肇始于文学自律性的追求，18世纪唯美主义是其源头，"为艺术而艺术"取代了传统上文艺为政治、道德的他律论认识。文艺自律性追求表现为两个方面：一是深入挖掘文艺的情感感染力和娱乐效果；二是探究文艺的精美性及形式创造的艺术价值。其中，后者就是形式研究。与对文本语言、结构、技法的研究不同，文本诗学对形式的研究更加关注文学整体性，突出形式与内容的区别及其为内容构形的重要功能，着力阐释形式在文学活动中的制约性作用，深入剖析形式生产机制与原理。文本形式研究还应该关注形式与文化的互动关系，探讨形式生产的微观政治功能，以及文本编码、解码与意识形态的统一及对抗等复杂关系。总之，文本诗学的形式研究是从宏观视域理论性地梳理与阐发形式之于文学活动的重要价值。

二　文本诗学研究的问题视域

文本诗学研究自然需要立足文学文本自身客观存在展开，脱离了作为语言客体的文本，该研究就不能被称为文本诗学。但要立体、全面、深入构建文本诗学体系，还需要以此为基础，拓宽问题视域。当代文本诗学是在整个社会追求现代化的历程中逐步发展起来的，需要时刻注意其与社会文化的互动关系，需要结合社会进步阐释其历史构建语境。每一种文本诗学形态，其产生、发展都有不同的理论资源，都受一定哲学方法的指导，都不是凭空产生的。文本诗学研究必须清晰地梳理其理论渊源。在文本诗学发展过程中，不同诗学派别为了更好地表述自己的观点，都提出了形色各异的概念、范畴，有些范畴仅有细微差别，需要仔细辨析与比较。范畴、体系剖析也应进入文本诗学研究视野。尽管各文本诗学派别很不相同，但它们之间并非毫无血缘关系，因此规整文本诗学形态，梳理其发展脉络，勾画其版图和谱系，便具有重要价值，它能使我们从宏观上认清文本诗学发展的轨迹。另外，作为理论观念的文本诗学与现实文艺实践都保持密切联系，它来源于实践经验的提升，又要指导文艺实践有序展开，这种理论与实践的互动关系必须明确。文本诗学派别诸多，每一派别对文学理论发展都有不同贡献，同时也具有各自的局限，个案探究有利于提高文本诗学研究的整体水平。上述问题都在文本诗学研究的范围之内，构成了文本诗学研究的问题视域。

（1）文本诗学的历史语境及文化构建。毫无疑问，当代文本诗学是一种新型文艺理论主张，是西方现代性追求在文艺理论领域的体现。文艺复兴以来，西方社会加速了现代化进程，追求科学、扫除神学成为时代的潮流；启蒙运动以降，自由、博爱、平等更是深入人心；19世纪中期以后，资本主义经济所追求的科层体制与工具理性思维渐渐渗透到日常生活的各个领域。现代性就是这种社会进步要求的文化表现。马歇尔·伯曼指出："所谓现代性，就是发现我们自己身处一种环境之中，这种环境允许我们去历险，去获得权利、快乐和成长，去改变我们自己和世界，但与此同时它又威胁我们要摧毁我们拥有的一切，摧毁我们所知的一切，摧毁我们表现出来的一切。现代的环境和经验直接跨越了一切地理的和民族的、阶级的和国籍的、宗教的和意识形态的界限：在这个意义上，可以说现代性把全人类都统一到了一起。但这是一个含有悖论的统一，一个不统一的统一：它将我们所有的人都倒进了一个不断崩溃与更新、斗争与冲突、模棱两可与痛苦的大漩涡。所谓现代性，也就是成为一个世界的一部分，在这个世界中，用马克思的话来说，'一切坚固的东西都烟消云散了'。"① 在他看来，现代性就是打破稳固观念，与时俱进。而齐格蒙特·鲍曼则在充分论证了现代性的复杂性后归纳道："在现代性为自己设定的并且使得现代性成为现代性的诸多不可能完成的任务中，建立秩序的任务——作为不可能之最，作为必然之最，确切地说，作为其他一切任务的原型——凸显出来。"② 在鲍曼看来，现代性意味着给复杂的、变化着的世界以解释和秩序，尽管这种秩序不可能囊括一切，甚至可能随时被质疑与打破。尽管现代性含义颇为复杂，但其立足现实实践，以历史意识叩问问题的本质规定值得肯定。可以说，现代性就是创新与变化的别称，是一项永远不可能完成的规划。

---

　　① ［美］马歇尔·伯曼：《现代性的昨天、今天和明天》，汪民安等主编《现代性读本》，河南大学出版社2005年版，第660页。

　　② ［波兰］齐格蒙特·鲍曼：《对秩序的追求》，汪民安等主编《现代性读本》，河南大学出版社2005年版，第780—781页。

西方文化的现代性追求大致包括两个阶段，"第二次世界大战"是其分界线。"第二次世界大战"以前以追求稳固的秩序和宏大叙事为主，"第二次世界大战"以后消费语境的来临则使得瓦解传统、消解崇高、推崇多元思想成为主流。这一文化语境对身在其中的文本诗学影响至深。在现代性语境中，文本诗学更关注诗性秩序的构建，基本上将文本视为一个语言客体，探究文本的诗性语言、诗性结构、诗意存在。而在后现代语境中，文本诗学放弃了原先固有的主张，以消解性的多元视角透视文本，文本是一个不稳定的语言存在物，作为语言内部自身拆解的对象或充满矛盾的话语意识形态生产客体而存在。而在当前，文本诗学更倾向于将文本视为隐含意识形态观念的修辞客体，文本不仅仅是语言形式，而且是具有介入现实、发挥微观政治功能的诗意对象。深入研究文本诗学不能忽视历史语境的影响，应将其发展视为一种历史性构建过程。

（2）文本诗学的理论渊源探究。正本清源构成文本诗学研究的重要问题视域。西方文化思想的形成有一个重要特点，即都是在一定哲学思潮影响下产生的，哲学思想作为总的世界观和方法论制约着其他文化思想观念的含义、特点及发展走向，哲学思想的兴衰与其他思想的兴衰基本同步。19世纪中后期至今，在社会巨大变动中，西方产生了形形色色的哲学思想。马克思主义哲学仍然强势，结构主义哲学异军突起，现象学哲学逆势而上，各种后现代主义哲学颇有市场。这些哲学思想作为"衣食父母"，为正在形成、发展着的文本诗学源源不断地提供精神食粮和理论指导，甚至修正原已形成的文本观念。如研究英伽登文本层次理论，根本不能忽视现象学哲学；否则，英氏经常提到的"意向性结构"就不能解释清楚，文本诗学无从研究。因此，正本清源对文本诗学研究十分必要。

正本清源是一个系统性工作，蜻蜓点水式的表面研究和主观臆想的"拉郎配"对文本诗学研究毫无益处，甚至贻害无穷。因为它只能表面比附与机械模仿，甚至因方向错误而导致漏洞百出、南辕北辙。文本诗学的学理渊源探究应落笔实处，同时要有宏观视野。首先，深入辨析文本诗学含义，判断其理论源头，寻找理论的踪迹。其次，探究各哲学源头的基本思想，深究该观点如何实质性地指导了文本诗学思想的产生。这一点，对于既是哲学家又是文艺理论家的某些理论大家来说，并不困难，如英伽登；但对于某些仅为文艺理论家的学人来说，肯定不会那么轻松，如热耐特。再次，剖析文本诗学对哲学观念的接受、转化以及对文艺实践的干预功能，考察其实际影响力，验证其影响效果。最后，在该研究过程中，哲学观念影响文本诗学的途径与方式、哲学认识与文本诗学观点的对比等相关问题都应关注，上述问题影响正本清源工作的深入程度。同时，进行本研究还要注意一个问题：任何文本诗学的出现都有一种主导哲学观念进行理论指导，但在其发展、演变过程中，又不同程度地借鉴、吸收其他哲学理论、文本观念，最终形成独具特色的诗学观念。一一对应的机械式研究容易忽视文本诗学思想的鲜活性，难免以偏概全。如巴赫金对话文本诗学既接受马克思主义理论指导，同时又吸收结构语言学观念；詹姆逊"泛文本诗学"既广泛采纳马克思主义理论，同时又借鉴黑格尔"理念论"、弗洛伊德精神分析学说。任何单一的剖析，都不能把握上述诗学思想的本质。

（3）文本诗学形态类型研究。形态是事物的外在存在样式和形貌，对事物形态进行归类研究有助于整体把握其演进的轨迹。文本诗学是20世纪西方文论中的显学，其存在形式多种多样。有的明显，如新批评理论、结构主义文论；有的隐匿，如巴赫金对话理论、伊塞尔阅读理论；有的混杂，如詹姆逊"泛文本"思想、伊格尔顿文本审美意识形态生产理论。所有这些，只有通过形态归类分析，才能发现它们之间的关系脉络与谱系关系，整体构建文本诗学的版图。

若以发展历程而论，20 世纪西方文本诗学经历了由作品到文本、由自在到建构的跳跃式发展过程①，在这一过程中产生了形形色色的文本观念。这些理论观念既相互联系，又有着对文本问题的独特认识，相与共生，争奇斗艳。若以理论实质而论，文本诗学是西方 20 世纪独有的文学观念，它随着结构主义语言学兴起而产生，是理论界自觉反思文学本质、将作品定位为特殊语言客观存在物的一种共识。与传统理论相较，我们更倾向于将文本诗学定位为一种特殊的解读与批评理论，因为这一观念最大限度地斩断了作品与作者的有机联系，更为"客观"地考究作品特质及其意义产生。众所周知，完整的文学活动涉及作者、文本、读者和世界四个要素，在整个 20 世纪文本诗学发展过程中，各种文本观念的争鸣主要是在与后三种要素的关联中完成的。细究起来文学文本诗学主要有三种形态：语言客体文本理论、读者审美阐释文本理论、话语意识形态生产文本理论，相应地关注了文本与自身存在、读者和世界的相互影响关系。由于这些理论形态产生的哲学基础不同，因而它们对文学文本特质的认识具有一定差异，并且对文学基础理论建设做出不同贡献、产生迥异影响。若以流派命名并研究文本诗学存在形态，则有俄国形式主义文论的陌生化语言客体文本诗学、英美新批评的语言有机统一体文本诗学、法捷结构主义以探究深层结构为目的的"结构"文本诗学、法美解构主义以颠覆和重组结构为目的的"解构"文本诗学以及西方马克思主义的意识形态生产客体文本诗学。当然，若以文体形式归类研究，则有小说文本诗学、诗歌文本诗学、散文文本诗学、剧作文本诗学等形态。形态类型研究需要高屋建瓴地俯视研究对象，厘清其发展轨迹，综述其特点与形貌，对于研究者来说，没有丰富文化知识和宏阔视野很难做到，

---

　　① 　参见拙作《解构主义、"西方马克思主义"文学文本观之异同》，《文学评论》2010 年第 3 期。

这需要研究者须有大家风范。

（4）文本诗学与文艺实践互动关系探析。完整的文学活动包括两个实践环节：作者的创作和读者的解读。作品是沟通这两个环节的桥梁。不仅如此，作品也是文本诗学研究的核心。因此，文本诗学研究的丰富和深入离不开文艺实践活动的促进，当然，文艺实践活动的有效展开同样需要文本诗学的理论指导。合则双赢，分则两伤。它们之间的互动关系构成了文本诗学研究的又一领域。

一方面，文本诗学研究要关注文艺实践提出的问题，力争对其做出有效解释。比如，如何理解网络文本的特点，如何看待新媒体作为文本载体的变革功能，如何解读意象派诗歌，如何分析阐释"花园路径"结构小说等，文本诗学发展应从该类问题的研究中获得动力。另一方面，文本诗学更要关注相关创作技巧和作品解读理论。虽然它们直接服务于文艺创作或阅读活动，类似经验总结，但其背后已经隐含相关理论指导，已经具备一定理论形式。作为沟通理论与实践的中间环节，这些创作或阅读技巧探索对文本诗学启发更大。法国结构主义叙事学可以定位为小说解读理论，热耐特对小说叙事节奏、叙事视角的相关解释，格雷马斯对小说结构的"符号矩阵"分析，雷蒙德对小说叙事序列的研究等，都是来源于实践的阅读理论，但它们也都是结构文本诗学研究的重要内容，甚至构成了结构诗学研究不能绕过的部分。文本诗学研究必须时刻关注来自文艺实践的回声。

（5）文本诗学个案探究。当代文本诗学理论是对不同学派和个人文本观念的理论提升，因此加强个案研究有助于提高文本诗学研究的整体水平。从19世纪末到如今一百多年的历史发展中，在各门科学追求自律的大旗指导下，文学自身因素被全面关注，文本诗学观念得以扩张和弘扬，在此进程中出现了形色各异的诸多理论派别和贡献卓著的理论大师。就学派而言，有俄国形式主义、新批评、结构主义、解构主义、塔图学派、阅读现象学等；就理论大师来看，雅各布森、兰色姆、巴特、德里达、英伽登、伊塞尔、巴赫金、福柯等人的理论都富有创见。由于各派所依据的哲学观念、发生的现实语境不同，由于个人的思想背景、文化经历以及阐释视角有所差异，上述派别与个人的文本诗学不可能在某些问题上达成共识，不可能不存在论争，只能是"家族相似"的文本诗学中的一员。因此，个案分析与研究十分必要。

比如，我们可以探究俄国形式主义文论的陌生化诗学。通过研究发现，俄国形式主义文论是在反对当时占主导地位的社会历史批评和印象批评前提下产生的，它关注作品本身，侧重从文艺创作产生的陌生化效果方面论述文艺的本质及其价值，认为语言的陌生化处理、结构程序的巧妙设置和各种技法的运用不仅对于当下作品，就是对整个文学史都意义重大。再比如，我们可以探究兰色姆的"本体论"批评。作为美国南部范德堡大学的著名教授，其思想具有浓厚的宗教般的古典人文气息。他认为文学文本需要"细读"，首先要阐释文本的"肌质"因素如何通过类似"骨架"的理性意义凝结为有机统一体。除此之外，还需要通过语言的声律、节奏、色彩等"肌质"因素深入挖掘其背后所传达的微言大义。总之，文学不同于科学，它能有效传达人类文化经验与记忆，具有世俗拯救功能。由此看来，兰色姆的文本理论不同于英国的瑞恰兹、艾略特等人，它是在批评瑞恰兹、艾略特、温特斯等"新批评"家批评理论基础上产生的，具有美国特色。在这种情况下，彻底明确某个大师文本诗学产生的理论渊源、文化语境、理论主张、理论路径、现实影响，清楚梳理某些理论派别产生、发展轨迹及其演变规律，不仅能够丰富文本诗学研究内容，而且有利于从整体上把握文本诗学理论实质及发展形貌。进一步讲，还有助于我们深入了解文本诗学理论在西方现代文论史上的独特地位与贡献。

三 文本诗学研究的方法与知识形态

在科学研究中，方法是手段与工具，影响着研究的效率。有了自觉的方法意识，研究效率便会极大提高。不仅如此，方法运用还制约着知识形态，运用一种方法便意味将研究成果纳入一定视域，使其成为一种可辨识的有效知识。比如，在现代心理科学产生以前，从灵感、直觉、无意识等视角研究人文科学都认为属于主观臆测，甚至一度被认为是伪科学。但现在文艺心理学研究已成为文艺学的重要分支，从情感体验与直觉角度探究文艺创作奥秘已成为有用、有效的科学知识。方法就其本质而言，应该是研究对象本性的自然延伸，应该内在于研究对象，适应研究对象的特点和范围。文本诗学是对文学本体的研究，并且侧重于文学客观存在特质的探究。如此而来，从语言符号学角度进行研究自然是文本诗学应该采用的首选方法，而文学语言学、文学文体学、文化符号学等便是文本诗学研究最基本的知识形态。

（1）文学语言学。语言学和语言哲学对文本诗学的影响不言而喻，因为文本本身就是一个由各类词语按照一定规律编织而成的语言复合体，对其分析、研究必然涉及语言问题和语言学方法。语言学的这种影响主要表现在：

从浅显层次而言，语言学的兴起引起了研究者对文本语言乃至表达技巧的重视，将文论研究核心定位在语言织体本身及其组合规律上。在这方面，俄国形式主义文论是其先行者。"而奥波亚兹美学家则把美的来源，归诸作品本身，既不是来自象征主义的'自然'，也不是黑格尔的'理念'及康德的'本体界'，从而把美学的发生学基础，牢牢地奠定在世俗的语言基础之上。"① 虽然大多数俄国形式主义文论家并没有直接受

---

① 张冰：《陌生化诗学》，北京师范大学出版社 2000 年版，第 82 页。

到西方语言哲学的影响，他们的理论主张也不是依据语言学原理提出的，但他们普遍从创作实践出发，意识到了语言创新的重要性，为初登文坛的未来派提供了理论上的支持与帮助。"俄国形式主义对未来派实验诗所做的辩护，是以语言（词）为基础的，运用所谓解剖学手法，将语词分为语音、语义和字形三个要素，以语义为中心，向两边衍射演化出来的。他们把诗的审美空间视为由三个向度组成。"① 这三个向度就是每一个语词都涉及的音响、含义和存在样式等语言学成分。新批评理论的产生及发展与俄国形式主义有着类似的经历，它也是立足实践，反对当时占主导地位的传记批评、道德批评和社会历史批评，自觉维护文学本体的语言特质，探讨文本有机统一性及文本自身包含的张力、悖论、反讽、含混等语言学因素。

从较深层次上讲，语言学研究方法对文本研究很有启发。索绪尔语言学认为语言本身是一个具有层级区别的逻辑结构体系，语言的意义产生于能指层面与所指层面体系内部存在的区别与差异。上述认识促发了人文科学研究的革命，结构主义方法风行一时。对于结构主义方法论的核心，法国权威结构主义研究者 F. 瓦尔认为："任何学科的任何部分内容均可以看作是结构主义研究，只要它坚守能指（significant）—所指（signifie）型的语言学系统，并从这一特殊类型的系统取得其结构。"② 他由此指出了结构主义与语言学方法的密切联系及其广泛适用性，应该说，该认识把握到了结构主义的核心，突出了索绪尔在语言学领域的开创性贡献。在文艺批评领域，罗兰·巴特、托多洛夫等人认为作为语言构成物的文学作品本身也是一个语言系统，它也应存在类似语词能指与所指之间的结构关系，科学的文艺理论就应该探讨这一结构与文本构成的叙

---

① 张冰：《陌生化诗学》，北京师范大学出版社 2000 年版，第 48 页。
② 李幼蒸：《结构与意义》，中国社会科学出版社 1996 年版，第 130 页。

事语法，结构主义文论就是在这种认识的影响下形成的。在谈到结构主义文论注重文本研究时，托多洛夫评论道："（结构主义文论）对文学的形式主义研究功不可没（现代诗学发端于该研究），它是文学系统、作品系统之研究。因此文学是一种把注意力引向其自身的、'本身具有目的'的系统语言。"① 不仅如此，坚持解构主义文本观念的德里达、德曼也是立足语言的不确定性和寓言性构建其文本诗学体系，而坚持话语文本观念的福柯更是主要依据语言的文化交流属性阐释其文本诗学构想。综上所述，语言学方法的指导对文本诗学研究十分必要，文学语言学是文本诗学知识的基本形态。

（2）文学文体学。不可否认，当代文体学研究越来越成为一门显学，正在广泛影响文学研究的其他领域。但文体学本身含义较为复杂，需要辨析。在西方，文体学与语言学关系密切，西方古代的文体学研究主要就是文本语言修辞研究。现代随着欧洲历史语言学和普通语言学的迅速发展，文体学研究突破仅限于语言修辞的领域，出现了形式文体学、功能文体学、话语文体学、社会历史/文化文体学、文学文体学、语言学文体学等多种形式。② 文学文体学作为其中之一，主要探究作者如何选择语言来表达或加强主题意义及其美学效果，该研究立足文本，但又一定程度上超越文本，阐发与文本语言存在相关的诸多理论问题。在中国传统文化中，文体学含义更为丰富。它不仅是体裁问题，而且关乎文学本体存在。"文体学不仅是文学体裁问题，也是中国古代文学的核心问题，是本体性问题。中国文体学的'体'，是一个典型的中国本土文学概念，它是指文学艺术赖以存在的生命形式，具有极大的包含性和模糊性。'体'

---

① ［法］托多洛夫：《巴赫金、对话理论及其他》，蒋子华等译，百花文艺出版社2001年版，第11页。

② 参见申丹《西方现代文体学百年发展历程》，《外语教学与研究》2000年第1期，第22—28页。

兼有作品的具体形式与抽象本体之意，是形而下与形而上的有机结合；既有体裁或文体类别之义，又有体性、体貌之义；既可指具体章法结构与表现形式，又可指文章或文学之本体。"① 此处无意对中西文体学进行更加细致的剖析，辨析其多方面差异及其各自产生的文化语境，意在指出无论中西，文学文体学研究都关注文本作为语言存在物——语言、体式、结构、手法运用上的特殊性。

对文学文本进行文体学研究可以从多方面展开。可以立足文类进行研究，研究文学文本与其他非文学文本在文体方面的差异，如小说与调查报告、散文与日记等的区别；研究不同类型文学文本在体式方面的区别，如小说与诗歌、诗歌与散文，甚至散文内部记叙散文与抒情散文的不同。也可以立足文本的某个层面加以研究，研究文学文本的语言特点，研究不同结构体制对文本的影响，研究表现手法选择对意义传达的美学效果等。另外，还可以进行文本风格学研究，探究语言、技法和体式的变化如何导致文本整体风貌的差异。所有上述研究，都是文本诗学研究的有效知识形态，都是文本诗学核心研究的向外自然延伸。

（3）文化符号学。德国先哲卡西尔曾将人的本质界定为"符号的动物"。人类创造的各种文化扇面就其功能而言具有一致性，都是一种符号形式，没有优劣之分。但其制作方式与价值不同，艺术是人类情感符号的创造，以显示外在世界的无限多样性和人类感觉的无限丰富性为己任。当代英国文化研究专家斯图尔特·霍尔更是将文艺活动视为一种特殊的文化传播与价值生产过程，编码与解码构成这一活动的两个重要环节。如此看来，文学文本就是一种特殊的语言符号，作品完成意味着作者编码终了，读者阅读就是解码，文本诗学研究就是以文本为核心探究编码

---

① 吴承学：《中国古代文体学研究》，人民出版社 2011 年版，第 2—3 页。

程序与解码机制。但由于文学符号不同于一般自然科学符号和普通记号，它不仅要为外物赋予一定形式和秩序，还要传达主体独特的感受与体验，并将该价值判断传达出去，与读者分享与交流。因此，这种编码与解码具有显著的人文色彩，甚至可以说这是一个意识形态融会与斗争的场所。

联系文本诗学发展进程，如果说 20 世纪前半叶，理论界主要探究文学文本的编码过程，强调了文本秩序的重要性，虚构了宏大而稳固的文本体制王国；那么五六十年代以后，理论界则开始反思并颠覆秩序的王国，突出解码与阅读的自由性和多样性，甚至刻意强化解码过程中读者的误读与重构。文本诗学研究由语言到话语的发展贯穿着这种意识，印证了这一发展历程。话语文本诗学强调价值交流与对抗的无处不在，指出解码与阅读实为一种审美意识形态重构与价值生产过程。洛特曼的文化符号文本理论、巴赫金的对话性文本理论、福柯的知识考古学与谱系学理论、德里达的解构理论、巴特的"文之悦"阅读观念、德曼的抵抗的修辞阅读思想等包含上述文本观念。只有从文化符号学视角探视并剖析它们，才能发现其实质并做出合理而科学的解释。

当然，文本诗学研究不会只有上述三种知识形态，文学阅读学、文学现象学、文学媒介学等作为必要补充，定会不断丰富文本诗学研究方法，使其研究视域更为开阔、研究成果更具实效、成果形态更为多样。

文本诗学是当代西方文学理论的重要组成部分，是文艺追求自身品质和科学定位的理论表达。作为当代社会追求现代科学精神在文艺理论领域的体现，其研究逻辑起点、问题视域与方法必须具有科学性。逻辑起点是文学文本含义的合理展开，规定了文本诗学研究的最核心问题；逻辑起点混乱，意味着研究对象不清。问题视域是对研究对象的进一步丰富，它划定了文本诗学研究的视界与范围。明确了该问题，才能彻底理解文本诗学的昨天、今天和明天，才能清楚文本诗学的谱系与版图。

方法作为研究工具，影响研究效率和成果知识形态。选择科学的研究方法意味着为成果赋予了被认可的科学形式，文学语言学、文学文体学、文化符号学等就是文本诗学的科学形态。唯有理顺了上述问题，文本诗学研究才会迎来明媚的春天，成为文坛一道亮丽的文化景观。

本著述就是综合上述问题展开的学术研究，正文由七章内容构成。

第一、二章从总体上阐释文本、文本诗学含义及文本诗学发展状况，归纳文本诗学的形貌特征。第三、四、五章重点剖析三种当代文本诗学形态各自探究的核心问题及对文本诗学发展的贡献和价值。第六、七章探究如何发展当代中国特色的文本诗学及文本批评。

第一章"文本与文本诗学"，本章首先探究、剖析20世纪语言论转向和阐释学转向对文本诗学兴起产生的影响，明确文本诗学兴盛的历史文化语境。接着梳理"文本"和"文本诗学"含义，明确整个课题的研究对象及论域。我们认为"文本"顾名思义，应该以"文"为本，关注文本语言客观存在；但作为一种重要的文化传承载体，我们也不能忽视其文化性。而"文本诗学"就是对文本问题的理论研究。随后，依次重点阐释了"作为语言客体的文学文本"和"作为文化存在的文学文本"，为构建文本体系和下文研究打下基础。

第二章"当代西方文本诗学形态及演变"，重点剖析了20世纪西方文学文本诗学发展形态及其演变。首先，依据各自理论背景和哲学基础的不同，对20世纪西方文本诗学形态及谱系进行归整，勾画文本诗学版图。当代文本诗学主要形态有三种：语言客体文本诗学、审美阐释文本诗学和话语意识形态生产文本诗学。随后，依据历史文化语境的变化，分别以"现代性视域中诗性秩序的构建"和"后现代视域中文本诗学的多向发展"为题分析了三种文本诗学形态的发展演变轨迹及其启示。

第三章"文学形式与文本诗学"，重点研究语言客体文本诗学对文本诗性秩序的构建。文本的形式构成主要体现在文学语言、结构和体裁中。文学语言中充满了反讽与悖论，是一种张力语，与日常语言相较具有曲指性与虚指性。文学结构是对文本的组织安排，结构有表层结构、深层结构之分。结构主义文论提供了很多可供借鉴且具有可操作性的结构分析方法。体裁是一种惯例化的文学样式，它是对文学语言、表达方式和结构特点进行综合把握后所形成的形式因素。本章依次探究了诗性语言与文本诗学、诗性结构与文本诗学、诗性文体与文本诗学诸问题。

第四章"审美阐释与文本诗学"，重点探讨了审美阐释文本诗学独特的文本层次、结构及与读者互动的间性文本观念。文本不仅仅为一语言客体，还是一文化存在，其文化意义的挖掘离不开读者的介入。从读者视角关注文本，能发现文学文本诸多特性。依据各自哲学背景不同，本章依次探究了现象学视野中英伽登文本诗学理论、阅读学视野中伊塞尔文本诗学理论、巴赫金对话理论与文本诗学以及在解构主义思潮影响下形成的互文理论与文本诗学。

第五章"话语理论与文本诗学"，重点剖解了话语意识形态文本诗学对文本与社会文化多样关系的理解。"从语言到话语"探究了话语含义、话语文本诗学出现的历史语境及方法论意义。"诗性文本与话语意识形态生产"则研究了英、法马克思主义文论家特殊的意识形态观念及其对文本诗学的影响，重点分析了伊格尔顿的审美意识形态生产理论。"诗性文本与历史叙事"阐释了新历史主义对文本研究的影响，特别剖析了詹姆逊"泛文本"诗学思想。

第六章"当代文本诗学反思与批判"，探讨当代文本诗学研究中存在的问题及中西结合构建当代中国特色文本诗学的策略与方法。建设当代中国特色文本诗学，首先，要以文本理论为视角反思当代西方文论存在的问题；其次，更应立足中国本土经验，注重发掘传统理论资源；同时，还要注意深入思考语言观念、文本形态与文学观念嬗变的复杂关系，从中提取可供借鉴的规律。只有从理论和实践两方面进行深入反思与批判，总结经验与教训，才能发现当代文本理论建设中存在的问题并找到有效构建策略。"从文本理论看20世纪西方文论中的'强制阐释'""中国古代文本理论的'另类'表达""媒介载体、文本形态与文学观念的嬗变""语言观念演进与文本理论形态的嬗变""中国当代文本诗学研究现状及对策"就分别阐释了上述问题。

第七章"当代文本批评理论与实践"，将抽象理论活用于文学批评活动之中，重点探究文本批评理论与方法。文本批评不是纯形式分析，需要在具体批评过程中将文化视野与文本分析结合起来，这不仅对于文学经典教学，而且对于当代新作分析都具有较高的借鉴价值。当代文学批评必须协调处理文本研究与文化研究的互动关系，以文本方法指导文化研究，以文化视野提升文本研究人文力量。在这方面，格尔兹的文化阐释方法很有启发价值。"莫言小说《蛙》戏仿叙事艺术探究""梦醒惊梦——萧平小说《春闺梦》文本叙事分析""互文观念与文学经典文本解读""诗性文本与文化阐释：深描与诊断"分别论述了以上问题。

结语"诗性文本与文本科学的建立"，以20世纪近百年来西方马克思主义文本诗学的建立为依据，指出当代科学形态的文本诗学必须立足文本"语言"和"文化"两个层面展开，"文化修辞学"应是其最终旨归。其现实意义在于能够有效指导当下文艺研究：文学文本分析不能过于技术化，文化研究也不能过于空泛，而应有效衔接两者。

第一章　文本与文本诗学

　　"文本"范畴是20世纪文学批评领域运用得最多,也是最流行和时髦的一个术语。但理论界对其含义的界定却迥然有别,见仁见智。同时,在运用这一范畴进行文本分析的过程中,并没有真正做到以"文"为本,立足文本存在展开剖析。本章以20世纪人文科学领域语言学和阐释学转向为背景,以对文学文本含义的分析为核心,探析文本理论研究中存在的几个关键问题。首先,梳理"文本"范畴含义及其发展演变,把握"文本"与"文本诗学"的关系。其次,剖析文学文本结构因素,构建现代意义上科学的文本观。我们认为文学文本从本质而言就是一个语言的编织物,读者的每一次解读都是对文本意义的重新编织,文本分析应立足文本存在,但不应忽视其中隐含的文化意义。因此,文学文本首先是一个独特的语言客体;其次,作为文化载体,又包含诸多文化意味,需要不断加以阐释。

第一节　语言学转向视野中的当代文学文本诗学

　　在漫长的文艺理论发展史中,就总体而言,古典文论侧重探究作者的主导地位及作品传意的社会效果,而现当代文论则将关注的中心定位为作品自身的客观存在方式及意义的生成功能。"文本"理论作为一种后起的文学观念，典型地体现了现当代文论的特点。所谓"文本"理论，就是围绕作品集中探讨文学本质及文学活动规律的各种理论的统称，是一种贯穿20世纪始终并影响深远的研究倾向。探究起来，文本理论的兴盛和发展与20世纪初人文科学领域出现的语言学转向有着直接联系，而文学批评实践中涌动的阐释学思潮也暗中推动了该理论的发展，这两者的交织融合促成文本理论的盛行。文本观念一经形成，就会渗透到文学活动的方方面面，产生这样那样的影响。

对于当代西方文学理论的发展走向，国内外学者达成了共识。他们都认为西方文论的发展大致经历了由作者—作品（文本）—读者的过程，目前正出现一种综合态势。英国著名马克思主义文艺理论家特里·伊格尔顿综述为："全神贯注于作者阶段（浪漫主义和19世纪）；绝对关心作品阶段（新批评）；以及近年来注意力显著转向读者阶段。"① 国内学者朱立元对此也有同感：西方美学的研究重点，在20世纪发生了两次历史性转移。第一次是从重点研究艺术家和创作转移到重点研究作品文本，第二次则是从重点研究文本转移到重点研究读者和接受。② 20世纪以前，特别是浪漫主义兴盛时期，情感论、才性论、天才论、想象问题、灵感问题是文论研究的重点，这些理论的共同特点是强调作者在文学活动中的决定作用，作者是作品的"父亲"，其他因素都受到作者的控制和垄断性制约；但同时也都忽略了对作品本身特质和读者重要性的研究。20世纪初，从俄国形式主义开始，则从根本上扭转了这一研究方向，开始立足于"文学性"，探寻文学作品自身特点。国内学者张冰论述过俄国形式

---

① ［英］特里·伊格尔顿：《二十世纪西方文学理论》，伍晓明译，陕西师范大学出版社1986年版，第83页。

② 参见朱立元、张德兴主编《西方美学通史》第6卷《二十世纪美学》（上册），上海文艺出版社1999年版，第43页。

主义这种开风气之先的作用："美在形式主义者手中，再不是虚无缥缈不可捉摸不可把握的，再不是一种只可意会不可言传的东西，再不是诗人或作家一种神秘主义的主观命意，而是一种可视可感的物质实体。俄国形式主义的这样一种转向，代表了 20 世纪美学发展的最新趋向，是 20 世纪西方美学哲学重要流向的一个标志。"① 而比其稍晚的现象学文论则表现出对读者阅读地位少有的关注。

　　文学理论之所以关注作品本身，这有多方面原因。一方面，是对此前理论界忽视作品研究的反拨与矫正。因为文学要想具有科学形态，就必须对其客观存在做出科学解释，并弄清自身的构成与规律。"我们和象征派之间发生了冲突，目的是要从他们手中夺回诗学，使诗学摆脱他们的美学和哲学主观主义理论，使诗学重新回到科学地研究事实的道路上来。"② 另一方面，是语言学研究方法的影响。西方哲学的发展大致经历了两次大的转型。古希腊、罗马哲学追寻人的本体存在，探讨人的本质为何、宇宙为何等形而上的问题，是一种本体论哲学，柏拉图为其代表。但文艺复兴以后，特别是启蒙运动以来，哲学研究的重点却有了明显变化。哲学不再研究抽象的人的本质、世界的本原，而是转向对主体认知能力的探讨，特别是研究人的认知心理结构和认识能力问题，是一种鲜明的认识论哲学，康德是这一研究转向的先驱和集大成者。19 世纪末 20 世纪初，哲学关注的重心再次发生转移，主体如何获取知识、世界怎样向人展开、意义如何得以生成诸问题备受关注，语言哲学显赫一时，这就是所谓的"语言论转向"。细究起来，"语言论转向"这一说法是由柏格曼首次提出的，他以此概括西方 20 世纪人文社会科学领域普遍关注语

① 张冰：《陌生化诗学》，北京师范大学出版社 2000 年版，第 82—83 页。
② ［俄］艾亨鲍姆：《"形式方法"的理论》，［法］托多洛夫主编《俄苏形式主义文论选》，蔡鸿宾译，中国社会科学出版社 1989 年版，第 23 页。

言、运用语言学方法阐释人文学科问题的潮流与趋势。"所有的语言论哲学家，都通过叙述确切的语言来叙述世界。这是语言论转向，是日常语言哲学家和理想语言哲学家共同一致的关于方法的基本出发点。"① 西方学者对此也有清醒认识，伽达默尔论语言在 20 世纪的影响时说："毫无疑问，语言问题已经在 20 世纪的哲学中获得了一种中心地位。"② 伊格尔顿更是认为："语言，连同它的问题、秘密和含义，已经成为 20 世纪知识生活的范型与专注的对象。"③ 然而，问题的关键不在于有多少学者研究语言学及其相关问题，取得了多少瞩目的成果，而在于他们驾轻就熟自觉地运用语言学方法去解释其他人文学科，因其角度的别样而发现了许多被历史和传统遮蔽了的问题，因此而具有了研究方法上的"转向"之意。语言学是 20 世纪的"显学"，其研究方法已渗透到人文科学研究的各个领域，这是不争的事实。在受到语言哲学影响的诸理论派别中，结构主义势头最猛，它已将这一方式应用于人类学、历史学、社会学、艺术学的各个领域，并取得了突出的研究成果。"语言学已经跃居西方人文科学的领导地位，这门科学的高度理论性使它成为任何认识论思考的出发点……语言学为人们提供了一种关于人类现实的符号学的描述模式和说明模式。"④

语言学和语言哲学对文本理论的影响是不言而喻的，因为文本本身就是一个由各类词语按照一定规律编织而成的语言复合体，对其分析、研究必然涉及语言问题和语言学方法。语言学的这种影响主要表现在以下几方面。

---

① ［美］柏格曼：《逻辑与实在》，王一川《修辞论美学》，东北师范大学出版社 1997 年版，第 12 页。
② ［德］伽达默尔：《科学时代的理性》，薛华译，国际文化出版公司 1988 年版，第 3 页。
③ ［英］特里·伊格尔顿：《二十世纪西方文学理论》，伍晓明译，陕西师范大学出版社 1986 年版，第 121 页。
④ 盛宁：《人文的困惑与反思》，生活·读书·新知三联书店 1997 年版，第 39 页。

从直接的较浅显层次而言，语言学的兴起引起了研究者对文本语言乃至表达技巧的重视，将文论研究核心定位在语言织体本身及其组合规律上。在这方面，俄国形式主义文论是其先行者，也是直接受益者。"而奥波亚兹美学家则把美的来源，归诸作品本身，既不是来自象征主义的'自然'，也不是黑格尔的'理念'及康德的'本体界'，从而把美学的发生学基础，牢牢地奠定在世俗的语言基础之上。"① 虽然大多数俄国形式主义文论家并没有直接受到西方语言哲学的影响，他们的理论主张也不是依据语言学原理提出的，但他们普遍从创作实践出发，意识到了语言创新的重要性，为初登文坛的未来派提供了理论上的支持与帮助。"俄国形式主义对未来派实验诗所做的辩护，是以语言（词）为基础的，运用所谓解剖学手法，将语词分为语音、语义和字形三个要素，以语义为中心，向两边衍射演化出来的。他们把诗的审美空间视为由三个向度组成。"② 这三个向度就是每一个语词都涉及的音响、含义和存在样式等语言学成分。在这种共识基础上，什克洛夫斯基首先提出了"陌生化"理论，其后的理论家以此为指导，对诗歌的虚指性与隐喻等语言表达技巧问题展开了研讨与分析，极大地促进了文本分析批评方法的发展。新批评理论的产生及发展与俄国形式主义有着类似的经历，它也是立足实践，反对当时占主导地位的传记批评、道德批评和社会历史批评，自觉维护文学本体的语言特质，探讨文本的有机统一性及文本自身包含的张力、悖论、反讽、含混等语言学因素。

从较深层次上讲（这也是更为重要、更为内在的），语言学研究方法对文本研究很有启发。索绪尔语言学认为语言是一个结构系统，语言能指本身与指称对象之间并没有必然联系，能指与所指关系是任意的、约

① 张冰：《陌生化诗学》，北京师范大学出版社2000年版，第82页。
② 同上书，第48页。

定俗成的；语言本身是一个具有层级区别的逻辑结构体系，语言的意义产生于能指层面与所指层面体系内部存在的区别与差异；语言区别于言语，具有转换生成功能。上述认识促发了人文科学研究的革命，结构主义方法风行一时。对于结构主义方法论的核心，国内学者李幼蒸的解释是："作为一个整体的对象是由诸成分组成的，这些成分之间关系的综合就是结构；重要的是结构的整体性，作为组成部分的个体并没有独立的个别属性，一切个体的性质都由整体的结构关系决定，因而个体只被看作整体结构中的诸'节点'，它们只能起传递'结构力'的作用。根据这种观点可以说，世界不是由'事物'组成的，而是由'关系'组成的，事物只不过是关系的支撑点。"① 在文艺批评领域，罗兰·巴特、托多洛夫等人自觉运用语言学方法探究文艺问题，他们认为作为语言构成物的文学作品本身也是一个语言系统，它也应存在着类似语词能指与所指之间的结构关系，科学的文艺理论就应该探讨这一结构与文本构成的叙事语法，结构主义文论就是在这种认识的影响下形成的。在谈到结构主义文论注重文本研究时，托多洛夫评论道："（结构主义文论）对文学的形式主义研究功不可没（现代诗学发端于该研究），它是文学系统、作品系统之研究。因此文学是一种把注意力引向其自身的、'本身具有目的'的系统语言。"②

结构语言学方法对文艺研究的影响是巨大的，其本身的缺憾也直接遗传给了文艺研究，其注重整体性、结构性、宏观性的特点使得文论家常常忽视了单个作品和读者个体体验的存在，使得结构主义文论成了一种脱离实践的理想逻辑论证。"人们本来应该认识到，总体语言学研究必

---

① 李幼蒸：《结构与意义》，中国社会科学出版社 1996 年版，第 105 页。
② ［法］托多洛夫：《巴赫金、对话理论及其他》，蒋子华等译，百花文艺出版社 2001 年版，第 11 页。

须把两种角度结合起来，但是为了给语言学建立一种更牢固、更有效的基础，人们常常预先忽略掉了历时性的角度。结构主义在整体上必须是共时性的；它所关注的是人为条件和非历史条件下的特定系统和结构，它要想对现存的语言作用加以解释，就必须忽略它得以产生的系统和结构。"①事实的发展并未如斯特罗克所言，结构主义研究虽然忽略了历史的维度，但在运用这一方法研究现实的文学文本时，并没有立足文本自身的独特性，忘掉那套共时的、抽象的结构与体系，因此结构主义研究脱离了具体文本，抽象而枯燥。解铃还须系铃人，20世纪60年代兴起的解构主义思潮从结构主义内部发起了对结构的颠覆，它们立足语言学领域，从理论上论证了稳固结构的不可能，从而挖空了结构大厦的"根基"。德里达的"延异"观认为能指和所指的区分是无限的，意义处于无限延宕的网络中，我们只能描述意义延宕的"踪迹"，却不能把握其稳固、永恒的含义。德曼则认为修辞性是语言的根本特性，人、语言、现实世界的关系是分裂的，语言具有自身内在结构和体系，具有自己的生成规则，语言的所指是概念而不是现实世界本身，因此人通过语言并不能把握物质的世界。抛开理论体系，就现实语言本身来看，无论是语言的起源、语词概念的形成，还是语词的指称功能，都折射出语词间的边界并不确定、语词本义与转义之间的界限并不明确，这本身就说明了语言具有不透明性和修辞性。因此，稳固的、明晰的结构与语义是不存在的。语言上的解构观导致了解构主义文论的产生和风行，罗兰·巴特、克里斯特娃、希利斯·米勒等人的理论主张都与此密切相关。

　　语言学理论的兴盛，导致了语言论转向，而这无论是就关注语言本身而言，还是就方法论意义上的指导而言，都对当代文学文本理论的发

---

① ［法］约翰·斯特罗克：《结构主义以来·导言》，渠东等译，辽宁教育出版社1998年版，第11页。

展造成了难以估量的影响。

第二节 "文本"释义

研究当代文本诗学,首先需要弄清几个关键问题。什么是文本?什么是文本诗学?文本诗学对于文学有何意义?这些问题的解决既是理论研究的基础,也是理论研究的起点。

一 何谓"文本"

这是一个含义颇为复杂的问题。从词源学上看,"它的词根 texere 表示编织的东西,如在纺织品(textile)一词中;还表示制造的东西,如在'建筑师'(architect)一类的词中"(霍兰德);但在一般意义上认为"文本就是由书写而固定下来的语言"(利科)。从语言学角度看,杜克罗和托多洛夫主编的《语言科学百科辞典》的解释是,"文本的概念与句子(或分句,单位语符列等)的概念不属于同一层次;因此,文本应与几个句子组成的印刷排版单位的段落相区别。文本可以是一个句子也可以是整本书,它的定义在于它的自足与封闭(尽管从某种意义上说,某些文本不是'关闭完成'的);它构成一种与语言学不同但有联系的体系","一个文本的语义与话语范畴所提出的问题,应在文本各自的上下文中进行研究"。① 结合自己的体会,托多洛夫重述了上述认识:"文本既可相当于一个句子,又可相当于整个一本书;它是按照自主性和封闭性规定的……它构成了一个系统,这个系统不应等同于语言系统但又必与其相关:这种相关既是邻近性关系,又是类似性关系。"② 还有论者认为:"文

---

① 董学文等主编:《当代世界美学艺术学辞典》,江苏文艺出版社 1990 年版,第 296—297 页。

② 转引自冯寿农《文本·语言·主题》,厦门大学出版社 2001 年版,第 12 页。

本指的是文本表层结构，即作品'可见、可感'的一面，因此对文本的分析可以从语音结构、叙事句法和语言功能等三个层面展开；从符号学角度看，文本表示以一种符码或一套符码通过某种媒介从发话人传递到接受者那里的一套记号。这样一套记号的接受者把它们作为一个文本来理会，并根据这种或这套可以获得合适的代码着手解释它们。"① 后结构主义者克里斯特娃则主张："我们将文本定义如下：一个超越语言的工具，它通过使用一种通讯性的言辞来重新分配语言的秩序，目的在于直接地传递信息，这些言辞是与那些先于其而存在的和与其并存的言辞相互联系的。"② 而在当代有些批评家那里，文本则超出了语言学界限，既可以用于电影、音乐、绘画等艺术种类，"也可以指一切具有语言——符号性质的构成物，如服装、饮食、仪式乃至于历史等等"③。法国现象学符号理论家让-克罗德·高概更是将文本归结为一种表达方式："说文本分析的时候，应该把文本理解成一个社会中可以找到的任何的一种表达方式。它可以是某些书写的、人们通常称作文本的东西，也可以是广告或某一位宗教人士或政界人物所做的口头讲话，这些都是文本。它可以是诉诸视觉的比如广告画。也就是说，实际上是一个社会使用的旨在介绍自己或使每个人在面对公众的形式下借以认识自己的表达方式。"④ 由此可以认识到，文本范畴含义复杂，新批评理论将其视为特殊的语言表意结构，符号理论认为它是超越语言的符号体系，后结构主义则认为文本是文章的马赛克，具有互文性，而当代批评家更是将其含义无限扩大，认为生活中具有表意功能的语言符号以及类语言符号都可视为文本。

---

① 王先霈、王又平主编：《文学批评术语词典》，上海文艺出版社 1999 年版，第 168 页。
② 同上。
③ 同上。
④ ［法］让-克罗德·高概：《范式·文本·述体》，《国外文学》1997 年第 2 期。

国内学者对此也有不同的认识，"text"一词最早引起国人重视是在20世纪80年代初，一般将其直译为"本文"——指作品存在形态本身，也有人译为"文本"。后来，国内学者在该词的译介方面达成共识，将其一律翻译为"文本"，以与"作品"概念相区别。王一川先生的解释是："文本，顾名思义，就是指'本来'或'原本'意义上的、仿佛未经过任何人阐释的对象，它的意义总是有待于阐释的、向读者开放的。"① 以此为据，王先生认为文本必然具有具体可感的形式，其释义方式必然与语言学解读模式相关，对其意义的理解必须联系不同语境展开，其意义不可能是唯一的。方汉文先生的理解是："英文中的'text'本义含有'正文''课文''经文'等内容，其基本意义是指作者的原文。这个词本是文学中一个普通的词汇，通常用来指作品或作品的片段。但是，在当代西方文学理论中，文本被赋予了特殊的意义，成为一个与原词不同而又意义广泛的术语，文本的意向性与原有的文学作品的意义之间也不同了。"② 方先生的意思是"文本"是当代西方文论的一个专用术语，它已脱离了最初含义。从方先生接下来的论述中可以得出，他认为"文本"在不同学派中所指含义并非完全一致。但从总体而言，"文本"一词强调作品本身的中心地位。冯寿农先生将其解释为："'文本'顾名思义就是以文为本，与'人本'相对而言。二十世纪五十年代新小说派和荒诞派戏剧取消主要人物，取消心理描写，取消主要情节，六十年代结构主义批评宣称'作者死了'，文学的确不再是'人学'了，不再'以人为本'了，文学真正回到了它的本体，它的本真——'以文为本'了，文学批评转向内部，就是转向文本，回归本体，其实，人的存在本身也不过是

---

① 王一川：《杂语沟通》，湖北教育出版社2002年版，第223页。
② 方汉文：《道与存在：文本意向性的比较诗学视阈》，《苏州大学学报》（社会科学版）2001年第4期。

文本的一种形式。"① 冯先生的用意显而易见，"文本"即为以文为本，以此区别于先前的以人为本，这体现了西方人对文学的一种新的认识。而黄鸣奋先生则认为："在词源学的意义上，'文本'（text）一词来自意为'编织'（weaving）的另一个词。"② 在此基础上，黄先生对其含义做了进一步分析："如果我们将'文'理解为某种信息、将'本'理解为某种载体的话，那么，'文本'作为一个范畴是多意的，因为信息的范围可大可小，载体的类型多种多样。不过，如果着眼于信息编码技术的话，我们可将文本区分为三种类型：一是体语文本，即用体态语言编码，通过躯体显现的文本；二是物语文本，即诉诸通信工具，通过一定的物体来显现的文本（如实物信等）；三是口语文本，即诉诸人所特有的第二信号系统，通过特化的语言符号来显现的文本。以上所说的文本都是外显的。"③ 除此之外，还有内隐的"心理文本"。在黄先生看来，"文本"就是运用一定媒介编织而成的"织体"，"文学文本"就是以语言文字为媒介创造出的语言织体，通常所说的"文本"主要是指"文学文本"。以上四位先生的分析代表了目前国内学者对"文本"范畴的认识，毫无疑问，他们的理解存在着较大的差异。这种状况，一方面说明了"文本"概念是一个运用广泛的范畴，正因为如此，其含义才会无限膨胀，造成人云亦云的弊端；另一方面也意味着要想对"文本"问题进行深入研究，首先要做的工作就是梳理、厘定其含义。综合国内外学者的论述，在笔者看来，概括地说，文本含义应包含以下几个要点：第一，文本是一个现当代文论概念，对其解释必受语言学模式影响，新的语言学理论的出现会改变人对文本含义的理解。第二，文本作为一种客观物质存在"织

①　冯寿农：《文本·语言·主题》，厦门大学出版社 2001 年版，第 13 页。
②　黄鸣奋：《超文本诗学》，厦门大学出版社 2002 年版，第 368 页。
③　同上书，第 24 页。

体"，具有"词语"的类似存在方式。从结构上看，词语具有能指、所指之别，文本也包含类似的二重组合，"能指"是其语音、句法、结构，"所指"是其隐而不露的意指思想。第三，文本意指思想不是自明的，其意义生成方式多种多样，意义效果因方法、立场的不同而有所区别。我们就是在这一较为宽泛的意义上使用该范畴的，其使用范围为文学活动中与文本相关的理论与学派。

二　何谓"文本理论（文本诗学）"

这也是一个众说纷纭的问题。A. 布洛克和 Q. 斯塔里布拉斯合编的《方塔那现代思想辞典》的解释是："文本理论（Theory of Text），这个术语为德国批评家马克斯·本斯和另一些批评家所运用，用来表示对'文本'的'科学的'分析——他们所以选择这个术语，是想背离'文学'或'诗歌'这样的术语中所蕴涵的价值判断——这种分析很大程度上是通过诸如文体统计学这类数学方法进行的。这种观点强调了文本分析的科学性与文本的内在自律性，较为符合二十世纪前半叶俄国形式主义、新批评和结构主义文论的文学观念。"① 这是所见到的有关"文本理论"的最早论述。众所周知，罗兰·巴特曾为法国《世界大百科全书》撰写过"文本理论"条目，提出了全新的文本观。巴特首先将"文本"与"作品"加以区别，认为"作品是一个数量概念，是一个实体；而文本是一个质量概念，是一个场。……文本探讨的不是语句，不是意义，而是表述，是意义生产过程。更确切地说，文本理论研究主体是如何在运用语言进行工作的"②。也就是说，文本理论研究的重点是文本的意义生成过程，文本是全新的，文本是变动不居的。该学说从根本上实现了对早

---

① 董学文等主编：《当代世界美学艺术学辞典》，江苏文艺出版社 1990 年版，第 135 页。
② ［法］罗兰·巴特：《文本理论》，张寅德译，《上海文论》1987 年第 5 期。

期文本观念的颠覆，它的任务不再像早期理论那样妄图通过作品客观机制建立文本"科学"，而在于打破语言中心论和逻各斯严密控制，从而真正实现哲学、科学、文学、历史诸学科的融会贯通，以发散性思维和多重逻辑取代"我思故我在"的理性逻辑。因此，从这一角度而言，文本理论强调主体与社会历史性，为后起文论的发展开辟了新的途径。而这一点在解构主义文论、"西马"文论中都有突出的表现。上述两种文本观念很有代表性，分别在20世纪前期和后期占据主导地位，并影响了当时的其他理论。

本书中提及的"文本理论"，含义较为宽泛，这不仅因为从最宽泛的意义上使用了该概念，而且在用法上也需要进一步说明。就前者而言，"文本理论"主要指以文学文本为研究对象的西方文艺理论派别及其理论主张，它几乎囊括了西方各派理论，包括俄国形式主义文论、新批评文论、结构主义文论、解构主义文论、现象学文论，甚至包括"西马"理论中的部分观点。尽管这些派别理论观点差别很大，甚至相互抵触、冲突，然而它们却共同坚持了一点，那就是对文学现象的分析应以文本为主，作品的语言存在是进行其他各种阐释的基础和前提。在这方面，俄国形式主义文论功不可没，率先提出了文学研究的重点是"文学性"，而不是作品的外部世界；该文论以"陌生化"理论为依据分析了各种创作技巧，自觉将文学研究的重点转向作品自身。这样文学研究就摆脱了作者对作品的控制和垄断，作者意图不再是作品意义之源和作品分析的重点，作品意义是开放的和多重的；作品的构成媒介是语言，作品是一个语言存在物，语言修辞分析、结构分析在作品研究中被广泛征用，语言被赋予极高地位。这一做法从根本上实现了文学观念的转变，由过去重视作者转向关注作品本身，文本分析成为主要的文学研究方法。俄国形式主义之后的新批评、结构主义、解构主义文论的这种倾向都十分明显，伊格尔顿和詹姆逊的"文本与意识形态"分析也具有这一特点。因此，衡量文学文本理论的标准是：第一，是否坚持以作品本身为研究的重点，更关注作品自身意义的生成，放逐作者的决定地位；第二，是否将作品视为一个语言构成物，多层次、多角度地运用语言学方法研究作品。只要坚持了上述两点，即使在其理论中没有明确提出"文本"主张、没有出现"文本"字眼，我们也将其视为文本理论。

还须进一步说明的是，本书中经常出现的"文本分析"（textual analysis）不同于传统的"文本批评"（textual criticism）。前者以语言学方法为基础展开对作品本身意义的阐释与论述，是"文本理论"观念在实践中的具体运用；而后者则主要是一种编辑校对方法，希普莱主编的《世界文学术语辞典：形式、技巧与批评》对此解释是："文本批评：旨在从手稿的依据重新构成作品的原文，并将这些依据提供给具有批评眼光的读者，以便使读者能随处判断出原文的依据以及编辑对此依据判断的正确性。"① "文本分析"是在"文本理论"指导下的文学批评方式，而"文本批评"则是一种传统的具有"考据"特点的文学研究方法。

另一方面，还需注意的是，本书中的"文本理论"研究重点是有所侧重的，它是有关"文本"的理论研究。这不是在一般意义上分析具体文本或文学现象，做一种感性、印象式的描述；而是对文本研究中的关键问题进行理论梳理和理论分析，以期从理论上把握文本与语言、文本与结构、文本与互文本、文本与社会及意识形态之间的复杂关系。本书试图将对上述问题的理论剖析与文本理论产生、发展的历史进程有机结合起来，在历史与逻辑的统一中公正地、客观地、全面地理解文本及文本理论，构建科学的文本诗学。

---

① 董学文主编：《当代世界美学艺术学辞典》，江苏文艺出版社1990年版，第284页。

第三节　作为语言客体的文学文本

在现实生活中，如果用理性方式来思考，文学其实并不是一种虚幻的存在，它是一种实实在在的客观存在。无论人们接触的是何种文学形式，它们都要么是以书本纸张、要么是以光盘数据等可以直接触知的形式存在。即使是古代的口传文学，它们也有存在的物质外壳，那就是人的口头表达形式——口语，而口语本身就是一种客观实在。因此，完全可以这样说，文学以独特的形式反映物质现实，而其本身具有客观实在性。正因为如此，所以文学必然随着社会生活的发展而有明显的变化，事实也是这样，文学从其产生已经经历了口传文学、文字文本文学和电子超文本文学三个阶段，并且现在正以新的存在方式继续向前发展，也许会有一天其存在方式与现在相比变化很大。从这一角度讲，文学作品的客观存在形式的确非常重要。但是，我们又不能忽视如下事实：一个文学文本可能印刷精美，但并不一定具有与之相匹配的文学价值，三年五载，弃如敝屣；相反，一个古代的口传故事，虽只能以民间传说的外在形式存在，却具有现代作品不可企及的永久魅力。就此来说，这种外在的物质存在并不是决定文学存在价值的最重要因素，语言创新、特殊的文本结构及由此导致的审美意蕴才是文学物化的内在要素，也是最重要的因素。所以，高尔基才有"语言是文学的第一要素"的论断。

文学文本借助语言来实现物化、获得物质存在形态。那么，语言到底是不是一种物质呢，语言又是怎样产生的呢？首先肯定的是语言是一套符号体系，但它不是上帝创造的，也不是人的头脑中先天固有的，它是人类在长期社会实践活动中为了交流和表达需要慢慢形成的。由于其产生与现实实践密切相关，因而不同的社会、不同的民族有自己特有的语言体系和语言习惯。所以，语言本身就是一种物质实践成果，没有人的物质实践便不会产生语言。但是，作为符号的语言一经产生，便能成为物质的符号或替代物，在观念领域表达着物质生活。"甚至人们头脑中模糊的东西也是他们的可以通过经验来确定的、与物质前提相联系的物质生活过程的必然升华物"①，"'精神'从一开始就很倒霉，注定要受物质的'纠缠'，物质在这里表现为震动着的空气层、声音，简言之，即语言"②。也就是说，作为观念形态的各种意识形式，不仅其产生受物质实践的制约，而且对其进行传达和交流也离不开一定的物质媒介，语言的物质性就是这样在具体实践中显示出来的。理解了这一点并不困难，困难的是语言的物质性能否代表作品客观存在的全部。换句话说，即理解了作品语言能否就等于掌握了作品。显然，语言仅仅是形成文本的物质前提，对文本全面解释，还需要语言以外的东西。

早在 20 世纪 40 年代，美国新批评理论领袖兰色姆在分析诗歌存在时，就曾发出这样的感叹："它存在于哪一个语言世界呢？作为一种有声音的东西，它存在于词语中；作为一种有意义的东西，它则存在于超出了词语范围的世界。这里的异质性是颇为复杂的。我们想起了一个老大难的谜，那就是关于诗究竟是存在于人们口中吐出的实在的词语中，还是存在于人们对它所做的阐释之中的论辩。"③ 兰色姆给出的答案是诗歌存在于语言本体中，为了让读者记住诗作、感悟诗歌，诗歌语言必须具有旋律，必须具有不同于日常语言的特色。而后起的解构批评和读者接受理论则持与之相反的论调，他们认为诗歌存在于人们对其意义不断阐

---

① ［德］马克思、恩格斯：《德意志意识形态》，《马克思恩格斯选集》（第一卷），人民文学出版社 1995 年版，第 31 页。

② 同上书，第 35 页。

③ ［美］兰色姆：《征求本体论批评家》（1941），赵毅衡主编《"新批评"文集》，百花文艺出版社 2001 年版，第 85 页。

释的过程中，诗歌包括其他体裁的文学作品的价值就在于它所唤起的读者的感悟与体验，语言本体在作品存在中并不占有突出地位。上述两种观点的对峙提出了一个十分棘手的问题：文本到底是一种质实的、看得见摸得着的语言存在（包括语词本身和语篇的结构），还是一种虚构的、仅供想象的，甚至可以言人人殊的幻想之物呢？

这是一个至关重要的问题，对其不同回答与解释直接影响着对文学本质的认识，更重要的是，它还制约着文学批评方法的选择与运用。就西方 20 世纪文学批评来看，俄国形式主义、新批评、结构主义注重文本形式、语言、结构方面的探索，他们一致认为文学本质就在其独特的语体特征。而随后的解构批评、读者反应理论则更重视文本的传意功能和读者的解读能力，在它们看来文学本质就体现为其独特的社会功能。反过来，文学本质观也影响着文本研究的展开，制约着研究重点的选择和研究方法的运用。中国古代注重诗教传统，在有关文学本质的认识中，政教中心论占有绝对主导地位，这种论调决定了中国古人不会过多研讨文本语言形式特征，细读法、结构分析法自然不会成为文学研究的主要方法；相反，社会学批评、伦理道德批评风行一时。而西方 20 世纪人文科学研究中出现的语言学转向影响了人们对文学本质的认识，学界同人达成的共识是：文学是语言的织体，文学是语言构成物。在这种思潮笼罩下，批评界自然会主动选择在语言分析方面占有优势的结构分析、叙事句法分析、表现技巧分析、细读研讨等文本研究方法，语言学方法成为文学研究的主要方法。反过来看，语言学方法也成为探究文学本质、文本特征的"埃德阿涅线"。从这一角度讲，研究文本存在方式，不仅具有重大的理论价值，而且还有极强的现实指导意义。

我们认为文学文本作为一种客观存在，其客观性是通过不同方面表现出来的。客观地说，要想全面把握文学文本，必须将其分为几个不同层次来理解：首先，要把握文学文本的物质载体存在，即文本存在的客观物质依据，它是指文本中看得见、写得出、读出声的方面，主要指文本中的语词、旋律及表达方式等。辨析语言是进行文本分析的前提性条件。其次，要把握文学文本的本体存在，它建基在文学文本的载体以上，但又不是载体所能解释的，这其中既包括文本独特的结构体制，又包括文本间的多样比较与联系，并且以此标示着文学文本是一种独特的客观存在。最后，还须把握文学文本的意向性存在，它建立在前两者基础之上，但又内在于文本，主要指一种需要主观阐释的文化因素。而在这渐次递进的三者中，前者是后者的基础，后者又从整体上制约着前者。文学文本的客观性主要是通过前两者表现出来的，而文本的意向性存在则需要阐释，其中包括较多主观性成分。法国符号学家克里斯特娃曾将文本分为"现象型文本"和"生产型文本"（也称基因型文本）两种类型，前者指一种已经定型的文本符号，后者则指文本的一种转换生成机制。当然，克氏是钟情于后一种文本形式的，因为其理论主旨是强调互文与解构。日本学者西川直子对克氏"现象文本"与"生产文本"所包含的思想做了进一步阐释："所谓现象文本，是被把握为现象的文本，是构成结构的语言现象，是完成的生产物的文本。所谓生产文本，是被把握为生成的文本，是作为生产性乃至生产活动被理解的文本。所有的文本都同时具有这两个层面。与现象文本是意义作用与传达机能的文本表层层面相对，生产文本是将意义作用的生产局面这一深度乃至厚度带给表层的东西，文本成立于两者的交点上。生产文本与现象文本不是二元对立的概念。生产文本是现象文本的萌芽作用，这种作用被写进了现象文本自身之中。生产文本将现象文本'摧毁、多层化、空间化、动态化，并将现象文本推向非实体的厚度'，因此文本变成了拥有复数音域的共鸣体。"① 西川直子的分析颇有道理，极具启发性。在我看来，她所说的"现象文本"主要是指文学文本物质载体存在——语言存在；而"生产文本"则更多包含了促进文本解体与重新自我建构、编织的成分，应当说深层结构与互文等因素都位列其中。因此，理解文学文本必须把握文本语言、结构、互文等问题。

一　文学文本作为语言客体

宽泛地讲，文本中的"本"含有"载体"之意，"文本"就是以"语言"为载体的一种客观存在。不仅文学作品有一种物质载体（"语言"），就是广义的泛文本也都凭借其他物质媒介而存在。"意识形态创作的全部产品——艺术作品、科学著作、宗教象征和仪式等——都是物质的事物，是人们周围的实际现实的各个部分。……世界观、信仰乃至模糊的思想情绪都不是内在地，不是在人们头脑里，也不是在他们的'心灵'里产生的。它们之成为意识形态的现实，只有在言论、行为、衣着、风度中，在人和物的组织中才能得到实现，总而言之，在某种一定的符号材料中才能实现。通过这种材料，它们成为人的周围现实的一个实际的部分。"② 哲学文本以哲学著述的形式存在，历史文本以历史文献的形式存在，政治文本则以政策、法规的书面表达形式存在。……笼统地讲，文学文本的物质载体就是语言符号及其构成物。从历史上看，文学文本存在形态已有了巨大变化，在原始社会语言文字没有产生以前，原始先民是通过结绳记事来传输生活经验，绳结便是记述先民人生体验最早的物质载体。其后有了口传文学，语音形式及其旋律组合便是这种文学的

---

① ［日］西川直子：《克里斯托娃：多元逻辑》，王青等译，河北教育出版社 2002 年版，第 358 页。

② ［苏联］巴赫金：《文艺学中的形式主义方法》，李辉凡等译，漓江出版社 1989 年版，第 8 页。

媒介与载体。文字的发明极大地促进了文学发展及其传播，书面文学蔚为大观。并且随着印刷技术的改进，远距离文学传播与交流成为可能。在这里，文字及文字组合体也是一种物质载体。进入现代社会，音像文学、电子媒体文学有了较大发展空间，它们虽没有纸张、笔墨、书本等传统文学载体形式，但仍需要一定的物质媒介符号，如文字、光盘、视频流、音频流等电子介质。就连一贯坚持意识形态分析的西方马克思主义理论家在语言论转向语境下也没有放弃对文本物质性的关注，马海良分析了伊格尔顿对文本的物质性的理解："文本的物质性在这里不仅指马克思主义批评在一般意义上坚持的作为文学之物质基础的历史社会条件，而且确实还指文本自身的实体构成，即文本是有着自身的肌质密度的语言符号组织，受到二十世纪语言学变革影响的伊格尔顿认为，符号本身就是物质实体，是一种社会物质的生产过程。他反对形形色色的文本还原论，反对把多姿多彩的文本还原为'绝对精神'、'作者意图'、'世界观'、'历史真实'、'社会规律'、'生活本质'、'道德准则'，也反对把文本简化为'意识形态组合'，认为那样做有可能滑入唯心主义的道路，因为这些不同的做法结果都是取消文本的物质性，把作品看成某种本质的现象、原件的副本、实体的影子、真实的幻象，甚至幻象的幻象。"①

　　文学文本的物质载体就是语言文字及其构成物。英伽登在《对文学的艺术作品的认识》中对文本的结构层次进行了分析，他认为文本由由浅入深的四个层次构成：语词声音和语音构成、由句子意义和全部句群意义构成的意群层次、图式化外观层次、在句子投射的意向性事态中描绘的客体层次。其中，前两个层次就是其存在的物质前提。英伽登本人作为现象学美学家虽然十分突出意向性在文本构成中的重要性，但他更

---

　　① 马海良：《文化政治美学——伊格尔顿批评理论研究》，中国社会科学出版社 2004 年版，第 73 页。

认为一个完成的文本在外观物质存在方面必须是统一、完整、不变的。"作品'完成'的条件不仅指它不应当采取它在诗的创造过程中具有的那种变化的形式，而且意味着它一旦被作家完成，就在作家给予它的那种形式中保持不变，所以它的两个语言层次——语音层次和语义层次——都不发生变化。"① 英伽登所说的声音层次就是巴特经常提到的符号的能指，巴特认为能指是一种物质存在。"（与所指相比——引者注）唯一的区别是，能指是一种介中物，它必须有一种质料。……能指的物质性再一次使我们有必要区分质料与内质，这就是说，内质可以是非质料的（在内容的内质情况下）。因此我们可以只说，能指的内质永远是质料性的（声音、物品、形象）。"②

二　语言及其意义在文本分析中的重要地位

首先，语言及意义构成是进行其他方面文本分析的基础和前提。无论是研究文本中所包含的作者意图，还是作品的意识形态功能及其文化意味，都不能越过文字直奔主题。否则，就不是严格的学术研究，只能成为感悟式的赏析。"文学作品是一个纯粹意向性构成（a purely intentional formation），它存在的根源是作家意识的创造活动，它存在的物理基础是以书面形式记录的本文或通过其他可能的物理复制手段（例如录音磁带）。……这样它就不是一种心理现象，而是超越了所有的意识经验，既包括作家的也包括读者的。"③ 英伽登所说的核心问题就是文本是一种客观存在，而不是一种心理现象，文学研究不能越过语言本身。奥尔森

---

① ［波兰］英伽登:《对文学的艺术作品的认识》，陈燕谷译，中国文联出版公司1988年版，第14页。

② ［法］罗兰·巴特:《符号学原理——结构主义文学理论文选》，李幼蒸译，生活·读书·新知三联书店1988年版，第140页。

③ ［波兰］英伽登:《对文学的艺术作品的认识》，陈燕谷译，中国文联出版公司1988年版，第12页。

论述英伽登理论时也清楚地看到了这一点:"作品的物质基础使审美接受者可以重构艺术家的意向形式,因为他必须解释这种基础在物理上可感知的符号,并实现由这些符号固定的意义意向。作品之所以成为一个主体间际的对象,主要凭借了它的语义层次。"①

其次,语言及其意义本身也是文本分析的一个重要方面。这包括:第一,分析文学作品语言的语音及语音组合的声响效果和节奏变化。好的文本应该语言优美、绚丽多彩、富有变化,这一点对于诗歌语言尤其重要。"在许多情况下,特别是在韵文中,安排语词首先考虑的不是它们构成的意义语境,而是它们的语音形式,以便从语音序列中产生出一个统一的模式,例如一行韵文或一个诗节。安排语词时对语音形式的考虑不仅带来这样一些现象,例如节奏、韵脚、诗行、句子以及一般谈话的各种'旋律',而且带来语音表达的直觉性质,例如'柔和'、'生硬'或'尖利'。"② 英伽登还认为语音的陌生化处理有利于加深阅读印象,使读者全身心地体验文本,以便做出更好的分析。"只有在例外的情形中,当词语对于我们是或似乎是陌生的时候,对语词声音的理解才会没有自动地和对语词意义的理解相联系。于是我们在自己身上发现一种完成理解活动的自然倾向。如果我们不能立刻把握意义,就会发现阅读过程放慢乃至停止了。我们感到无可奈何并且试图猜出这个意义。"③ 第二,分析语言意义本身的复杂性、歧义性和含蓄性及其本身存有的张力。文学语言是一种"伪陈述"语言,它并不像日常语言那样追求传意的准确性、简明性和概括性,其本身附带有作者的感情与情绪,刻意追求体验的微妙性,因而它是一种具有不确定性的语言。休姆深有体会地分析了

---

① 〔波兰〕英伽登:《对文学的艺术作品的认识·序言》,陈燕谷译,中国文联出版公司1988年版,第6页。
② 同上书,第20—21页。
③ 同上书,第20页。

这种语言的特点："诗不是号码式的语言，而是一种看得见的具体的语言，那是一种对直觉的语言的妥协，直觉会具体地传达出感觉。它总是力图博得你的注意，使你不断地看到一种有形的东西，使你不至于在抽象的过程中流动。……在诗中，意象不仅仅是装饰，而是一种直觉的语言的本质本身。诗是一个步行的人带你在地上走，散文是一辆火车把你带到目的地。"①"带你在地上走"就是让读者充分体验阅读旅途上展现的各种瑰丽色彩，对沿途的风景形成自己独特的感受；而用"车"将读者直接带到目的地，虽少了旅途的艰辛与疲劳，但对沿途的景色只能是走马观花，不会有自己深刻的感受。文本分析的一个目标就是把语言本身的复杂性揭示出来，在这方面，俄国形式主义和新批评做了很多有益的探索。第三，研讨语言技巧及传意方式。在俄国形式主义看来，语言技巧就是"陌生化"技法；在新批评看来，语言技巧就是形成诗歌语言张力的各种手段；而解构文论则从修辞方式方面探讨了这一问题。他们一致认为各种语言技巧的运用是造成文学文本不同于其他文本的至关重要的因素。

第四节　作为文化存在的文学文本

认识到各种文本有一个物质载体并不困难，困难的是要体会到文本是一种关系性客观存在，即文本不仅仅具有物质客观性，而且还具有非物质的客观存在特点。文本是一种客观存在，但对其全面把握又不是仅凭直观就能解决，对其体悟需要充分运用读者的"文学能力"。请看普莱

---

① ［英］休姆：《浪漫主义与古典主义》（1915），赵毅衡主编《"新批评"文集》，百花文艺出版社2001年版，第20—21页。

的分析："书、纸张和油墨的制成品，被放置在那里，直到有人对它产生兴趣为止。它们在等待着……它们似乎在说，请阅读我。我感到难于拒绝它们的呼吁。书，并不仅仅就是物。"① 书，不仅仅是物，而且还是物之外、超越物质实在性的一种客观存在。如果仅仅立足于外部进行观察，文学作品类似于一般印刷品和其他文字构成物，毫无独特个性可言。文学的独特之处是由其潜在的客观结构决定并由读者运用文学能力解读展现出来的。巴赫金也曾论及文本作为一种意识形态现象的独特存在方式："意识形态现象的这种物质存在，并不是物理的或一般纯自然的存在；与这种现象相对立的也全然不是生理上或生物上的个体。"② 特殊的客观存在需要特殊的认知主体和认知能力。存在主义哲学大师海德格尔在分析文艺作品的存在方式时也有类似认识，他反对将艺术作品等同于一般物质存在：一是反对物就是其特征的载体，即物之为物就是物之特性；二是反对物就是感觉的复合，以为把人对物的多种感觉加以综合就能得到物；三是反对物是有形的质料，即物是质料和形式的简单结合，或者说，物是具有形式的质料。其最终结论是"艺术品的物性不同于自然物的物性，也不同于器具的用具性"，它"暗示着艺术作品更具有原始性"。③海德格尔以一种浪漫主义激情和人道主义关怀维护艺术的人文气息以对抗资本主义工业化带来的呆板、机械和僵化以及这一技术理性至上对人类社会所造成的异化，认为艺术品的艺术性不是其"物性"特征，而是别有所指。当然，从其哲学立足点来看，艺术品的原始性就是其与"大地"的完美结合和人对其体验的原初生成性。

---

① 外国文艺理论研究资料编委会编：《读者反应批评》，文化艺术出版社 1989 年版，第82 页。

② ［苏联］巴赫金：《文艺学中的形式主义方法》，李辉凡等译，漓江出版社 1989 年版，第10 页。

③ 陈嘉映：《海德格尔哲学概论》，生活·读书·新知三联书店 1985 年版，第282 页。

即使是形式主义文论也没有忽视文本中除语言之外的这一客观存在，并认为它是文艺研究着力挖掘的东西，正是这一固定不变的特质影响着文艺的价值。鲍里斯·托马舍夫斯基论述道："作品的表达系统，或称作品的本文，能用不同的方法固定下来。可以用手写的方式或者印刷的方式来固定言语，这时我们得到的是书面文学；也可以熟记本文，并通过口述流传下去，这时我们就获得了口头文学。……这样，文学作品就有了两种属性：1）不依赖于日常生活的偶然说话条件，2）本文的固定不变性。文学是具有自我价值并被记录下来的言语。"① 无论是口头文学还是书面文学，其基本的构成除去质实的物质语言外，还必须依赖其他条件，物质的语言遵循一定的规则才能成为文学语言，文学语言按照特殊要求进行结构处理才能成为文学文本，文本依照特殊的惯例进行解读才有文学意味，而这些特殊的规则、要求与惯例就构成了文本客观存在的另一个方面。这些因素虽然不能看得到、摸得着、听得清，却在文学文本中客观存在。新批评理论家维姆萨特曾多次抱怨批评家没有很好地认识到文本中这些因素的存在："人们只有首先通过对抗，并接受诗的文学上的非实体性才能挣得说诗是实体的权利。那些不敢冒这风险，因此他们的技巧从未受到真正考验的人充斥了庞大的复杂的批评队伍，这些批评家目前比以往更甚地沉溺在诗的对象的过分中介或物质化中。"② 并且，他认为这是过去新批评方法的一种缺失："我至少要极力主张我们在讨论时不要认为诗应该达到绝对实体那种不可能的完美无缺的或玄学的标准——或认为诗什么也不是。要求诗具有一种坚硬性以及自足性是愚蠢

① ［俄］鲍里斯·托马舍夫斯基：《诗学的任务》，［苏联］什克洛夫斯基等《俄国形式主义文论选》，方珊译，生活·读书·新知三联书店1989年版，第77页。
② ［美］维姆萨特：《推敲客体》（1970），赵毅衡主编《"新批评"文集》，百花文艺出版社2001年版，第578页。

的。"① 文艺研究很重要的一项任务就是揭示文本中这些因素如何构造了文学本体，文本分析的重点就是探究这些因素在不同文本中存在方式上的特点。

在笔者看来，构成文学文本本体的这些因素可以归结为两种情况：一是构成文本自身的结构因素。它是对文本语言的组织与安排，制约着文本的独特存在方式，不存在没有结构安排的文本。二是互文本或互文性。这是一个长期没有引起关注和研究的领域，也是早期形式批评忽视的方面。任何文本都不是一个孤立的存在，它与其他文本存在这样那样的联系，先前文本中的主题可能以戏仿的方式出现在了后续文本中，或者后续文本引用、转述了先前文本的语言和意象，这样，文本之间便构成了一个无处不在的网络，这种情况在最近兴起的网络文学中表现得十分突出。但需注意的是，互文本问题与文本比较影响研究有着本质区别。

文学文本与社会生活和前此文本的互文关系使得每一个文本都客观上蕴含着文化意义，文学文本的文化解读和研究便十分必要。文学文化含义广阔而复杂，但就根本而言，它十分关注意识形态因素对文本活动的广泛介入，进而把文学解读理解为审美意识形态生产过程。在文学文本解读过程中，读者、批评家凭借自己的文化归属意识和认同心理通过意识形态生产机制重新建构作品，得出属于自己的认识。在这方面，阿尔都塞、马歇雷、詹姆逊、伊格尔顿以及威廉斯、德塞图等具有马克思主义倾向文艺理论家的观点尤其值得重视。

结合传统观念，应用最新方法，文学文本的文化研究应包括下述内容。

第一，政治权利关系与文学文本解读。传统上，文学的政治功能就

_____

① ［美］维姆萨特：《推敲客体》（1970），赵毅衡主编《"新批评"文集》，百花文艺出版社2001年版，第584—585页。

体现为文艺为阶级斗争服务，而当前的政治问题多是以阶层差别、种族差异、性别歧视等形式体现出来的。因此，文艺与政治的关系也就表现在话语霸权、文化殖民、性别批评诸领域。而这些研究在当前文学文化学研究中比较重要，值得关注。第二，哲学意蕴与文本解读。文艺与哲学的联姻由来已久，文艺活动受哲学理念的指导，而文本自身又宣传、暗示哲理观念，两者交融、密不可分。传统上，哲学高于文艺，近代哲学、文艺两相融合，现代文艺又高于哲学，考察两者关系的演变，发掘其中规律，提炼研究方法，对于探索当前文艺哲理意蕴很有价值。特别是研究西方现代派文学、中国朦胧诗、象征主义探索类作品尤为重要。另外，文艺的美育价值本身也是其与哲学相连的体现。第三，伦理判断与文本解读。伦理学是研究规范人类道德行为准则的学问，其判断标准是善恶、美丑、正义邪恶等二元对立的价值观念。文艺自产生以来，就承担着伦理教化功能，自觉不自觉地执行着"劝善惩恶"的任务，"寓教于乐"成为其良性价值关系的最好表达。但纵观历史，这种联系发生着变化。在原始时代，它们的关系最为直接，文艺的功利性明显；在古典时代，两者融合统一；而当代则出现了娱乐文艺观念，强调文艺的纯审美性，割裂了其间有机性。在当前人文精神重建时代，挖掘文艺中的人文精神，展示文学文本的人文关怀就必须关注这一联系。第四，社会文化心理与文本解读。简言之，社会文化心理就是人的意识的一种观念化、模式化。具体说来，它是自发产生的，基本没有经过理论的定性而形成的一定社会心理或观念体系，它反映在某个特定民族、时代、阶级和社会群体广为流传的精神状态中，不仅表现为一定社会群体意志、愿望、情绪等，还展示为一定的风尚、习俗等因素。较之高度概括的意识形态理论，它能够比较敏锐地反映社会现实，某种意义上可看成一种时代精神、时代风尚。社会文化心理虽然处于人前意识中，但因其弥散性、广泛性和时尚性而对文学活动的方方面面起着不可忽视的作用，它影响着读者的阅读期待、内容领悟和形式感知。在当前消费文化心理引导下，解构、重构、"大话"经典文本成为一道绮丽的文化景观。另外，文学文本的文化蕴意还可以从宗教观念、民间习俗等方面进行挖掘，它们也以潜移默化的方式影响文学活动，必须引起足够重视。

文学文本的文化解读是当前风靡全球的文学文化研究的重要内容，也是我国当下坚持科学发展观，建设和谐社会、和谐文化的重要组成部分。实现文化建设"软着陆"，最大限度地发挥文艺服务于社会的功能，全面挖掘文艺的潜在价值，必须对其进行文化解读。这是当前和今后很长一段时间文学研究不能绕过的内容。

在这里，我们无意探讨文本文化诗学，挖掘文本中的文化因素及其具体表现方式。我们更关注的是文本客观上存在的文化因素是如何产生的，以及这些文化因素的生发机制和原理，以期得出科学的文本诗学原理。这样，文本与对话、文本与意识形态、文本与主体间性、文本与召唤结构等问题的理论探究便显得十分重要，甚至不可或缺。这些问题一旦豁然，具体的文本文化分析便水到渠成，更加容易被人们接受。

综上所述，文学文本的客观性是通过其载体形式和本体存在表现出来的，前者主要是语言及其表现手段，后者则包含在文本的结构、文本间性之中。前者是文本存在的物质载体，后者则从根本上显示了文学文本的特质。文学文本正是这些因素融合在一起的语言编织物，阅读文本就是对这一语言客体的重新编织。事实上，整个当代文本理论着力探讨的也正是语言编织物的特点及编织与重新编织的过程等问题。

第二章　当代西方文本诗学形态及演变

　　在科学主义精神指导下，20 世纪以来文学文本理论得到了长足发展，出现了形色各异的理论流派。归纳其形态，把握其流变，对于梳理文本诗学与社会现实语境的互动关系、研究文本诗学的本质及其特征具有重要学术价值。当代文本诗学主要有三种形态：语言客体文本诗学、读者审美阐释文本诗学和话语意识形态文本诗学。当代文本诗学的发展经历了两次转型或跳跃式提升，两个时间节点分别是 20 世纪初及其五六十年代。20 世纪初，在科学实证精神影响下，文本诗学倾其全力关注文本诗性秩序的建立；20 世纪五六十年代以来，在后工业语境和解构思潮影响下，审美阐释、语言拆解和话语生产成为文本诗学发展的主导倾向。由于哲学基础、人文导向、立论主张具有较大差异，三种文本诗学在两个阶段发生此消彼长的复杂变化，值得重视与关注。

第一节　20 世纪西方文本诗学形态考论

　　19 世纪末 20 世纪初，领导潮流的是社会历史批评、传记批评；20 世纪前半叶，占主导地位的是文本形式批评；而 20 世纪 80 年代以来，方兴未艾的社会文化研究则成为时代的旗手。这仿佛是历史的循环，但细究起来就会发现，这其中又有了很大变化。前期的社会批评侧重作者因素，后期则更关心读者的解读与参与社会的方式，而横亘于其中的文本诗学则贯穿了其发展的始终，并使后期的社会批评成为文本诗学的一种独特样态。希利斯·米勒在《文学理论在今天的功能》中论述了这种转变："事实上，自 1979 年以来，文学研究的兴趣中心已发生大规模的转移：从对文学作修辞学式的'内部'研究，转为研究文学的'外部'联系，确定它在心理学、历史或社会学背景中的位置。换言之，文学研究的兴趣已由解读（即集中注意研究语言本身及其性质和能力）转移到各种形式的阐释学解释上（即注意语言同上帝、自然、社会、历史等被看作语言之外的事物的关系）。"①

通常意义上讲，一种理论观点的出现常伴随着一套独特的研究方法，新批评理论的形成与细读方法的选择有密切关系，而结构主义文论的出现离不开结构、系统方法的选用。但同时不能忽视的是，方法的选用又与研究目的和任务有关，是任务制约方法的选择，甚至可以说，研究目的和任务是决定文学观念发生变迁的内在动因。"研究方法是为一定的研究目的而把对象从其相互联系的关系网中相对独立出来进行研究的一种手段。"② 那么，20 世纪西方文论的任务是什么呢，是为政治服务，还是为道德服务？都不是。俄国形式主义文论家维克托·日尔蒙斯基论道："我们在建构诗学时的任务是，从绝无争议的材料出发，不受有关艺术体验的体制问题的牵制，去研究审美对象的结构，具体到本文就是研究艺

① ［美］希利斯·米勒：《文学理论在今天的功能》，［美］拉尔夫·科恩主编《文学理论的未来》，程锡麟等译，中国社会科学出版社 1994 年版，第 121 页。
② ［俄］什克洛夫斯基等：《俄国形式主义文论选·前言》，方珊译，生活·读书·新知三联书店 1989 年版，第 29 页。

术语言作品的结构。"① 20 世纪 80 年代解构批评主将希利斯·米勒的语气
更坚决:"我们的根本任务,亦即人文科学新的理论基础,是教会学生解
读和进行有效的写作。后者只能来自或伴随着高深的解读能力。"② 相差
半个世纪之久的两代批评家的认识竟是如此的一致,都认为文学理论研
究的核心是文本自身的特性——文学作为语言构成物与物质现实的区别。
他们之间的区别在于:前者更倾心于将文学作为一个封闭的语言客体进
行解剖,而后者关注的重点则是读者对文本语言的解读能力。这两种观
点恰巧代表了 20 世纪西方文本诗学的两次转折。特里·伊格尔顿对近代
以来西方文论发展趋势曾有准确论述:"全神贯注于作者阶段(浪漫主义
和 19 世纪);绝对关心作品阶段(新批评);以及近年来注意力显著转向
读者阶段。"③ 文本诗学贯穿于西方 20 世纪文学理论发展全过程,在这三
个阶段发展中出现了两次转折与飞跃:由作品到文本、从自在到建构。
前者可以称为诗性秩序的构建,后者可以概括为语言拆解或话语意识形
态生产。

　　总体而言,20 世纪西方文本诗学经历了由作品到文本、由自在到建
构的跳跃式发展过程,在这一过程中产生了形形色色的文本观念。这些
理论观念既相互联系,又有着对文本问题的独特认识,相与共生,争奇
斗艳。就理论实质而言,文学文本诗学是西方 20 世纪独有的文学观念,
它随着结构主义语言学兴起而产生,是理论界自觉反思文学本质、将作
品定位为特殊语言客观存在物的一种共识。与传统理论相较,我们更倾
向于将文本诗学定位为一种特殊的解读与批评理论,因为这一观念最大

---

① 〔俄〕什克洛夫斯基等:《俄国形式主义文论选》,方珊译,生活·读书·新知三联书店
1989 年版,第 219 页。

② 〔美〕希利斯·米勒:《文学理论在今天的功能》,〔美〕拉尔夫·科恩主编《文学理论
的未来》,程锡麟等译,中国社会科学出版社 1994 年版,第 132 页。

③ 〔英〕特里·伊格尔顿:《二十世纪西方文学理论》,伍晓明译,陕西师范大学出版社
1986 年版,第 83 页。

限度地斩断了作品与作者的有机联系，更为"客观"地考究作品特质及其意义产生。完整的文学活动涉及作者、文本、读者和世界四个要素，在整个 20 世纪文本诗学发展过程中，各种文本观念的争鸣主要是在与后三种要素的关联中完成的。细究起来，文学文本诗学主要有三种形态：语言客体文本诗学、读者审美阐释文本诗学、话语意识形态文本诗学，相应地分别关注了文本与自身存在、读者和世界的相互影响关系。由于这些理论形态产生的哲学基础不同，因而使得它们对文学文本特质的认识具有一定差异，并且对文学基础理论建设做出不同贡献、产生迥异影响，值得认真研究。

一 语言客体文本诗学

文本诗学的兴起是西方传统理论的有序发展，同时语言论转向又起到了推动作用。因此，20 世纪西方首先出现的是语言客体文本诗学。

文学理论之所以关注作品本身，这有多方面的原因。一方面，是对此前理论界忽视作品研究的反拨与矫正。因为文学要想具有科学形态，就必须对其客观存在做出科学解释，并弄清自身的构成与规律。20 世纪以前，特别是浪漫主义兴盛时期，情感论、才性论、天才论、想象问题、灵感问题是文论研究的重点，即使在 20 世纪初期，泰纳的"种族、时代、环境"理论、弗洛伊德的精神分析理论也有极大影响。"诗是诗人强烈情感的自然流露"（华兹华斯）、"文学是受压抑的无意识的升华"（弗洛伊德）等理论主张有很强的辐射力。这些理论的共同特点是强调作者在文学活动中的决定作用，作者是作品的"父亲"，其他因素都受到作者的控制和垄断性制约；但同时这些理论又都忽略了对作品本身特质和读者重要性的研究。20 世纪初，从俄国形式主义开始，则从根本上扭转了这一研究方向，开始立足于"文学性"，探寻文学作品自身特点。国内学者张冰论述过俄国形式主义这种开风气之先的作用："把历来是神秘的美的发生学基础，变为可操作、可定性定量分析的一种过程。这就把笼罩在美身上的形而上学迷雾一扫而光，将其还原为可视可感可分析可操作的。美在形式主义者手中，再不是虚无缥缈不可捉摸不可把握的，再不是一种只可意会不可言传的东西，再不是诗人或作家一种神秘主义的主观命意，而是一种可视可感的物质实体。"①

　　另一个重要原因是语言学研究方法的影响，即所谓的"语言论转向"带来的全方位介入。细究起来，"语言论转向"这一说法是由柏格曼首次提出的，他以此概括西方 20 世纪人文社会科学领域普遍关注语言、运用语言学方法阐释人文学科问题的潮流与趋势。"所有的语言论哲学家，都通过叙述确切的语言来叙述世界。这是语言论转向，是日常语言哲学家和理想语言哲学家共同一致的关于方法的基本出发点。"② 语言学是 20 世纪的"显学"，其研究方法已渗透到人文科学研究的各个领域，这是不争的事实。在受到语言哲学影响的诸理论派别中，结构主义势头最猛，它已将这一方式应用于人类学、历史学、社会学、艺术学的各个领域，并取得了突出的研究成果。"语言学已经跃居西方人文科学的领导地位，这门科学的高度理论性使它成为任何认识论思考的出发点……语言学为人们提供了一种关于人类现实的符号学的描述模式和说明模式。"③ 语言学和语言哲学对文学理论的影响不言而喻，因为文本本身就是一个由各类词语按照一定规律编织而成的语言复合体，对其分析、研究必然涉及语言问题和语言学方法。语言学的这种影响主要表现在：第一，从直接的较浅显层次而言，语言学的兴起引起了研究者对文本语言乃至表达技巧的重视，将文论研究核心定位在语言织体本身及其组合规律上。第二，

---

　　① 张冰：《陌生化诗学》，北京师范大学出版社 2000 年版，第 82—83 页。
　　② ［美］柏格曼：《逻辑与实在》，转引自王一川《修辞论美学》，东北师范大学出版社 1997 年版，第 12 页。
　　③ 盛宁：《人文的困惑与反思》，生活·读书·新知三联书店 1997 年版，第 39 页。

从较深层次上讲（这也是更为重要、更为内在的），语言学研究方法对文本研究很有启发。索绪尔语言学认为语言是一个结构系统，语言能指本身与指称对象之间并没有必然联系，能指与所指关系是任意的、约定俗成的。语言本身是一个具有层级区别的逻辑结构体系，语言的意义产生于能指层面与所指层面体系内部存在的区别与差异。索绪尔结构语言学方法对文艺研究影响巨大，甚至其本身的缺憾也直接遗传给了文艺研究，其注重整体性、结构性、宏观性的特点使得文论家常常忽视了单个作品和读者个体体验的存在，使得结构主义文论成为一种脱离实践的理想逻辑论证。语言学理论的兴盛，导致了语言论转向，而这无论是就关注语言本身而言，还是就方法论意义上的指导而言，都对 20 世纪西方文本诗学的发展造成了难以估量的影响。

总体而言，语言客体文本诗学突出作品本身意义，认为作品是一个客观存在的语言编织物，与作者、读者和世界没有紧密联系，对其解读与批评只能立足自身，从其语言存在入手，而不能旁涉其他。具体研究起来，这一理论形态又包括具有较大差异并产生重要影响的几种不同观点。

（1）文学文本是陌生化的语言客体。这是俄国形式主义文论的文本观。俄国形式主义文论的核心为语言技巧问题，认为文学语言能够精确地传达作者的体验与感受，但文学语言不同于日常语言，它必须经过艺术技巧处理，只有这种具有阻拒性、扭曲性的"陌生化"语言才能引起读者的新奇感和注意力，读者仅凭着对语言本身的体验与分析就可以形成对现实世界的重新认识。所以，文本批评就是对语言形式陌生化程度的批评，就是对造成文本与现实保持必然距离的各种创作技巧的分析。以此为基准，俄国形式主义发展出了一套理论体系[①]：文学本质就是文学

---

① 参见拙作《俄国形式主义文论的文学观》，《中国海洋大学学报》（社会科学版）2002年第3期。

性，是内容消失在形式之中的语言结构；文学创作就是设置程序，并实现材料的陌生化；文学作品就是经过变形手法处理后具有独特语言、独特结构的语言体系；文学鉴赏追求体验性和再创造性，而文学批评则是立足于语言学方法的科学操作；至于文学发展从根本而言则是形式因素重组后的一种新的发现，与内容没有必然联系。正如什克洛夫斯基所言："新的形式的出现并不是为了表达一种新的内容，而是为了代替已经失去审美特点的旧形式。"①

（2）文学文本是语言有机统一体。这是新批评文论的文本观。新批评文本理论的核心是语言问题，它把文本视为一个封闭的语言有机体——孤立的与外部现实没有任何联系的客观存在物，文本分析不关心内容，只关心文本"肌质"本身。文本解读的前提条件是必须排除作者和读者主观因素的影响，因为这容易造成"意图谬误"和"感受谬误"的渗入，使得解读本身失去科学性、客观性。文学语言具有独特性，与日常语言、科学语言相比，文学语言是一种"伪陈述"语言，它模糊、含混、充满张力，只有放在一定语境中人们才能体会其含义。"细读"分析是新批评采用的批评方法，它立足文本本身，从语言入手，逐层展开，重点挖掘文中含混、悖论之处，找出其中包含的神妙精微之意义。在新批评看来，文本阐释的目的是弄清语言如何构成了这一有机统一体，语言怎样将感觉的具体丰富性与理智的抽象性缝合在一起，文本如何整合各构成因素并暗示一种统一的经验。

（3）文学文本是封闭的深层诗性结构。这是结构主义文论的文本理论。结构主义文论是在索绪尔结构语言学影响下形成的，结构语言学普遍采用二元对立思维方式展开对所有现象的思考，它认为意义就产生于

---

① ［俄］艾亨鲍姆：《"形式方法"的理论》，［法］托多洛夫《俄苏形式主义文论选》，蔡鸿宾译，中国社会科学出版社 1989 年版，第 35 页。

由于两者对立而导致的区别与差异之中，因此探索现象背后引发对立的深层结构模式是产生科学认识的必经之途。结构主义文论研究的核心问题是文本的深层结构。在其看来，语言是一种超强机器，它超越主体，成为影响人类认识世界和外物的制约因素，不是我说语言，而是语言说我，语言不是传达思想的媒介，人反而成为被语言操纵的工具。因此，科学的文学研究的任务就是排除主观性，挖掘语言操控人类、言说自己的方式和图式。结构主义文本研究采用结构语言学方法，但其研究的着眼点并不是文本语言表现及语言技巧，而是以二元对立方式挖掘文本中可能存在的对立组合，以期发现一种新的结构模式。结构主义文论研究的目的不在于整理、归纳文本的表现技巧，更不是处理文本中隐含的现实内容，而在于探究表层背后的深层叙事模式。结构主义文论甚至并不关心作为个体的孤立文本，而是以个体文本为凭借挖掘其深层叙事模式，最终目的在于揭示文本间的联系及共同享有的深层结构，渴望建立一种文本科学。结构主义文论是一种宏大叙事，但也包含了一种康德式的狂想。

（4）文学文本是对深层结构的颠覆与重构。这是后结构主义或解构主义文论的文本观。后结构主义产生于对结构主义的直接反抗，它是在拆解结构主义精心营构的科学大厦的过程中逐渐浮出水面的。解构主义文本理论的核心是颠覆结构、拆解语言、指出意义的不确定性，互文性也是其着力探讨的一个问题。解构的前提是必须首先树立一种质疑传统、反对霸权、反逻各斯绝对控制的哲学观念，自觉接受多元主义思想。解构的基础是必须认识到影响人们认识世界、形成知识的语言本身是不可信的；由自身区别与差异产生的意义是不确定、不准确的，因为在语言系统内部这种区分因层级的不同而处于无限进行之中，意义一直被毫无理由地推延和延宕，意义一直处于被构建的"路上"而不得留驻。解构的方法就是指出语言的"寓言"本质，寻觅其背后的蕴意；检查文本中的"裂隙"，阐发其可能蕴含的思想；时刻注意"互文本"的存在，探究文本间的联系，描述超出文本自身的其他价值。解构的目的就是更新观念，打破封闭的价值体系，释放文本多方面的潜在意义。

语言客体文本诗学虽有关注文本形式中语言自身、表达技巧、体制结构等方面的差异，就结构本身而言，虽有营构、挖掘深层结构与拆解、颠覆稳固结构之别，但文学观念总体一致，都将文学活动的中心定位于文本自身，都将文本视为诗性语言存在，都将文学批评看作特殊的语言分析。

二 读者审美阐释文本诗学

20 世纪以前，文学理论关注的中心是作者及其创作才能；20 世纪前半叶，文论研究中心有所转移，人们关注的焦点是文本本身；而 50 年代以后，又有了变化，人们谈论最多的是读者的解读能力，读者理论成为 20 世纪后半期的显学，接受美学、读者反应批评就是借着这股东风登上历史舞台的。与此相应，文学意义观也有了显著变化，20 世纪以前，研究者普遍关注作者如何赋予文本以意义；20 世纪上半叶，重点探讨文本如何传达意义，各类文本各有哪些特点；而 50 年代以后，读者释义成为理解文本意义的关键，因为艺术文本具有开放性，其意义永远不可能被穷尽，不仅如此，而且常读常新。福柯曾论述过文本多义性产生的原因："在一种可见的表达形式下，可能存在着另一种表达，这种表达控制它、搅乱它、干扰它，强加给它一种只属于自己的发音。总之，不论怎么说，已说出的事情包含着比它本身更多的含义。"① 即文本是复杂的，存在解释的多种可能性。解释学大师伽达默尔从人与物的对话关系出发，指出

---

① ［法］福科：《知识考古学》，谢强、马月译，上海三联书店 1998 年版，第 139 页。

了读者阐释对理解文本的重要性："流传物（作品）并不只是一种我们通过经验所认识和支配的事件，而是语言，也就是说，流传物像一个'你'那样自行讲话。一个'你'不是对象，而是与我们发生关系……流传物是一个真正的交往伙伴，我们与它的伙伴关系，正如我和你的关系。"①这种"我"与"你"的关系就是一种交流和对话关系，这也决定了意义必然是动态变化的，随着交流语境的变化而有所不同，文本与围绕在文本周围的语境便构成了一种互文关系。这是读者审美阐释文本诗学产生的时代风标与语境。

读者审美阐释文本诗学的哲学基础是现象学，它把文学文本视为读者审美阐释的特殊意向性客体，在读者与文本的双向交流中获得意义阐释的多种可能。

众所周知，20世纪中期现象学是哲学领域不可忽视的力量，它以精确的科学精神探讨人如何认识外界、获得知识，注重对主体认识能力与认知方法的挖掘，特别强调人的感性存在在知识获得过程中的重要性，以对抗现实工具理性带来的"异化"。与结构主义语言学一样，它也十分重视方法对于知识获得的重要性。现象学创始人胡塞尔认为，现象学的核心方法就是：本质直观。当我直观对象的时候，既确定了直观者的确实性，也确定了被直观者的确实性。但为了所获知识的普遍有效性和纯粹性，主体面对认识客体，首先要"加括号"：一方面把主体的各种先入之见"括"起来，另一方面把对象的各种背景知识"括"起来。这样，主体就能直接面对事物本身。胡塞尔还认为本质直观活动是主体的一种意向性活动，在现象学的本质直观中，纯粹的意向性活动一方面使对象的构造结构显现出来，另一方面也使主体的意向性活动结构显示出来。

---

① ［德］伽达默尔：《真理与方法》，洪汉鼎译，上海译文出版社1999年版，第136页。

它们是在本质直观中同时出现的，是以单个人的亲身经历为其保证的，因而是确实的、科学的。因此，现象学认为认识活动是主客体双向交流活动，十分关注主体认知心理结构和客体结构层次问题。

　　把现象学方法引入美学、文学领域的是罗曼·英伽登，这位波兰美学家最重要的贡献就是提出了文学文本客体结构理论。"作为现象学的美学家，他的美学似乎比他的现象学更为重要；而作为美学的结构分析家，他的结构研究又比美学本体论及一般价值论更为重要。"① 英伽登承接了胡塞尔现象学衣钵，但又有自己的创新。在英伽登看来，现实生活中有两类意向性客体：一类是认知行为的意向性对象（包括实在对象和数学中的观念性对象），另一类是纯意向性对象。文学文本属于后者，其结构包括如下四个渐次递进的层次："（a）语词声音和语音构成，以及一个高级层次的现象；（b）由句子意义和全部句群意义构成的意群层次；（c）图式化外观层次，作品描绘的各种对象通过这些外观呈现；（d）在句子投射的意向性事态中描绘的客体层次。"② 不同意向性客体有不同的结构层次，相较而言，认知行为的意向性对象纯粹单一，而纯意向性对象则充满不确定因素，需要更多调动主体积极参与能力。"前者有一种离开认识主体而独立的'自足性'，而艺术性对象中只有一部分属性通过作品呈现出来，其余属性则有待于观赏者的想象力来补充，因而就不是自足的。他认为美学的（纯意向性）客体与实在的客体之间有着清楚的界限，不能像胡塞尔那样一律'还原'为观念性的东西。"③ 事实上，任何有关实际对象在受到经验检验以前仍然需要意向性投射作用，即使是实际存在的东西，它与认识主体也是处于一种变动着的意向性构成的关系中的，

---

① 李幼蒸：《结构与意义》，中国社会科学出版社 1996 年版，第 428 页。
② 蒋济永：《现象学美学阅读理论》，广西师范大学出版社 2001 年版，第 31 页。
③ 李幼蒸：《结构与意义》，中国社会科学出版社 1996 年版，第 288 页。

主体对于这个实际对象也不能了解其一切方面，因而总要在认识的过程中赋予它一些主观性的"杂质"（impurities）。读者在阅读作品时同样也要通过字词的意义来进行意向性"投射"，不管被意向的对象是有现实存在性的，还是纯虚构的。因此，作品故事中的人物、背景、事件之中就充满了读者在一次具体的阅读中所增附的主观性"杂质"①。这是文学审美阅读的必然。

法国现象学美学家杜夫海纳在其《审美经验现象学》中进一步深化了文本审美阅读及其多重效果的观点。他认为审美活动中主体的参与至为关键，艺术作品在读者阅读之前还不是审美对象，仅仅是一物品，读者的审美意向性活动使其美的潜能变为现实。为此，他提出了几个重要命题：艺术作品加上表演者的表演等于审美对象，艺术作品加上目击者等于审美对象，艺术作品加上公众而成为审美对象。当然，审美经验的形成也须借助审美直观形式，艺术作品包括由浅入深的三个层次：感性、主题和表现，审美主体知觉结构也由三层构成：呈现、再现和情感。在审美直观活动中，艺术作品与审美知觉各个层次达到契合，美感与审美阐释得以形成。

将读者审美阐释文本诗学发展到顶峰的是德国文艺理论家伊塞尔。伊塞尔认定文学文本中存在着"空白"与"否定"点，他称文学文本这一特殊形式为"召唤结构"，需要读者阅读阐释时充分介入，文本意义的实现也有待于读者积极参与。在阅读过程中，读者不断调整自己的期待与"视点"，在双向交流中完成意义的重建。"在文本中……每一个个别句子的相关物都预示了一个特殊的视界。因此被文本预示出来的视界就会给读者提供一种观点，这种观点（不管它有多么具体）必须

---

① 李幼蒸：《结构与意义》，中国社会科学出版社 1996 年版，第 291 页。

包含不确定性，以便唤起读者对于解决这些不确定性的方式的期望。这样，每一个新的句子相关物都会回答前一个句子相关物引起的期望（或者肯定地回答，或者否定地回答），同时唤起新的期望。""已经被读过的东西在读者的记忆中缩小成为一种经过压缩的背景，但是在新的语境中，这种背景又不断被唤起，并且被新的句子相关物修改，这样就导致了读者对过去综合的重新建构。"①"游移视点"使得文本解读成为一种时刻进行的文本与读者的互动活动。需要解释的是，同为接受美学领军人物，伊塞尔的阅读现象学理论不同于尧斯的接受史理论，前者注重文本阅读过程，侧重微观分析；后者则更关注文学史演进，倾心宏观考察。"一种接受理论总是论述现存的读者，他们的反应证明了某些受历史制约的文学体验。响应理论以文本为基础；接受理论则由读者判断的历史产生。"②

　　读者审美阐释文本诗学既是一种阅读理论，也是一种美学理论，它继承了文学研究关注文本客观存在的时代观念，伴随 20 世纪中期读者意识觉醒而兴盛，并产生长远影响。它对探究阅读鉴赏心理过程、审美经验的产生、审美主客体结构层次及其关系等理论问题富有启发价值，并且直接影响了接受美学、读者反应理论等文艺美学思想的走向。

三　话语意识形态文本诗学

　　"话语"是 20 世纪 50 年代以来在西方非常流行的范畴，其提出也与"语言学转向"有关。"话语"本身就是一个介于"语言"与"言语"之间的概念，但又与上述两者具有明显不同。"'话语'（discourse）原是语

---

① ［德］伊塞尔：《阅读活动：审美响应理论》，霍桂桓等译，中国人民大学出版社 1988年版，第 148—149 页。

② ［德］伊塞尔：《阅读活动：审美响应理论·前言》，霍桂桓等译，中国人民大学出版社1988 年版，第 2—3 页。

言学中的一个概念，指构成一个相当完整的单位的语段。通常限于指单个说话者传递信息的连续话语。"① 出于对结构主义文论的反叛，福柯赋予"话语"以新的含义："话语"是一种人类社会实践方式，该活动以语言存在为凭借，但其中纠结着各种社会文化力量的渗透和介入。福柯认为结构主义乃至一切形式主义文论都把作品视为语言客体，认为文学阐释就是从语言学角度、就技术层面挖掘作品的客观意义，这必然会导致对形成和创造文本丰富意义的其他因素的忽视与省略，不仅孤立了文本，而且还减少了文学解读的人文色彩和价值关怀。他还认为文本并非意义的中心，但它是意义产生的前提，文本阐释应该作为一种话语活动展开，特别需要关注外部文化语境特别是政治经济力量和意识形态操控的介入。"话语"是人类的一种主要实践活动，文本阐释则是一种文化实践，文本意义并不唯一，而具有多种可能性和无限生成空间；文本释义也非静态，而是文本与社会文化因素的互动过程。童庆炳先生干脆将"话语"界定为"特定社会语境中人与人之间从事沟通的具体言语行为，即一定的说话人与受话人之间在特定社会语境中通过文本而展开的沟通活动，包括说话人、受话人、文本、沟通、语境等要素"②，这很有道理。

话语意识形态文本诗学立足后现代语境，从社会学、文化学视野考察文学活动，将文本创造与解读视为社会文化实践——话语活动，关注该活动的动态性，并注意挖掘文本中丰富的意识形态因素。话语意识形态文本诗学在20世纪60年代后西方马克思主义文论与美学中表现得尤为明显。西马文本理论与传统马克思主义文学理论最大的不同就是突出了文学的"文学性"，注意将文本的意识形态功能与文本语言结合起来，从

---

① 朱立元、张德兴：《西方美学通史》（第七卷下），上海文艺出版社1999年版，第376页。

② 童庆炳主编：《文学理论教程》（修订二版），高等教育出版社2004年版，第69页。

这一语言客体中窥见意识形态因素或把文学活动本身视为一种意识形态生产。就这一点来说，在形式主义文论兴盛之时，很多有识之士，就注意将语言形式问题引入马克思主义体系，并产生了一定影响，这主要有巴赫金立足语言提出的"对话"理论以及对语言意识形态特性的分析。"语言的准确性、精炼、欺骗性、分寸性、谨慎等特点，当然不能认为是语言本身的特点，正如不能把语言的诗学特征看作语言本身的特征一样。所有这些特征不属于语言本身，而属于一定的结构，并且完全决定于交际的条件和目的。"① 此处所说的"交际的条件和目的"就是与意识形态密切相关的现实社会需要。在其他著述中，巴赫金明确指出了这一点："这个基本内容（指文本的蕴意——引者注）由语言的具体社会历史目标所决定，由意识形态话语的目的所决定，由意识形态话语在其自身历史发展过程中的具体范围和具体阶段中所完成的具体历史任务所决定。这些任务和话语的目的决定了具体话语—意识形态的运动，以及意识形态话语的各种具体类型，最后决定了话语本身的具体的哲学概念。"② 在这以后，洛特曼的文化符号学文本理论既突出了文本语言符号意义的不断建构生成性，同时也没有忽视文本与文化意识形态的关系。但需注意的是，以上所提到的"意识形态"范畴主要是传统意义上的，涵盖面较为狭窄。20 世纪 60 年代，异军突起的阿尔都塞扩大了"意识形态"的含义，他认为"意识形态"是与人们生活条件相关、指导人们进行价值判断的信仰体系，它不再是一种纯粹理论，而就是日常生活，就包含在普通生活的方方面面。意识形态理论研究的不是具体意识形态的内容，而是意识形态作为一套信仰是如何发挥影响的，这一主张显然受到了当时

① ［苏联］巴赫金：《文艺学中的形式主义方法》，李辉凡译，漓江出版社 1989 年版，第 127 页。

② M. Bakhtin, *Dialogic imagination*, Austin and London：University of Texas Press, 1981, p. 271.

追求结构主义的科学梦想的影响。其后西马文论与美学多受阿尔都塞影响，自觉地将语言学方法与传统马克思主义文论有机调和。目前活跃于文坛的西马主将詹姆逊和伊格尔顿也受到了阿尔都塞学说的影响，不过他们的思想都较为复杂，理论渊源不止一种，但可以肯定的是前者更多地接受了与阿尔都塞思想接近的拉康的影响，而后者则直接继承并发展了阿尔都塞和威廉斯的理论。他们理论的共同结论是：文本研究不能摆脱语言学方法，但文本活动又是一种意识形态生产，从根本上说，文本活动是一种文化实践，或曰文化修辞学。

话语意识形态生产文本的核心是意义的生成性和意义与文化的关系问题。从方法论基础上说，这种理论坚持语言学分析模式与意识形态生活（社会现实）的有机统一，两相兼顾，并不顾此失彼。具体说来，此处的语言学模式是解构的语言学模式，此处的意识形态是阿尔都塞意义上的意识形态，两种新的研究视角在话语意识形态生产文本诗学中做到了较好结合。其研究目的就是打破传统封闭语言观、反对机械的意识形态理论，主张把文本研究作为一种文化事件或人的意指实践活动来看，文本研究不仅分析其中包含的意识形态观念（在詹姆逊的理论中较为突出），更要揭示意识形态是如何进入文本并如何通过文本发挥作用的（在伊格尔顿的理论中占据优势），即研讨话语意识形态文本生产的规律。这样，现实文化活动便自然进入该理论的研究视野，而所有这些，在伊格尔顿近期的"审美意识形态理论"研究中都有新的进展。当然，费斯克的符号政治学大众文化解读理论、德塞图的"游击战"视觉文化批评理论等也都有这种倾向，并已经在当前产生了深远影响。

当然，在文本诗学的这几种典型形态中，各自间对立矛盾之处非常突出，甚至同一形态下的不同理论家对文本问题的认识也有明显区别。

但他们在一个关键问题上却达成了共识，那就是：文本是一种客观存在，文学研究必须立足文本本身，其中文本的语言、结构等形式因素是任何时候都不能绕过的。正是因为如此，才使得上述形态迥异的理论观点都可以归拢在"文本诗学"的名下。

西方 20 世纪文本诗学形态多种多样，且异常复杂，远不止上述三种形态。上述三种形态仅是具有一定影响的典型形态而已。要想对西方文本诗学做出全方位评价，还须做更具体、更深入的研究。通过上述分析，我们基本明确了西方 20 世纪各文本诗学形态之间的区别及有机联系，理顺了文本诗学发展的脉络，为将来更深入的研究打下了基础。

第二节　现代性视域中诗性秩序的构建

关于文学自律的理解，中外论述颇为深刻。哈贝马斯认为："自律性也就是艺术作为社会亚系统的某种功能性模式，艺术的自律性也就是面对其社会有用性要求时艺术的相对独立性。"① 国内学者周宪认为："从词义上看，自律是与他律相对而言的，自律，即 autonomy 或自主性、自身法则的意思；从美学角度看，自律是把艺术存在的根据定位于艺术自身。"② 从审美现代性角度来看，文学自律性是对审美现代性一个方面的阐释，而这种阐释与近代美学思想密不可分。众所周知，康德在近代美学、哲学史上地位显赫，他认为："快适使人快乐，善使人珍视和赞许，美则使人满意，在这三种愉快里只有对美的欣赏和愉悦是唯一无利害关系的和自由的愉快；因为既没有官能方面的利害感，也没有理性方面的

---

① ［德］比格尔：《先锋派理论》，高建平译，商务印书馆 2002 年版，第 108 页。
② 周宪：《现代性的张力》，首都师范大学出版社 2001 年版，第 193 页。

利害感来强迫我们赞许。"① 我们认为康德所强调的这种无目的合目的性与艺术的自律性要求统一于审美现代性之中，是审美现代性对艺术独立地位强调的体现。如果说美或审美属性是现代性追求对文艺内质的最高要求，那么独特的形态、结构及话语表达则是现代性追求对文艺诗意存在方式探究的结果。文学文本理论作为一种独特的形式主义文论，强化着后者的研究。

文学文本理论就是在文学追求现代性的进程中逐步发展起来的。

一　文本观念的兴起

任何事物的兴起与出现都应该从内、外两个方面探究原因，外因是条件，内因是基础。就文本观念的出现来看，也离不开这两个方面，外因就是当时的文坛气候，内因则是对批评本身的自觉定位。

就外部原因来看，一方面，19 世纪末 20 世纪初占据文坛主导地位的是泰纳首倡的社会实证批评，在其影响下出现的社会历史批评、传记批评盛行一时。文学研究的重点不是作品，而是作者如何创造了作品，作者所处的时代、民族身份和生活环境成了决定文艺成败的核心因素。文学批评有时也涉及作品本身，但研究的兴趣主要集中在文学形象如何传达了作者的情思、文学形象如何模仿了现实上；在分析语言手法时，仅仅将其作为一种传情达意的媒介，而对其自身特点很少注意。就此而言，形式主义文本观念的出现是对这种批评风气的有意矫正。另一方面，语言学方法的促进与借鉴也不容忽视。伊格尔顿的分析很有道理："在 19 世纪中期，中产阶级的自信的理性主义或经验主义相信，语言确实与世界紧密相连，我们还能分享这种信念吗？如果没有一个与读者共同分享的集体信仰框架，写作如何可能？然而，在 20 世纪的意识形态的动荡之

① ［德］康德：《判断力批判》，宗白华译，商务印书馆 1985 年版，第 46 页。

中，怎样才能创造出这样一个共享的框架？正是上述这些根植于现代写作的真实历史条件之中的问题，如此强烈地'突出'了语言问题。"① 语言学促使学界同人思考文学的独特本质，深入研讨作为语言构成物的文学的文学性，这样一来，文学的"语言性"问题便成了文本理论研究的重中之重。国内学者王一川也分析了西方语言论美学兴起的这一外部原因："西方语言论美学，正是在这种高度符号化与理性化的文化语境中兴起和衰败的，因而也是这种高度符号化与理性化语境的显示。……最好是把结构主义视为社会和语言危机的症候和对于这一危机的反应。"②

外因仅为事物产生的条件，内因才是关键。文本观念产生的内因在于对文艺批评本质的重新定位。文艺批评应该是对文艺作品构成要素的研究，特别是作品的语言、结构、表现技巧。我们要了解的不仅是作品描述了什么，而且更应该知道作品是如何构成的，作品虚构的世界是通过何种变形处理而与现实世界保持距离的。然而，在 19 世纪末，批评家并没有在这一轴心问题上达成共识，很多批评家认为文艺研究类似于文艺创作，它包含较多主观随意性和印象感悟的东西，缺乏理性和科学内核。只是形式批评的出现才使我们对这一点有了全新认识。新批评主将韦勒克对此的认识是："不过，我仍然不认为批评家就是艺术家，也不认为批评是一种艺术（严格按照它现代的意思）。它的目的是从理性上认识事物。……批评是理性认识，或者以这种认识为目的。"③ 批评是对文本本身语言、结构的科学研究和系统考察，原则上说，它应该是一种排除了主观偏见的理性认识。虽然文学批评不可避免地包含很多价值判断，

① ［英］特里·伊格尔顿：《二十世纪西方文学理论》，伍晓明译，陕西师范大学出版社1986 年版，第 175 页。

② 王一川：《修辞论美学》，东北师范大学出版社 1997 年版，第 68—69 页。

③ ［美］韦勒克：《文学理论、文学批评与文学史》（1960），赵毅衡主编《"新批评"文集》，百花文艺出版社 2001 年版，第 549 页。

但它是对文本本身价值的论断，完全不同于社会伦理道德判断和主观情感判断。由于文本客观存在是形成其他判断的基础和前提，因此文学批评要达到的目标就是使批评尽量公正与客观，"唯一要做的现实而正确的事情是尽可能地使这种判断客观一些，做每一个科学家和学者做的事情：把他的研究对象——在我们来说就是文学的艺术作品——抽出来，非常认真地加以考虑，加以分析、解释，最后再加以评价，而评价所依据标准的产生、验证和根据，都是出自我们所能掌握的最广博的知识，最精细的观察，最敏锐的感觉，以及最诚实的判断"①。在韦勒克看来，任何批评都要坚持一定规则，任何批评都有自己对批评内核的确认。"我们整个社会以我们知道什么是正义的设想为基础，而我们的科学则以我们知道什么是真实的设想为基础。我们讲授文学实际上也是以美学规则为基础的，即使我们不是非常明确地感到它们的约束。"② 由此看来，批评家对文学批评含义的重新认定是实现由作品向文本转变的内因。

传统作品理论强调作者的创作才能，研究重点为作品形象如何再现现实及表现作者情感，而对作品本身特点及创作技巧很少关注。就事实而言，作品本质恰在其自身，是形式因素为作品带来了无限荣耀。柯尔律治明确指出：诗的任务"是表现日常事物新奇之美和创造一种超自然的感觉，将读者从日常的昏睡中唤醒，以将他心灵的注意力转向我们周围世界奇妙和迷人的一面：在这个世界中，有着许多取之不尽的宝藏，可由于受实际利益和习惯的影响，我们不具有能够接受它们的眼睛，能够聆听它们的耳朵，和能够感觉和理解它们的心灵"③。而做到上述要求，必须突出作品与现实的距离，以陌生化的手段给读者造成新奇感、延长

---

① ［美］韦勒克：《文学理论、文学批评与文学史》（1960），赵毅衡主编《"新批评"文集》，百花文艺出版社 2001 年版，第 562 页。

② 同上书，第 562—563 页。

③ 转引自张冰《陌生化诗学》，北京师范大学出版社 2000 年版，第 229—230 页。

感知时间、增加感知难度，让读者在反复咀嚼中体验审美乐趣。从作品到文本的转变就表现了文艺观念上的这种变化。

二　诗性秩序的构建及三种语言客体文本诗学的关系

探讨诗性秩序的构建是俄国形式主义文论、英美新批评和法捷结构主义批评的理论特色所在。俄国形式主义提倡陌生化理论，重点探讨文学语言表达技巧，并以此为基础，形成了一套含义丰富而完整的形式主义理论体系。[①] 英美新批评对文本语言本身更为关注，在其看来文本是一个有机统一体，文本语言的悖论、反讽、含混特性使作品既复杂、充满矛盾对立又统一和谐，这种诗性语言能使感知的具体性与逻辑的抽象性达到有机融合。文学批评就是研究文本自身所具有的这些特性，其批评方法被命名为"细读法"。这种细读批评、实用批评最为担心的就是"意图谬误"和"感受谬误"在批评过程中的无意识出现。如果说"新批评"方式侧重文本语言特色的话，那么结构批评则更倾向于将文本视为一个封闭体系，着力挖掘文本深层结构模式；如果说前者突出单个文本的特色及其为读者带来的具有个性化色彩的独特体验，那么后者则更关注文本深层结构所具有的普遍性、客观性，更乐意寻求结构模式的科学性与共性。但结构批评探讨的深层结构只适于研究，一般并不能为普通读者运用于批评实践，因此伊格尔顿戏谑地说道："如果说传统的批评家组成了一群精神贵族，那么结构主义者似乎就构成了一群拥有远离'普通'读者的深奥知识的科学贵族。"[②]

联系历史来看，俄国形式主义、新批评和结构主义的共同之处多于

---

① 参见拙作《俄国形式主义的文学观》，《中国海洋大学学报》（社会科学版）2002 年第 3 期。

② ［英］特里·伊格尔顿：《二十世纪西方文学理论》，伍晓明译，陕西师范大学出版社 1986 年版，第 140 页。

差异，它们之间有着密切联系。但相比而言，俄国形式主义、新批评与传统关系更紧密一些，它们都信奉传统语言观，认为语言从本质而言能够精确地传达作者对现实的感受与体验；对于读者来说，最重要的工作是立足文本语言本身、结合自己的独特感受与体验去分析、体悟文本含义。总体而言，这两种文论具有一定人文主义色彩。

俄国形式主义的兴起是为了反对当时占据文坛领袖地位的象征主义批评，主张文学研究必须有现实客观依据，必须有据以立论的基础，那就是语言。伴随着当时注重语言探索的先锋艺术——未来主义诗歌创作，形式批评产生了。形式批评主将艾亨鲍姆总结了该批评方法产生的原因："这种状况（指形式研究的崛起——引者注）是由一连串的历史事件造成的，其中最重要的就是哲学美学危机，艺术领域中的突变，在俄国，这种突变选择的最适宜的土壤便是诗歌。美学的外衣被剥得精光，而艺术也甘愿采取朴实无华的形式，不再遵守最起码的常规。形式主义和未来主义于是便相互联系在一起了。"① 特里·伊格尔顿则以赞赏的口吻描述俄国形式主义批评的勃兴："作为一个富有战斗和论争精神的批评团体，他们拒绝前此曾经影响着文学批评的神秘的象征主义理论原则，并且以实践的科学精神把注意转向文学作品本身的物质实在。批评应该使艺术脱离神秘，关心文学作品的实际活动的情况：文学不是伪宗教，不是心理学，也不是社会学，而是一种特殊的语言组织。它有自己的特殊规律、结构和手段，应该研究这些事物本身，而不应该把它们化简为其他事物。文学不是传达观念的媒介，不是社会现实的反映，也不是某种超越真理的体现：它是一种物质事实，我们可以像检查一部机器一样分析它的活动。"②

---

① ［俄］艾亨鲍姆：《"形式方法"的理论》，［法］托多洛夫主编《俄苏形式主义文论选》，蔡鸿宾译，中国社会科学出版社1989年版，第22页。
② ［英］特里·伊格尔顿：《二十世纪西方文学理论》，伍晓明译，陕西师范大学出版社1986年版，第4页。

新批评不是一种激进主义文论，而是具有很强的保守色彩，其身上具有浓厚的人文主义气息。其创始人英国诗人艾略特就认为诗歌不是表现个性、放纵感情，而是逃避感情、泯灭个性。好的诗歌应该指向传统，包含传统的影子。以兰色姆为代表的美国新批评兴盛于经济较为落后的南方，他们担心北方强盛的资本主义势力侵入南方，搅乱南方较为稳定、平静的生活和浓郁的农村乡土气息。他们认为在这样一个追求科学的时代，宗教势力已大为衰败，文学在某种程度上具有代替宗教的功能，因为它守护着人类的情感家园。因此，摆脱世俗喧嚣，提高个人感悟与解读能力成了新批评的主要任务，早期新批评文论家身上大多具有浓厚的宗教情怀。"的确，在我们这个时代，我们实际上已经等于分析思考和概念探究的对立物：当科学家、哲学家和政治理论家担负着这些枯燥乏味的论辩性事务时，文学研究者却占据了更可贵的感情和经验领域。"① 然而新批评有着与生俱来的内在矛盾，因为它采用科学方法从事着反科学的工作。新批评采用现代语言学方法，把文本作为一个客观存在的物质实体，并以解剖人体般的审慎态度分析文本中的反讽、悖论与含混以及所有这些手段如何造成了文本既充满张力但又和谐统一，其根本目的是培养读者领悟文本、理解经典文本的人文气质，这就如同马修·阿诺德为对抗媚俗大众文化而倾心于 17 世纪的古典文化一样。伊格尔顿分析了这一内在悖论："新批评的发展正当北美文学批评竭力走向'专业化'、竭力成为一门可接受的体面学科的年代。它的全套批评工具是按照硬科学自己提出的条件与硬科学竞争的一种方法，因为在这个社会中，这种科学是占据统治地位的知识标准。新批评运动本身是作为技术主义社会的人文主义补充或替代物开始其生涯的，但它却在自己的方法

---

　　① ［英］特里·伊格尔顿：《二十世纪西方文学理论》，伍晓明译，陕西师范大学出版社1986 年版，第 32 页。

中重复了这种技术主义。"① 这一悖论也为其后来的命运埋下了失败的种子。

客观地讲，无论是俄国形式主义还是新批评，都与传统批评有着难以割舍的关系。虽然它们不是产生在同一个时代、同一国度，并且也没有直接的渊源关系，但它们都是产生在传统的内部，都是在对抗传统的过程中逐渐形成的。因此，它们与传统的关系就像青少年对父母的态度一样：既渴望独立、摆脱父母的控制，又依赖与留恋，难以与其彻底划清界限。它们不但需要传统提供的知识与技能，而且也未从根本上改变文本语言是传情达意媒介的观念。"只要从新批评家的角度稍稍考虑一下批评问题的性质，就足以看出，这种批评在许多情况下都大大需要语言史、思想史和文学史的帮助。的确，就词义的差异及含义的重要性而言，就讽喻的曲折，文字游戏，或重音变化引起词义变化而言，就意象和隐喻的延伸从而决定'这首诗说了什么'而言——一句话，就批评家运用威廉·燕卜荪和 R. P. 沃伦所提出的独特方法而言，他必须准确地了解诗人究竟写了些什么。在所有的批评家中，他最需要运用别人进行缜密细致的研究而得到的成果。实际上，治学严谨的学者正是以这样的批评作为自己的目的，换言之，上述批评也正需要、并依赖于这些学者们出类拔萃的劳动。"②

结构主义文论则表现出与传统决绝的姿态，在其身上已没有俄国形式主义和新批评别具一格的人文气息，转而追求完全公正、客观与科学。受索绪尔语言学影响，它把文本视为封闭自足的客体，文本意义与作者、读者都没有必然联系，它产生于文本语言符号本身内部系统的区别与差异。

---

① ［英］特里·伊格尔顿：《二十世纪西方文学理论》，伍晓明译，陕西师范大学出版社1986 年版，第 62 页。
② ［美］布鲁克斯：《新批评与传统学术研究》（1946），赵毅衡主编《"新批评"文集》，百花文艺出版社 2001 年版，第 530 页。

"cat"之所以是"cat"，就在于它不同于"hat""bat""can""cap"……又因为符号能指和所指的结合是任意的、约定俗成的，因此每一套符号都是一套独特语言体系。从这一角度来说，语言方法决定人对事物的命名及对世界的认识，因此是语言说我，而不是我说语言，更进一步讲，语言决定了人作为世界主体的地位和身份。结构主义文论就是把文本作为一套符号体系加以研究的，其着力点是这套体系如何言说世界，文本表层背后支配言说的规则是什么，即挖掘一套具有普适性的结构模式。对于结构主义文论这一探索，伊格尔顿给予了极高评价："结构主义的收获是什么？首先，它毫不留情地除去了文学的神秘性。……主观的泛论受到一种批评的惩罚，这种批评承认，正如任何其他语言产品一样，文学作品是一个'结构'，它的机制能像任何其他科学对象一样被归类和分析。"① 其次，它确立了这样一种事实："意义既不是私人经验也不是由神规定的事件：它是一些共享的意义系统的产物。资产阶级曾经确信，孤立的个别的主体就是全部意义的源泉，而现在这一信念却遭到了猛烈的打击：语言先于个人，与其说语言是他或她的产物，不如说他或她是语言的产物。……意义不是被所有地方的所有男女直觉地享有着，然后由他们以各种语言和文字表达出来，你能表达什么意义首先取决于你分享何种语言和文字。"②

然而，与传统决绝并不意味着结构主义与俄国形式主义和新批评必然划地绝交，通过历史分析和理论比较可以发现这条隐在线索。众所周知，雅各布森是俄国形式主义理论的发起人和领导者，正是他首次提出了文学研究的重点是"文学性"问题，自此以后，形式主义理

————————

① ［英］特里·伊格尔顿：《二十世纪西方文学理论》，伍晓明译，陕西师范大学出版社1986年版，第133页。

② 同上书，第134—135页。

论发展渐成声势。然而同时，他又是结构主义诗学的创始人，他自觉将音位分析法运用于诗歌批评实践，并从功能语言学角度论证了诗歌着力挖掘"元"语言功能，即符号自身通过区别与差异揭示意义的功能。形式主义文论在俄国失势后，雅各布森来到了捷克，继续进行结构诗学研究，并同穆卡洛夫斯基一起创立了布拉格语言学派，为法捷结构主义兴起奠定了基础。"（布拉格学派）代表了从形式主义向现代结构主义的一种过渡。他们详细阐发了形式主义者的思想，但是他们将这些思想在索绪尔语言学的框架中加以严格的系统化。"① 稍晚于此，法国学者列维-斯特劳斯成功地将结构主义语言学方法应用于神话学研究，探讨了俄狄浦斯神话中的结构性因素。随后，格雷马斯的结构语义学研究、托多洛夫的叙事句法研究、热耐特的叙事功能研究、巴特的叙事层次研究都取得了瞩目成就，结构主义方法在 20 世纪五六十年代终于盛极一时。

从理论渊源来看，可以说结构主义文论是按照俄国形式主义开创的道路继续前进的，但它比后者走得更远。"不过形式主义的'生疏化'概念还是把文学作品与世界联系在一起的：艺术离间和暗中破坏约定俗成的符号系统，迫使我们注意语言自身的物质过程，从而更新我们的感觉。……然而，捷克结构主义者比形式主义者走得更远，他们坚持作品的结构统一性：应该把作品的成分作为一个动态整体的功能加以把握；在动态整体中，本文的一个特定层面（捷克学派称为'支配者'）发挥着决定性的影响，它使所有其他成分'变形'，或者将其拉入自己的立场。"② 与俄国形式主义、新批评相较，结构主义文论有着更为严格的科

---

① ［英］特里·伊格尔顿：《二十世纪西方文学理论》，伍晓明译，陕西师范大学出版社1986 年版，第 124 页。

② 同上。

学性和纯粹性。在分析它们之间关系时，伊格尔顿认为："索绪尔的语言学观点影响了俄国形式主义者，虽然形式主义本身不是标准的结构主义。形式主义'结构地'观察文学本文，悬置对于所指物的注意而考察符号自身，但是它没有特别关心由于区别而存在的意义，或者说，在其大部分著作中，它没有特别关心潜在于文学本文的深层规则和结构。"① 也就是说，形式主义已经注意到文学研究的重点是文本语言，只是把语言传情达意的精确性与主体感觉的微妙性联系起来，而未过多注意语言本身的区别功能之于意义表达的重要性，而结构主义正好弥补了俄国形式主义文论的这一不足与缺憾。

结构主义与新批评的渊源关系并不是如此清晰。从其产生的直接原因分析，结构主义是作为存在主义文论的对立面而出现的，它以严格的科学精神对抗前者的人文主义志趣，这在欧洲大陆表现得非常明显。但就北美情况而言，我们还是能够寻觅出它们之间相连的事实。新批评是被原型批评所取代的，而后者可以视为北美结构主义文论起源的先声。新批评派不断改善着其精微的技巧和日渐细化的批评方式，且战且退地抵抗着现代科学和工业主义。但是，随着20世纪50年代北美社会政治的进步与发展，适应社会发展的思想模式逐渐具有更为严格的科学性，也更加程式化了。于是，一种野心更大的批评技术统治似乎成为必要。新批评派的工作做得不错，但是在某种意义上它过于拘谨和排他，没有条件成为一种更切合实际的学术方法。它专注于孤立的文学作品以及对敏感性的精细培养，却往往忽视了文学比较宏观的和更具有结构意义的方面。1957年，加拿大学者弗莱《批评剖析》的问世宣告了新批评时代的

---

① ［英］特里·伊格尔顿：《二十世纪西方文学理论》，伍晓明译，陕西师范大学出版社1986年版，第121页。

结束。① 弗莱认为要建立一个严格的科学体系，就必须清除主观判断，特别是新批评引以为荣的立足单个文本的细读分析，在他看来，这些东西只是主观的喧声。"当我们分析文学时，我们在谈文学；当我们评价文学时，我们却是在谈自己。这个关系也必须排除文学史以外的任何历史：文学作品是由其他文学作品而不是由任何外在于文学系统的材料创造的。弗莱理论的优点是，它以新批评的方式使文学免受历史的污染，而将文学视为作品的封闭生态循环。但是，与新批评派不同，他在文学中发现了一个具有历史自身的全部跨度和集合结构的'替代'的历史。"② 那就是具有结构主义色彩的文体发展循环模式。弗莱将最具现代性的科学精神与最具浪漫特色的主观渴望奇妙地结合在一起，创立了原型批评理论。自此以后，这股思潮与欧陆结构主义隔洋呼应，彼此启发与借鉴，终成大势。

然而，从理论发展态势来看，新批评中已隐含了结构主义的萌芽。新批评把文本视为一个封闭的客体，但它是一个有机系统和统一体。它对各要素的分析虽未像结构主义那样严格分层、逐层展开，但它也注意细部入手、整体把握。特别是"有机统一体"观念就已经把文本视为一个独特结构。

这样，诗性秩序构建文本观念肇始于俄国形式主义，后经新批评，发展至结构主义，终于蔚为大观。三者是在反抗传统作品观的进程中达成同盟的，三者既有联系又有区别，既有独特的理论主张、各成体系，又启发借鉴、渐次深入。行至结构主义，20 世纪西方文学理论终于完成了由作品到文本的全面转换。

---

① 弗莱虽不是正统的结构主义理论家，但其对理论框架的宏观建构及文学史发展模式的探讨与结构主义方法有相通之处；并且，两者在反对新批评的琐碎研究方面也保持着相同的论调。

② ［英］特里·伊格尔顿：《二十世纪西方文学理论》，伍晓明译，陕西师范大学出版社1986 年版，第 114 页。

第三节 后现代视域中文本诗学的多向发展

从历史发展角度来说，西方 20 世纪五六十年代是一个变革的时代，历史的脚步已踏入后现代阶段。虽然关于后现代、后现代社会、后现代性的含义、特征及性质，学界有不同声音，甚至发生过激烈的争论，但不可否认，他们关于社会发展的认识又空前一致：20 世纪中后期社会发展出现了不同于以往的全新变化。这种变化在人文科学领域主要表现为：一是对启蒙思想全面质疑，反对宏大叙事、革命叙事，主张雅俗融合；二是反对任何统一性规划，拆解形而上学的哲学大厦，强调差异性和异质性的存在；三是这是一种批判观念，反对各种先验标准和固有陈规，主张阐释的多样性和多元共存文化发展观，任何存在的事物都有自己存在的理由。伊格尔顿的概括很有说服力：后现代性充满了矛盾，哲学上极力避开价值、认识论和宏大的历史，坚持怀疑的、开放的、相对的、多元的、流动的观念，赞美分裂，不强调协调；强调异质而不是统一，把自我看成多元的、流动的不断建构的过程；一切都是暂时稳定与永远多变的统一。后现代文化语境对文本诗学的发展带来了决定性影响。

一 建构性文本观念的产生

20 世纪 60 年代中后期是一个多事之秋，这不仅是因为出现了苏联入侵捷克的"布拉格之春"事件和法国轰动一时的"五月风暴"，而且还因为哲学领域德里达扔下了重磅炸弹，导致了理论风向的急遽转变。先是 1966 年德里达在约翰·霍普金斯大学做了《人文科学话语中的结构、符号和游戏》的演讲，接着于次年发表了引起强烈反响的三部力作《书写与差异》《论书写学》和《声音与现象》。在这些著述中，德里达对结构主义的科学理想提出了质疑与抨击，同时也宣告了结构主义时代的结束。历史翻开了新的一页，文本观念开始了从自在到建构的历程。

从历史发展角度来说，西方 20 世纪五六十年代是一个变革的时代。一方面，伴随着世界各地风起云涌的争取民族、民主权利的斗争，人们普遍对现存体制的合理性产生了怀疑，并质疑产生这种体制、支持这种体制的作为基础的传统哲学及思维惯例。作为惯于用二元对立思维方式的西方学者来说，物极必反，由绝对坚持科学理性的封闭文本分析到提倡非理性的解构阐释有其必然性。另一方面，解构阐释是作为有良知的知识分子对抗自古依然的文化霸权的策略而出现的，现实政治行动的失败使其归隐于内心和理论，从理论上解构、嬉戏无处不在的霸权之网，从根基上破坏其稳固性。解构阐释有两种不同的表现形式：一是巴特式的解构的"文本的愉悦"，以一种自娱其心的方式玩弄文字游戏，认为解读就是一种自任其心的重写；二是阿尔都塞学派的文本与意识形态生产理论，文本解读当然要以文本语言为基础，但其不可避免地与广义意识形态相关，文本具有开放性，文本解读只能是多种意义相伴的意识形态生产过程。

从理论自身内部来看，形式主义文本批评取得了瞩目成就，加快了整个文学批评走向现代化、科学化的进程，这有目共睹。乔纳森·卡勒对此评曰："新批评主义着重研究歧义、悖论、讥讽、含义的作用和诗歌比喻，努力说明诗歌形式中的每一个基本要素是如何为一个统一的结构做贡献的。"① 他认为新批评的主要贡献就在于探索出了一种具有可操作性的文本解读方法。布鲁克斯转述了韦勒克对新批评成就的肯定："我愿公开表示，我相信新批评派提出了或重新肯定了许多可留诸后世的基本

---

① ［美］乔纳森·卡勒：《文学理论》，李平译，辽宁教育出版社 1998 年版，第 127 页。

原理：美学交流的特定性质；艺术作品的必有规范，这种规范组成一种结构，造成一种统一，产生呼应联系，形成一个整体，这种规范不容随意摆布，它相对独立于作品的来源和最后的效果。……新批评派设计出一套理解作品的方法，它常常成功地揭示了与其说是一首诗的形式不如说是作者暗含着的态度或看法，揭示了已经或者未曾解决的诗歌的含义和矛盾。这种方法得出了一套评价标准，这标准不会受时下流行的感情用事的简单做法的影响而遭受否定。"[①] 这种评价是相当高的。而结构主义由于揭示了语言先于主体认识的本质，从而更具有哲学指导作用。"结构主义是下述信念的现代继承者：现实与我们对于现实的经验是互不相连的。……结构主义暗中破坏了文学人文主义者的经验主义——即相信最'真实'的东西就是被经验到的东西，而这种丰富、微妙和复杂的经验的家就是文学本身。像弗洛伊德一样，结构主义揭示了惊人的真理：即使我们最直接的经验也是结构的结果。"[②]

但严格的文本科学分析有其不可避免的局限，它过于机械，过于远离普通读者的批评实践，这已经成为文本诗学进一步发展的桎梏。巴赫金对形式主义方法封闭性的批判就很有见地："形式主义已在这样的意义上不再存在：它已不能使体系进一步向前发展，而体系已不能推动它的创立者前进。相反，想要继续前进，需要放弃它。而需要放弃的正是完整的、彻底的体系。"[③] 虽然，巴赫金主要针对的是俄国形式主义，但这些论断完全适用于新批评和结构主义文论。具体分析起来，俄国形式主义和新批评仅仅注意琐碎的技巧和语言自身，没有高屋

---

① ［美］布鲁克斯：《新批评》（1979），赵毅衡主编《"新批评"文集》，百花文艺出版社2001年版，第616页。

② ［英］特里·伊格尔顿：《二十世纪西方文学理论》，伍晓明译，陕西师范大学出版社1986年版，第135—136页。

③ ［苏联］巴赫金：《文艺学中的形式主义方法》，李辉凡等译，漓江出版社1989年版，第102页。

建瓴的宏大气势，却有只见树木不见森林之嫌。乔纳森·卡勒在指出新批评成就的同时，也对它的这些不足进行了讥讽："这种内在的或含义的批评，在原则上，即使不是在实践上，只要一首诗的文本和一部《牛津英语辞典》，即可提供比一般读者稍许透彻、深刻的解说，这种阐释批评，既不需要援引至关紧要的特殊知识，也不需要从中引出权威的定评，因此，它充其量只是一种提供理解实例的教学手段，鼓励别人如法炮制而已。"① 而结构主义重视了后者，却成了科学狂想的受害者，为了追求科学、建构体系、探索深层模式，甚至可以远离世俗生活、放弃世俗生活，伊格尔顿早就对结构主义的宏大叙事提出了疑问："结构主义不是一种经验主义，是否仅仅因为它仍然是另一种哲学唯心主义？它把现实完全视为语言之产物的观点，是否只是古典唯心主义把世界作为人类意识构成物的最新翻版？"② 这种怀疑是完全有道理的，因为它同现象学方法非常相似，为了紧密把握客体的深层结构，甚至不惜牺牲现实本身的具体丰富性，给现实本身加上"括号"的行为本身就具有讽刺意味。"为了更好地阐明我们对于世界的意识，却把物质世界关在门外。对于任何相信意识在某种重要的意义上是实践的，是不可分割地与我们在现实中的活动和作用与现实的方式联在一起的人来说，这样的做法注定是自我拆台。这就像为了更方便地研究血液循环而把人杀死一样。"③ 文本研究若想进一步发展就必须突破这一稳定而封闭的圈圈，解构与建构的文论应运而生。从其产生来看，解构观念就孕育在结构主义文论之中，它是从内部颠覆结构主义大厦的，很多解构主义文论家都是在短短的几

---

① ［美］乔纳森·卡勒：《结构主义诗学》，盛宁译，中国社会科学出版社1991年版，第16页。

② ［英］特里·伊格尔顿：《二十世纪西方文学理论》，伍晓明译，陕西师范大学出版社1986年版，第135页。

③ 同上书，第137页。

年内由结构主义理论支持者摇身一变而来的。

二　语言拆解或话语生产文本诗学的确立

　　从根本上讲，自在的文本观是俄国形式主义、新批评和结构主义的文学理论，而建构性文本观则是后结构主义思潮兴起后诸多理论派别的文本理论。它们最大的区别就在于前者认为文本是一个自足的语言符号系统，它由能指排列组合，并形成一个共时的总体结构，文学研究就是分析文本的语言、表现技巧以及支配文本成型的深层结构；文本只有一个确定的意义与结构，文本与作者及现实世界没有必然联系。建构性文本观念则有相反的认识，一方面，文本虽然是封闭的语言客体，但其意义并不确定与唯一，因为语言本身具有隐喻特性，语言的这一本质特征使得文本与其指涉物保持着一定张力，既指向外物，但又总不与其完全一致，文本的意义是多重的。另一方面，就文本构成而言，语言符号是其物质基础，但语言符号意义的无限延宕造成文本意义并不固定，而是时时处于不断生成过程之中，因为构成语言符号的每一个能指和所指的含义只有依靠更下一级的能指和所指来区分，而从理论上讲，这种区分是无限的，因此意义和含义只能处于无限的延宕与推延过程之中。以上是就解构理论而言，如果再将这种理论与多元化的现实实践联系起来，建构性文本观念就更有了用武之地，因为弱势群体可以将其作为反抗稳固强权统治的武器。"在结构主义文论中，文本被视为一个供读者消费的制成品；一个文本的意义层数是可数的，不管它如何多义，它总是被当作封闭的、自足的实体；文本的符号世界总是隐含着某种结构，借助科学的分析就可以把握文本的符号世界；文本被动地提供给读者，读者的主要任务是释码——发现一个内控的规则，阅读被视为阐释一个（或多个）客观存在的意义行为。……然而，德里达发现：当读到某一能指时，所指并不应声而至，相反它迟迟不露面，甚至永远不露面，所谓'所指'只是一场无尽的延搁而已。在文本里，能指不断激增，意义不断延搁，永远没有最终的界线，文本必然是一种运动中的、能指不断增殖的文本，而不是也不可能是结构主义心目中的那种固定、封闭的文本。这样，文本被视为一种增殖力、生产力：它在活动和动作、生产和转换。"① 这很好地概括了这两种文本观的区别与差异。

三　语言拆解或话语生产文本诗学的演变

建构性文本观念不是某一种理论流派的认识，而是 20 世纪 60 年代后西方文学批评所表现出的一种整体倾向。从其内部构成来看，派别众多，并且各自有着不同的理论渊源。它们交相呼应，互相启发与借鉴，彼此互补，共同促进与发展。大致来说，建构性文本观表现出两种不同的批评方略和旨趣：一是立足文本内部，从语言与结构的不稳定性出发，揭示文本意义的不确定性和建构生成过程；二是立足文本自身，但更侧重文本与社会和意识形态的广阔联系的论析，从这种联系中揭示文本的开放性、多元性和生成性。而每一种批评策略内部又因理论背景的不同，运用着不同的批评原则，呈现出多样理论形态。

（一）语言拆解文本诗学

法国的德里达和罗兰·巴特是第一种建构性文本观的倡导者。德里达为了反对逻各斯中心主义及理性的稳固统治，主张从语言自身的不稳定性和意义的不确定性出发，拆解结构主义的文本观。在他看来，组成每个语言符号的能指和所指的意义只有靠符号内部的区别才能辨识，而符号内部的这种区别从原则上讲是无限的，意义本身就在这种区别过程中被无限地推迟和延宕，因此没有确定的意义，只有滑动的、飘浮的能指。德里达称意义的这种展示方式为"播撒"，我们不能得到确切的意义，只能发现意义"播撒"的"踪迹"。从这一立场来看，文本分析就在

---

① 冯寿农：《文本·语言·主题》，厦门大学出版社 2001 年版，第 63—64 页。

于发现其中的裂缝和差异，并将其无限推延下去，文本阐释的目的就是拆解传统的形而上学的大厦，以开放的姿态发现和揭示文本复杂的内蕴。但从根本上说，德里达的文本解读实践主要立足在哲学领域，从根基处颠覆传统观念，这为后起的解构理论打下了坚实的基础。罗兰·巴特是由结构走向解构的，其批评实践主要表现在文学领域。他认为批评解读就是重写，就是拆解文本的文字游戏，批评家应在这样的解读过程中充分获得愉悦。在他看来，解构方法可以运用在生活中的各个领域，教学、写作、作品解读中更是无处不在，解构能使人获得游戏般的全身心愉悦。巴特以炫耀的口吻毫不掩饰地述说着自己的研究方式："而且我在写作或教学的时候越来越相信，这种摆脱权势方法的基本程序在写作中就是分割作用，而在讲课时就是离题作用，或者用一个可贵的含义模糊的词：偏离作用。因此我喜欢言语和聆听这两个词，它们在这里结合在一起颇像是一个在妈妈身边玩的孩子来来去去，孩子跑开又跑回，给妈妈带回了一片石子、一根绒绳，于是围绕着一处安静的中心描绘起整个游戏场来，在游戏场内石子、绒绳最终都不如由它们所构成的满怀热情的赠予行为本身重要了。"[1] 这是一种以结构主义为对立面而提出的建构性文本观。

与此同时，在美国也出现了一股解构风潮。毫无疑问，它的出现与德里达在美国的宣传有密切关系，但同时也不能忽视它又是立足美国本土的，20 世纪三四十年代新批评开创的细读批评在以"耶鲁四人帮"为首的解构批评家身上有突出表现。伊格尔顿甚至认为燕卜逊的语义含混理论就已经隐含了解构批评的先声。"恩普森（即燕卜逊——引者注）认为一部文学作品的意义在某种程度上始终是混乱的，绝不可能简化为一个终极的解释；在他的'暧昧'与新批评派的'感情矛盾'的对立中，

---

① ［法］罗兰·巴特：《符号学原理——结构主义文学理论文选》，李幼蒸译，生活·读书·新知三联书店 1988 年版，第 18—19 页。

我们发现了我们随后将会探讨的结构主义者与后结构主义者之间争辩的某种先声。"① 像新批评一样，这些批评家的批评实践都立足封闭的文本，从文本语言本身出发发现解构线索。但批评目的却截然相反，前者在于维护文本有机统一体观念，而后者批评的出发点就是打破稳固的语言客体，释放出其隐含的多种意义。伊格尔顿指出了两者在细读分析方法上的区别和难以割舍的潜在联系："耶鲁批评学派的本文的暧昧与新批评派的诗的矛盾不同。阅读不再像新批评派认为的那样，是两个不同的然而确定的意义的融合问题。阅读现在成了这样一种情况：它被卡在既无法调和也无法拒绝的两个意义之间。文学批评成为一项反讽的、使人不舒服的事业，一种在文本的虚空中的不安冒险，它揭露了意义的虚幻性、真理的不可能性和一切话语的骗人的伎俩。……对于新批评来说，诗确实以某种间接的方式谈论诗以外的现实；而对于解构批评家来说，文学证明，语言除了像一个酒吧间的讨厌鬼一样谈论自己的缺陷外，不可能再做更多的事情。文学毁灭了语言的一切指称功能，埋葬了语言的交际作用。"②

对文本语言这一虚幻性的揭示主要是保罗·德曼的贡献。德曼认为语言的本质特性是其寓言性，即语言与现实外物不仅不是一一对应的，而且它以模糊不清的言说方式去表达现实，"言在此而意在彼"。因此，文本并不能清楚地传达作者对现实的感受、体验与认识，文本客观上显示的意义往往与作者的创作意图南辕北辙，进行传统意义上的作品分析实在没有必要，在这一方面，其与新批评保持一致论点。但他同时认为，文本本身的统一性也是成问题的，妄图在文本中发现精妙而确切的传达

---

① ［英］特里·伊格尔顿：《二十世纪西方文学理论》，伍晓明译，陕西师范大学出版社1986年版，第67—68页。

② 同上书，第182页。

具体感觉与理性密切统一的语言和稳固不变的结构是不可能的，因为语言表达方式就是寓言，而寓言的特征就是含混和"言有尽而意无穷"，文本分析的目的就在于揭示语言的这一特点和意义的不可留驻性，就这一点来说，它与新批评又有根本不同。乔纳森·卡勒在《保罗·德曼对文学批评与理论的贡献》一文中点评了德曼的批评实绩："德曼的著作赋予文体以巨大的权威——一种具有分解力量的启发力——但赋予意义以渺小的权威。这种对文本的尊重与对意义的怀疑的高度创造性的结合在未来的年月里会给予他的著作一种持续的力量。……他浩繁的著作以其权威的语气和难以捉摸而又响亮的关键术语，有效地教导人们怀疑意义，告诉人们'毫无根据的有希望的答案之危险'，这些答案为粗暴的强加提供了借口。他坚持认为，我们不应向寻求意义的欲望让步，要带着对意义的怀疑和抵御来进行阅读，他的这些看法鼓励对任何停顿之处，任何可能使我们深信我们已获得去掉了神秘性的知识的时刻，都要表示严厉的怀疑。"① 德曼的理论是一种典型的解构性阅读修辞理论。

（二）话语意识形态生产文本诗学

第二种建构性文本观念是将文本理解为一种开放体系，将作为语言客体的文本与广阔的社会现实和人的意识形态活动联系起来，在实践中理解文本的复杂性。这又可以分为两种情况：一是产生在苏联的文本建构理论；二是出现于英美等国的"左派"马克思主义文本理论。前者以巴赫金、洛特曼为代表，后者的领军人物是伊格尔顿和詹姆逊。

巴赫金是以"异类"面目出现的，他是当时文坛的持不同政见者。其理论既不同于占文坛主导地位的正统马克思主义意识形态理论，又反

————————

① ［美］乔纳森·卡勒：《保罗·德曼对文学批评与理论的贡献》，［美］拉尔夫·科恩主编《文学理论的未来》，程锡麟等译，中国社会科学出版社1994年版，第367—368页。

对已处于强弩之末的俄国形式主义文论。他认为文本是语言客体，但它不封闭，而是面向社会现实的；他坚持文本具有意识形态性，但其意识形态性是通过复杂的语言客体表现出来的。巴赫金认为文本表现的内容与意义不能摆脱历史现实的影响，"这个基本内容由语言的具体社会历史目标所决定，由意识形态话语的目的所决定，由意识形态话语在其自身历史发展过程中的具体范围和具体阶段中所完成的具体历史任务所决定。这些任务和话语的目的决定了具体话语—意识形态的运动，以及意识形态话语的各种具体类型，最后决定了话语本身的具体的哲学概念"①。在其理论中，语言问题与意识形态问题有机统一在文本中，文本解读是立足于语言结构的意识形态分析，而对作品社会性、意识形态性的理解也离不开语言及其表现技巧。因此，他十分关心话语与话语体裁，在此基础上提出了著名的"对话"理论。伊格尔顿对其理论做了言简意赅的论述："简言之，语言是意识形态斗争的战场，而不是铁板一块的系统，符号则是意识形态的物质媒介，因为没有符号，任何价值标准或观念都无法存在。"②

以洛特曼为代表的塔尔图学派在更大程度上借鉴了符号学理论和文化批评实践观点，其理论思想可统称为文化符号学。洛特曼认为文本是一个分层的符号系统，符号之间的组合关系、聚合关系及符号各层次之间的关系都是复杂多义的，其中每一个符号的变化都会影响整个系统意义的变化，特别是读者文化层次及社会阅历更是影响着解读效果，因此文本意义处于不断建构过程之中。以诗歌为例，"对洛特曼来说，诗的本文是系统的系统，关系的关系，它是我们可以设想的最为复杂的话语形

---

① M. Bakhtin, *Dialogic imagination*, Austin and London：University of Texas Press，1981，p. 271.

② ［美］特里·伊格尔顿：《二十世纪西方文学理论》，伍晓明译，陕西师范大学出版社1986年版，第146页。

式，因为它把一系列系统压缩到一起，其中每一个都包含它自己的张力、对称、重复和对立，每一个都不断地改变所有其他的系统。因而诗不能只读一次，而必须一读再读，因为诗的一些结构只能被反思地察觉。诗激活了能指的全部躯体，强迫文字在周围文字的强烈压力下拼命工作，从而使文字释放出最丰富的潜能"①。

从历史发展角度而言，在自在性文本观念兴盛之时，就有很多有识之士指出了其不足。以现象学为指导的英伽登、伊塞尔阅读阐释理论就反对文本为一封闭的体系，他们特别强调读者对文中"不定点"和"空白"的填补作用。以阐释学为基础的文学解释学和接受美学更是强调文本的历史效果和意义的生成性。在它们看来，文本的意义不是由语言文本决定的，更不是固定不变的，其意义游移而不定，随着读者视点的变化而变化。一定程度上讲，读者最终决定文本意义的具体存在。文本作为一种流传物，通过语言的媒介而存在，并依赖新的解释而获得新的生命力。"流传物并不只是一种我们通过经验所认识和支配的事件，而是语言，也就是说，流传物像一个'你'那样自行讲话。一个'你'不是对象，而是与我们发生关系……流传物是一个真正的交往伙伴，我们与它的伙伴关系，正如我和你的关系。"② 而西方许多文艺社会学家也早就认识到了单纯研究文本语言结构的不足。文学作为社会存在物，无论就其内容还是形式来说，必然都受到社会生活多方面、多角度影响，完全将文本孤立起来，无疑是一种唯心梦想。就此来说，自在性文本观念表现出一种最浪漫主义的渴望。分析文本正确的做法应该是立足文本，但不忘却文本以外的社会。法国文艺社会学家埃德蒙·克罗正确地指出了这

① ［英］特里·伊格尔顿：《二十世纪西方文学理论》，伍晓明译，陕西师范大学出版社1986年版，第128页。

② ［德］伽达默尔：《真理与方法》，洪汉鼎译，上海译文出版社1999年版，第136页。

一点："与外部世界的关系，既可以通过文本内部的微型符号体系，也可以通过文本对于社会言语凝聚的生发工作而客观地予以反映，而写作者本人既未发现这些关系，也不可能发现，这一事实使文本具有极广泛的社会视野能力。"①"左派"西方马克思主义文论家所提倡的文本分析理论所做的工作就是揭示两者交互共存的关系：文本如何显示了社会，社会怎样影响了文本。

"左派"西方马克思主义建构性文本诗学的突出之处就是引入了意识形态观念，将文本分析与意识形态密切联系起来。通常说来，詹姆逊的"泛文本"理论政治色彩更为浓厚一些。一方面，他认为语言学模式的文本分析自有其价值，精确、细致而公正；另一方面，语言的牢笼却限制了文本影响现实、指导现实、参与现实的功能。后现代语境下马克思主义文本分析必须坚持马克思主义基本立场，方法可以灵活多样，但目的却只有一个：揭示各种理论及文本背后所包含的意识形态性。由于詹姆逊的"意识形态"观较为传统，含义较为狭窄，多指影响人们生活的政治、阶级观念，在他看来文本分析就是从语言、结构的裂隙中窥视、挖掘这种观念，因此他自然能得出第三世界文学是"民族寓言"的结论。詹姆逊的理论被称为"文化的政治阐释学"。

相较而言，特里·伊格尔顿的论述更具理论色彩，更追求理论的科学化、系统化和一体化。其立论核心就是"意识形态生产"。在伊格尔顿看来，意识形态包含了更广的含义，涉及文化生活的各个方面。概而言之，就是指影响人们价值判断、自我确认的信仰体系。但他重点研究的不是这一信仰体系内容的变更，而是这一体系是如何工作和发挥作用的，其发挥功能的程序如何。从这一角度来看，他确实遵循了阿尔都塞开创

---

① ［法］埃德蒙·克罗：《文学社会学》，［法］马克·昂诺热等主编《问题与观点》，史忠义等译，百花文艺出版社2000年版，第190页。

的结构马克思主义之路。就其文本理论来看，他重点探讨的不是文本暗含了一种怎样的意识形态观念，而是文本阐释是如何必然包含意识形态观念并推进意识形态观念发展变化的，正是从这一角度来说，文本分析才会是一种意识形态生产。因此，他反对用固定的意识形态观念解释文本，主张以后现代主义的"成文性"与其对抗。"可以说，'解构主义'批评的目的是用'成文性'与'意识形态'相抗衡。如果意识形态将咄咄逼人的纷繁意义归于自己名下，成文性就会随即揭示出其中隐含着'阈变点'；如果意识形态以一种具有稳定层次的、围绕着一套特定的自我封闭的先验能指组织起来的意义形式出现，成文性就会表明，在一个唯有暴力才能止滞的、具有无限发展潜能的环节中，一能指是如何去置换、重复并代替另一能指的。成文性揭示出意识形态话语及其他话语形式中不可避免的裂隙、疏漏和自缺，不过，这些话语必须不惜一切代价将它们抑制，成文性将意识形态那磨损了的边缘曝光，在其意义可能得到阐明的地方开刀，疑心十足而拒不承认意识形态那明显的自信，理由是文字符号是诡诈的，根本没有自足的意义。"①

特里·伊格尔顿接受解构主义观点，从语言学角度分析了意识形态生产过程。他也认为语言符号的意义是不确定的，处于无限推延和延宕过程之中，意义是一种悬浮的东西；而且，他还认为语言符号具有复制性，可以根据需要任意拼贴，并以此创造新的文本。由于符号脱离最初产生的语境而使其意义发生严重变异，所以对其新意的理解只能联系新的语境和上下文展开，因而文本意识形态生产是在每一次新的阅读中完成的。"我们很难知道一个符号的'本来'意义和'未来'上下文是什么：我们只是在很多不同的情境中遭遇符号。虽然为了可以被辨认，符

---

① ［英］特里·伊格尔顿：《文本·意识形态·现实主义》，王逢振等选编《最新西方文论选》，朱刚译，漓江出版社1991年版，第425页。

号必须在这些情境中保持某种一致性，但是，因为符号的上下文始终不同，所以它从来不是绝对相同的，它从未与自己完全同一。"① 因此，任何阅读与文本解读都是一种重写，都是联系上下文展开的重写，在重写中释放文本含义的多样性，在重写中完成文本的意识形态重建工作。"一切文学作品都被阅读它们的社会所'改写'，即使仅仅是无意识地改写。的确，任何作品的阅读同时都是一种'改写'。没有任何一部作品，也没有任何一种关于这部作品的流行评价，可以被直截了当地传给新的人群而在其过程中不发生改变，虽然这种改变几乎是无意识的。"② 伊格尔顿的这种文本意识形态生产方式意味着："价值既不是文本内在地固有，只等印在读者脑海里的本质属性，也不是像接受美学所说的那样，完全是在阅读过程中由读者印在作品里面的，而是在文本与读者的双向互动过程中生成的。既避免了尊奉不可撼动的终极意义的超验主义，也避免了诉诸毫无依傍的符号游戏的多元主义。"③ 因此，伊格尔顿的建构性文本理论具有较强辩证性和现实可行性，其最终趋向是文化修辞学，或他自称的"政治批评"。伊格尔顿的文本审美意识形态生产理论代表了新近文本诗学发展的一种潮流，目前这种文本解读策略在世界各地具有较大的发展空间。

综上所述，结合文学批评实践进行研究，我们发现 20 世纪当代文本诗学大致经历了 个由作品到文本、确立文本诗性秩序，由自在至建构、推崇文本与读者互动、挖掘文本多重蕴意的跳跃式发展历程，最终走向一种既关注语言本身又不忽视外在现实的辩证综合的文本文化修辞研究。

---

① ［英］特里·伊格尔顿：《二十世纪西方文学理论》，伍晓明译，陕西师范大学出版社1986 年版，第 162 页。
② 同上书，第 16 页。
③ 马海良：《文化政治美学——伊格尔顿批评理论研究》，中国社会科学出版社 2004 年版，第 164—165 页。

第三章　文学形式与文本诗学

　　众所周知，文学不同于一般精神活动，它要处理人与外物之间的诗意情感关系，要表现审美的诗意人生。文学的诗性世界不仅仅指文本描绘了诗情画意的社会内容，还在于文本采用了诗性形式。就此而言，文本内容与形式达到了真正统一，文学形式不再是传情达意的工具，而是文本诗意世界的重要构成部分；在一定程度上可以说，剥离形式就等于取消文本。并且，文学文本首先是一个独特的客观语言存在物，以特殊的形态展现在读者面前。因此，探究文本诗学，首先应剖析文本诗性形式。事实上，肇始于20世纪初的文本诗学也正是在现代科学实证精神指导下，从剖解文本客观存在、构建文本诗性秩序开始的。一般而言，文学形式包括语言、结构、表现手法和文体四个要素，文学文本诗意内容需要依靠诗性语言、诗性结构、诗性文体和独特的构思、写作技巧加以传达。上述文本形式问题在语言客体文本诗学中得到了细致研究。

第一节　诗性语言与文本诗学

语言是构成文学文本的第一要素，也是分析文本首先遇到的要素。正是语言使文学文本所要传达的多种含义得以凝结和固定，也正是文学语言的独特性使文学文本包含了言约意丰的内蕴和思想，增添了读者解读的难度和乐趣。事实上，20世纪西方哲学出现了"语言论"转向，产生了形色各异的语言学思想，它们对文本诗学的产生和发展带来了巨大影响。在文本诗学看来，文学语言执行着载体与本体合一的双重职能；就其本质来讲，则文学语言既具独白性又有对话性，使文本意义始终徘徊在确定与含混之间；与科学语言相较，自指性和曲指性则是其根本特征。

一　语言意识和文本诗学

（一）两种语言意识

语言是什么，语言有哪些社会功能？这是千百年来一直萦绕在人文学者脑际的问题。从古希腊的亚里士多德，到中世纪的但丁；从索绪尔的结构语言学，到海德格尔的存在语言学；从西方逻辑把握，到东方感性体悟，都对语言本性及功能做出了无数探讨。尽管这些认识千差万别、五花八门，甚至相互抵牾、相互冲突，但在一点上达成了共识，那就是语言是思维的工具，语言是人类认识世界的媒介，语言在人类生活中发挥着至关重要的作用。著名语言学家萨丕尔给语言下了这样的定义："语言是人类独有的、用任意创造出来的符号系统进行交流思想、感情和愿望的非本能的方法。"[①] 索绪尔的认识是："思想离开了词的表达，只是一

---

　　① ［美］哈特曼：《语言与语言学辞典》，黄长著等译，上海辞书出版社1981年版，第189页。

团没有定形的、模糊不清的浑然之物。"① 西方学者以严密的逻辑演绎得出的理性认识大致相同：语言是表达思想、进行交流的媒介。而中国先哲则将其重要性放在语言活动中进行描述，突出其动态功能，"夫象者，出意者也；言者，明象者也。尽意莫若象，尽象莫若言。言生于象，故可以寻言以观象；象生于意，故可以寻象以观意。意以象尽，象以言著"②。在言、象、意三者渐次递进的关系中，语言是基础和前提，没有语言，形象或意象就失去了存在的物质条件，意义的传达更无从谈起。总之，语言是进行其他各种表意活动的基础。

　　传统语言学认为语言是思想的媒介，它能安全而完整地传达作者的感受与体验，虽然有时也会出现"言不达意"的感慨与困惑。这种观点还认为语言是对客观世界的"模仿"，语词与客观实在之间具有一一对应关系，语词可以说是客观外物的替代，掌握语言就等于掌握了客观世界。而现代语言学（结构语言学）则持一种与其迥异的语言观：语言符号由能指和所指两部分构成，能指是语符的声音、字形等物质层面，所指是语符的概念、含义层面。在大部分情况下，语言符号中能指与所指的结合是任意的，但这种关系一经形成就具有社会约定性，受语言习惯和社会习俗的制约与影响。在其看来，语言与现实的关系不像传统语言学所认为的那样是清晰的、透明的、一一对应的，其意义产生于系统内部的区别与差异，与客观外物没有必然联系。承接索绪尔衣钵的巴特论道："意义只能由于意指关系和值项的双重作用才可以确定。因此值项不是意指作用，索绪尔说，它来自'语言结构中诸词项的相互位置；它甚至比意指作用更重要'，他说：'一个记号中的观念与声音质料不如它在全体

　　① ［瑞士］索绪尔：《普通语言学教程》，高名凯译，商务印书馆2002年版，第157页。
　　② （魏）王弼：《周易略例·明象》，楼宇烈《王弼集校释》，中华书局1999年版，第609页。

记号中周围的词项重要。'"① 就连人类学家泰特罗对此也有清醒的认识："对索绪尔来说，语言不再是再现客观现实的一种手段，它并不是以词与物一一对应的方式将现实直接呈现于我们面前，而是一种符指形式，其连贯性有赖于语言系统中的内在关系。语言给我们的是词与概念，绝不是物。"② 结构语言观的本质就是语言是一种逻辑结构，其运转与使用必须遵循稳固的逻辑规律和程序，即深层语法规则，其意义产生于语言内部各构成层次的区别与差异，也就是说，语言本身与现实世界不再有必然关系，它是封闭、自足的。研究语言最重要的不是探讨个别语言现象，而是探讨语言规则及其演变的共同规律。以这种观点来看，人在语言体系中的地位已不再重要，语言不再传播思想存在，思想等内容要素反而成了验证语言规则、体系客观存在的无足轻重的中介物。"说话的主体并非控制着语言，语言是一个独立的体系，'我'只是语言体系的一部分，是语言说我，而不是我说语言。"③ 这是两种完全不同的语言观，它们对文本诗学发展有着截然不同的影响。

总体而言，20 世纪存在两种不同的语言观。一种是传统的工具论语言观，该论点认为语言是工具和载体。另一种是本体论语言观，它认为语言是独立于人类主观认识的符号体系，它有自己的规则和规律，语言是一自主的世界；人类创造了语言，反过来，语言又成了人的对立物，控制着人类的言说行为。

（二）语言意识转变与文本诗学发展

俄国形式主义文论家信奉传统工具论语言观，他们认为语言能够表

---

① ［法］罗兰·巴特：《符号学原理——结构主义文学理论文选》，李幼蒸译，生活·读书·新知三联书店 1988 年版，第 145—146 页。

② ［法］特泰罗：《本文人类学》，王宇根译，北京大学出版社 1996 年版，第 29 页。

③ ［美］詹姆逊：《后现代主义和文化理论》，唐小兵译，北京大学出版社 1997 年版，第 28—29 页。

现并传达作者的独特感受与体验。但文学语言不同于日常语言，日常语言是一种僵化的、没有生机的但却简洁、清晰的语言；文学语言必须突破日常语言僵化的体制，以奇特化、扭曲化方式显示作家对生活的独特体验与思考。所以，什克洛夫斯基提出了"陌生化"理论，以陌生的语言、陌生的结构、新颖别致的创作技巧书写独特的感受和认识。俄国形式主义文论之所以斩断作品与作者的密切联系，突出文本在文学活动中的中心地位，一方面是基于对传统文学研究方法的反拨，另一方面则基于一种乐观认识：采用陌生化语言能够精确传达作者的思想、感受，因此斩断文本与作者的联系是为了更好地探讨创作技巧，更好地增强读者的体验与思考。什克洛夫斯基在《作为程序的艺术》一文中曾明确指出："那种被称为艺术的东西之存在，就是为了唤回人对生活的感受，使人感觉到事物，使石头作为石头被感受。艺术的目的就是把对事物的感觉作为视像，而不是作为认知提供出来；艺术的程序是事物的'反常化'程序，和予其以复杂化形式的程序，它增加了感受的难度和时间，因为艺术中的接受过程是以自身为目的，所以它理应延长；艺术是一种体验事物创造的方式，而被创造物在艺术中已无足轻重。"① 俄国形式主义文论表面上突出"形式"因素，实则背后强调的是感受与体验在整个文学活动中的重要性。

新批评理论的鼻祖瑞恰兹对语言的功能持有类似观点，德曼在《形式主义文学批评的终结》一文中一针见血地指出了这一点："对于瑞恰兹来说，文学批评的任务就在于正确理解作品的指称含义（signifying value）和它的意义（meaning）；这是一种介于作者最初的体验和它的传达之间

———————————

① ［俄］什克洛夫斯基等：《俄国形式主义文论选》，方珊译，生活·读书·新知三联书店1989年版，第6页。

的、准确无误的一致性。"① 尽管瑞恰兹做了许多批评实验，隐去作者姓名，让批评者就文本本身做出价值优劣的评价，好似斩断了文本与作者的联系，是一种纯文本分析；但实际上，瑞恰兹始终相信文本语言能够准确传达作者的体验，而优秀的批评家仅仅通过语言本身就能还原作者当时的认识，并通过文本与作者展开交流与对话。正因为如此，兰色姆、退特等美国新批评理论家批评了瑞恰兹理论中的"心理主义"因素，指出了其不纯正性。退特在对阿诺德和瑞恰兹有关语言理论的批判中指出："诗人在科学家（或者阿诺德幻觉中的科学家——引者注）处理题材的水平上来处理题材观察与描述。而后诗人为题材罩上语言，语言使僵冷的事实获得生命，来感动我们。语言是不折不扣的瑞恰慈先生所谓的'手段'——它不体现题材；它传达题材，而对于题材它始终是外在的。"②也正是从兰色姆开始，新批评理论才将文本视为封闭的客体，在封闭的体系内探讨各种语言技巧如何巧妙地沟通了感性与理性，使文本成为一个有机统一体。

结构主义语言学坚持本体论语言观，将语言作为内部有着层级区别的自足客体加以认识，并以此为基础归纳出了独具特色的结构语言学研究方法。这直接启发了雅各布森的结构诗学研究，并影响了后起的结构主义神话学、结构主义人类学和文学叙事学研究，但这主要是方法上的借鉴。这些理论所探讨、深究的主要是社会文化各形态的深层构成模式，并未再就语言问题做出更深入的解释，甚至表露出一种对作为具体表达形式的文学言语本身的轻视与反感。"与作为法规和系统的语言结构相对，言语在本质上是一种个别性的选择行为和实现行为，它首先是由组

---

① Paul, de Man, *Blindness and Insight*, Minneapolis: University of Minnesota Press, 1983, p. 108.

② ［美］退特：《作为知识的文学》（1941），赵毅衡主编《"新批评"文集》，百花文艺出版社 2001 年版，第 145 页。

合作用形成的。"① 言下之意就是与语言系统相比,言语本身是不重要的,重要的是组合语词的法则与规律,文学叙事学重点研究的就是这些语言组合规律。

同样,解构主义文本诗学也认同本体论语言观,但对语言本体性质却有不同理解。解构主义的兴盛原因有二:一是出于对结构主义的反叛,抵制稳固结构的存在,反对理性、逻各斯中心的垄断性控制,主张一种无中心、多元主义的文艺观,这在德里达身上表现得非常突出。二是来自对语言修辞性本质的体认,语言与现实外物之间并不存在着一一对应关系,语言意义产生于自身系统内部各构成要素之间的区别与差异,而语言的修辞性本质决定了语言构成物只能作为展示现实的一种寓言来解读,修辞性也决定了语言与现实或作者的体验之间不存在着准确一致性,多元与歧义的出现是必然的。德曼在《尼采与修辞学》一文中引用了尼采的如下言论:"所谓可以用于指涉作用的、非修辞的、'自然'的语言,是根本不存在的;语言本身就是纯粹的修辞诡计与手法的结果。……语言就是修辞,因为,它的意图只是传达一种观点(doxa),而不是一个真理(episteme)。"② 上述两种原因的结合,终于导致了 20 世纪 60 年代末 70 年代初声势浩大的解构主义思潮,罗兰·巴特成为这一运动的领袖人物。

上述两种语言意识的提出是立足语言与文艺批评关系这一角度展开的。与西方学界并没有较多接触的巴赫金则从语言意识与文艺创作关系角度提出了迥异于西方观点的全新认识,不同的文体创作需要不同的语言意识:诗人运用了语言乌托邦意识与策略,诗人希望通过诗歌克服现

① 〔法〕罗兰·巴特:《符号学原理——结构主义文学理论文选》,李幼蒸译,生活·读书·新知三联书店 1988 年版,第 117 页。
② 转引自昂智慧《文本与世界——保尔·德曼文学批评理论研究》,上海人民出版社 2009 年版,第 90 页。

代语言的分化，重新建立一种理想而唯一的语言，一种通天的上帝式语言，这种语言能传达微妙而细腻的主观感悟；而现实主义小说则立足一种杂语意识和策略，不同于诗歌乌托邦意识。"现实主义的杂语策略，它既不破坏现有的语言，也不有意违反偏离现有的语言，而是把现有的各种语言看作观察、理解和表现、评价现实的独特角度和方式。"① "杂语中的各种语言仿佛是相对而挂的镜子，其中每一面镜子都独特地映照出世界的一角、一部分；这些语言迫使人们通过它们互相映照出来的种种方面，揣测和把握较之一种语言、一面镜子所反映的较为广阔的、多层次的、多视角的世界。"② 立足于上述语言观，巴赫金认为诗人的语言是一种独白式语言，追求扭曲、阻拒性特征，新颖而奇特，这种语言能传达独特而微妙的体验。而小说语言则是一种对话式语言，其中充满了互文现象，能够显示各阶层、各地域、各民族，甚至各时代不同的声音，是一种杂语的狂欢。巴赫金特别钟情于小说语言，在分析大量文本的基础上，提出了著名的"对话"理论。

已故著名学者、美籍华人刘若愚对语言功能的评价十分中肯："语言既帮助我们了解经验，也同时阻挠我们，使我们不了解经验，这帮助和阻挠的过程，所有的细目，便藏在各种文化的所有细微的含义以内。"③ 语言是一把双刃剑，既可以作为工具帮助我们理解体验与知识，同时又可以作为一种本体存在与我们对立，阻止我们对其进行全面而精深的把握。正是对语言这两种不同观点而形成的语言意识，导致了 20 世纪西方形形色色的文本诗学理论粉墨登场，又成为匆匆过客。

---

① 赵志军：《文学文本理论》，中国社会科学出版社 2001 年版，第 18 页。

② ［苏联］巴赫金：《长篇小说的话语》，《小说理论》，白春仁等译，河北教育出版社 1998 年版，第 206 页。

③ 转引自申小龙《语言的文化阐释》，知识出版社 1992 年版，第 22 页。

二　文本诗性语言功能：工具抑或本体

那么，文学语言在文本中到底处于什么地位，它是传达内容信息的工具，还是仅仅为了展示自身存在？这是一个非常复杂的问题。就文学史发展来看，20世纪以前，大多数学者持前一种观点。20世纪以来，工具论语言观受到了现代语言学理论的强力挑战，西方文论由俄国形式主义—新批评—结构主义的转变就显示了现代本体论语言观渐次深入的影响历程。本体论不再把语言视为表现外物的载体，在一定程度上，语言是独立自足的客观体系，它支配着人们认识外物的方式，但其本身并不为人们所支配。

无论是工具论还是本体论语言观，都有其产生的特定历史条件和特殊意义，都解决了当时人们面临的棘手的现实问题。在古代以实用为价值规范的实践活动中，语言必然被视为一种传授经验、探索未知的工具，它起到了联系历史、现在与将来的中介作用。更重要的是在近代，人们在追求科学精神的旗帜下，相信万能的理性能解决一切问题，任何现象背后都有本质性的存在，而语言作为表述理性逻各斯的最佳手段就能揭示这种本质，因为语言与其表现的外物具有一一对应的关系。但自尼采开始，特别是20世纪以来，人们原先崇拜的理性失去了往日的光环，反理性思潮应运而生。人们不再追求语言背后的理性本质，而认为"语言就是存在的家园"（海德格尔）—"想象一种语言意味着想象一种生活方式"（维特根斯坦）。在对语言的认识上，由过去的理性崇拜转变为崇拜语言本身，本体论语言观得以形成。事实上，无论是工具论还是本体论又都有明显不足。工具论只强调了文学语言传情达意的载体功能，将文学语言等同于一般科学语言和日常语言，没有凸显其独有的自身特色；而本体论只看到了文学语言自身表现功能及其扭曲、变形的外在特征，而对文本以外的因素视而不见，将文学完全视为文字的组合游戏。因此，对语言在文本中的独特地位需要重新认识，不能以偏概全。

（一）文学诗性语言是载体与本体的合一

在我们看来，文学语言既是文学展示内容的载体，同时又是文学本身要展示的东西，在整个文学活动中，它肩负着双重任务。因此，既不能将其仅仅视为工具，又不能只看重其本身形式特征，而应综合把握。

第一，从整体上说，语言就是存在，语言与人的存在是合二为一的。人的存在离不开语言，否则人们便无以为外物命名，不能进行必要的交际和交流；同时，语言也离不开人，否则语言就没有存在的必要。事实上，卡西尔的文化符号学就充分认识到了这一点，人既不是理性的动物，也不是政治的动物，而是"制造符号的动物"。制造符号、辨识符号是人区别于动物的标志。人类符号活动创造了整个文明体系，而语言（符号的一种）仅仅是整个文明成果的一部分。因此，人的符号活动和人的实践存在本身是统一的，符号活动就是人的存在活动。但由于语言还肩负着传达历史、科学等任务，因而与其他人类实践活动相比较具有特殊地位。但就艺术中的语言符号来说，它却需另当别论。卡西尔认为存在着两种语言，一种是命题语言，它仅具有指涉功能，还有一种是情感语言，它需要展示自身。"艺术的王国是一个纯粹形式的王国，它并不是一个由单纯的颜色、声音和可以感触的性质构成的世界，而是一个由形状与图案、旋律与节奏构成的世界。从某种意义上可以说，一切艺术都是语言，但它们又只是特定意义上的语言。它们不是文字符号的语言，而是直觉符号的语言。"① "在艺术中我们是生活在纯粹形式的王国中，而不是生活在对感性对象的分析解剖或对它们的效果进行研究的王国中。"② 卡西尔的用意非常明显，艺术存在的价值不是指向文本以外的世界，艺术的本

---

① ［德］卡西尔：《人论》，甘阳译，上海译文出版社 1985 年版，第 215 页。
② 同上书，第 183 页。

质就是符号形式本身而已，而文学作为一种特殊的艺术类型，也必然要突出语言本身的特点。因而，在艺术中，形式就具有本体地位；而就文学来说，语言自身特点当然值得关注。承接卡西尔衣钵的苏珊·朗格说得更明白："词本身仅仅是一个工具，它的意义存在于它自身之外的地方，一旦我们把握了它的含义或识别出某种属于它的外延的东西，我们便不再需要这个词了。然而一件艺术品便不同了，它并不把欣赏者带往超出它自身之外的意义中去，如果它们表现的意味离开了表现这种意味的感性的或诗的形式，这就意味着无法被我们掌握。"① 所以，形式（就文学来说，就是语言本身）本身就是艺术非常重要的一个方面。

而从哲学角度进行分析，可以得出同样的结论。存在主义哲学大师海德格尔就认为语言构成了人的存在，语言活动本身就是人的本性展开。"当人思索存在时，存在就进入语言。语言是存在的寓所。人栖居于语言这寓所中。用语词思索和创作的人们是这个寓所的守护者。"② 而诗性语言则构成了人的原初性存在，所以在文学活动中人诗意地存在着。由此看来，语言不仅仅是一种工具，也并不只是封闭的形式结构，语言本身与人的存在是统一的。

第二，从语言文字的产生过程来看，语言文字与人本身（主要指人的感觉、知觉、想象、理解等心理技能）是统一的。中国最早的文字是象形、指事文字，以事物的外形特征作为符号媒介进行交流，这本身就说明了文字与人的知觉、想象是联系在一起的。而决定文字形成的语言能力更是内在于人的感觉的。就语言发展历史看，原始先民主要采用象喻式思维来表达对世界的认识，而象喻本身作为一种较低层次的认知方

---

① ［美］苏珊·朗格：《艺术问题》，滕守尧等译，中国社会科学出版社1983年版，第128页。

② ［德］海德格尔：《关于人道主义的信》，转引自中国科学院哲学研究所西方哲学史组编《存在主义哲学》，商务印书馆1963年版，第87页。

式与人的感觉、想象心理技能是联系在一起的，小至"山脚""山腰"等类似词汇的产生，大至各种神话故事的流传，乃至于各民族早期巫术仪式的盛行都与象喻思维密不可分。进一步讲，神话故事、巫术仪式不仅仅反映了先民对世界的认识，而且它们本身就构成了人类生活很重要的一个方面，可以说，语言思维发展的历史就是人类认识世界的历史。另一方面，就个体的人的语言发展来看，语言的产生与其感觉也是一致的，一个老年人说不出儿童那样天真烂漫的话语，因为他已经在历经沧桑的社会化过程中失去了"童心"，再也没有儿童那样感受世界的独特方式；反过来讲，儿童也不可能讲出饱富哲理的语言，因为他没有老年人那样丰富的社会阅历和多年的积累与思考，而只能说一些与其幼小心灵相关有时富有诗意的话语。总之，"说"的方式和内容与其感觉是一致的。

既然从其产生分析，语言与人的感觉诸心理技能是统一的，那么，由于文学语言与普通语言相比，更突出其具体可感性，因此它与人的直觉有着更为密切的关系。在很多情况下，文学语言就揭示当时作者的直观感受，而并未做多少人为加工，如李白的《绝句》："朝辞白帝彩云间，千里江陵一日还。两岸猿声啼不住，轻舟已过万重山。"诗歌语言本身所显示出来的轻快节奏就是当时作者的感觉，作者遇赦的兴奋、重获自由的喜悦心情就如那一叶扁舟轻逸、逍遥。同样，在柳永的《雨霖铃》"寒蝉凄切，对长亭晚，骤雨初歇"，李清照的《声声慢》"寻寻觅觅，冷冷清清，凄凄惨惨戚戚"中，那短促的入声音节就能把人的心关闭起来，那反复的叠音词也显示了人的离情别绪无以排遣，惆怅而缠绵。在这样的文学语言中，仅仅将其视为工具或本体都是不够的，必须立足于语言与人之感觉的统一进行深入分析。

第三，从文化角度分析，语言本身就是文化的一种重要形式，它能规定、制约人们观察现实、思考问题的方式。在卡西尔的符号形式哲学中，语言同历史、神话、艺术、科学、宗教一样是构成文化扇面的一个重要组成部分，并且因其时常肩负传意与交流的职能，因而比其他几种文化形式具有更重要的地位。撇开这一点不论，语言更重要的贡献在于，它能影响作为个体的人被塑形为社会的人，即成为文化的"人"。因为人必须用语言来思考问题，思考方式上的差异必然造成人对同一自然或社会现象有迥异的认识。同是操持汉语，古代人因游牧和战争的需要而与"马"有着更多的接触，因此可以根据不同毛色将其分为几十种类型，且分别给予不同的名称，而现代人对其却只有一种称呼，显然，现代人对马匹类型的命名就没有古人精确。同样，操持不同语种的人对世界的认识有着更大的差异，因为他们不仅运用了不同的表达工具，更重要的是他们对世界有着不同文化意义上的理解。就浅层次来说，这种差异仅仅表现为对事物命名方式的不同，比如说，汉语中将"树"命名为"树"，而英语中将其称为"tree"。事实上，这种差异远比想象的复杂，比如说，汉语中有"哥哥""弟弟""姐姐""妹妹"之别，而英语中却只有"brother"和"sister"两个词用来区分与自己同一个父母的同辈人，前者既指"哥哥"也指"弟弟"，而后者则包含了"姐姐""妹妹"两种含义。这已不仅仅是语言问题，实际上已涉及文化构成中的思维逻辑。从更深层次上分析，文化意味更为浓厚的是语言形式背后的意蕴，中国古代诗词中的"梅花""鸳鸯""鸿雁"等意象以及"折柳""咏月"等行为，西方人可能就不理解，而西方人对"玫瑰"蕴意的理解又远非我们所能及。可以说，文化上的差异给语言行为本身注入了更多的言外之意，东西方语言本身揭示了东西方不同的生命意识与情怀。

由此看来，工具论和本体论都有偏颇之处，其最大的失误就在于以偏概全，只见树木，不见森林。正确的理解应是：文学语言在整个文学活动中地位是特殊的，语言是一种客观存在，它是理解文学活动本身和作品的中介。没有语言，文本无从谈起，但有了语言，文本也不一定就具有文学价值，只有以文学语言构成的文本，才可以称得上是文学，因为在这里语言承担着双重功能。巴赫金的分析更为辩证一些："语言在这里不仅仅是为了一定的对象和目的所限定交际和表达的手段，它自身还是描写的对象和客体。"① 事实上，不管后期巴特的理论多么激进和偏激，但其在对文本语言的认识方面还是较为辩证的。"按照科学话语（或按照科学的某一话语）来看，知识是一种陈述，在写作中它却是一种陈述行为。作为语言学一般对象的陈述乃是陈述者不在的一种产物。陈述行为在显示主体的位置和能量甚至主体的欠缺的同时，专注于语言的现实本身。它认识到语言是由含义、效果、回响、曲折、返回、分阶等组成的巨大光晕。陈述行为的职责是使一个主体被理解，这个主体既坚定存在着又不可言传，由于其令人不安的熟悉性，既不被认识又被认识。语言不再被虚幻地看作一种简单的工具，语言字词是被作为投射、爆发、震动、机件、趣味而表达的。写作使知识成为一种欢乐。"② 巴特在强调"写作"重要性的同时，并没有忽视文学语言所特有的双重功能，文学语言既传达着主体意识及其复杂性，又关注着自身存在本身，文学语言以其自身存在的特殊形式显示着主体认识的唯一性，使"写作"行为本身成为一件令人欢乐的事情。

　　需要进一步说明的是，20 世纪上半叶盛行的俄国形式主义文论和新批评并不像有些论者所说的那样是完完全全的语言本体论者，将文本视为自身封闭的体系，与外部现实毫无联系。事实上，它们正处在由传统工具论向本体论转变的途中，由于它们的观点与传统相比较有较大差异，

---

　　① ［苏联］巴赫金：《文学作品中的语言》，《文本、对话与人文》，白春仁等译，河北教育出版社 1998 年版，第 276 页。
　　② ［法］罗兰·巴特：《符号学原理——结构主义文学理论文选》，李幼蒸译，生活·读书·新知三联书店 1988 年版，第 8 页。

因而给人的感觉是过于强调文本语言本身因素，俨然是语言本体论论调。但结论远非那样简单，事实上，在它们的论述中包含了较多传统思想，并将传统工具论与对语言本身的关注结合起来，体现出了较为辩证的文本研究思路。

（二）文学诗性语言的功能

事实上，俄国形式主义和新批评并没有忽视文本中意义传达的必要性，它们坚信由文学语言本身构成的有机统一体能够调和各种对立因素，显示意义本身及其生成过程。因此，在任何一个文本中，语言本身及其暗示的意义都非常重要，只不过意义本身不能离开语言并依附于语言。从根本上讲，可以说两者是不能剥离的。

第一，就文学创作来说，文本创作过程就是语言选择和意义提炼同时进行的过程，二者之间并没有谁先谁后、谁主谁从的问题，选择一个词语就意味着传达一种体验与感受，表达一种微妙的意蕴只能选用奇特的、非一般的语言。在他们看来，文学创作还是富有人文气息的，并不像解构主义那样将其视为"语言游戏"。艾亨鲍姆就认为诗歌是要传达意义的，但这种精确的意义只有联系具体语境才能体会得出来，因为它是背离语言正常用法的边缘意义。"我参考了迪尼亚诺夫当时正在写的书，指出一个词由于在诗句里，它就像从一般言语中摘录出来的一样，被新的语义环境所包围，它不是和一般的语言联系在一起被感觉的，而是和诗歌语言联系在一起被感觉的。同时我还指出，诗歌语言学的主要特点在于形成边缘的意义，而这些意义是和习惯的词语组合相违背的。"[1] 早期新批评文论家休姆更是看重意义在文本中不可替代的地位，甚至认为

---

① ［俄］艾亨鲍姆：《"形式方法"的理论》，［法］托多洛夫选编《俄苏形式主义文论选》，蔡鸿宾译，中国社会科学出版社 1989 年版，第 46 页。

意义、意图决定了形式的选择。"诗歌的形式由诗人的意图决定。……诗歌形式的选择和那些构成诗歌的独立的感情片断一样重要。"① 新批评发展鼎盛时期的主将布鲁克斯将文学创作提高到重整社会风气的位置，这不仅是为了反对日益媚俗的语言，重新恢复语言反映生活的鲜活性，更重要的是对抗资本主义商业气息无孔不入所带来的人文精神的衰落。"现代诗人负有使一个疲沓的、枯竭的语言复活的任务，使它再能有力地、准确地表达意义。这种修饰和调节语言的任务是永恒的；但它是强加在现代诗人身上的一种特殊的负担。……因为现代诗人并非对头脑简单的原始人发言，而是被商业艺术迷惑了的公众发言。"②

　　第二，就文本本身来看，其在强调语言修辞重要性的同时，并没有忽视词语背后的意义与价值。意义与语言是统一的，"无内容诗"是不存在的。在具体分析文本时，他们甚至对那些仅仅玩弄语言文词的诗作提出了批评："史蒂文斯先生和肯明斯两人，同任何优秀诗人一样，都写出了复义；但是肯明斯的复义，是缺少已知内容的复义，没有任何词汇能赋予幻象以存在的意义；而史蒂文斯先生的复义，却是一种实质的复义，具有如此浓烈的存在，它不能够释义，只能在它被赋予的词的形式内，去真正地感知它。这是决定于诗人的诗同决定于自身的诗之间的区别。阅读肯明斯的诗，你要么猜测，要么自己补充它的实质。阅读史蒂文斯先生的诗，你只需要了解那些词的意义，并且服从那诗的条件。在这样的复义中，存在着一种更加精确的精确性，因为它非常紧密地依附于那诗的原料，倘若把它与原料分开，便失去了任何意义。"③ 在布拉克墨尔

---

① ［英］休姆：《语言及风格笔记》（1912），赵毅衡选编《"新批评"文集》，百花文艺出版社2001年版，第320—321页。

② ［美］布鲁克斯：《反讽——一种结构原则》（1949），赵毅衡选编《"新批评"文集》，百花文艺出版社2001年版，第390页。

③ ［美］布拉克墨尔：《沃莱斯·史蒂文斯诗歌举隅》（1931），赵毅衡选编《"新批评"文集》，百花文艺出版社2001年版，第427页。

看来，优秀的诗歌是"决定于自身的诗"而不是"决定于诗人的诗"，但"决定于自身的诗"并不仅靠语言技巧取胜，而是凭借其显示"复义"的精确性，如果失去了其中一方，诗歌便毫无存在的价值。肯明斯的诗之所以稍逊于史蒂文斯，就在于没有实现两者的有机交融。而史蒂文斯被认为是一个真正的诗人，"原因在于他不断地试图把感官觉察到的和心灵思考到的——如果我们还能区分两者的话——转变到我们称作诗歌的存在领域，在那里，被思考的可以被觉察到，被觉察到的具有思考的严谨中肯"①。

第三，就对文学鉴赏与批评性质的认识来看，它们并不认为文艺欣赏仅仅在于惊叹作者高妙的语言技巧和文字表达能力，而在于体认语言背后的理性价值；而文学批评也不是为了斟酌文字，而在于认识作品是如何反映了作为整体的人类经验。就整体而言，语言和意义在其批评中地位并重，并不因为突出了语言自身因素而忽视文本所传达的经验与意义。"没有一种具体的审美兴趣以语言符号出现。审美的满足来自'真正'的兴趣的遭受挫折。来自兴趣得到真的'满足'的道路上的阻碍。美学符号是一种完成的价值。艺术表达了人类所憧憬的而无法获得的东西。"② 退特的用意非常明显，人们欣赏作品并不是单纯为了玩味作为审美符号的语言，人们的真正兴趣在于探索社会、憧憬未来、体悟人生，文学批评的目的也不仅仅在于帮助读者理解作品是如何表达人类经验整体的，它自身也传达着人类整体经验本身。

从以上分析中，可以得出这样的结论：早期形式主义文本理论并不坚持严格的语言本体论，它们既突出语言本身，但更关注文本语言的意

---

① ［美］布拉克墨尔：《沃莱斯·史蒂文斯诗歌举隅》（1931），赵毅衡选编《"新批评"文集》，百花文艺出版社 2001 年版，第 468 页。

② ［美］退特：《作为知识的文学》（1941），赵毅衡选编《"新批评"文集》，百花文艺出版社 2001 年版，第 158 页。

义，它们把语言视为理解文本必须突破的物质载体。文本语言既不是单纯的工具，也不是独立于人类的本体存在，文学语言肩负着双重功能。

三 文学诗性语言本质：确指与含混

与文本诗学观念转变相关的另一问题是对语言本质的认识，语言是具有明确的意指含义，还是含义不够确定的意义狂欢？若持前一种认识，那么文本就被认为是意义确定的封闭体系；若持后一种观点，文本则通常被认为是一种具有开放性的解构形态。

事实上，对这一问题的争论由来已久。在近代以前，通常认为语言意义较为稳定，坚信语言能够较为准确地传情达意，语言是人们掌握世界的不可或缺的中介与工具。虽然在这漫长的发展历程中也时常出现"语言的困惑"，如陆机的"言不逮意""意不称物"的创作痛苦，"言有尽而意无穷"的鉴赏迷茫。就连美学大师黑格尔也有类似的疑惑："语言实质上只表达普遍的东西，但人们所想到的却是特殊的东西、个别的东西。因此，不能用语言表达人们所想的东西。"① 黑格尔对语言能否准确传达人的体验与感受产生了疑问。而到了现代，特别是 20 世纪以来，随着语言论转向的出现，对语言本性问题的探讨增多。就基本情况来看，20 世纪初期的俄国形式主义较为坚持语言意义的确指性；而从新批评开始就表现出了对文学文本语言确指意义的怀疑，并对词语含义的"歧义""复义""含混""悖论"等表现出极大关注；而到了解构批评阶段，则开始对语言确指意义进行颠覆，认为语言从本质上说具有修辞性、狂欢性，寻找确指意义仅仅是人的一种良好愿望，确指意义并不存在，也永远找寻不到。国内学界也对汉语语言本质问题提出了类似认识："言是固

---

① ［德］黑格尔：《哲学史讲演录》，转引自金元浦《文学解释学》，东北师范大学出版社 1995 年版，第 454 页。

定的，有迹象的；意是瞬息万变的，飘忽无踪的。言是散碎的，意是混整的；言是有限的，意是无限的，以言达意，好像用断续的虚线画实物，只能得其近似。"①20世纪后半期，人文学者表现出对语言确指外物的普遍怀疑，转而对文学语言的自我指涉性倍加关注，语言渐渐被视为"自我分解"的形式，文本则成为语言"狂欢"的舞台。

在笔者看来，将文本语言意义视为绝对确指和绝对狂欢都是不正确的，第一种观点忽视了语言本性，语言作为一套抽象的符号体系，它不可能丝毫不差地传达人具体的、丰富的、多样的感受，特别是细入无间的情感体验。而第二种认识则忽视了语言的相对稳定性，语言作为一套规则、体系，在一定范围内具有有效性，它不可能随物赋形，随意变化；语词的含义是在概括同类事物基础上形成的，它应能在一定时间、地域范围内有效地指涉该类事物，否则该词语便无存在价值。因此，文本语言应被视为理解文本的一种客观媒介，或者说它构成了文本的表层，而对其能否确切表达文本，我们只能将两者统一起来认识，以辩证眼光予以充分论析。

（一）语言表意是明晰与模糊的统一

就普通语言本身来看，语言是明晰与模糊的统一。

第一，从哲学高度分析，语言包含了确定与不确定因素。辩证法认为任何事物都处于发展变化过程之中，任何事物都是"它"同时又不是"它"，"它"只能是具体的这一个"它"。就此而言，任何东西都不是绝对静止的，同时也不会瞬息万变，以至于不能确认其本质。语言也是这样。从整体而言，语言是一套规则、体系，它必然具有稳定的层次、结

---

① 朱光潜：《无言之美》，《朱光潜美学论文集》（卷二），上海文艺出版社1982年版，第473页。

构，并按照一定的程序正常运转；具体来说，语言中包括的各种语法规则、构词法、语用规律，都有自己相对稳定的组合规律。但同时，我们不能忽视这一系统又时时处于调整之中，以适应瞬息万变的社会发展，如汉语就经过了由古汉语到白话再到今天的现代汉语的发展历程。就具体语词来看，每一个词语都是在实践过程中对某一种社会现象的归纳与抽象，因而具有比较确定的概念和含义，当其用来表示人的认识与观点时，其指涉目标应该是较为明确与稳固的；但同时，其抽象性本质又决定了它不可能丝毫不漏地传达人的感受，这便为歧义与模糊的产生预备了条件。而在这方面，德里达的解构哲学表现出相对主义与虚无主义倾向，它从语言内部颠覆了传统语言哲学，把延宕性、推迟性视为语言本性，文本语言仅仅是意义播撒的"踪迹"，我们不可能获得确切而稳定的意义，即狂欢性是绝对的，确指性则无从谈起。德曼的文本理论被称为"寓言"理论，其哲学被称为"否定一切"的哲学，他反对、质疑一切固定的东西。在他看来语言的"寓言"本性决定了文本意义的不明确性，因此文本解读是一种立足语言"寓言"本性的重新阐发。希利斯·米勒更是提倡"永远的修辞性阅读"①。巴特则将阅读文本变成了一种"写作"行为，"阅读"就是"重写"。

第二，从语言的产生、发展来看，语言意义具有确定性与不确定性相统一的特点。这除了指语言体系抽象性与意指对象具体性不可避免的矛盾外，还指在语言的具体发展过程中，由本义生长出了引申义，造成了词义的扩大，或由其他原因导致词义的缩小，甚至原意的消失。这种情况下，稳定的语言观显然不能解释这些问题。特别是在具体词语意义的形成过程中，当一个词语被人们习以为常认识时，语言的确指意义得

---

① ［美］希利斯·米勒、金惠敏：《永远的修辞性阅读——关于解构主义与文化研究的访谈——对话》，《外国文学评论》2001 年第 1 期。

以固定，但这也造成了语言的惰性。当一个词语给人陌生感时，该词的意义便处于发展、形成过程中，不确定、模糊的含义随之出现；但随着时间的推移，人们对其意义渐渐习以为常，于是这又完成了由陌生化到惯例化的循环。因此，语词的意义永远处于这一循环变化过程中。

第三，从语言与文化的关系来看，语言具有文化品性，而这又为语言意义的不稳定性提供了条件。同是操持汉语，不同时代、不同民族、不同地域、不同地位的说话者，运用同一个词语，所传达的含义有时就有明显差异；同一个词语，运用不同的语气说出，其意义也有出入；同一个词语，在不同场合下说出，可能会有不同的表达效果。就此来看，语言意义是多变的，探寻语言的确切含义需要充分考虑语言运用的各种条件。

综上所述，语言意义本身就包含多方面的对立统一，既确指，又模糊；既单一，又发散；其本身既具有指意性，又具有修辞性。普通语言具有上述特点，文学文本语言尤甚。而造成文学语言确指性与模糊性统一的关键原因在于"语境"因素，甚至离开语境，我们就不能很好地理解文学。

（二）新批评的诗性语言观

新批评理论十分关注文本语言问题，在该派理论家看来，语言是理解文本不可越过的一个客观存在层面。同时，他们还都认识到了文学语言不同于日常语言，它具有"张力"，正是这种"张力"使文本充满了"反讽"和"悖论"，并且蕴意无穷，而"张力"产生的原因很大程度上来自语言的"含混"与"复义"。因此，探讨文学语言的这一特点及其产生原因便成了新批评理论研究的重中之重。

首先，需弄清楚新批评为什么要研究文本中的反讽、含混性语言。新批评理论与传统思想保持较大联系，它认为语言固然有其自身价值，但从根本上讲，其主要功能是传播思想与信息。由于语言有限，而人的思想、认识与体验无限、无形，因此与丰富的思想世界相比，语言显得苍白、无力。而就文学文本语言来说，这种情况尤为突出。文学用来表现人的情感世界和人对世界的整体性认识的经验，而在要表达的这些内容中，有一些因素充满矛盾且模棱两可，还有一些因素只可意会不可言传，仅靠质实的、逻辑性语言怎能完全传达得出？面对这种情况，中国古人的做法是"以言释言"、以超越语言本身的方式传达"言外之意"，也就是刘勰所说的"文外之重旨"和"义主文外，秘响旁通，伏彩潜发"① 创作思想。刘勰以后的理论家对其思想做了进一步的发挥与补充，如唐代司空图的"韵外之致"和"味外之旨"② 的命题，而宋代梅尧臣则将其发展到极致，"诗家虽率意而造语亦难。意新语工，得前人所未道者，斯为善也。必能状难写之景，如在目前；含不尽之意，见于言外，然后为至矣"。③ 也就是以景摹形，通过景物描写来解决语言与审美经验之间的疏离与对立，从言外去体悟作者所要表达的体验与认识。新批评也面对类似问题，诗歌语言要表达人类经验的整体性，要展示文学艺术的人文气息，呆板的日常语言显然不能完成这一任务，只有充满"悖论"与"含混"色彩的文学语言才能将作者细微的体验予以传达。但他们不像中国古人那样强调得义忘言，而是主张在关注语言、细读文本的基础上还原、恢复作品所描述的人类经验整体。"比修辞学上的虚荣心更为重要的理由，诱使诗人们一个又一个丢弃明白而条理清楚的简练手法，去选择一些复义和诡论。对于诗人来说，像科学家那样去分析他的经验，

---

① （南朝梁）刘勰：《文心雕龙·隐秀》，周振甫注《文心雕龙注释》，人民文学出版社1981年版，第431页。

② （唐）司空图：《与李生论诗书》，郭绍虞等编《中国历代文论选》（第二册），上海古籍出版社1979年版，第196—197页。

③ （北宋）欧阳修：《六一诗话》，郭绍虞等编《中国历代文论选》（第二册），上海古籍出版社1979年版，第244页。

把它分成几个部分、区分出各个部分的不同，并归纳为各种不同的类别，仅仅这样做是不够的。他的任务最终是使经验统一起来。他归还给我们的应该是经验自身的统一，正如人类在自身经验中所熟悉的那样。而诗歌，假若是一首真正的诗歌的话，由于它是一种经验，而不仅仅是任何一种关于经验的陈述，或者仅仅是任何一种经验的抽象，它便是现实的一种模拟物（simulacrum）——在这种意义上说，它至少是一种'模仿'。"① 另一位新批评理论家沃伦在分析"反讽"的文学价值时也认为，"反讽"的价值就在于传达人类经验"矛盾"的整体。"而诗人用以证明自己观点的方法却是不那么引人注目地把它放进反讽的火焰——他的结构的戏剧——中去，并期望他的观点在火焰中会得到精炼。换言之，诗人希望说明他的观点已经立住脚，以及他的观点能够对照经验的反复与矛盾之后仍然存在。而反讽就是对照这些东西的一种手段。"②

　　其次，既然"悖论""反讽"语言具有不确指性和模糊性，那么，它怎么能精确表达人类经验的整体，人又如何从中体悟出其内在含义呢？中国古人的解决办法是靠言外的想象与感悟，在"熟读"基础上，集中精力、倾身而入去"悟"，在物我交融中领悟到"言外之意"。所以，古人有"读书须知入出法"一说，品评诗作，先要入乎其中，后要出乎其外，唯有如此，读诗才有收获。因此，古人反对读死书和死读书。新批评理论则坚持了西方重科学、重客观的传统，它们注重文本，强调"细读"，认为唯有如此，才能读出文本的精义，获得人类经验的整体。具体做法是立足语言本身，在具体语境中理解其精确意指和微妙之处。事实上，俄国形式主义提倡的"陌生化"手法及其精妙含义也只有放在一定

---

　　① ［美］布鲁克斯：《释义误说》（1947），赵毅衡选编《"新批评"文集》，百花文艺出版社2001年版，第129页。

　　② 同上书，第206页。

的语境中才具有价值，并不是无止境的"陌生"下去，为了求新而求新。英文"context"一词中文通常译为"语境"，而在英文中它既指"背景"也指"内容"，我们通常认可前者，而对后者关注不多。最早提出"语境"范畴的是瑞恰兹，但他明确表示自己对"语境"的理解不同于流行认识："最一般地说，'语境'是用来表示一组再现的事件的名称，这组事件包括我们可以选择作为原因和结果的任何事件以及那些所需要的条件。但是，由于我们所讨论的代表特性的功效，意义所依赖的因果关系的再现形式十分特别。在这些语境中，一个项目——典型情况是一个词——承担了几个角色的职责，因此这些角色就可以不必再现。于是，就有了一种语境的节略形式，这种形式只有在生物的行为中才表现出来，而且在人类的行为中表现得最广泛、最明显。当发生节略时，这个符号或者这个词——具有表示特性功能的项目——就表示了语境中没有出现的那些部分。"① 就此来看，瑞恰兹侧重的是"语境"的第二层含义，即文学语言确指意义是复杂的，在分析时必须细致考辨，必须把那些意中应有但见于言外的东西补充出来，以达到准确把握的目的。事实上，这与中国古人的做法有异曲同工之妙。因此，瑞恰兹的"语境"、布鲁克斯的"悖论"、燕卜逊的"含混"都具有类似含义，文本阅读就是挖掘其背后能够构成人类经验整体的确指。但在笔者看来，构成"语境"的第一层含义的"背景"对文本语言理解也至关重要，只有联系通常所说的"上下文"才能明白每一词的确指，也只有在文本有机统一体中才能把握每个词的特殊用法，因此只有以文本的整体性对应人类经验的整体性，才能做到对文本的真正理解。

最后，在上述认识基础上，新批评理论进一步分析了文本语言的特

---

① ［英］瑞恰兹：《论述的目的和语境的种类》（1936），赵毅衡选编《"新批评"文集》，百花文艺出版社 2001 年版，第 334—335 页。

性及其处理技巧。就总体来看，其认为文本语言是对常规语言潜在意义的挖掘，就像俄国形式主义理论所强调的那样，在变形处理中显示语言含义的丰富性和具体性。艾亨鲍姆曾言："常用语词对诗人来说乃是材料，诗人在其特性中能揭示出其在自动使用中被遮蔽了的一面。"① 这"被遮蔽了的一面"可能不像语言的常规意义那样明确，但对文学来说，这正是其价值所在。因此，新批评理论特别强调语言创新，并十分注意不同语词结合在一起产生的新奇的表达效果。"然而，这种领悟并不局限于这些词汇中已知的东西；还理解到一种前所未知的东西，有这些词汇的结合而产生的新东西，一种实际上是走向知识的途径。"② "我们在考虑沉浸于诗中的陈述时，呈现在我们面前的就像浸在水池中的手杖，弯曲而变形。"③ 同时，新批评理论认为新奇的词语及陌生化表达不可避免的是对常规意义的颠覆与背离，因此单纯地看，文本语言具有不确指性。但文学创作的目的并不在于创造一个晦涩、模糊的语言对象，而在于传达人类经验的整体，因此文本语言又应该是有确指的。其确指意义只有通过"语境"来细细甄别，脱离了语境，语言本身是毫无意义的。"一个科学的命题可以独自成立。如果它是真实的，那么它就是真实的。可是一种思想感情的表现如果脱离产生它的时机和围绕着它的环境，却是无意义的。"④ "即使一段全是引用的文字，那引用的条件本身，就改变了文字，使它相应地独具特色。"⑤ 同时，布鲁克斯通过将文学语言与科学语

① 转引自张冰《陌生化诗学》，北京师范大学出版社 2000 年版，第 88 页。
② ［美］布拉克墨尔：《沃莱斯·史蒂文斯诗歌举隅》（1931），赵毅衡选编《"新批评"文集》，百花文艺出版社 2001 年版，第 426—427 页。
③ ［美］布鲁克斯：《释义误说》（1947），赵毅衡选编《"新批评"文集》，百花文艺出版社 2001 年版，第 228 页。
④ 同上书，第 224 页。
⑤ ［美］布拉克墨尔：《沃莱斯·史蒂文斯诗歌举隅》（1931），赵毅衡选编《"新批评"文集》，百花文艺出版社 2001 年版，第 426 页。

言比较，指出了语境在文学文本中的重要性，科学语言强调透明性、公共性，因而其意义是确定的，语境对其没有太大影响，而对文学语言来说，其不确指性的蕴意只有通过语境才得以辨识。"科学的术语是抽象的符号，它们不会在语境的压力下改变意义。它们是纯粹的（或者说渴望它们是纯粹的）语义；它们事先就被限定好的。它们不会被歪曲到新的语义之中。可是哪儿有能包含一首诗的用语的辞典呢？诗人被迫不断地再创造语言，这已是一句老生常谈。……而且从科学词汇的观点看，这正是诗人所起的作用：因为从推理上考虑，理想的语言应该是一词一义，并且词与义之间的关系也应该是稳定的。但诗人使用的词却必须包孕各种意义，不是不连续的意义的碎片，而是有潜在意义能力的词，即意义的网络或意义的集束。"① 另一位新批评派批评家布拉克墨尔在分析词语的选择时，也认为词语的选择与词义的引申必须充分考虑语境的存在，在一定语境中进行灵活变通与处理，使其能确切地表达经验的整体性和不可言传之意；但这种处理，同时也意味着对语言常规含义的颠覆，因为它不可避免地要偏离原意。"不管怎样使用一个词，总会略微引申它的意义，因为无论怎样使用，都是在许多意义中选择一个正确的意义，然后在语境中加以变通，超出了这种必要的引申，或许词汇的引申就不可能不使它们失掉意义——如人们对 awful（可怕的）、grand（宏大的）、swell（时髦的）等词的引申中，多多少少使它们失去了原来的含义。"② 因此，"语境"因素是研究新批评理论不能绕过的一个核心范畴。

我们可以有充分理由认为单纯将语言本性定位于确指（或"独白"）与含混（或"对话"）都是不完善的，都有一定片面性。从语言自身来

---

① ［美］布鲁克斯：《释义误说》（1947），赵毅衡选编《"新批评"文集》，百花文艺出版社 2001 年版，第 227 页。

② ［美］布拉克墨尔：《沃莱斯·史蒂文斯诗歌举隅》（1931），赵毅衡选编《"新批评"文集》，百花文艺出版社 2001 年版，第 429—430 页。

看，它综合了两者，并将它们巧妙地融合在一起。而就文学诗性语言来说，不确指性的因素可能会更多一些，但这也正是其优势所在。但联系一定语境，文学语言的意指蕴意能够加以辨认，在这方面，新批评理论提供的文本分析方法值得我们借鉴。

综上所述，我们可以清楚地看到，文学诗性语言与科学语言、日常语言相比具有鲜明特征。文学文本语言既能突出自身，但又不是能指的"自由漂浮"；既传递信息，但又不仅仅是载体和工具；既能表达精确的文本意蕴，但又不是一种直白的陈述。文学诗性语言承担着双重功能，具有双重身份，它是解读文本首先要突破的层次，是进入文本分析的前提和基础；只有掌握了文学诗性语言的精微含义，才能进入相关的结构分析和互文本探索。

第二节　诗性结构与文本诗学

结构是研究文学文本特质的重要因素，离开结构阐释的文学文本探析不是纯正意义上的文学研究。当代文本诗学的构建就是建立在文本诗性结构基础之上的，因此进行如下探究十分必要。首先，阐释"结构"的不同含义及结构主义兴起带来的巨大影响，特别是其所导致的文本观念的改变。其次，重点谱解有关文本诗性结构的如下几种不同认识：在功能方面，结构仅仅是一种创作文本的技巧因素，还是本身就构成了文本本体？在结构层次方面，结构可分为表层结构和深层结构，何者更为重要？就结构本质来说，它到底具有稳固性支撑着文本大厦，还是具有颠覆性，在不知不觉中腐蚀着文本大厦的根基？只有彻底厘清上述问题，才能真正明确文本诗学与诗性结构的复杂关系。

一　结构主义与文本诗学

"结构"是一个较为复杂的概念，在其形成与发展过程中附带着很多不断变化着的因素，但无论其含义如何不确定，只要探讨事物本身，都要涉及结构问题，因为结构与事物是合二为一的，没有任何事物不具有结构。而就文学文本来说，研究结构问题也十分必要，这不仅因为结构是文本存在的重要因素，更重要的是，对结构的不同理解会形成不同的文学文本观。

概而言之，"结构"包含四种不同含义：第一，结构是实体。这是一种较为传统的理解，就其基本含义来说，结构意味着对事物的组织与安排，它本身是事物的重要组成部分；就文艺作品而言，结构指文本的构造或构造物。在传统文论中，通常把结构与语言、表达方式和体裁共同视为文学形式的构成要素，这里的"结构"就承担着上述功能，它是作品形式的一部分，并且它有确指的成分。事实上，俄国形式主义和新批评对结构的理解就多含有这层意思。布鲁克斯就认为："这种结构是一种含有意义、评价和阐释的结构；而表明结构的那种统一原则似乎就是平衡与协调其含义、态度和意义的原则。……它把相似的与不相似的因素结合在一起。然而将它们结合在一起的，并非靠允许一种含义去抵消另一种含义的简单过程，也不是减除的过程把矛盾态度变为和谐。"①（意在言明结构原则是一种复杂的抵抗的动态过程，是一种有机统一）第二，结构是关系。这是对结构最普通、流行的认识。结构不是一种质实的物质存在，但它对事物来说并非可有可无，正是结构使得事物中的各个部分有机结合在一起，构成一个能正常运转的和谐物体。对于文学文本来

①　［美］布鲁克斯：《释义误说》（1947），赵毅衡选编《"新批评"文集》，百花文艺出版社2001年版，第213页。

说，结构作为一种关系至关重要，结构完成了文本各部分的过渡与衔接、开头与结尾之间的照应、详略关系的处理，使文本成为一个具有类似生命功能的存在。布洛克曼就认为"结构"含有这层意思："在结构主义符号学中，结构符号还有一个含义：文本符号。所谓的文本，指它的意义不仅来自作者的创作意识，更来自和其他文本的关联性（文本间性或互文性——引者注）。"① 此处的"结构"就是指一种关系。苏珊·朗格的象征形式美学、雅各布森与穆卡洛夫斯基的语言功能诗学思想都坚持了这种结构观。第三，结构就是规则、秩序和逻辑。这种结构观兴起较晚。每一种事物都有自己的结构，结构无论是作为实体，还是关系，都是依具体事物而存在的，或者说都是具体的；结构作为规则所着重挖掘的不是具体事物的关系构成，而是该类事物背后必须遵循的逻辑秩序，或者说是事物的构成的"深层结构"，它具有共时性和永恒性。可以说，它是制约具体事物生成、变化的逻辑机制。列维-斯特劳斯的结构人类学研究、罗兰·巴特的叙事作品结构分析都采用了这一观点。第四，结构就是方法与模式。意大利符号学家艾柯曾经把结构定义为"从各个简化过程得来的模式，它使人从不同现象中获得统一的看法"②，这一观点应和了结构就是模式的看法。在巴特等人看来，结构作为方法就意味着采用描述和演绎的具体方法对事物的组成模式加以研究，以使一切观察到的事实都成为直接可以被理解的。具体来说，面临着数以万计的叙事作品，结构分析方法注定先采用演绎的方法假设一个描述的模式，然后由这一模式逐步推演至各种类型的作品；各种类型的文本既是模式的一部分，又肯定与统一模式有着不少差别，而就此展开的对比研究就可以发现多种多样的叙事作品及其在历史、文化方面的诸多不同。因此，结构的这层

---

① ［法］布洛克曼：《结构主义》，李幼蒸译，商务印书馆1981年版，第98页。

② 王先霈、王又平主编：《文学批评术语词典》，上海文艺出版社1999年版，第175页。

含义即指结构主义研究方法。综上所述，我们认为，在对"结构"含义的上述解释中，传统的认识侧重于前两种，多把结构视为实体或关系，将其看作构成作品有机体至关重要的因素；而后起的结构主义理论多从后两种认识出发研究文本问题，将结构视为一套潜在的逻辑规则，并将探究这一规则的不同模式作为文本分析的中心。

　　而结构主义则是20世纪出现于西方，六七十年代盛行一时的思想观念。"就最广泛的意义来说，结构主义是20世纪人文科学和社会科学中的一种动向。这种动向比较不大看重因果说明，而强调指出：为了理解一种现象，人们不仅要描述其内在结构——其各部分之间的关系，同时必须描述它与其他现象之间的联系，正是由于这种联系，它又形成了更大的结构。然而，就比较严格的意义来说，结构主义一词通常限于指现代语言学、人类学和文学批评中的一些思想流派。在这些领域中，结构主义试图重建现实现象下面的深层结构体系。"① 罗杰·福勒在《现代批评术语词典》中做出了类似解释："结构主义的基本前提是人文活动及其产品，甚至感知和思想本身是建构的而不是自然的。结构是建构的原则，分析的对象；是通过它与如符号学中所界说的那样的系统和价值的亲密关系而被理解的。"② 卡勒和福勒的观点非常相似，结构主义作为一种研究人文科学的方法，它所关注的不是现实现象本身，也不是现实现象发展的因果逻辑及影响其变化的外部因素，结构主义关心的是事物内部因素之间的组合关系，这种组合关系是潜在的、隐而不显的，但它却制约着事物的构成及性质。所谓"建构的"而"不是自然的"，就意味着任何一件人文科学产品内部都包含了一种理性的创造原则。"结构主义既不是

---

　　① ［美］卡勒：《文学中的结构主义》，转引自王先霈、王又平主编《文学批评术语词典》，上海文艺出版社1999年版，第339页。
　　② 转引自王先霈、王又平主编《文学批评术语词典》，上海文艺出版社1999年版，第339页。

一种存在于经验材料界限之先或超越这一界限的人生观，又不只是一种方法。宁可说它是一种今日实行于心理学、语言学、文学理论、艺术理论和艺术史、社会学、生物学等学科中的理智原则。"①

结构主义思潮的兴起有多方面的原因，但无疑结构语言学方法的引进和对传统批评方法的抵制是最为重要的原因之一。

索绪尔的语言学方法与传统语言研究有很大不同，可以说其方法具有革命性意义。索绪尔将语言研究分为两种，一是历时语言学，一为共时语言学。前者研究语言在社会发展中的变化及其历史沿革与影响关系，而后者则探讨语言本身内在构成原则与规律，索绪尔侧重的是后者，这就是所谓的结构语言学。结构语言学认为语言符号由能指与所指两部分构成，其组合关系虽受社会习惯制约但具有任意性，传统语言研究更关注所指及其指涉对象，而索绪尔关心的则是能指符号之间的组合规律，因为意义就产生于符号之间的区分与差异，即结构语言学只关心符号本身。语言细分起来有"语言""言语"之别，前者是制约语言运用的规则与体系，是潜在的；后者则是现实生活中人对语言的具体运用，即具体的言说方式，索绪尔认为前者对语言研究更有价值。此外，索绪尔还提出了语言构成的具体规则，任何一个语句的形成，必须遵循一定的"组合"与"聚合"法则。前者以相邻性为主，以主语、述语的逻辑顺序构成一个语句模型；而后者则以意义、性质的相似为主构成了可供选择的词汇库存，任何一个语句的形成都必须注意对这两个方面的处理。由此看来，结构语言学关注的是语言本身静态的、封闭的体系内部的组合逻辑，而对实际的言语表现并不关心。在共性、个性关系方面，它强调的是共性的普遍有效性，而对个性具体性研讨很少，在其看来，个性仅仅

① ［捷］穆卡洛夫斯基：《论诗学》，［法］布洛克曼《结构主义》，李幼蒸译，商务印书馆1986年版，第68页。

是把握共性的例证。在结构语言学方法影响下掀起的结构主义运动都具有上述特点。"结构主义在整体上必须是共时性的；它所关注的是人为条件和非历史条件下的特定系统和结构，它要想对现存的语言作用加以解释，就必须忽略它得以产生的系统和结构。"① 国内结构主义符号学研究专家李幼蒸先生借用巴特的话评曰："巴尔特曾指出，结构主义的特征不在于在口头上大谈'结构'，而在于在研究中实际运用'能指'和'所指'，共时性和历时性等概念，也就是说运用符号学分析方法。"② 而结构主义的根本特点就是："作为一个整体的对象是由诸成分组成的，这些成分之间关系的综合就是结构；重要的是结构的整体性，作为组成部分的个体并没有独立的个别属性，一切个体的性质都由整体的结构关系决定，因而个体只被看作整体结构中的诸'节点'，它们只能起传递'结构力'的作用。根据这种观点可以说，世界不是由'事物'组成的，而是由'关系'组成的，事物只不过是关系的支撑点。"③

结构主义思潮的兴起还与当时的社会背景有关。20 世纪五六十年代占据领导时代潮流地位的是现象学和存在主义哲学，这两种哲学都强调人的主体地位，关注人在认识现实、变革现实中的"介入"功能，然而面对科技理性带来的社会变革以及人的日益"异化"（或科技化），这两种哲学并不能解释、解决现实问题，还经常被人冠以"非理性"之名。而结构主义正是以"科学"的名义在对抗现象学与存在主义的过程中发展起来的。而就文学批评而言，曾经辉煌一时的新批评已渐露疲态，这除去其保守的贵族人文倾向外，更重要的是其方法过于琐碎与狭隘，不能跟上时代追求系统化、科学化的步伐。"这种内在的或含义的批评，在

---

① ［法］约翰·斯特罗克：《结构主义以来·导言》，渠东译，辽宁教育出版社 1998 年版，第 11 页。

② 李幼蒸：《结构与意义》，中国社会科学出版社 1996 年版，第 100 页。

③ 同上书，第 105 页。

原则上，即使不是在实践上，只要一首诗的文本和一部《牛津英语辞典》，即可提供比一般读者稍许透彻、深刻的解说，这种阐释批评，既不需要援引至关紧要的特殊知识，也不需要从中引出权威的定评，因此，它充其量只是一种提供理解实例的教学手段，鼓励别人如法炮制而已。"①在北美，具有宏阔气象和结构特征的原型批评打响了反对新批评的第一枪，而在欧陆，法国的结构主义思潮正逢其时。

结构主义盛行必然导致文本中心论出现，并且对结构功能的不同理解直接影响着文本观念上的区别。事实上，在结构主义发展早期，雅各布森、列维-斯特劳斯以及早期的巴特都坚持封闭的结构观，认为事物的本质、事实的真相可以在孤立的结构关系中见出，其研究的目的在于寻求永恒的结构。这种结构就类似于语言系统中的语法规则，事物现象虽然千奇百怪、倏然变相，但其结构却具有稳定性和永恒性。早期的结构主义文本诗学基本也持类似观点，它把文本作为一个与外界隔绝的封闭体系进行研究，挖掘其丰富表面形式背后的深层结构，妄图概括出一种或数种叙事模式，而叙事模式具有普遍性和永恒性。在这方面，罗兰·巴特的《叙事作品结构分析导论》很有代表性。后期结构主义也称解构主义，该理论主张在德里达、德曼和晚期巴特的论述中表现得最为充分。就总体而言，他们也强调立足文本展开解析，也主张从文本结构中发现问题。但在他们眼中，结构不再稳固与永恒，更没有固定的解读模式，文本中充满着裂隙和矛盾。文本研究就是在文本裂隙中发现语言的修辞性、结构的不稳定性和意义的不确指性，文本解读是永远的"修辞学阅读"（希利斯·米勒）。解构文本诗学与结构文本观截然相反。

笔者认为，"结构"无论是作为实体、关系，还是规则与方法、模

---

① ［美］乔纳森·卡勒：《结构主义诗学》，盛宁译，中国社会科学出版社1991年版，第16页。

式，它都是文本整体的组成构件，没有无结构的文本。结构主义文本诗学、解构主义文本理论只是从"结构"角度出发，对文本所做的两种不同解释，它们本身并没有否定"结构"的存在及"结构"在文本中所具有的至关重要的作用。因此，我们把"结构"理解为进入文本分析必然涉及的一种重要因素，它制约着文本创造，也影响着文本解读。

二　结构功能与文本诗学

结构是文学作品很重要的一个构成要素，正是采用独特的结构处理技巧才使得文学作品既来自现实生活，又与现实世界有着本质的区别，就此而言，结构因素既是一种语言运作技巧，同时又构成了作品本身。事实上，传统理论对结构的认识就是这样的，并没有像现代理论那样将其分为表层结构和深层结构。

进入 20 世纪，随着形式主义文论的兴起，人们对文本结构问题越来越关注，这在俄国形式主义文论和新批评身上表现得最为突出。它们的观点受传统影响较大，基本上也是把"结构"视为实体或关系。但它们不同于传统理论过分看重内容和作品本身的伦理教化功能，而是将形式因素提升为文学本体，文学的本质就是"文学性"，文学本身是一个自足的、封闭的有机体。在这个封闭的有机体中，结构起着统筹全局的作用，它能将非文学因素转化为文学因素，这包括普通语言的转化、日常事件的处理等。"总之，语言只有在具体的诗学结构中才具有诗学的特性。这些特性不是属于作为语言学对象的语言的，而恰恰是属于结构的，不管这结构的样子如何。"① 仔细分析起来，俄国形式主义文论和新批评虽然都将结构视为实体或关系，但是两者还是有着根本区别。前

---

① ［苏联］巴赫金：《文艺学中的形式主义方法》，李辉凡等译，漓江出版社 1989 年版，第 113—114 页。

者更愿意将结构视为一种形式要素或创作技巧①，新批评理论则认为"结构"构成了有机体本身，文本中包括的"反讽""悖论""含混"及文本的内在张力就是结构方式，而缺少了上述因素，文本也就失去了存在依据。

（一）俄国形式主义文论的结构观

俄国形式主义文论是以反传统的身份登上历史舞台的，它所要反对的就是文艺领域中的"形象中心论"和注重内容分析的象征主义理论，而它提出的策略就是以文学的"文学性"对抗文学的"社会性"和"意识形态性"。具体来说，就是研究文学不同于现实的"陌生化"方式，并把由陌生化导致的文学独异性作为文学的本质。依照这种认识，在其理论中，"结构"因素是作为陌生化文法技巧出现的，结构虽为谋篇布局的技法，但却十分重要。巴赫金对此评曰："由此我们得出了形式主义的重要的基本原理：材料是说明结构手法的动因，而结构手法则是自有价值的。"② 这一论断非常准确。事实上，就俄国形式主义理论对"本事"与"情节"问题的认识也可见出一斑。"不能把情节和本事混为一谈。本事即作品中所讲述的'内容'；而情节的特点则首先在于它是处理具有意味的材料的一种特殊的结构方式。"③ "我敢于打这样的比方。文学作品的情节在一定场地上展开，各种人物——现代戏剧中的戴面具的人和角色——相当于棋子。情节相当于弄子求势，即相当于棋手们变换着使用的标准下法。任务和波折相当于对手下的棋所起的作用。"④ 在什氏看来，

---

① 这里所说的"形式"毫无贬低之意，而仅仅是对"结构"功能的另一种描述。

② ［苏联］巴赫金：《文艺学中的形式主义方法》，李辉凡等译，漓江出版社1989年版，第115页。

③ ［俄］什克洛夫斯基语，转引自［苏联］张冰《陌生化诗学》，北京师范大学出版社2000年版，第242页。

④ ［俄］什克洛夫斯基语，转引自巴赫金《文艺学中的形式主义方法》，李辉凡等译，漓江出版社1989年版，第191页。

"本事"就是现实中原汁原味的生活事件，"情节"则是对生活事件加工后进入文本的故事，而加工过程就意味着对事件本身进行结构处理：删除冗长不精的成分，虚构增入有典型意义的细节，使故事本身曲折而又生动。这样，两者虽然关系密切，但又有着本质的不同。显然，在"本事"和"情节"两者之间，俄国形式主义文论非常重视"情节"，"情节分布"概念就是在这种情况下提出的。"不能只局限于事件的开始和结尾去创造引人入胜的链条，还须把这些时间加以分布，应当按一定的顺序加以建构和叙述，以便从情节材料中产生文学联合体。作品中事件的艺术建构分布叫作作品的情节分布。"① 此外，其提出的"程序"范畴也与结构有密切关系，事实上，程序设计就是结构处理，就是对文本的规划与谋篇布局。

实际上，结构不仅仅是谋篇布局的技巧，而且它还具有统构文本整体的功能，而这种功能说到底就是与内容密不可分的构思技巧，即一种观察现实、理解现实并使其进入文本的方式。巴赫金认为，对结构的这种综合理解实际上把"结构"与"体裁"联系在了一起，而在这一观念中已经暗含了新批评"有机统一体"理论对"结构"的认识。"如果我们从体裁与现实及其形式之间的内在主题关系的角度来看体裁，那么我们可以说，每一种体裁都具有它所特有的观察和理解现实的方法和手段。"② 在这里，"结构"作为"穷尽现实的手段和方法的复杂体系"不再承担着唯一的形式功能，它必须与现实有更多的接触，并依据现实需要展开工作。

---

① ［俄］维克托·日尔蒙斯基：《主题》，什克洛夫斯基等《俄国形式主义文论选》，方珊译，生活·读书·新知三联书店1989年版，第113页。
② ［苏联］巴赫金：《文艺学中的形式主义方法》，李辉凡等译，漓江出版社1989年版，第180页。

（二）新批评理论的结构观

其实，新批评的"有机"形式或"有机"结构理论并不是其首创的，古希腊亚里士多德的悲剧定义就包含了有机论成分，悲剧是一种有头、有尾、有身的完整的模仿行为。比其稍早的格式塔心理美学在强调主体完形心理功能的同时，也认为外物必然是一个与主体心理功能"异质同构"的有机统一体。与其同期的苏珊·朗格符号学美学也认为艺术对象具有生命形式，其形式类似于人类生命样式，具有生长性、运动性和发展性等特征；艺术文本作为人类情感的符号创造，从本质而言，具有构形性，其实质就是通过形式处理使情感既具有生命样态又不同于原生态混乱、模糊、不易把握的情感本身。此外，在这里不能不提及的还有英伽登结构层次理论，他也坚持文本有机论，但其关注视角为文本解读，文本是分层次的有机统一体，对文本解读也必须遵循由表入里、层层深入的顺序逐步展开。《对文学的艺术作品的认识》一书的英译本翻译者奥尔森就认为："互相限定的价值性质揭示出作品的'有机'结构：它是'有机的'，这就是说，在其具体化中使作品现实化的各种功能是相互适应的并按照等级次序从属于一个重要功能，就像一个生命有机体那样。"[①]英伽登多次强调，对艺术文本的理解必须先从掌握其基本结构入手，唯有如此，才能达到对有机整体的全面把握。"在每一种情况中，认识对象的结构和质地构成之间以及它们与认识的种类之间都存在着牢固的相互联系。根据这种相互联系，如果我们对认识对象的基本结构加以考察，对认识过程的分析就会比较容易了。所以在我们的研究中，从考察文学

---

① ［波兰］英伽登：《对文学的艺术作品的认识·序言》，陈燕谷译，中国文联出版公司1988年版，第11页。

作品的基本特征与结构开始是很有必要的。"① 基于这种认识，他认真研究文本结构，认为可将其划分为渐次深入的四个层次：语词声音和语音构成层；由句子意义和全部句群意义构成的意群层次；图式化外观层次；在句子投射的意向性事态中描绘的客体层次。毫无疑问，英伽登是立足现象学意向性构成理论，从解读视角分析文本结构的，这与新批评理论有着原则上的区别。但是，他将文本视为一个结构层次分明的有机统一体的观点深得新批评主将韦勒克称赞，正是韦勒克、沃伦在《文学理论》中的宣扬，才使英伽登文本结构理论广为传播。

新批评理论的立论基础就是将文本视为一个有机统一体，从文本作为一种类似生命形式出发研究其内部要素的组合规律及各自特性。文本各部分之间虽有矛盾与对立，但在结构形式的统辖下，呈现为矛盾的对立统一；而这种充满悖论与反讽的有机体，恰恰能显示文学的独特魅力。

第一，文本是一个在结构整合下的有机统一体。在新批评理论中，"结构"并没有被作为一个独特范畴提出，并从多方面加以探究。但我们从其论述中处处能发现结构的影子，结构原则就是协调关系，也可以把结构视为关系的体现。在创作过程中，结构不仅规划了形式，而且也规划了内容，结构的价值表现为将文本规划为有机统一体。布鲁克斯对结构的人文性质做了说明："这种结构是一种含有意义、评价和阐释的结构；而表明结构的那种统一原则似乎就是平衡与协调其含义、态度和意义的原则。"② 而沃伦则更进一步强调了结构的统筹功能："在一定的场合，任何种类的材料，例如一个化学公式，可能会以一定的功能出现在

---

① ［波兰］英伽登：《对文学的艺术作品的认识》，陈燕谷译，中国文联出版公司 1988 年版，第 7 页。
② ［美］布鲁克斯：《释义误说》（1947），赵毅衡选编《"新批评"文集》，百花文艺出版社 2001 年版，第 213 页。

某首诗中。"① 沃伦意在指出任何东西都可以入诗，问题的关键是这些东西在诗中的位置如何，它们是如何与其他因素结合为有机统一体的，即作者如何以巧妙的结构方式对其实现有机转化。由此可见，结构在新批评理论中之重要地位。

第二，文本是一个充满矛盾与悖论的有机体，结构能对文本中的各种对立要素进行完美整合。在新批评看来，优秀的文学文本并不是内容简单、言简意赅、语言直白的宣传材料，而应当有异质性，兼有互相冲突的思想，甚至包括自我批评。成功的文学创作应该冲破有限的经验范围，去表现无限的甚至充满矛盾的人生经验，以引起人们的遐思。维姆萨特多次提及诗作的多义性与复杂性："细节的诗歌特征并不在于它们明白直接地表达的东西（就好比说玫瑰和月光总有诗意），而在于它们的安排方式所暗示的东西。"② "每首真正的诗都是复杂的诗，只有靠其复杂性才具有艺术的统一性。"③ 新批评理论大家都如出一辙地坚持这一认识，瑞恰兹提倡"包容诗"、沃伦赞赏"不纯诗"理论，他们都反对内容过于单一的"排他诗"和所谓的"纯诗"，并且把这一思想贯穿在其理论表述中。沃伦就以此为基础对诗歌的本质及结构功能进行了堪称经典的论述："我们能不能就诗的结构的本质做出任何概括呢？首先，这个问题涉及不同程度的抵触。诗的韵律和语言的韵律之间存在着张力，张力还存在于韵律的刻板性与语言的随意性之间；存在于特殊与一般之间；存在于具体与抽象之间；存在于即使是最朴素的比喻中的各因素之间；存在于美与丑之间；存在于各概念之间；存在于反讽包含的各种因素之间；存在

---

① ［美］沃伦：《纯诗与非纯诗》（1943），赵毅衡选编《"新批评"文集》，百花文艺出版社2001年版，第203页。

② ［美］维姆萨特：《具体普遍性》（1947），赵毅衡选编《"新批评"文集》，百花文艺出版社2001年版，第292页。

③ 同上书，第297页。

于散文体与陈腐古老的诗体之间。……换言之，一首诗要成功，它必须要赢得自己。它是一种朝着静止点方向前进的行动，但是如果它不是一种受到抵抗的运动，它就成为无关紧要的运动。"① 沃伦认为诗歌中无论是语言方面还是主题方面都存在各种对立与矛盾，在他看来，矛盾越大，文本在向着和谐方面发展时受到的阻力越大，诗作包含魅力的可能性就会越大。当然，这需要作者有高超的驾驭材料的技能，也就是他所认为的结构从"本质"上讲应该完成的职责。由此看来，结构过程是一种复杂的抵抗的动态过程，它所处理的是杂多的统一，而不是单一的和谐。

第三，结构具有"表演性"。"表演性"出自戏剧演出，其含义为戏剧内容要在舞台加以展现，要通过显示矛盾冲突过程达到预想的审美效果。新批评理论借用这一范畴，并进一步扩展其外延，意在指出文学文本必须通过其"肌质"显示文本中的对立因素与"含混"之处，使读者在对语言文字的辨析与推敲中获得审美享受并提高阅读水平。而"结构"就类似亚里士多德悲剧理论中的"情节"，既是对内容的安排，本身也自具价值，可以说是文本的"基础"与"灵魂"。沃伦较早提出这一认识："结构是一种戏剧性的结构，是一种通过动作朝着静止，通过复杂性朝着效果的简单性发展的一种运动。"② 而布鲁克斯也认为："为了更接近于诗，我们用时间艺术来比拟，也可以说诗的结构同芭蕾舞或乐曲的结构相似。它是通过表示时间的结构而发展的一种和解、平衡与协调的模式。或者，为了再向诗近一步，可以说诗的结构同戏剧的结构相似。"③ 因为文学文本结构和戏剧结构一样，都是十分活跃的、动态的、充满矛盾的，

---

① ［美］沃伦：《纯诗与非纯诗》（1943），赵毅衡选编《"新批评"文集》，百花文艺出版社2001年版，第203—204页。
② 同上书，第204页。
③ ［美］布鲁克斯：《释义误说》（1947），赵毅衡选编《"新批评"文集》，百花文艺出版社2001年版，第221页。

都具有表演的性质。布鲁克斯还对戏剧作品中戏剧化的含义做了解释，以进一步说明结构"表演性"的含义。"戏剧化要求将记忆中正相反的两方面合并为一个统一体，如果我们将统一体置于陈述的水准上，它就是一个诡论，即对立统一的主张。"① 事实上，戏剧结构就意味着对文本进行"戏剧化"处理，以充分显示其中的矛盾与悖论是如何动态地统一在一起的。

第四，"反讽""悖论""含混"是完成戏剧化结构的主要手段。既然文本是一个包含矛盾的有机统一体，那么怎样才能使文本既具有矛盾又有机地结合在一起呢？新批评理论家的观点大同小异。布鲁克斯提出了"反讽"与"悖论"两个范畴："反讽是我们用来表示承认不调和的事物时最普通的用语，而不调和的事物也是遍及一切诗歌的，其程度远远超出迄今为止我们传统的评论所乐意允许的范围。"② 退特认为文本要有"张力"，燕卜逊认为"含混"是最好的解决方式，而威尔赖特则认为"复义"比"含混"更有说服力。实际上，这种种提法无非意在说明文学文本是独特的，文本结构应能将诸多不协调的因素统一起来，使它们看上去好像松散多样，实际上却又有着密切联系，这样，文本营造的审美空间就不仅能满足读者多方面的审美需求，而且还能扩大文本容量，并把文本反映人类经验整体的复杂性显示出来。

由此，我们可以得出这样的结论，新批评理论非常重视文本结构问题，它把结构视为构成文本有机统一体的关键因素，它是一种解决矛盾对立统一、协调关系的至关重要的手段。但结构又不仅仅是单纯的技法，它还具有本体论价值。

---

① ［美］布鲁克斯：《释义误说》（1947），赵毅衡选编《"新批评"文集》，百花文艺出版社2001年版，第230页。
② 同上书，第227页。

综上所述，无论是传统结构理论，还是 20 世纪上半叶的俄国形式主义文论和新批评理论，它们都十分关注结构协调文本中诸因素关系的功能。结构要么以技法方式建构文本，成为文本中实体性因素；要么作为一种关系协调文本中对立矛盾的因素使其成为一个有机统一体。而在后者，结构更像是一个筹划大师，执行着安排与规划任务的功能，它不那么质实，却无处不在。我们的结论是：结构以"实体"或"关系"的存在方式影响着早期文本诗学。

三　结构本体与文本诗学

表层结构与深层结构是乔姆斯基在其转换生成语法理论中提出的一对术语，他认为任何句子都有表层结构和深层结构，并且表层结构由深层结构转换而来。通常意义上讲，表层结构"指实际上形成的句子各成分间的关系，这些句子是对这些成分进行线形排列的结果"，而深层结构"指短语和句子成分之间的内在语法关系，这种关系不能直接从它们的线形序列上看出来"。它们之间的关系就是后者决定前者，并以转换生成语法的形式表现出来。所谓"转换生成语法"，也可通俗地描述为潜在的语言规则制约着具体言语、句子的形成。"我所谓的生成语法只是指一个规则系统，这个系统用某种清晰的、圆满的定义的方法从结构上对句子加以陈述。显然，一种语言的每一个言者都已经掌握并消化了他对这种语言的知识的生成语法。这并不是说，他已自觉到这种语法的规则，甚至也不是说，他能够自觉到他们，或者说，他对这种语言的直觉知识的描述一定是准确的。任何引起人的兴趣的生成语法大半是研究精神过程，这些精神过程是超出现实的，甚至超出潜在意识的范围之外的。"[①] 乔姆

---

① ［美］乔姆斯基：《句法理论纲要》，中国社会科学院哲学研究所现代外国哲学组编《当代美国资产阶级哲学资料》（第三集），商务印书馆 1979 年版，第 299—300 页。

斯基清醒地认识到"结构"是一套潜在的规则体系，并不是人人都能清楚地认识到，甚至即使能感觉到，也多数不能将其清楚地描述出来。因此，结构主义者所研究的潜在规则和"深层结构"大都超出现实物质的范围，甚至就是探索人的精神过程。

语言结构具有生成性，并且影响具体言语表达，无论是就这一发现本身还是研究方法而言，都极具启发价值。西方很多学者将这一研究成果和方法应用于其他人文社会科学领域，并取得了突破性进展。福勒曾将这对概念运用于文体学研究，并认为："表层结构是可以观察得到或者是起表现作用的语句层次；准确地说，是声音和书写符号；较为抽象地说，是句法：词序和短语序列。深层结构是语句的抽象内容：是被表达的意义结构。我们直接体验表层结构，而深层结构或意义则只有经过复杂的解码行为才能获致。"[①] 在结构主义方法盛行时期，格雷马斯又将其引入叙事学研究，这对概念转而成为叙事结构的两个层次：表层叙事结构是作品的横向组合，它由时序原则和因果原则所支配；而深层结构则是纵向聚合，它以各成分之间的静态的逻辑关系为基础。就此来看，深层结构本身并不具备叙事性，但它却影响着叙事作品表层结构及作品背后的文化意义。结构主义研究注重的是作品的深层结构。

在表层结构和深层结构中，"结构"具有逻辑规则含义。在结构主义诗学看来，文学研究的任务就是揭示文本中存在的各项规则，以及这些规则与逻辑规律如何制约文本意义产生。先前的文体学研究、风格学研究，包括俄国形式主义文论、新批评理论对结构的理解多是从技巧与有机形式角度展开的，而所有这些基本都属于文本中表层现象，并且大部分研究属于描述性的。因此，这种研究不利于揭示文本中潜在的各种制

---

① 转引自王先霈、王又平主编《文学批评术语词典》，上海文艺出版社 1999 年版，第222 页。

约因素，更不利于探索文本中存在的具有普遍性、规律性的东西。先前的结构研究针对的都是作为个体的文本，就像索绪尔以前语言学研究主要关注历时语言学一样，这种研究描述了个体特性，但不利于规律的总结与归纳。结构主义文论继承了索绪尔开创的共时语言学结构研究方法，它要探索的是文本深层的类似于"语言规则"的潜在结构关系。同一时期出现的拉康的结构主义精神分析研究、阿尔都塞的结构主义意识形态研究、列维-斯特劳斯的结构主义人类学研究共同促进了文学结构主义研究黄金时代的到来。结构主义文本诗学最大的特点就是在封闭的、静态的体系中研究一切问题，其理想目标在于寻找文本中"永恒的结构"。结构主义诗学虽然将文本结构划分为"表层"与"深层"，并多次论述它们之间关系。但就其文学批评实践来看，该派理论对"表层结构"关注很少，而对"深层结构"（即"功能结构"）青睐有加。托多洛夫就多次提到，文学文本研究虽然不能不立足于一件作品或文本展开，但其目标并不是单一文本结构，它关注的是"一般的叙述结构，而不是一本书的叙述结构"①。结构主义文论研究的革命性意义也正在于此。

结构主义文本研究的操作方式可分为三个步骤：首先，对文本进行切分，将面对的文本或准备研究的对象按照一定顺序，切分成具有一定意义的单元或片段。片段的长短与大小，以它们之间具有的最小差异为原则。其次，对切分出的意义单元与片段，按照一定的搭配组合规律进行新的组合。"作品正是借助于单元和单元的搭配的规律性反复才显示其得以形成，也就是说具有了意义。"② 这是结构主义研究非常关键的一步。最后，对组合规律进行归纳，找出文本中的深层结构，探寻意义生成的

① ［法］托多洛夫：《〈十日谈〉的语法》，张寅德《叙述学研究》，中国社会科学出版社1989年版，第6页。

② ［法］罗兰·巴特：《结构主义活动》，《罗兰·巴特随笔选》，怀宇译，百花文艺出版社1995年版，第296页。

基础。因此，从根本上讲，结构主义文论放弃对作品本身内容意义的探究与考问，而将研究的重点放在意义单元重组后新结构规则显示的意义方面，落脚点乃是逻辑规则体系本身。虽然不同结构主义理论家研究重点有较大差异，但在操作方法方面却是基本一致的，都遵循了上述程序。

结构主义文本研究表现在多个领域，而尤其以叙述学研究最有影响。就具体研究领域来看，列维-斯特劳斯采用语言学方法中的二元对立原则分析了神话、饮食、服饰中的深层结构及其暗示的原始文化意义。罗兰·巴特则重点研究文学文本结构，在《叙事作品结构分析导论》中，他将作品结构分为三个层次：功能层、行动层和叙述层。这三个层次是在纵向渐次递进的发展中结合为一体的，一个功能因素只有当它在一个行动者的全部行动中占有一定位置和具有一定作用时才有意义和价值；同时只有当行动因素被叙述合并为话语体系的一部分时，行动才表现出意义。三者密切相连，缺一不可。巴特早期的结构主义研究就是挖掘文本中这三个层次的具体组合规律及其关系。格雷马斯的结构主义语义学研究也很有特色，他重点探讨结构功能如何产生意义，理论的出发点仍为结构中无处不在的二元对立因素。第一，他提出了"角色模式"理论，在故事结构中具有功能作用的人物就是角色。在他看来，早期普洛普民间故事形态学研究中提出的角色功能过于繁复，不能简明地解决并勾勒出文本结构，不能算作永恒的结构模式。故此，他将角色的功能关系简化为三组六种：主角和对象、支持者和承受者、助手和对头。文本意义就产生于这六种因素的不同组合所形成的多样结构。第二，格雷马斯首创了"语义方阵"理论，文本语言或语言之外的一切意义都可以通过"语义方阵"得以解释。"语义方阵"的创制原则仍是语言学理论中的二元对立，他将文本中具有对立关系的因素分别放在矩形的四个角位，而位于相邻角位的两个因素在功能方面都是相对立的，对角线位置上的因素则具有相似性，文本意义就产生于这四种因素的对立统一关系。在格雷马斯看来，语义方阵是叙事作品最为基本的深层结构，故事的发展轨迹在通常情况下与方阵的运动方向是一致的，故事的发展也往往是从某一特定的因素开始向其相反或矛盾的方向进行的结果。托多洛夫结构主义研究最有特色之处是叙事句法理论，他将文本深层组织单位分为两种，一为"陈述"，二为"序列"。前者研究句子的构成，在文本中，主语由角色人物承担，而谓语则由角色的性质、状态或动作承担，因此每个切分的叙事单元都可以简化为一个叙事句。后者则是对相关陈述的汇集与排列，其组合一般按时间关系、逻辑关系和空间关系展开。就此而言，叙事文本可以简化为一个大叙述句，但每个文本都概括为一个叙事语句研究价值并不大，文本研究的关键问题是如何将其归纳为具有区别特征和研究价值的句法序列。在这方面，托多洛夫的《〈十日谈〉的语法》提出了很多值得借鉴的操作模式。此外，热耐特、雷蒙德关于叙事结构功能的研究也有精彩、独到之处。

我们认为，结构主义深层结构研究的最大特点就在于强调了文本结构形式性、构成性，即文本结构是一套规则与方法，在此基础上探究这套规则的普遍性和封闭性。就前者而言，结构研究虽然都立足于具体文本，但研究的目的并不在于某个文本结构层次与叙事方式，更不是为了阐释其内容的意义与价值，而是借此推演出普遍性结构规律，即意义产生的逻辑结构体制。因此，结构研究虽涉及具体文本，但在更多情况下，却使用了演绎方法；虽然明为探讨永恒的、唯一的结构，但这种结构并不是只产生一种意义，而是在一个空旷的结构体制中包含了多种意义产生的可能性，只不过在结构主义早期阶段人们更关注某一种意义的产生罢了。因此，结构主义在很多地方类似黑格尔的哲学建构，在貌似科学的面纱遮掩下注入了大量主观成分，被认为是科学时代唯心主义的最后挣扎。"批评家最要紧的不是发现结构而是观察结构的形成过程；批评家重视的不是一种确定的意义，而是在人们试图组织作品文本时它所呈现的困难、曲折和意义的不确定。"① 而就深层结构研究的封闭性而言，结构研究并不是不关注社会体系或文化因素对文本的影响，但它从根本上认为这些因素只有进入文本成为文本一部分时，才能作为构成因素、具有结构价值，任何外在的东西对文本研究来说，都是无效的。"对叙事作品分析理论来讲，社会现象与文化现象已不再是单纯的真实事物或事件，只有成为文本中的符号，进入叙事作品分析层次之中，在这些符号与层次的关系之中，事物和事件才有意义。结构主义叙事分析方法的价值在于，它将文学作品与世界的关系不是确定在内容上的相似，而在于形式上的相似，从而对传统的把握客观世界、理解社会现象和文化现象价值意义的方法提出了挑战。换言之，人们不再去探究内容的意义，转而在形式中寻找价值。"②

实事求是地讲，文本中的表层结构与深层结构都是文本不可或缺的结构要素，并没有明显的主次之分。作为构成文本的重要因素，前者勾勒叙事脉络、连贯前后组合、协调矛盾对立因素，使文本成为一个有机构成；而后者协调文本结构过程中的各种逻辑对立关系，探索意义产生的各种逻辑机制，这种体制虽不那么具体，但又包罗万象，并且制约着文本表层结构因素的处理，其研究更为抽象和内在。正如罗伯特·休斯所论："结构主义思想的最显著特点是在过去似乎仅存在着未加区别的现象的地方看到了秩序或结构。"③

———————

① ［美］卡勒：《文学中的结构主义》，伍蠡甫、胡经之主编《西方文艺理论名著选编》（下卷），北京大学出版社1987年版，第537页。

② 相晓敏：《零度写作与人的自由——罗兰·巴尔特美学思想研究》，复旦大学出版社2003年版，第169—170页。

③ ［美］休斯：《文学结构主义》，刘豫译，生活·读书·新知三联书店1988年版，第63页。

四 解构观念与文本诗学

在传统结构理论中，特别是结构主义以前的文艺理论中，结构无论被视为实体存在还是关系性存在，从本质上讲都是稳定的。因为在这些理论家看来，掌握了文本结构就等于把握到了作者的创作构思，对文本意义的理解自然水到渠成；并且他们还认为，结构是文本的骨架，失去了稳定结构便意味着作品本身不能自持，文本就不再是具有生命样式的有机统一体。而在结构主义文论中，结构被认为是一套潜在的逻辑规则与体系，文本的具体表现形态可以多种多样，但其背后的深层结构生成机制却并不因时而迁，具有相对稳定性与永恒性，寻找稳定结构模式是结构主义文论的出发点。然而 20 世纪 60 年代中后期，解构批评异军突起，以颠覆一切的勇气全面反思传统结构理论，以多元性、异质性对抗结构主义文论的唯一性与稳固性，并且这种思想很快在相关文学批评实践中得到验证。解构批评、新历史批评、女权批评、后殖民文化研究、少数民族文化研究都不同程度地采用了解构主义文本结构理论，文本观念开始跃出传统认识的边界，进一步走向泛化。在这些理论家看来，文本是一个生生不息的整体，其中充满各种层次文学信息的交流。在这一交流网络里，任何个人和个别作品都不会独立稳定地存在，其意义取决于整体结构。但由于这个整体无论从空间说还是从时间讲都是无限的，所以文学文本信码的译解工作将是一个含混的、无限推迟的、无始无终的过程，文本结构与意义都不可能确定。解构主义文论对文本的认识可以用哈里森的观点进行归纳："1. 没有文本具有确定的意义。2. 一个文本虽然可以涉及其他文本，但不指涉文本外的任何事物。3. 一个文本同样合法的多种解释可能是互不相容的，甚至毫无共同之处。4. 鉴于文本并未引导人接近作者的意识状态，它不是简单地把人引向作者的意识，因此不能被视作任何含义上的从作者到读者的'交流'。5. 批评家的工作不是去解释文本意味着什么，而是去将它精心构筑成一个新的文本。"①

（一）解构的原因与理论渊源

结构的消解伴随着对社会文化的全面反思而出现。直接的现实原因是"五月风暴"失败后，解构作为知识阶层反对专制统治的迂回策略发挥着独特功能，上层统治可以以政治高压镇压人们的现实行动，但并不能控制无形的思想，解构作为对传统稳固结构的理论颠覆无疑具有思想解放作用。其次，西方人惯有的二元对立思维方式也与此有关，标新立异的创新冲动驱使他们奇思异想层出不穷，由对深层稳固结构的迷恋与挖掘到拆解深度模式、打碎永恒结构便体现了这样一种物极必反的极端思维方式。当然，最为根本的原因是对传统哲学问题的深刻反思，可以说，"解构"的目的最终是全面置换逻各斯中心主义的旧传统，解放人的思想观念、更新人们认知现实的思维模式。在解构主义诗学理论中，德里达和巴特的观点最具有穿透力和影响力。

德里达从哲学角度反思传统。在其看来，传统思想中充满了等级与对立，出现该现象的最根本原因在于人的语言思维中就存在这种认知事物、看待现实的惯例与习惯，语言思维中的这种中心/边缘的区分是致命的。不仅如此，这种区分还以稳固的二元对立结构关系得到人们的认可与维护，人们习惯地认为意义就产生于稳固结构内部的区别与差异。德里达立论的出发点就是瓦解这种稳定结构，指出其中存在的矛盾与对立及事物发展的运动性。其解构理论的起点就是对语言中语音中心论和逻各斯中心论的批判，在他看来，语言中必然存在悖论，不可能具有稳定

————————————
① ［美］哈里森：《解构德里达》，王先霈、王又平主编《文学批评术语词典》，上海文艺出版社1999年版，第372—373页。

的结构和确指的意义。这是因为：

若从传统认识来看，在创作过程中文本中渗透、包含的思想情感本来是丰富的、具有生命力的，并且不断向前发展和变化，推动作品叙事的进展。然而，思想认识与情感要想得到表现与传达，就必须通过语言文字加以固定，而语言文字却只能大致地传达出人的情感。这样，传统认识中"语言/意义"的二元对立只能将丰富的思想僵化，使其失去生命力，并且从创作伊始，就使原初意义含糊化和僵化。同时，作者本人在表达思想情感时反复思考与酝酿，甚至充满矛盾的构思、提炼过程也被语言文字本身的简单化所掩盖，这样"文本的文字表达，从一开始便从两个方面掩饰或扭曲原作者的富有生命力，而又难以表达的思想情感。诗歌和其他艺术作品所隐含的上述创作精神，决定了其内在的矛盾性和悖论的不可化约性和不可统一性"[①]。这便从根本上决定了文本结构具有不稳定性。

若从现代语言理论来看，德里达认为语言中并不存在索绪尔提出的历时与共时、能指与所指、语言与言语的决然对立，语言意义产生于内部因素的区别与差异，由于这种区分是无限的，因而不可能有确指、固定的意义。为此，德里达提出了"延异""播撒"与"踪迹"等范畴，语词意义既有空间上的差异又有时间上的推迟，因此意义处于无限延宕过程中，我们所能把握的只有意义的"播撒"过程，所能看到的仅是意义延宕留下的"踪迹"，而不可能获得确指与稳定的意义。"延异是无法定义的，既无普遍性定义，又无特定性定义，它不是指涉一种固定性而是既否定其他二元对立，又不断否定它自己，所以不是静止的。文字与文字构成一个流动的意义指涉过程，它是一种在场和不在场两相对立基

---

① 冯俊等：《后现代主义哲学讲演录》，商务印书馆 2003 年版，第 365 页。

点上所无法设想的结构和运动。"① 基于此，我们可以看到，德里达认为语言符号本身就是悖论，符号的意义必定是以它们之间的根本差异、游离作为先决条件和基础的。

德里达与传统思想家的区别就在于他不是从符号与意义的统一性与稳固性出发探索其间的复杂意指关系，而是将差异与否定作为立论的前提。而从事物发展实际情况来看，追求一致与统一，就意味着看重静态与静止、稳定与保守，而静止仅仅是各种事物发展过程中一种暂时过渡状态，运动与发展才是其根本存在形式。"作为人类文化生产和生命运动的基础的语言符号及其意义结构之间的相互关系网络，之所以能够为人类文化生产和再生产运动提供无穷的动力，就是因为符号结构同意义结构之间的差异、区别和相互冲突。"② 德里达研究专家高宣扬对其解构思想所包含的文化意义做出了极高评价："为了反对胡塞尔延续传统思考模式而提出的'在场'观念，德里达把符号的存在设想为一种有生命力的差异的结构。显然，这不仅超越和颠覆传统文化将语言符号当成固定的统一结构的观点，而且，还由于赋予语言符号结构以一种'生命'，而使语言符号同意义的关系变成为能够进行'自我运动'和'自我发展'的文化创造活动，并因而将语言符号的任何一种差异当成人类文化不断创造和更新的无穷动力的来源。通过这样一种思考模式的转换，德里达不仅彻底摧毁了作为传统文化基础的语音中心主义和逻辑中心主义，而且，也为人类文化的彻底重建和思想创造的更广阔的自由开拓了前景。语言文字从此不但不再作为约束思想表达和自由创造的手段，而且反而成为文化创造和人类向自由王国过渡的一种符号阶梯。"③

---

① 俞胜等：《论德里达对结构主义的解构》，《辽宁师范大学学报》（社会科学版）2002 年第5 期。
② 冯俊等：《后现代主义哲学讲演录》，商务印书馆 2003 年版，第 313 页。
③ 同上书，第 318 页。

罗兰·巴特不像德里达那样从哲学角度解构传统，而是立足于文学文本自身。作为早期结构主义理论的主将，他稔熟结构理论，同时对结构观念的缺陷也心知肚明。当德里达对结构主义发难之时，他摇身一变又成为解构理论的旗手。偏离主题、脱离中心成为巴特后期理论的主调，这样，他就由一个坚信稳固结构观的理论家转而成为崇尚自由与多元的解构批评家。巴特不再像早期那样分析文本中存在的渐次递进的稳定结构关系，而是提出了新的"文本"理论：文本中没有稳固如初的东西，文本不是一个核桃，拨开外壳，就发现核仁；文本更像一个洋葱，层层剥离外壳，并不能找到中心，层层的葱皮与外壳就是其中心。文本没有稳定结构，更没有确指内容，文本的价值在于它是一个不断编织的过程，在编织过程中创造意义。因此，不仅语词意义是无限延宕的，就是由语词构成的文本，其意义也不断增殖与发展，处于永远的变化之中。"文本就意味着是织物；直到现在，人们总是不把这种织物当作产品，当作全部完成的薄纱，而意义（即真理）则可以以或多或少是隐蔽的方式躲在这种产品或薄纱后面。……如果我们使用新词的话，我们可以把有关文本的理论定义为网络学。"[①] 1977 年，巴特在被聘为法兰西学院文学符号学讲座职位的就职演讲中再次声明了自己解构的文本观念："本文永远延搁下去，这种幻影的运动正是我在谈论文学的时候企图去描述和辩护的。它延搁到了别处，即未被分类的、非其正常位置的地方，我们甚至可以说，它离开了政治化了的文化的形式法则。"[②] 事实上，在这一时期，解构观念已深入人心，福柯的历史发展非连续性理论解构了历史发展目的论，真理并不以真实历史为基础，而是权利运作的结果。更有启发价值的是，

---

　　① ［法］罗兰·巴特：《罗兰·巴特随笔选》，怀宇译，百花文艺出版社 1995 年版，第229—230 页。

　　② ［法］罗兰·巴特：《法兰西学院文学符号学讲座就职讲演》（1977），《符号学原理——结构主义文学理论文选》，李幼蒸译，生活·读书·新知三联书店 1988 年版，第15 页。

德勒兹提出了"根茎"与"游牧"思想：任何思想与知识不再像传统认识那样有一个稳固中心，传统的知识像一棵大树，虽旁枝斜出，但总有一个稳固的树干将其归拢与固定，不至于无边无垠地发展。而现代知识更像红薯的根茎，埋于地下的根茎能把相距很远的东西连接在一起，并且每一块根茎的叶芽都可以作为中心向着四周生长与发展，"根茎没有开端或者末端；它总在中间，在事物之间，宛如插曲。树是分支，但根茎是同盟，唯一的同盟"①。传统的知识类似农业文化，它围绕固定地域中心展开，春耕秋收，有始有终；而现代思想则更似游牧文化，四处游走，居无定所。所有上述理论无疑都促进并引导着解构观念的进一步发展，并且使导源于法国的这场思想解放运动在美国解构批评中也结出了丰硕成果。

（二）解构的途径与方法

在众多解构主义理论家中，因立场和出发点存在差异，所以采用的解构方法因人而异。但从总体上说，目标又是一致的，那就是摧毁稳固结构和各种"中心"，削平中心/边缘的对立，寻求多元意义。

德里达的解构策略是：首先，以书写文字的优先地位取消传统"在场"的语音中心主义和逻各斯中心主义；其次，在语言文字内部揭示稳固结构之不存在，语言之间的区分是无限的，结构的不稳定导致了意义的无限延异；再次，在文字意义延异运动中，突破以西方种族中心主义为主导的字母文字的范围，走向字母与非字母的结合，特别是非拼音字母文字，并指出非拼音字母文字优越于拼音文字更有利于文字意义在痕迹中延宕，进而将批判的锋芒导向对西方白人中心主义的讨伐；最后，摆脱文字本身，将批判的方向引向一切非文字的图像游戏运动，为整个人类文化的无限延异与向前发展扫清障碍。德里达解构思想的最后目标

---

① 黄鸣奋：《超文本诗学》，厦门大学出版社 2002 年版，第 186 页。

在现阶段根本不可能实现，因为社会一时一刻也离不开语言文字，因此当务之急就是完成前三项任务，而首先要解决的是语言文字问题。面对语言文字，德里达的具体解构策略是：首先，突出书写文字的重要地位，因为书写及书写文本活动就已经包含各种可能性，而非声音"在场"的独白。高宣扬对德里达的这一方法做了分析："凝固在书写文字中的各种可能性，既然已经作为书写文字脱离原作者而独立存在，就构成为一个独立的文化生命体。以书写文字的特定文字结构而产生的独立文化生命体，当然一方面受惠于原作者的创造，但另一方面它却借助于或受惠于书写文字本身的优点而成为一个随时待阅读、待诠释和待发展的新生命体。"① 其次，在具体文本批评中，针对某种关系，突出该关系中潜在的、次要的、受压制的、通常不被觉察的因素，并以此为基点规划一种关系推翻先前稳固系统，释放文本中蕴含的潜在意义。"阅读必须始终针对某种关系，这种关系是作者未觉察到的，居于他驾驭和没有驾驭所作用的语言形式之间。这种关系并不是阴影和光亮、虚弱和力量的某种数量上的分布，而是批评性阅读所应当产生的一种指义结构。"② 就此来看，解构式阅读的目的是发现一种关系（结构），并将其播撒和分解。它没有一个出发点，也没有终极点；它不想指出作品的力量和缺陷所在，也无意做出价值判断。解构与其说是一种目的，倒不如说是一种"破坏性的"和"摧毁性的"手段。通过上述两个层次的解构实践，文本中的深层结构便化为乌有，文本意义得到了重新理解。

巴特也认为解构的重要方法就是发现差异和书写，但其思路与德里达不同。他将这两个因素结合在一起进行探讨，即解构批评就是先在文本裂隙中发现矛盾以颠覆先在的稳定结构，然后对文本进行重新书写。

---

① 冯俊等：《后现代主义哲学讲演录》，商务印书馆 2003 年版，第 321 页。
② 转引自王宁《雅克·德里达和他的解构理论》，《南方文坛》2001 年第 2 期。

巴特高度重视书写问题，他分析了古代写作与现代写作，认为前者将文本引向一个稳定目标，语言明确、简洁；而后者则追求结构的松散和意义的多元，语言朦胧且充满晦涩之处。巴特特别推崇现代写作。"现代写作是一种独立的真实有机体，它在文学行为的四周成长，以一种与其意图不同的价值装饰文学，并使后者不断地卷入一种双重的生存方式中去。……它往往是纷歧多变的，又永远是令人困惑的。"① 而在现代文学体裁中，巴特又认为现代诗最能代表现代书写的特点，它真正做到了意义的多元化和无中心化，真正显示了语言客体具有无限潜能。"诗的每一个字词因此就是一个无法预期的客体，一个潘多拉的魔箱，从中可以飞出语言潜在的一切可能性。于是人们以一种特殊的好奇心，一种神圣的趣味来生产和消费诗的字词。"② 不仅如此，巴特还将文本分为两种：可读的文本与可写的文本。前者以古典文本为主，读者可以从中发现明确而固定的意义，读者阅读就是沿着作者构思的叙事线索去发现意义与主题。而后者则以现代文本为代表，它是一个充满矛盾与悖论的开放体系，其中的语言和意义与其他文本交织在一处，该文本既没有稳固的结构，也没有确指意义，一切都需要读者在阅读中重建。"单一文本不是靠近（即归于）一种模式，而是从一种网系进入无数切口；沿着这种进入过程，并不是从远处注视一种合法的规范与差异结构，即一种叙事和诗学规则，而是从远处注视一种前景（一种由片段带来的前景，一种由其他文本、其他编码引起的前景），然而这种前景的逝点却不停地返回，并且神秘地开放：每个（单一的）文本都是无止境地返回而又不完全一样的，

----

① ［法］罗兰·巴特：《符号学原理——结构主义文学理论文选》，李幼蒸译，生活·读书·新知三联书店1988年版，第106页。

② 同上书，第88—89页。

这种闪动即这种区别的理论本身（而不仅仅是范例）。"①

美国的解构批评在很大程度上继承了本土新批评的细读传统，同时又受德里达理论深刻影响。就其解构策略而言，它首先立足文本语言，从语言中发现值得推敲之处；并且在其看来，语言的修辞本质决定了言不由衷现象比比皆是，即文本中到处存在裂隙与矛盾。然后，在此基础上，重新阅读与书写文本。这样，在其眼中，文本中根本没有稳固的东西，一切都处于重新建构之中。以这样的观点分析文本，文本必然没有稳固的结构与确指意义，既没有中心与边缘的对立，也没有表层与深层之分别，它只能是一个有待解读的文本网络体系，意义处于无限的延宕与推移之中。

（三）解构的后果与局限

解构理论毫无疑问具有巨大影响，彻底解放了人的观念，使研究者面对厚重的人文传统对其挑战，从根本上瓦解其基础，颠覆其统治，以便形成迥异于传统的各种新观念、新思想，实现思维方式与思想观念的根本转型。这种转变突出地表现在：多元文本意义观的形成。由于文本没有稳固的结构与中心，由于语言文字永远处于无限区分的延宕过程之中，也由于读者再也不能复原作者在文本中注入的思想与情感，而只看到意义播撒的踪迹与印痕，因而追求唯一不变的意义便成了一种梦想，可望而不可即。读者只能在无中心的文本中进行自己的编织，阅读就是一种边构思边修改的对原文本的重新书写行为，读者获得的只是自己建构的意义。因此，多元意义观的形成不可避免。"一个具有互文性、网络性特征的文本，它最终必然带来文本意义的多元性特征。巴尔特及其解

----

① ［法］罗兰·巴特：《罗兰·巴特随笔选》，怀宇译，百花文艺出版社 1995 年版，第162—163 页。

构主义的内核，就是使结构在开放中消解，内容在互文中互现，意义在游戏中消除，以达到文本意义的不确定、非中心化和多元性的目的。"①经历了解构主义洗礼的特里·伊格尔顿深有体会地评述了解构理论的文本意义观："意义从来不与自己同一。意义是区分或连接过程的结果，一个符号仅仅因为不是其他符号才是它自己。意义也是某种悬浮的、延迟的或将来的东西。"②

艾伯拉姆斯在其主编的《文学术语词典》中曾经论述过，解构理论有时也称为后结构主义，因为它采用费迪南·索绪尔提出的概念以及以其理论为主要基础的结构主义符号学的因果关系，旨在削弱索绪尔体系和结构主义本身的基础。应该说，解构实践达到了上述目标，从根本上颠覆了西方形而上学的中心/边缘二元对立思维模式，并消解了深层结构的主导作用。这样，文本不再是一座结构分明的文学大厦，地基稳固、衔接严密；在解构理论家的眼中，文本成了大厦倾倒之后的瓦砾与碎片，毫无结构层次可言，更无中心与边缘。但文本解构之后，读者又能得到什么呢？解构理论解构了文本，也解构了人类的希望。"它要摧毁过去的一切，但因不愿重蹈形而上学覆辙，而又拒不设立一个未来；它以虚无主义的态度否定一切终极永恒的东西，却又不再设立一个新的希望；它在解释和破坏中，将世界变成一个没有价值深度的平面，它在放逐了一切重设深度模式的思想以后，自以为是地认为自己在语言游戏中把握了世界的本性和命运。"③艾伯拉姆斯更是严厉地批评了德里达，他认为德里达解构理论脱离了现实实践，是在真空中玩弄的文字游戏。这种游戏

---

① 相晓敏：《零度写作与人的自由——罗兰·巴尔特美学思想研究》，复旦大学出版社2003年版，第224页。
② ［英］特里·伊格尔顿：《二十世纪西方文学理论》，伍晓明译，陕西师范大学出版社1986年版，第161—162页。
③ 王岳川：《后现代主义研究》，北京大学出版社1992年版，第87页。

不仅在实践中没有意义，而且在理论上也是颇为值得怀疑的。"德里达的文本密室是一个全封闭的回音室，其间意义被化解成一种无穷的言语模仿，一种从符号到符号的纵向和横向的反响，这些符号似幽灵般无有踪影，不是源出于任何声音，不具有任何人的意向，什么也不意指，只是在真空中跳荡。"① 应该说，上述分析都深刻地认识到了解构理论的不足与缺陷：解构没有人文科学建设意义，解构是无限的，解构将人类价值引向虚无，但没有给人类生活以希望。

我们认为，文本中结构既有稳定的一面，也包含不稳固的因素，甚至颠覆成分。稳定因素保证了文本是一个可辨识的统一体，这样作者创作有了线索，读者解读也有了凭据，文本自然在人文科学中有其相应的位置。而解构观念则释放了文本潜在意义，充分肯定了读者参与文本创造的能力，鼓励读者不囿于成见，勇于创新。而结构主义理论与解构主义观念恰恰走向了两个极端，前者仅仅看到了文本结构的稳固性，妄图寻找一种叙事模式，统辖所有文本；而后者则只注意到了文本中存在的裂隙与矛盾，并以颠覆结构观念的态度反其道而行之，文本是松散的，文本就是一种互文关系，不仅文本结构，甚至文本语言都是不稳定的。而联系文学实践来看，我们应充分认识到，结构与解构因素共存于一个文本中，二者互为补充，稳定结构保证了文本的相对独立性，而解构观念则促使读者以发展的眼光注意文本意义的潜在性和发展性。它们二者构成了文本解读不能忽视的一个层面，而稳定与颠覆只是对待文本结构功能的两种极端观点。

---

① ［美］艾伯拉姆斯：《解构的安琪儿》，转引自王先霈、王又平主编《文学批评术语词典》，上海文艺出版社 1999 年版，第 374 页。

第三节　诗性文体与文本诗学

文体是一种重要的形式要素，直接显示为文本的存在样式。传统理论一般认为文学形式包括语言、结构、表现手法和体裁四个要素，其中文体是对前三个要素的综合把握。文体特征需要通过前三者得以体现，但它又有自己的特点。每一种文体的出现需要特定的文化土壤，其发展更离不开现实生活的推进；但从根本上讲，语言、结构、创作技巧上的变革与促进更为直接。语言学转向导致了文体意识的觉醒，文体问题研究推进了文本诗学发展。作为一种最为重要的文体形式，诗歌研究印证了文体与文本诗学关系。

一　语言学与文体意识的觉醒

由于文体主要涉及文本形式因素，特别是语言特点及用语方式制约着文本存在形态，因此语言是研究文体绕不过的因素。就此而言，现代语言学发展及其转向对于文体研究具有决定性影响。我们可以回顾文体与语言间这一密切关系的演进与变化。

（一）何谓"文体"

在中国古代，"体"原意指人的身体，主要涉及人的身体结构、身材、体态等外在形式因素。后泛指一切生物体的主干与躯体，探究各种生物形态分类必然涉及"体"之区别。"文体"也是其引申义，特指文本的存在体式与样态。在中国传统"象喻式"批评方式影响下，以人或物之"体"喻指文本之体式特征逐渐盛行起来，这一别具特色的文体研究与批评得以生成与流传。如白居易评论诗歌特征，"诗者，根情，苗言，华声，实义"①；

————————

① （唐）白居易：《与元九书》，郭绍虞等编《中国历代文论选》（一卷本），上海古籍出版社1979年版，第139页。

北齐颜之推论述文章特征，"文章当以理致为心肾，气调为筋骨，事义为皮肤，华丽为冠冕"①，都采用了上述批评方式。总体而言，"文体"一词主要涉及文本外在形式因素。当代著名学者、古代文体学研究专家郭英德先生也说："所用的文体一词，指的是文本的话语系统和结构体式。"② 并且他还认为文体研究就是立足文本存在形式的研究，应包括渐次深入的四个层次。"我认为，一种文体的基本结构，犹如人体结构，应包括由外至内依次递进的四个层次，即（一）体制，指文体外在的形状、面貌、构架，犹如人的外表体形；（二）语体，指文体的语言系统、语言修辞和语言风格，犹如人的语言谈吐；（三）体式，指文体的表现方式，犹如人的体态动作；（四）体性，指文体的表现对象和审美精神，犹如人的心灵、性格。"③

在西方，"style"一词具有"风格"含义，后泛指"文体"，主要指文本形态及其特征。西方对文体学的研究可以追溯到古希腊、古罗马时期的修辞学研究，早在公元100年前后就出现了德米特里厄斯的《论文体》专论，但总体而言，不是修辞研究，就是话语分析，或主观印象式评论，文体学并没有取得独立地位。

（二）"辨体"批评与文学研究

文体不仅仅是形式，每一种文体的形成乃至发展都受到特定文化语境的影响。童庆炳先生所下的文体定义中就包含了这一点："文体是指一定的话语秩序所形成的文本体式，它折射出作家、批评家独特的精神结构、体验方式、思维方式和其他社会历史、文化精神。"④ 因此，文体的

----

① （北齐）颜之推：《颜氏家训·文章》，《诸子集成》（第8卷），中华书局1954年版，第20页。
② 郭英德：《中国古代文体学论稿》，北京大学出版社2005年版，第1页。
③ 同上书，第4页。
④ 童庆炳：《文体与文体的创造》，云南人民出版社1994年版，第1页。

最直观特征都是通过语言、结构及技法等外在因素表现出来的，但每一外在形式的背后都隐含文化精神因素，受制于精神的规约。如中国古代就有"文本于六经"的诫训，各种文学体式都源于诗、书、礼、乐、易、春秋，宗经传统盛行。因此，分析文体就有正、变之说，正为本于传统，变则对传统有所偏离。一般而言，正体地位较高，而变体地位有所下降。传统价值观影响文学体式的研究。再如，对社会生活的行为方式、体验方式也影响文体的命名，如先秦两汉文体"诰""命""誓""训"等，本身就是当权者的言语行为方式，依次具有"通告""命令""宣誓""训诫"含义，作为帝王不同场合发布号令的不同方式，是内容和行为方式的不同决定了不同文体特色各异。

由于中国古代文学批评一贯重质轻文，所以"辨体"批评也比较关注文本内容与形式的依存关系，甚至夸大内容制约作用。古训"诗言志"突出了诗歌表现的内容因素——题材，"文以载道"强调了"道"作为本体的决定作用。因此，古代"辨体"批评在辨别文体之后，不是集中精力剖析文本形式特色，而是关注不同文体应该传达何种内容，以及该内容是如何传达的。就此而言，中国古代文体理论虽然十分丰富，但文本理论并不发达。19 世纪中期以前，西方世界对文体因素的研究与中国古代相近，但是此后受到结构主义语言学理论的全方位影响，文体意识增强，随之文本理论得到了长足发展。

（三）语言转向与文体理论的发展

19 世纪末 20 世纪初，结构主义语言学兴起，其方法逐渐影响人文社会科学的各个领域，文体学研究也在其影响下，渐渐繁盛起来。西方现代文体学的创始人当属索绪尔的学生巴依，他借用索绪尔的方法探究文体问题，力图使文体学成为现代语言学的一个分支，对普通文体学发展贡献甚大。稍后享有"文体学之父"尊称的德国学者斯皮泽将研究精力集中在文学作品上，认为文学文本不同于其他文本的特色就在于其语言特性及其灵活运用，当然语言的活用及对正常语法的偏离显示了作者特殊的创作心理，其中还可能有民族文化的影响。因此，通过文体特征探究可以把握作家的心灵变化乃至民族文化的嬗变。此外，20世纪50年代以前，俄国形式主义、英美新批评、布拉格语言学派乃至发展中的法国结构主义文论都从不同侧面推动了文体学的发展。

20世纪五六十年代以来，随着科学主义思潮的急速发展和广泛渗透，文体学研究进入了繁盛期，突出表现为出现了形色各异的文体学派，主要有"形式文体学""功能文体学""话语文体学""社会历史／文化文体学""文学文体学""语言学文体学"① 等。文体学研究早已突破纯语言形式的探究，推进到文本话语层面，甚至有些研究者已关注文体创造的文化意味。

新时期以来，随着科学意识的觉醒和与西方学术交流的日益频繁，中国学者开始关注文体研究，文体研究成为探究文学性、创建文本科学的重要路径。这一研究动向体现在三个方面：一是对传统文体学材料进行整理与挖掘，以期发现传统文体学的构建规律和演进轨迹。主要成果有吴承学《中国古代文体学研究》（人民出版社2011年版）、郭英德《中国古代文体学论稿》（北京大学出版社2005年版）、李士彪《魏晋南北朝文体学》（上海古籍出版社2004年版）等。二是研究现当代文体新变问题，以切近现实的视域探究文体与社会变迁的关系，主要有赵宪章《文体与形式》等。三是文体的理论透视，力图从理论上彻底探究文体的相关问题。主要有童庆炳主编的"文体学丛书"，包括主编本人的《文体与文体的创造》（云南人民出版社1994年版）、陶东风的《文体演变及其文化意味》（云南人民出版社1994年版）等。上述研究在文体学层面上推

---

① 申丹：《西方现代文体学百年发展历程》，《外语教学与研究》2000年第1期。

动了文本诗学快步向前发展。

二　诗歌文本理论

诗歌是文学大家庭中最主要的成员，也是文学史上贯穿古今的最重要的文体形式。诗歌文体相关研究印证了文体学与文本诗学的密切关系。

从历史上看，中外文艺理论家早已对诗歌语言特点有所认识，但在传统工具功能观和确指本质理论的引导下，大多仅从表层论证诗歌语言的特点，将其简单地归纳为形象性、情感性、含蓄性、音乐性等，没有找出其根本特征。当然，这不是苛责前人，因为当时的条件决定了他们只能得出类似认识。20世纪语言哲学发展为我们研究诗歌语言提供了学术资源和观察视角，突破传统桎梏、重新思考这一问题的时机已经成熟。在我们看来，与日常语言和科学语言相比，诗歌语言最大的特点是突出了自身因素，自指性和曲指性是对其特征的最好概括。其中的"自"即"自身"，"曲"即"曲折，婉转"，"指"含有"指涉"之意；"自指"即自我指涉，"曲指"即有暗示之意。对诗歌语言这两个特征的凝练既承续了传统观念赋予文学语言的功能，更体现了现代语言观对文学语言的影响。

（一）　自指性

自指性就是自我指涉性，意为诗歌语言具有自我指涉特点，诗歌语言并不指向外部现实或内心世界，诗歌语言的价值就在自身。中西古人都曾关注过诗歌语言自身，如莫泊桑曾说过："为了把思想中最细微的差异也明显地表现出来……必须以一种高度的敏锐性去区别由于一个词在文学中位置不同其价值所发生的一切变化。"[1] 杜甫说："为人性僻耽佳

---

① ［法］莫泊桑：《"小说"》，文艺理论译丛编辑委员会编《文艺理论译丛》，人民文学出版社1958年版，第176页。

句，语不惊人死不休。"但这些认识往往是将语义与语言形式本身结合在一起论述的，其出发点是炼字炼句，目的并不在于语言本身，而是通过提炼语句精确地传达言外之意。因此，本质上说并不算真正对语言自指性的关注。综观中西文论史，最早明确提出这一问题的是19世纪中期法国象征主义诗人瓦雷里，他以形象的比喻论说了这一观点：日常语言很像是走路，而诗歌语言则像是跳舞，虽然两者都是用脚行动，但前者有一个明确目的地，而后者的目的就是自身。瓦雷里以此喻指诗歌语言的主要特征就是关注自身。而在其后，中西文论家都曾以人走路、旅行喻指过诗歌语言这一特征，休姆就认为："诗是一个步行的人带你在地上走，散文是一辆火车把你带到目的地。"① 他说的"在地上走"即指诗歌语言注重展示自身的特点，而散文或科学语言其目的则仅在于传递信息。中国20世纪30年代诗人闻一多则提出了"诗歌是戴着脚镣跳舞"的观点，这除了指出诗歌语言受格律制约外，也暗指了另一层意思，那就是诗歌语言具有类似跳舞展示本身和自娱其乐的本性。但是，在文论史上，真正把诗歌语言自指性这一问题提出并进行全面研究的当推俄国形式主义文论。"诗的材料不是形象，也不是激情，而是词。诗便是用词的艺术，诗歌史便是语文史。"② "作品具有独特的表达艺术，特别注重词语的选择与配置。比起日常实用语来，它更加重视表现本身。表达是交流的外壳，同时又是交流不可分割的部分。这种对表达的高度重视被称为表达意向。当我们在听这类话语时，会不由自主地感觉到表达，即注意到表达所使用的词及其搭配。表达在一定程度上具有本体价值。"③ 所有这

---

① ［英］休姆：《浪漫主义与古典主义》（1915），赵毅衡选编《"新批评"文集》，百花文艺出版社2001年版，第21页。

② ［俄］维克托·日尔蒙斯基：《诗学的任务》，［俄］什克洛夫斯基等《俄国形式主义文论选》，方珊译，生活·读书·新知三联书店1989年版，第217页。

③ ［俄］鲍里斯·托马舍夫斯基：《艺术语与实用语》，［俄］什克洛夫斯基等《俄国形式主义文论选》，方珊译，生活·读书·新知三联书店1989年版，第83页。

些论述无非是强调语言本身即为创作目的，文学批评就是评价用词技巧。而自觉采用结构主义语言学方法、在理论上最有成就的雅各布森在分析了语言的六大功能后，认为诗歌语言着意挖掘突出其"元语言"功能，也就是显示自身的功能，它完全不同于交际功能、表达功能等，所以"诗歌的特殊性在于这样一个事实：即语词仅只被当作语词本身被接受，而不是代指它所表示的客体或某种情感的宣泄，因为语词及其措置、意义及其内、外形式，要求具有自己的分量和价值"①。由俄国形式主义开创的这一传统直接影响了 20 世纪的其他形式批评流派，新批评理论比较在意语言传达人类经验整体性时的准确性，但同时对于语言自身也关注有加，"大自然变为乌有，仅仅成了词汇，而对于一个诗人，词汇就是一切"②。这是布拉克墨尔对语言修辞和诗意表达关系的认识，在他看来，语言本身对文本就意味着一切。在其后的几十年中，这种论调一直络绎不绝，影响较大的美国解构批评也是从这一点生发出来的，其仅仅分析语言自身修辞技巧及可能包含的无穷不确定意义，但一直排斥社会、历史因素介入文学解读，在封闭的文本内进行无穷的语言拆解游戏。

那么，诗歌语言的自指性特征是如何体现出来的呢？概括地讲，它通过一定表达技巧处理使语言偏离常规用法而得以实现，即通过"陌生化"方式给人以新奇感。但语言的构成较为复杂，这种认识给人语焉不详之感。我们认为，文本语言的自指性特征是通过以下几个具体方面表现出来的。

首先，突出语音效果。结构主义语言学认为语言符号是由能指和所

---

① ［俄］雅各布森语，转引自张冰《陌生化诗学》，北京师范大学出版社 2000 年版，第 88 页。
② ［美］布拉克墨尔：《沃莱斯·史蒂文斯诗歌举隅》（1931），赵毅衡选编《"新批评"文集》，百花文艺出版社 2001 年版，第 469 页。

指两部分构成的，能指即为符号的音响方面，而所指即为符号所传达的概念，任何语言都是如此，概莫能外。但传统语言学往往仅仅关注所指方面，而对能指研究较少。事实上，就普通语言来看，所指确实值得重视，因为语言的核心功能就是完成交际；但对诗歌语言来说，情况却恰恰相反，因为语音构成了文学表达的重要方面。小说语言要求文从字顺、语气贯通，诗歌语言要求字字珠玑、对称押韵。从历史上看，中国诗歌是最讲究音乐性的，可以说音乐性与歌唱性乃是中国诗歌的灵魂，作为不可或缺的形式因素，它一直是诗歌发展演变的动力。中国诗歌与音乐经过先秦时期第一度分离之后，在以后长期发展过程中亦合亦离，始终保持着密切的联系。中国诗歌形体演化改进之际，往往就是民族音乐发达更新之时，如由古到律、由诗到词、由词到曲，每一种诗体从产生到发育、定型、成熟、衰落，莫不与音乐息息相关，相依为命。① 20 世纪西方文论家对作品语音同样十分关注，这主要表现为对节奏、韵律的重视，因为节奏、韵律是语音组合最外在的展示形式，甚至有人将其提升为结构要素之一。兰色姆就多次提到韵律在谋篇布局中发挥着重要功能："韵律只有那么一点儿，但尽管如此，它还是有些道理的，因为韵律是安排单字，因而不可避免地是安排事物的有力的理性决定因素。"② 该观点意味着韵律在作品中不可或缺，它是文本结构的一个重要因素，这就无形中抬高了韵律的地位。但大部分学者是从语音、节奏的阅读效果方面阐述其重要性的，有人认为只有顺应节奏变化、找出其中规律，才能写出完美作品。"在许多情况下，特别是在韵文中，安排语词首先考虑的不是它们构成的意义语境，而是它们的语音形式，以便从语音序列中产生出

---

① 参见陈元锋《乐官文化与文学——先秦诗歌史的文化巡礼》，山东教育出版社 1999 年版，第 236 页。

② ［美］兰色姆：《诗歌：本体论札记》(1934)，赵毅衡选编《"新批评"文集》，百花文艺出版社 2001 年版，第 55 页。

一个统一的模式，例如一行韵文或一个诗节。安排语词时对语音形式的考虑不仅带来这样一些现象，例如节奏、韵脚、诗行、句子以及一般谈话的各种'旋律'，而且带来语音表达的直觉性质，例如'柔和'、'生硬'或'尖利'。"① 斯宾塞更是以形象比喻说明了节奏给阅读带来的轻松效果："没有规律地打在我们身上的拳头使我们的肌肉总是保持无效的紧张状态，有时甚至是有害的紧张，因为我们没法预料拳头什么时候再打下来；而打击如果是有规律的，我们就可以节约力量。"② 对于诗歌来说，选用一定的节奏变化，可以使读者在轻松愉悦、朗朗上口的阅读中获得审美享受。当然，也有人坚持相反论调，认为只有打破惯常化的节奏，使阅读变得难以顺利进行，才能使读者更好地关注作品形式、感受作品本身。"只有在例外的情形中，当词语对于我们是或似乎是陌生的时候，对语词声音的理解才会没有自动地和对语词意义的理解相联系。于是我们在自己身上发现一种完成理解活动的自然倾向。如果我们不能立刻把握意义，就会发现阅读过程放慢乃至停止了。我们感到无可奈何并且试图猜出这个意义。"③ 在这些理论家看来，语音、节奏处理是陌生化重要方式之一，语音、节奏的变调安排也会吸引读者关注文本形式本身。无论上述两种观点有多大差异，但它们的出发点却是一致的，它们都论证了诗歌语言中语音因素所发挥的突出作用，而语音恰是语言自身的一个重要方面。

其次，强调语法变化。语法就是处理语言组合、变化的规则，语法一般以严格的规则形式出现。在语言组合过程中，如果违反了语法，一

---

① ［波兰］英伽登：《对文学的艺术作品的认识》，陈燕谷译，中国文联出版公司1988年版，第20—21页。

② 转引自［法］托多洛夫选编《俄苏形式主义文论选》，蔡鸿宾译，中国社会科学出版社1989年版，第77页。

③ ［波兰］英伽登：《对文学的艺术作品的认识》，陈燕谷译，中国文联出版公司1988年版，第20页。

般就会词不达意，歧义百出，使得信息传递和正常交流不能顺利进行。诗歌作为一种语言艺术，受语法规则影响较大，因为就如马拉美所言，"一个人不是用想法来写诗，而是用文字来写"①。但是，诗歌传达的不是一般信息，而是独特的情感体验，因此对语词组合提出了更高要求，瓦雷里就论述过这一点："诗是一种语言的艺术；字词的一定组合能产生出一种其他组合不能产生的情绪，我们可以把它称为诗的情绪。"② 就此来看，语词组合与其表达的"诗情"是合二为一的，要表达独特的体验必须选用独特的语词组合形式。因此，在诗歌中，打破常规语法组合语词现象比比皆是，有时甚至为了句式整饬与合韵，有意破坏正常用法。这种做法的价值就在于既凸显了语言形式自身魅力，又暗示了言外之意，可以说是显示语言自指性特点的绝佳方式。杜甫诗句"露从今夜白，月是故乡明""香稻啄余鹦鹉粒，碧梧栖老凤凰枝"，就是采用倒装语序显示独特价值而成为诗坛名句，通过语法变化凸显语言自身魅力得以明证。

最后，显示微妙语义。在具体文本中不仅经常使用扭曲、变形的语言，使其有悖于常规用法；更重要的是，诗歌还时常采用隐喻、象征、用典等表达方式，这更使得我们不能不关注语言自身。隐喻和象征都是巧妙地利用事物之间的相似性而进行互指和替代的创作技法，言说此事此物而暗指他事他物，是谓象征；明说该物但可以从中以转义方式引出他物或某种其他事理，是谓隐喻。当我们面对未知事物时，通常的做法是创造一个意象以满足思考的需要，但这种意象并非事物本身，甚至也不是事物的直接意象，隐喻就是建构新事物之意象最有力的手段。另一

---

① 转引自袁可嘉等选编《现代主义文学研究》，中国社会科学出版社 1989 年版，第347 页。

② 转引自袁可嘉等选编《现代主义文学研究》，中国社会科学出版社 1989 年版，第840 页。

方面，即使面对已知事物，出于加深认识或生动表达的需要，人们仍然不约而同地借助于隐喻，此时，隐喻是基于两种事物之间相似性的词语转义现象。亚里士多德曾多次谈道："尤其重要的是善于使用隐喻字，唯独此中奥妙无法向别人领教。……因为要想出一个好的隐喻字，须能看出事物的相似之点。"① 由此看来，事物之间的相似性是运用隐喻的前提，也就是说隐喻存在的价值在于以隐蔽、间接方式去暗示熟知的事物以取得意想不到的效果。而运用"典故"则是将人们熟知的历史掌故以简约的语言嵌插在当前文字中，以掌故的历史蕴意与当前文字之间所存有的矛盾与张力丰富文本含义，以造成文本韵味无穷的阅读效果。在理想的读者看来，典故"已不再包裹着生涩坚硬的外壳而呈露了它的内核，而它的原型及其使用史又引起了一连串的联想，使它具有了极大的'张力'，因此，坚硬变成了耐嚼，深藏变成了含蓄，晦涩变成了朦胧，中断的视境不但得到了连续，而且还从它那里重重叠叠、枝枝桠桠地伸展开去"②。因此，无论是隐喻、象征还是典故，都以其语义的复杂性吸引读者关注文本语言自身，探讨其巧妙的构成与组合。

（二）　曲指性

曲指性是诗歌语言与科学语言相较显示出的一种突出特点。曲指性意味着诗歌语言不像科学语言那样直接指陈对象，以简洁、明了、规范的言辞为主，以客观、准确地传达信息为根本目的。曲指性意味着诗歌语言本身具有含混之处，需要仔细分辨与解释。曲指性表明语言通向指涉对象的道路是曲折的，其间运用了大量象征、隐喻、反讽等技法。布鲁克斯较为细致地论述了科学和艺术两者在用语表达方面的这种区别：

① ［希腊］亚里士多德：《诗学》，罗念生译，人民文学出版社 2002 年版，第 68 页。
② 葛兆光：《汉字的魔方——中国古典诗歌语言学札记》，辽宁教育出版社 1999 年版，第 143 页。

"科学家的真理要求其语言清除悖论的一切痕迹；很明显，诗人要表达的真理只能用悖论语言。"① "我们在考虑沉浸于诗中的陈述时，呈现在我们面前的就像浸在水池中的手杖，弯曲而变形。"② 曲指性能使文本具有韵味无穷的阅读效果。

众所周知，新批评理论特别强调文本分析，它提倡的"细读"方法至今长盛不衰。就实质而言，所谓文本分析就是细读文本，分析文本语言特征及用语技巧和规律。在新批评看来，内容的东西就像是建筑工地的"脚手架"，只是为了方便搬运材料而将其放在建筑物周围，建筑物本身才是我们工作意图之所在。兰色姆以类似比喻表明了同样的主张，作品的内容是"构架"，语言形式是"肌质"，文本分析就是辨析"肌质"："如果一个批评家，在诗的肌质方面无话可说，那他就等于在以诗而论的诗方面无话可说，那他就只是把诗作为散文而加以论断了。"③ 联系新批评的理论主张和批评实践加以研究就会发现，其文本分析的侧重点就是语言的曲指性。新批评理论对语言曲指性特征的分析主要包括以下几个方面。

第一，语词本身指意不明，具有"含混""复义"效果。无论汉语，还是英语，一词多义现象比比皆是，每一个词语在不同语境下会有不同含义，这就要求作者创作时认真提炼、读者阅读过程中仔细辨别词语。在传统文学研究中，人们虽然认识到诗歌中有"含混"现象，并注意到这是造成文本具有较好阅读效果的关键因素；但就创作角度而言，人们还是要求语言必须准确、鲜明，将多义、朦胧、晦涩视为创作大忌严加

---

① ［美］布鲁克斯：《悖论语言》（1947），赵毅衡选编《"新批评"文集》，百花文艺出版社 2001 年版，第 355 页。

② 同上书，第 228 页。

③ ［美］兰色姆：《纯属思考推理的文学批评》（1941），赵毅衡选编《"新批评"文集》，百花文艺出版社 2001 年版，第 108 页。

声讨。新批评理论首次提出并肯定了"复义""含混"作为修辞手段在诗歌中的重要性。瑞恰兹认为："如果说旧的修辞学把复义看作语言中的一个错误，希望限制或消除这种现象，那么新的修辞学则把它看成语言能力的必然结果。我们表达思想的大多数重要形式都离不开这种手段，尤其是在诗歌和宗教用语中更离不开这种手段。"① 其学生、"含混"理论研究专家燕卜逊对"含混"含义进行了细致分析，主张以宏阔、宽泛的眼光认识诗歌语言中这一曲指现象。"因此我认为，任何语义上的差别，不论如何细微，只要它使同一句话有可能引起不同的反应，就同本书的主旨有关。"② "'复义'本身可以意味着你的意思不肯定，意味着有意说出好几种意义，意味着能指二者之一或二者皆指，意味着一项陈述有多种意义。"③ 正因为"含混"、曲指是诗歌语言的根本特征，所以燕卜逊特别强调选字用词本身的重要性。"对于一个诗人来说，字义的选择比字义多寡更为重要，也更难理解；因为它没有办法说明，在语言的活动方式中潜在的意义已经发挥了多大作用，这种意义也许比可能写出的要丰富得多，重要得多。"④ 文本细读目的就是挖掘词语本身可能含有的"丰富得多，重要得多"的蕴意。

第二，词语与词语组成的句段间存有张力，即各词语间存在着矛盾对立统一关系。但这种矛盾并不是一种完全对立，因其存在而导致事物解体，它是一种使有机体保持活力的内部对比关系，正是它的存在，使文本具有了多种理解的可能性。退特对诗歌语言张力含义及功能进行了论述："为了描述这种成就，我提出了张力（tension）这个名词。我不是

---

① ［英］瑞恰兹：《论述的目的和语境的种类》（1936），赵毅衡选编《"新批评"文集》，百花文艺出版社2001年版，第339页。

② ［英］燕卜逊：《含混七型》（1930），赵毅衡选编《"新批评"文集》，百花文艺出版社2001年版，第344页。

③ 同上书，第350页。

④ 同上书，第352页。

把它当作一般比喻来使用这个名词的，而是作为一个特定名词，是把逻辑术语'外延'（extension）和'含义'（intension）去掉前缀而形成的。我所说的诗的意义就是指它的张力，即我们在诗中所能发现的全部外展和内包的有机整体。我所能获得的最深远的比喻意义并无损于字面表述的外延作用，或者说我们可以从字面表述开始逐步发展比喻的复杂含义：在每一步上我们可以停下来说明已理解的意义，而每一步的含义都是贯通一气的。"①

第三，句段间存在意在言外的"反讽"效果。"反讽"是在具体语境中诗歌因表达需要而展示出的言不由衷的现象。造成"反讽"现象的原因很多，比如说词语本身的多义性，古代汉语中的"臭"就同时具有"香味"和"臭味"两层含义，而德语中的"终结"既有"旧的结束"又有"新的开始"之意；不同语境压力下的变形；述说的口气与语调等，不一而足。布鲁克斯着重从语境压力与修饰出发分析了"反讽"出现的必然性："语境赋予特殊的字眼、意象或陈述语以意义。……语境对于一个陈述语的明显的歪曲，我们称为反讽。举一个最简单的例子，我们说'这是个大好局面'在某些语境中，这句话的意思恰巧与它的字面意义相反。……语境的巧妙的安排可以产生反讽的语调。"②

当然，曲指并不意味着诗歌语言晦涩难懂，仅仅关涉自身，是一种能指的游戏。曲指含有显示自身的因素，但它也有所指涉，并且其指涉内容是非常精确的。但是要体会其微妙含义，只能求助于"语境"；唯其如此，才能恢复人类经验的整体性及其微妙复杂的特点。

---

① ［美］退特：《论诗的张力》（1937），赵毅衡选编《"新批评"文集》，百花文艺出版社2001年版，第129—130页。

② ［美］布鲁克斯：《反讽———一种结构原则》（1949），赵毅衡选编《"新批评"文集》，百花文艺出版社2001年版，第379页。

文学文本作为客观语言存在物，探究其诗性语言、诗性结构、诗性文体特征十分重要。因为任何文本解读、文学研究都不能脱离"文本"直奔主题，都应该立足文本自身客观存在特性展开。把握文本诗性存在自身特点，了解相关学派及其理论主张，掌握并学会相关理论及研究方法，对于文本诗学研究非常关键。上述问题，应引起当前学界足够重视。

第四章　审美阐释与文本诗学

完整的文学活动涉及世界、作者、文本、读者四个因素，各个因素互为依存条件，相互影响与制约。文本是其中核心要素，其他因素都围绕文本而有条不紊地运行。围绕文本，历史上曾依次出现过着力探究文本与世界关系的"再现"理论、重点挖掘文本与作者关系的"表现"理论及倾力剖解自身存在的"客观"理论（文学本体论）。20世纪60年代，随着后工业社会和消费语境的到来，探究读者和文本关系的接受美学、读者反应理论应运而生。该理论强调读者在文学活动中具有至关重要的地位，并指出读者意识和读者的积极参与使得文学解读、文学批评具有多样性，相应地文本释义具有无限多样性。在读者与文本关系方面，该理论更关注读者。

后起的接受美学、读者反应理论虽具有席卷之势，但其并非凭空产生，其前身是阅读现象学理论。与此同时，巴赫金的"对话"理论以及解构主义的"互文"理论对其发展都有很大的启发作用。与接受美学、读者反应理论相比，阅读现象学诸理论更关注文本自身特征，并认为文学文本的特殊存在形式是导致读者审美阅读与阐发的主要原因。因此，后者是文本诗学的重要构成部分，它突出了传统理论"盲区"，让我们从读者阅读视角发现了传统理论不能发现的"文本"特性，从一个全新视角阐释了文本，极大地丰富和发展了文本诗学理论。

第一节　现象学视野中的文本诗学

现象学是一种哲学，更是一种认识方法。它既不是客观唯物主义，也不是主观唯心主义，它强调知识产生于主客体之间的密切交融。这种"悬搁"了主客体已有背景知识的纯粹直观活动，能够产生真正的认识。对于文本诗学来说，现象学方法使文本研究突破了传统的实体性文本观，而从关系和功能视角探究文本意义的生成。文学解读不具有意义的唯一性，而是包含多重意义，这首先是由文本自身特殊结构造成的，当然读者主体意识参与也很重要。文本意义产生于主客体间的交互活动。英伽登运用现象学方法很好地诠释了文本结构，构建了别具特色、影响深远的文本诗学。

一　现象学方法及其文本观念

现象学是 20 世纪西方最为重要的哲学流派之一。尽管作为一种哲学思潮已经过时，但其提出的研究问题的方式却具有方法论意义，给西方人文社会科学研究带来了全方位影响，具有划时代的意义。作为一种认识世界的方法，现象学与传统哲学的根本区别在于，不是从实体论探究问题，无论物质实体还是观念实体都不是认识产生的根源，认识产生于主客体之间的交互活动。从间性出发研究问题，这就弥合了传统哲学非此即彼的二元对立认识，有效地解决了物质与观念、感性与理性、内容与形式、主观与客观等关系性存在中两者的地位问题，真正促进了哲学和其他人文科学思想的变革。

概括起来，现象学主要认识有三：一是从我面对事物这一现象出发思考问题；二是期望得到普遍的、具有本质规律的东西；三是这种本质性的东西是明晰清楚的。即从直观现象入手科学地研究认识现象和各类生活知识。现象学哲学包括大现象学和小现象学两种。大现象学包括存在主义和解释学，小现象学只包括胡塞尔及基本遵循其思想的哲学认识。本章论述范围主要是小现象学。

现象学的开山鼻祖是德国哲学家胡塞尔，其主要哲学观点是知识通过本质直观活动获得，认识在本质直观中形成。当我直观对象的时候，既确定了直观者的确实性，也确定了被直观者的确实性。胡塞尔指出本质直观活动是主体的意向性活动，能够获得普遍性的知识。原因在于人的意识不仅是主体的一种知识形态，更是一种朝向客体的意向性活动。"意向性把主体和客体联系了起来，这种联系可以用两句话来概括：一切意向都是指向对象的意向，一切意向都是意向性的意向。在现象学的本质直观中，纯粹的意向性活动一方面使对象的构造结构显现出来，同时主体的意向性活动结构也显示出来。意向性结构和对象结构是在本质直观中同时显现出来的，对象结构就是事物中的普遍性的东西，而这普遍性的东西是在主体的意向性活动中显示出来的，客体的对象结构和主体的意向性结构都是在本质直观中出现的，是以单个人的亲身经历为其保证的，是确实的。"①

西方现象学家曾提出过一个响亮且共同的口号"回到事物本身"，如何才能直面现象、回到事物本身？那就是本质直观。国内现象学研究专家张永清将现象学方法概括为三个方面："第一，还原理论，这个方法又有三个部分组成：悬搁、现象学还原和先验还原；第二，本质直观理论；

---

① 张法：《20世纪西方美学史》，四川人民出版社2003年版，第172页。

第三，反思和描述方法，即描述意识的意向性结构和意识的视域结构。"①
这三个方面不仅是现象学方法的主要组成部分，同时也是一种认识或知
识获得的纵向历程（展开过程），认识就在这样一个依次渐进的过程中获
得。现象学方法的核心是本质直观，但要进入认识过程，首先需要进行
悬搁、现象学还原，一方面把主体的各种先入之见悬搁起来，另一方面
把对象的各种背景知识悬搁起来。这样，主体就能直接面对事物本身，
进行本质直观。反思和描述则是对本质直观过程及结果的呈现，这不是
形而上的逻辑的论证，而是保留感性样态的描述，显示着认识本身的具
体性和丰富性。现象学方法的革命意义在于真正杜绝了中介因素（包括
各种传统知识、背景知识和先入之见）对认识的影响，在纯粹主体和纯
粹客体交融的"瞬间"形成创见，类似于中国古代道家的"目击道存"，
这样认识和知识只能会更为纯粹和科学。

　　现象学方法对美学、文学理论影响巨大，学界有目共睹。在美学领
域，直接促成了杜夫海纳审美经验现象学的提出，给审美对象和审美价
值研究带来全新革命。在文艺理论领域，启发了英伽登文学本体论理论
和伊塞尔阅读现象学理论的产生，并直接导致了 20 世纪 60 年代中后期读
者理论思潮的涌现。即使对文学文本理论研究，也有较大启发价值。

　　第一，转变了文本观念。传统意义上的文本理论都是从实体论出发
研究作品问题，都认为作品有一本质核心。古代文本理论认为作品是对
外部现实世界的模仿，作品虽是一语言存在物，但语言在作品构成中并
不重要，因为它仅仅是模仿世界、传达思想的工具，可以称为工具论文
本理论。20 世纪初期随着结构主义语言学的兴起，语言本体论文本理论
形成，语言在作品构成中不再是工具，而是具有本体地位。文本诗学探

_____

①　张永清：《现象学与西方现代美学问题》，人民出版社 2011 年版，第 13 页。

究的就是文学语言的特点及其结构构成，语言之外无他。现象学方法对于文本研究的启发在于：文本解读乃至文学批评作为一种特殊的认识活动，知识生成于主客体间的双向交流。文本不是物理实体或观念实体，文本类似于其他认识对象，是一种意向性客体，具有特殊的意向性结构。严格意义上讲，这是一种间性文本观念，转变了传统文本观念，从关系出发研究作品，直接影响了后起的话语文本诗学，起到了承前启后的过渡作用。

第二，促成了读者参与意识。依现象学视野进行分析，既然文本是一种意向性存在，文本解读与批评也是一种意向性活动，那么文学研究单纯探究语言客体本身就既不科学也无必要。文学批评乃至整个文学活动必须把读者纳入其中，读者活动的意向性直接影响文本存在及其意义的实现。文本诗学研究也应该保留读者视角。

二　英伽登的文本层次理论

英伽登是 20 世纪波兰最重要的现象学哲学家，胡塞尔最忠实的学生和追随者。但令人惊奇的是，其影响并不产生在哲学领域，而是文艺学和美学研究。"他的名声主要靠他的美学著作。在这一方面他对艺术作品进行的本体论分析所显示的前所未有的详尽程度，现在已经得到公认。"①当然，英伽登研究文学活动的主要目的并不是推动文艺学的发展，而是以文学为例阐释其哲学观念、方法和主张。英伽登最重要的文艺学、美学研究著述有《文学的艺术作品》（1931 年）、《对文学的艺术作品的认识》（1937 年）、《艺术的和审美的价值》（1964 年）和《经验、艺术作品与价值》（1966 年）等。其中，前两部著作已被翻译成多国文字，广

---

① ［美］施皮格伯格：《现象学运动》，王炳文、张金言译，商务印书馆 1995 年版，第 324 页。

为人知并产生了世界性的影响。

英伽登最大的贡献在于从现象学理论出发研究了文学文本结构层次，提出了文本层级结构理论。其四层次结构理论与西方传统的内容形式两层次说、中国传统的"言、象、意"三层次说明显不同，四层次划分清晰且相互关联，在维护文本统一体的基础上制约认识的产生。该认识对于合理展开文本阅读实践活动具有较强的启发价值，韦勒克对此有高度评价："我们用不着详述他的方法的每一个细节就可以看出，他对这些层面的总的区分是稳妥的、有用的。"①

遵循现象学方法，英伽登认为文学文本是一意向性客体，具有独特的意向性结构。完整的文学文本的意向性结构由四个层次构成：语音单元层、意义单元层、图式化观相层、再现客体层。尽管英伽登还提到有些文本还有"形而上"层次，显示诸如崇高、荒诞、壮丽的哲学意味。但这并不是每个普通文学文本都必然具有的层次，因此该层次不具有普遍意义。但前述四个层次则对构成文本意向性结构不可或缺。

（1）语音单元层构成文学文本的物质外壳和载体，是文本其他层次存在的物质基础和前提。它主要涉及文本中语词的声音及与其相关的语言形式、格律问题，毕竟文学语言作为一种诗意反映社会的形式具有明显诗性秩序。在该层次，英伽登区分了"语音"和"语音材料"，"语音材料"是构成文本的原始物质素材，而"语音"则是意向性文本中"语音材料"的语境化体现，即"语音"是主体意向性活动的具体显示。单纯的语音相互间组合成更为复杂的形式，就会形成文本中更高一级的句子和句群。当然，句子和句群也是一种意向性存在，其意义的建构也离不开主体意识的参与。尽管主体的意向性参与十分重要，但在英伽登看

————————————

① ［美］韦勒克、沃伦：《文学理论》，刘象愚译，江苏教育出版社 2005 年版，第 168 页。

来，语音层本身的客观存在最为根本，因为它是分析文本审美特质的基础，文本中其他层次都可以在该层面找到自己存在的物质支点。"具有意义的词语从一开始就是一个主体间际的实体，其意义是主体间际可接近的，而不是一个具有'个人'意义的东西，其意义只能通过观察别人的行为来猜测。词语也不是完全孤立的实体，而永远是一个语言系统的组成成分，不管在具体情形中这个系统多么松散。"①

（2）意义单元层由文本中词语的意义构成。语音及其相关的语音材料构成具有相对确指意义的词语，词语与词语按照一定规律组合成句子，而句子间的进一步连缀形成句群，不同句群的组合产生句段。意义就是各文本语言单位相组合所产生的"东西"，显然这种"东西"的产生更不能缺少主体的意向性建构。"语词意义是一个具有适应结构的心理经验的意向构成。它或者是由一种心理行为创造性地构成，或者是在这种构成已经发生之后，由心理行为重新构成或再次意指的。用胡塞尔的贴切的措辞来说，意义是'授予'给语词的。"② 相对于文本语音的客观性存在，文本意义则更多地来自主体意识的积极参与，英伽登干脆称其为"意向性对应物"，明确指出其主观性特征。意义单元层一方面联系着语音等构成文本存在的物质材料及其固有的原始意义，另一方面又是文本其他层次进一步生成的基础和前提，它构成了文本的框架结构。英伽登在《对文学的艺术作品的认识》一书中对该内容的阐释最为细致。

（3）图式化观相层。"观相"就是文本中客体向主体显示的方式，或曰客体存在的形式。一方面，由于文本中来源于句子、句群所构成的意向性对应物或关联物都具有不确定性和有限性；另一方面，语言的修辞

---

① ［波兰］英伽登：《对文学的艺术作品的认识》，陈燕谷、晓未译，中国文联出版公司1988年版，第27页。

② 同上书，第22—23页。

性和寓言性也使得其只能传达外部世界有限的和部分的内容，"言不达意"成为语言传意的常态存在。因此，文本中所表现的东西必然是一种"图式化"存在，不可能那么具体、细致。这也就意味着文本中有很多"空白点"，更意味着文本意义的挖掘需要主体的积极投入。英伽登称其为文本的"待机状态"，时刻呼唤读者的充盈与填空。该认识强化着文学文本是一种意向性客体的现象学思想。

（4）再现客体层。再现客体不是现实的客体，是读者综合文本中其他层次要素基础上形成的对客体的认识，它是主体意识在文本阅读活动中的全面体现。由于文本语音、词语、意义单元的意向性存在形式，特别是文本所传达内容的"图式化"本体存在，这使得再现的客体必然以幻象的方式呈现在读者的想象中，依靠读者的联想和体验才能恢复与还原。由于文学创作是作家采用艺术态度反映社会生活，运用文学语言采用"伪陈述""拟判断"方式描述生活世界，因此再现的客体必然只显示现实事物的外观形式，满足读者好奇与想象。对文学文本的认识是一个徘徊于还原与重建之间循环往复的过程，每一"相遇"都产生不同的认识，常读常新。

文学文本中四个层次构成一个有机的统一体，每个层次在维护统一体基础上显示自己不同的特征。每一个层次由于其构成材料的不同而有不同的性质，每一个层次对于其他层次乃至整个作品结构所起的作用也各不相同。尽管英伽登非常在意其意向性方法，十分突出主体的意向性活动对于呈现客体意向性结构的作用，但不可忽视的是其理论并不是读者理论，把读者视为文学活动的最重要主体。事实上，他把文学文本当作一个特殊的语言客体加以研究，其客观存在具有超越作者、读者乃至社会的本体论价值。"由于它的语言具有双重层次，它既是主体间际可接近的又是可以复制的，所以作品成为主体间际的意向客体，同一个读者社会相联系。这样它就不是一种心理现象，而是超越了所有的意识经验，既包括作家的也包括读者的。"① 他十分重视文本自身结构层次的剖析，关注文本各层次意义实现的途径，其文本理论是一种意向性文本理论。

三 主客交互性的文本意义观

所谓"主客交互性文本意义观"，即认为文本意义既不全然来自客体语言存在物，也不全然产生于主体的意识结构和主观理解，而是来自主客体交融的瞬间，是客体作为"纯粹意向性客体"与主体作为"纯粹意向性意识"在本质直观活动中的自然呈现。主客交互性文本意义观的出现与现象学方法及文本特殊结构有关。

第一，交互文本观的出现与现象学哲学追求有关。20 世纪早期，哲学领域占主导地位的是现象学和存在主义哲学，前者以精确的科学态度探讨人是如何认识外界、获得知识的，注重对主体认识能力与方法的挖掘；而后者则非常关注人的生存状态及生存方式的展开，特别强调人的感性存在在知识获得过程中的重要性，以对抗现实工具理性带来的"异化"。总之，它们都突出主体在人文科学中的主导地位，现象学为了突出人的个性及主体间的有机联系，达到对共同世界的认识或对世界认识达成共识，提出了"主体间性"范畴。主体间性亦称"交互主体性"（inter – subjectivity），该词最早是由胡塞尔在其著作《笛卡儿的沉思》中提出的。胡氏认为每个认识者都是一个特殊的认识主体，在其意识中的世界都是自己的"私人世界"或"生活世界"，因此每个人都有自己独特的主体性，每个人的"生活世界"也都显示着他自己的主体性。为了避免认识中此种私人性、主观性，达成对世界的共识，即由"私人世界"过渡到"共同世界"，人

---

① ［波兰］英伽登：《对文学的艺术作品的认识》，陈燕谷、晓未译，中国文联出版公司1988 年版，第 12 页。

们既要相互承认主体性，又要彼此相互交流、转换视角。这样，人们就可以扩展自己的主体性，并可以把世界理解为"共同世界"，理解为"一个交互主体性世界"①。主体间性提高了主体地位、扩大了主体间的交流。文学活动作为人类参与生活实践的重要形式，也是达成人与人之间相互交流的重要方式，对文本意义的阐释也需要多元而宽阔的交互性视角。

第二，与文本特殊的意向性存在有关。在英伽登看来，文学文本是由四个互相关联的层次构成的，但每个层次都不足以显示文本整体。每个层次都有自己的存在价值，但这种价值主要不在于其自身显示的内容为何，而在于其在文本中的地位和结构功能。即每个层次都是意向性存在，只有联动主体的"意识结构"才能显示为具体的内容，并为其他层次提供进一步具体化的条件。语音材料与主体的交遇形成了具体的语音并附带产生了"词语"的意义，由词语组合成的句子、句群也只有通过主体辨析才具有现实意义，并形成文本留有"空白点"的图式化结构，而后者由"图式化"到"现实化"更离不开读者想象的介入。客体的意向性结构与主体的意识结构交融在一起，才能产生现实的意识和知识。

第三，与文本的类时间存在方式有关。在英伽登的理解中，文学文本不是横向、共时的四个功能层面并置呈现在读者的意识中，而是具有层次性，其展开过程渐次深入，前置层面为后续层面的具体化提供保障。这种特殊的结构形式，不仅需要主体参与，而且要求主体全身心投入和体验。对前置层面理解形成的瞬间记忆直接影响后续层面意义的当下形成，并可能影响即将生成的文本整体意义。而由记忆—当下—即将的绵延过程就是一种时间秩序，文学文本结构所潜在的这种时间秩序，要求主体意识积极参与，并且每一个稍微的"误读"都会导致文本意义改变。

---

① 杨金海：《人的存在论》，广西人民出版社 1995 年版，第 234 页。

那么，主客体是如何通过文本展开交互活动的呢？这可以从如下三个方面加以解释。

第一，主客体交互活动发生的境域存在于主体的意识结构和文本特殊语言结构所产生的张力场。在英伽登看来，文学活动是人类主体与外界现实之间展开的意向活动，它包括两个环节：一是作者创造文本，赋予文本意义的意向性活动；二是读者解读文本，与文本的意向结构展开交流的活动。无论作者赋意还是读者释意都不是依靠主体单方面完成的，必然需要客体作为媒介载体承载上述意义。就第一个方面而言，尽管作品一经完成，便成为一个独立意向性客体，不再与作者有直接联系。但文本中词语、句子、句群存在及其所可能显示的"东西"却来源于作者的创造。离开了作者，文本的意义便失去源头。就第二个方面来说，经由作者赋意的文本是一个具有诸多不确定性的意向客体，只存在着可能的意义，唯有读者意识的渗入，才能使文本还原原意、恢复生机，成为现实的客体。而上述两个方面展开的境域就是文学文本特殊的语言存在、诗性结构以及由此形成的张力场，即主客体交互活动是围绕文本特殊的语言场域进行的。

第二，主客体交互活动发生的方式是由读者的"意识结构"与客体的"固有结构"相遇瞬间通过本质直观活动实现的。作为现象学家，英伽登主要关注人的知识如何通过合理的方式获得，而文学文本在其哲学体系中是作为认识对象出现的，即英伽登以文本作为实例探究现象学方法理论与实践。其主要哲学著作《文学的艺术作品》和《对文学的艺术作品的认识》即为明证。因此，英伽登没有在作者赋意方面用很大精力，而是集中笔墨探究了文本作为意向性客体"固有结构"与读者"意识结构"的交互关系。英伽登认为传统文学理论将文本意义视为来自外部世界或主观观念的"本质"存在是错误的，文本可以有物质外壳，但文本内容与意义却不是实体，它产生于读者的意向性活动中，是在读者"意识结构"与文本"固有结构"交融的瞬间生成的。就如生活中的一朵花，常理来说它仅仅是植物的器官，并没有多少审美价值。只有当它进入作品才具有了附带意义，只有当读者加以体验，才能赋予具体的意义而具有审美价值。如"感时花溅泪，恨别鸟惊心"，此处作者赋予"花"以人类生命意义，读者体验到的是充满离愁别绪的思家思国之情。"花"因有了主体意识的渗入而变得敞亮起来，具有特殊意义。

第三，主客体交互活动贯穿于文学文本各层次意义显示的全过程中。由于文本语音层、意义单元层、图式化观相层、再现客体层都是一种特殊的意向性存在，都需要主体意识介入才能产生意向性关联物，并在各层次相互作用下生成文本意义。因此，主客体交互活动贯穿于整个认识活动之中，并不是仅仅某个层次或某个阶段需要主客体交互融合。前文已有涉及，此不赘述。

英伽登意向性文本层次理论及主客体交互文本意义观在文学文本理论发展中具有开创意义，推动了文本诗学跃进式发展。

第一，革新了传统文本观念，将文学文本视为意向性客体，发展了间性文本诗学。在传统文论中，工具论文本观视文本为语言客体，文本价值在于是否准确地模仿了外部世界或精确传达了作者对世界的独特识见，"意义"作为本质制约着文本语言形式。现代语言本体论文本诗学视文本为独特的语言客体，文本是封闭的自足存在，其意义与外部世界没有必然联系；文本意义产生于语言内部的区别和秩序，诗性语言和诗性结构（特别是深层结构和叙事程序）是该理论研究的重点。虽然强调文本解构性的后结构主义颠覆了文本稳固秩序，但它只是剖解语言碎片，执迷于用语言碎片寻找意义的踪迹，而没有意识到文本意义生成于主客体之间的双向交流。英伽登提出的意向性文本理论，与巴赫金的对话性文本理论、福柯的话语文本理论等都从关系出发探究文本意义，代表着文本诗学的发展方向，推动了文本诗学的发展。由于英伽登从哲学出发，遵循严格的现象学方法，体系完备，逻辑严密，且产生时间早于后者，其开创性意义更为突出。

第二，将文学文本视为开放的体系，影响了读者阅读文本理论乃至接受美学的形成。英伽登认为文学文本本体固然重要，但其认识价值、审美价值的实现需要关注者（主要是读者）的积极参与，主体意识的投射、移情与客体意向性结构的融合，产生常读常新的意义。英伽登的文本理论直接启发了伊塞尔，后者将传统语义解读学与现象学有机结合起来，提出了影响深远的阅读现象学理论，而后者是接受美学的主要分支之一，伊塞尔本人也成为与尧斯齐名的接受美学大师。

作为文学遗产，现象学文本理论值得研究和关注。

第二节 阅读学视野中的文本诗学

真正从读者审美阐释角度构建文本诗学的是沃尔夫冈·伊塞尔，他承继英伽登现象学方法，将其贯彻于文学文本解读过程中，将其提升为阅读现象学理论。在伊塞尔看来，文本解读多重意义的形成导源于文本特殊语言存在，文本特殊结构——"召唤结构"留有的"空白"和"否定"吸引读者的参与，作者创作过程中给予文本的"隐含的读者"更希望与现实读者达成和谐共鸣。而在真实阅读过程中，"游移视点"的存在使得阅读成为读者与文本的互动行为，使得文本意义永远处于生成之中。伊塞尔表面虽强调阅读行为与过程，但实际更关注文本特性，是文本独特结构导致了永不停止的阅读更新。伊塞尔从阅读学视角出发构建了独特的文本诗学。

伊塞尔是德国著名美学家、文学批评家，德国康斯坦茨大学教授。他是与尧斯齐名的接受美学创始人。但与尧斯不同，他站在现象学立场，从微观阅读角度探究文本阅读过程、效应及文本特殊的结构构成，而尧斯则立足于解释学立场，更侧重从宏观文学史视野剖解文学阅读的历史效应。与此同时，伊塞尔与其他现象学美学家也不一样，英伽登较为关注文本的意向性结构，杜夫海纳更为侧重阅读的整体审美效应或曰审美经验，他本人更倾心于文本与读者的互动过程，从阅读过程的体验出发思考文本本体存在及其特征。更合适地说，其理论虽然晚于英伽登和杜夫海纳，但其思考的问题却处于英伽登和杜夫海纳关心的问题中间，既不全然关注客体文本，也不集中研究审美经验，他关注的是文本客体结构如何导致了审美阅读效果的出现。即伊塞尔一生研究的问题有两个：文本客体结构、审美阅读效应。当然这也是一个问题的两个侧面，弄清其一有助于另一个问题的解决。

伊塞尔的文艺研究可分为前后两个时期，前期是 20 世纪 70 年代，主要从现象学视角探讨文本结构，代表理论著述有《文本的召唤结构》（1970）、《隐含的读者》（1974）和《阅读活动：审美响应理论》（1976）；后期是 70 年代末到 90 年代，主要从人类学、文化学视角剖析文学活动的特殊性及起源（审美性），代表著述有《走向文学人类学》（1989）、《虚构化：文学虚构的人类学维度》（1990）和《虚构与想象：文学人类学的疆界》（1991）。阅读效应问题贯穿其研究的始终，但文本客体结构却是其研究的起点和关键。他既是从微观文本结构探究走向宏观文学史乃至文学人类学研究，又是从文本结构剖析走向阅读审美经验乃至人类文学经验，最终与尧斯、杜夫海纳思考的问题殊途同归。文本理论在伊塞尔文学研究中具有特殊地位。

一 阅读现象学视野

伊塞尔师承英伽登，从现象学角度研究文学。但与英伽登主要是一个哲学家、美学家不同，他主要是一个文学理论家。伊塞尔关注的全部问题都与文学相关。如果说英伽登研究文学是将文学作为个案，还是为了现象学哲学理论；那么，伊塞尔研究文学就是为了弄清文学的本质，文学之外无他，现象学仅仅是其研究文学的工具与方法。

受 20 世纪 60 年代文化阐释转向和后结构主义思潮的影响，伊塞尔更关注文学意义阐释问题。在他看来，文学意义存在于主客体之间的互动过程，既不取决于文本客体，也不取决于读者意识，而是两者在对立统一中的融合。对于前此盛行的语言客体文本理论，他持明确反对立场。"不是完美的语言结构，也不是封闭的符号系统，也不是形式主义的描写模式这类方法，而是依靠问与答进行。"① 问与答是一个过程，有问有答才能构成交流，才能产生属于自己的解释。就文学释义来说，问与答就是一个完整的阅读过程，文本在问，读者在答，两者融合产生新解。伊塞尔正是运用现象学视角探究这一特殊的解读过程，因此其理论又被称为阅读现象学理论。

在现象学看来，任何认识活动都应该悬置先入之见，置身客观"现象"之中展开，知识产生于纯粹主体与纯粹客体的瞬间遇合。直观是获得科学知识的唯一方式。而直观活动之所以能达到上述效果，其关键在于：认识客体都是意向性客体，认识主体都具有意向性心理结构。一句话，人的认识活动都是意向性活动。这样，研究任何认识活动，首先必须明确客体的意向性结构特征和主体的意向性心理特点。伊塞尔的阅读现象学即是基于上述理论提出的，文学文本结构和读者成为其探讨的中

---

① ［德］伊塞尔：《审美经验与文学解释学》（英文版），弗莱堡 1987 年版，第 4 页。

心。大致而言，伊塞尔前后期理论分别侧重上述两个方面展开，其文本诗学思想主要体现在前期对"召唤结构"和"隐含读者"的研究中。

二　文本诗学与"召唤结构"

比利时著名文学批评家乔治·普莱在分析文学阅读活动时曾说："书、纸张和油墨的制成品，被放置在那里，直到有人对它产生兴趣为止。它们在等待着……它们似乎在说，请阅读我。我感到难于拒绝它们的呼吁。书，并不仅仅就是物。"① 这是典型的现象学观点，就如佛家所言：一朵花归于寂，只有在你发现它时，它才敞亮起来。文学文本也是如此，只有有了读者意识参与，其价值才能得以实现。在伊塞尔看来，"文学作品有两极：可以将它们称为艺术的和审美的，艺术的一极是作者的作品，审美的一极则是有读者完成的实现"，"作品本身既不等于文本，也不等于文本的实现，它必须被确定在两者之间的中途点上"，"文本与读者的结合才会产生文学作品"。② 伊塞尔认为在文学活动中，文本和读者之间的确存在问答关系，根本原因在于文本具有"吁请结构"或"召唤结构"。

（一）何谓"召唤结构"

"召唤结构"是伊塞尔对文学文本结构的独特认识。

伊塞尔这一认识来自其现象学立场，现象学认为任何一认识客体都是意向性客体，都具有独特的意向性结构。伊塞尔接受英伽登文本结构层次理论，特别是英氏对文学文本"不确定性"特征的描述。他认为文学文本不同于一般性著述，语言符号的抽象性决定了它不能像绘画、音

---

① 外国文艺理论研究资料编委会编：《读者反应批评》，文化艺术出版社 1989 年版，第82 页。

② ［德］伊塞尔：《文本中的读者》，普林斯顿大学 1980 年版，中译文载《上海文论》1987 年第 3 期。

乐那样直接反映现实，文学文本的描述性决定了它不能像科学文献那样直陈事实。文学文本中具有空白和未定点是由文学本性决定的，也是文学文本作为意向性客体的根本结构特征，它也召唤、呼吁并促使读者在阅读中调动自己的想象力和丰富阅历加以填充，赋予文本以确定的含义，实现文本的现实化和具体化。

伊塞尔还认为，文学阅读活动是一种不对称性与不平衡性活动，主客体并不具有平等地位，作为客体的文本始终处于"沉默"状态，文学阅读并不是严格意义上的问答与对话。阅读活动要顺利展开，真正实现其交流功能，文学文本必须具有独特设置，必须间接与读者形成问答关系。"召唤结构"就是伊塞尔对文本独特设置和结构的概括。它规定了文学文本的结构性质，决定着文本意义的实现方式和途径。

（二）"召唤结构"的构成

虽没有像英伽登那样明确区分文学文本的四个意向性结构层次，但伊塞尔却像英氏一样坚持认为文学文本是一种意向性存在，像英氏一样强调文本具有"图式化结构"或"图式化视界"（schematized views）。因为文本只有作为一种"图式化"存在，才能保持其未定性和未完成性，才能导致乃至吸引读者的积极参与。在伊塞尔看来，文学文本的"召唤结构"或"吁请"功能通过以下三个方面实现：空白、空缺和否定。

"空白"是就文学文本结构的静态构成而言的，即文本客观上存在很多不确定点和空白之处。它们要么是作者未实写出来或明确表达的东西，要么是作者实写出的部分未言或暗示的东西。这些空白分布在文本的各个层次之中，当然最主要存在于文本的意义单元和情节构成方面。空白的存在允许读者结合自己的经历、调动想象参与文本意义的实现，最终消灭空白，"完形"或充实文本。中国古代"白描"手法极易造成"空白"的存在，而中国古诗的"跳跃式"结构方式又客观上扩大了"空白"的范围，因此阅读、欣赏古诗就特别需要结合自己的体验、涵咏言外之意，体会诗歌韵味。

"空缺"是就文学文本的动态展开而言的，在阅读过程中，它是一个与读者的阅读行为同时展开的客观存在。在伊塞尔看来，文学文本是由语词构成的句子作为基本单位而存在的，每一个句子都通过自身指向某个虚构的世界或图景，都要传达一定意义，文本就是由一个一个的图景接续构成的。在读者阅读的时间进程中，每一个句子依靠读者的想象不断呈现为一幅图景，相近的几幅图景依靠读者的整合而形成相对完整的意义组合。由于读者"视点"的不断前移，每一幅图景都可能成为观察其他图景的中心，每一幅图景也会在不同图景整合中意义有所变化。每一幅图景与其他图景间的对照、割裂或不连贯，伊塞尔称其为"空缺"。

"否定"是就文学阅读活动整体而言的，它是对文学阅读过程的描述，读者在一个接一个的否定中不断调整自己的视野，通过一个接一个的新的体验对文本进行重新思考、获得新的认识。"否定"包括内容和形式两个方面。在内容方面，文本向读者提供一种全新认识，具有向读者所熟知的社会生活（包括政治、伦理、宗教、法律及各种禁忌）挑战的功能。读者带着自己的前理解去阅读文本，但文本经常否定甚至打破读者已有的意识规范，使读者思想意识出现"空白"。这时，读者就需要调整视野，更新认识，填充空白，在积极思考中与文本交流，由文本内容的"否定"而获得新知。在形式方面，"否定"即文本结构形式呼唤读者某种期待，是阅读动力所在。读者在文本句子不断展开的过程中，会由于自己的阅读经验而形成某种审美期待，但续接的句子又会阻碍这种期待的实现，从而激起读者新的审美期待。这样，"否定"就构成一种动力，引发读者在审美期待的不断转变中调整自己的理解、在与文本的互动中形成新解。

文学文本"召唤结构"就是由上述"空白""空缺"和"否定"等结构性因素构成的，它们三者共同构成了唤起读者填补空白、连接空缺，建构新视野的文本结构。

（三）"召唤结构"的功能

"召唤结构"是文学文本最根本的结构性特征，它引导读者积极介入阅读过程，使文本的潜在意义得以挖掘与具体化，并使读者最终获得再创造的愉悦。但在文本与读者的阅读交互活动中，三种结构性因素的功能与作用并不相同。

"空白"作为文本固有的静态结构性因素，是形成"空缺"和"否定"的基础，没有"空白"，文本全都是质实的书写，读者的想象无法产生，后两者根本不可能存在。"文学本文并不再现事实，而是运用这些事实去激发读者的想象。如果文学本文将其诸因素组织得明明白白，一目了然，那么我们作为读者，就会不屑于读，或者抱怨本文不给我们任何主动的余地。"① "空缺"是阅读过程中出现的动态结构性因素，它由读者不断转换的视野以及由此导致的前后比照所产生，构成了读者对文本局部的全新认识。"这样，空缺就成为建造审美对象的重要引导契机，因为它们决定了读者对新的集中注意的看法。……因此，这些空缺可以通过相互修正来使读者将片段连接在一个'场'中，从而能使读者从这些'场'出发来组成各种视野，然后使每一视野与先导的及后续的各种片段相适应；这一过程通过更替集中注意点和背景关系的一系列活动，使文本的图景发生根本变形，而产生其审美对象。"② "否定"作为文本阅读

---

① ［德］伊瑟尔：《阅读活动——审美反应理论》，金元浦等译，中国社会科学出版社1991年版，第105页。

② ［德］伊塞尔：《文本与读者的交互作用》，转引自朱立元等主编《西方美学通史·二十世纪美学》（下），上海人民出版社1999年版，第312页。

的功能性结构因素，它主要发挥着阅读动力的作用，唤起读者的兴趣与探究欲望，更新读者的视野，推进阅读活动持续深入。伊塞尔高度肯定了这种作用："否定性充当表现与接受之间的一种调节，它发起了构成活动，这种构成活动对实现产生变形的潜在条件必不可少。在这个意义上，否定性可称为文学文本的基本结构。"①

总之，在伊塞尔看来，假如文学文本不存在"召唤结构"，那么，文本与读者之间的问答关系便不会存在，积极而富有成效的文学阅读便无法进行。

三　文本诗学与"隐含的读者"

由于伊塞尔非常重视文学阅读过程和效果，特别是后者，更是文学阅读目的所在。为了从微观角度更好地阐释阅读过程与效果，他又创造了两个新概念："隐含的读者"和"游移视点"。通过这两个概念，我们可以更清楚地理解阅读活动中文本与读者之间的互动关系。

（一）何谓"隐含的读者"

"隐含的读者"不是现实的读者，也不是理想的现实读者，而是一种可能出现的读者，甚至可以说是文学文本的潜在结构性因素，它暗示着文本解读的多种可能性。就此而言，"隐含的读者"更像是一种读者效应，意味着文本意义的实现离不开读者的参与，但文本意义又不完全是读者赋予的，甚至可以说文本意义是由文本预先规定的，读者的作用仅在于将文本多种"隐含的读者"（解读的可能性）之一变成了现实读者。完全可以这样讲，"隐含的读者"是文学文本独特的意向性结构的另一别名。"暗隐的读者包含着一部文学作品实现其效应所必须的一切规定。本

---

① ［德］伊塞尔：《阅读行为》，转引自朱立元等主编《西方美学通史·二十世纪美学》（下），上海人民出版社1999年版，第313页。

文的规定取向并不是由某种外在的经验现实设定的，而是由本文自身设定的。暗隐的读者作为一种概念，深深地根植于本文的结构中；暗隐的读者是一种结构，而绝不与任何真实的读者相同。"①

需要注意的是，"隐含的读者"与虚构的读者也不一样，虚构的读者是作者想象出的可能存在的一个读者，它最终指向一个现实读者。而"隐含的读者"作为一种结构性因素，包含多种可能或虚构的读者，它的存在标明了作者处理文本的独特方式，更显示着作者对文本阅读的态度和立场。"读者的角色不同于本文中描绘的虚构的读者。虚构的读者只是读者的角色的一个构成因素，作者由此显露出假定的读者与其他视点在相互作用中造成的转换变异的态度。"②

"隐含的读者"的作用在于向现实读者提供有效信息，唤起读者建立与自己阅读经验相关的审美期待，带动读者积极参与，将读者引向阅读的胜境。"读者的角色只有用本文的结构与有结构的活动才能予以解释。本文的结构通过创造出一个读者的立场，暗含了人类感知活动的基本原则。"③

（二）"隐含的读者"与"游移视点"

那么，如何才能将"隐含的读者"转变为现实的读者，如何才能将这一潜在结构性因素深入挖掘，真正实现其应有效能？伊塞尔提出了"游移视点"概念。显然，这是一个与"隐含的读者"相对应的范畴，"游移视点"不是文本某种固定不变的所有物，而是读者的一种阅读审美期待，是读者意识的积极参与造成其变动不居，具有了"游移"的性质。

---

① ［德］伊塞尔：《阅读活动——审美反应理论》，金元浦等译，中国社会科学出版社1991年版，第43页。
② 同上书，第45页。
③ 同上书，第47页。

伊塞尔说得很清楚："个别句子的语义指示物总是意味着某种期望——胡塞尔把这些期望称为'绵延'。在文本中……每一个个别句子的相关物都预示了一个特殊的视界。因此被文本预示出来的视界就会给读者提供一种观点，这种观点（不管它有多么具体）必须包含不确定性，以便唤起读者对于解决这些不确定性的方式的期望。这样，每一个新的句子相关物都会回答前一个句子相关物引起的期望（或者肯定地回答，或者否定地回答），同时唤起新的期望。""已经被读过的东西在读者的记忆中缩小成为一种经过压缩的背景，但是在新的语境中，这种背景又不断被唤起，并且被新的句子相关物修改，这样就导致了读者对过去综合的重新建构。"①

　　"游移视点"的提出非常重要，它清楚地回答了"隐含的读者"的功能；没有现实读者阅读进程中阅读期待的变化，"隐含的读者"就会成为死的结构，永远不会具有召唤功能。不仅如此，伊塞尔"游移视点"概念还深刻而细致地描述了文学阅读过程是一个不断否定、求新的过程。在这一进程中，文本和读者时刻保持紧密的互动关系，互动效果就是独特文本意义的出现。

　　虽然，传统上经常将伊塞尔与尧斯并称为接受美学理论的双子星座，认为他们的理论提高了读者在文学活动中的地位。但事实上，伊塞尔的阅读现象学理论与一般接受美学理论并不一样，这是一种非常有特色的文学文本理论。伊塞尔也认为文学阅读活动是一种审美认识活动，也涉及审美主体和客体两个方面。为此，他还在自己的阅读理论中设计了与主体相关的"隐含的读者"、与客体相关的"召唤结构"两个重要概念。但通过上述分析，我们可以清楚地发现，"隐含的读者"并不是真正的阅读主体——读者，而是对阅读客体——文本结构的另一种表述，实质上

---

　　①　［德］伊塞尔：《阅读活动——审美响应理论》，霍桂桓等译，中国人民大学出版社1988年版，第148—149页。

也是对文本结构的另一种视角研究。因此，伊塞尔的阅读理论是一种意向性文本理论。伊塞尔代表著作《阅读活动：审美响应理论》的译者霍桂桓也一针见血地指出了其理论的本质特征，"一种接受理论总是论述现存的读者，他们的反应证明了某些受历史制约的文学体验。响应理论以文本为基础；接受理论则是由读者判断的历史产生"①。

伊塞尔的阅读现象学理论发展了读者审美阐释文本观念，值得我们关注。

第三节　对话理论与文本诗学

巴赫金是苏联文论界的"异类"。这主要在于他一方面坚持不为主流社会所容的形式主义研究方法，另一方面在于他的超前意识，他把形式主义语言思想和马克思主义意识形态理论有机结合，提出了"超语言"思想。文本解读应关注形式存在，但更需要探究形式承载的意识形态内容。巴赫金在研究西方文学史基础上，指出陀氏小说具有"复调"结构、拉伯雷及中世纪文艺具有"狂欢化"颠覆精神。以此二者为前提，巴赫金提出了著名的"对话"理论，认为文学解读活动就是在多个层面上展开的"对话"。巴赫金以"对话"为核心的文本理论，引入了马克思主义视界，拓宽了文本诗学研究的视野，为话语理论的形成及丰富打下了基础。

一　巴赫金文艺思想概观

巴赫金，苏联当代杰出的语文学家、哲学家、美学家，曾担任莫尔多瓦师范学院语文教师。其主要著作有《文艺学中的形式主义方法》

---

① ［德］伊塞尔：《阅读活动——审美响应理论·前言》，霍桂桓等译，中国人民大学出版社1988年版，第2—3页。

（1928）、《马克思主义和语言哲学》（1929）、《陀思妥耶夫斯基创作问题》（1929）和《拉伯雷的创作及中世纪和文艺复兴时期的民间文化》（1965）等。

　　巴赫金对文艺研究的重要贡献体现在三个重要范畴的提出：复调小说、狂欢化思想和对话理论。而上述三个范畴的提出是基于其反传统、反中心的一贯文艺主张。在研究陀思妥耶夫斯基小说创作时，巴赫金认为陀氏创作不同于传统作家，其小说中的人物与人物之间、作者与人物之间存在对话关系，每个人物都有自己的独立意识，并不完全受作者控制。这样，作品就像一部多声部的乐曲，在对立矛盾中和谐发展。复调小说反对作者掌控一切，反对传统的"独白性"文体形式，主张小说人物的独立意识及对话存在。狂欢化思想是巴赫金研究拉伯雷及中世纪民间文艺创作时提出的一种重要认识，意在指出拉伯雷创作有一种特质：无中心化、颠覆话语等级秩序、充满戏谑与嘲讽，类似于中世纪广场狂欢节文化。巴赫金从拉伯雷的创作中获得启示，认为当代文艺创作也应追求狂欢精神，它应该是文艺审美特质之一。对话理论是巴赫金文艺思想的核心内容，也是上述两范畴提出的理论基础。在巴赫金看来，文学语言（文学话语）不同于普通语言，普通语言是无主体的逻辑体系，而文学语言则包含了主体意识，放在一定语境中的简短文学话语更是充满对话意识。因此，对话性是文学语言的根本特性，以此为基础构成的文学作品便充满对话意识，不仅如此，对文学作品意义的把握也不是简单的解释，而是包含多重交流的理解，这更需要对话。整个文学活动，对话无处不在。在巴赫金所提出的三种重要文艺观念中，对话理论是基础，若没有充满对话性的文学语言，复调性小说以及具有狂欢内容的其他文艺就会失去了存在的前提。不仅如此，对话理论也是巴赫金文本理论产生的依据。

二 巴赫金的文本观念

（一）文本是一切人文科学存在的"第一性实体"

何谓文本？这是研究文本理论首先要弄清楚的问题。在巴赫金看来，文本是一切人文科学存在的第一性实体。人文科学不同于自然科学，其研究对象不是客观物质事实，而是人们的思想与意识观念，具有抽象性，看不到、摸不着。但它们也不是无迹可寻，它们必须依附特殊的载体形式存在。人类创造的各种文化符号就承担着上述功能。文本，顾名思义，就是以"文"为本，这是一种具有相对独立意义的语言片段。作为一种特殊的文化载体，它是探究人文科学的"第一性实体"。"文本（书面的和口头的）作为所有这些学科以及整个人文思维和语文学思维（其中甚至包括初始的神学和哲学思维）的第一性实体。文本是这些学科和这一思维作为唯一出发点的直接现实（思想的和情感的现实）。没有文本，也就没有了研究和思维的对象。"①

巴赫金在苏联是一个另类的文学理论家，与当时占主导地位的正统马克思主义文艺理论家热衷文艺的政治及其他意识形态功能不同，他接受了俄国形式主义理论的影响，十分关注文艺形式在文学研究中的重要地位。文本理论的提出就基于上述基本认识。研究文学乃至一切人文社会科学不仅要关注其物质存在形式，并且应将其放在突出位置。巴赫金多次强调文本的这一重要地位："诚然，这是特殊种类的事物，它们有固有的意义、含义和内在价值。不过所有这些意义和价值都只有在物质的事物和行为中才能表现出来。离开某种经过加工的材料，它们是不容易得到真正实现的。世界观、信仰乃至模糊的思想情绪都不是内在地，不

---

① ［苏联］巴赫金：《文本问题》，《文本 对话与人文》，白春仁等译，河北教育出版社1998年版，第200页。

是在人们头脑里，也不是在它们的'心灵'里产生的。它们之成为意识形态的现实，只有在言论、行为、衣着、风度中，在人和物的组织中才能得到实现，总而言之，在某种一定的符号材料中才能实现。通过这种材料，它们成为人的周围现实的一个实际的部分。"① 并且，巴赫金还认为人文科学无论研究对象内容多复杂、意义多深刻，其发生存在的一次性和唯一性决定了其具有不可重复性和不可还原性，其存在只能依存于文本载体形式，只有在剖析文本结构组织过程中才能显示其内容与意义。他说："而且因为言谈脱离现实对象和行为，它此时此地的物质的现存性现在就成为整个结构的组织因素。不管作品的意义的远景有多深多广，这种远景不应破坏和取消言谈的各个平面，如同绘画时观念中的空间不取消画的平面一样。"②

这样看来，文本就是一切人文科学存在的物质载体，是该类研究的"第一性实体"。

（二）文学文本作为话语

首先需要说明的是，巴赫金虽然受俄国形式主义文论影响很大，十分注重载体形式在文学研究中的重要性，但他不是一个形式主义者，甚至还可以说他反对形式主义者"形式"之外无他的极端做法。他一针见血地指出，形式主义者的不足就在于仅仅关注词的物质性，而忽略词语的文化属性，"对形式主义者来说，词就是词，首先和主要是它的音响的经验的物质性和具体性"③。若文学研究仅仅停留在作品形式层面，即使探讨再细致，那也会适得其反、矫枉过正。他批评道："如果把论争从次

① ［苏联］巴赫金:《文艺学中的形式主义方法》，李辉凡等译，漓江出版社 1989 年版，第 8 页。
② 同上书，第 171 页。
③ 同上书，第 79 页。

要的事情变为几乎是主要的和唯一的目的，如果这种论争贯穿在新流派的一切术语、定义和提法之中，那就不好了。在这种情况下，新的学说就会同它所否定的、拒绝的东西联系得过分密切和不可分割，最终变成消极的旧学说的简单的反面，变成纯粹的反作用的构成物，变成愤懑。"①

巴赫金还认为，形式主义者极端化做法会给文学研究带来消极影响，使文学研究成为去除意义的文字游戏。"促使形式主义者这样做的与其说是在音响中发现新的世界和新的意义的愿望，毋宁说是使词中的可理解的音响失去意义的企图。"② 这种研究思路的最严重后果在于使文学研究失去人文性和阐释性，堕落为纯自然科学研究或娱乐的文字编码。"形式主义者通过减去意义的途径得到的不是诗学结构，而是某种幻想的构成物，是物理现象与消费品之间的某种中间的东西。下一步他们的理论就应当在纯自然主义与静观的享乐主义之间保持平衡了。……形式主义对这种结构的意识形态意义的否定，必然使得诗学结构在自然主义和享乐主义两极之间摇摆。"③

以这样的视野审视文学文本，文学文本就不是单一而纯净的语言客体，必然是一种特殊的话语存在。巴赫金一直坚持文本的人文性，他多次强调任何文本都有主体、作者，任何文本都不是纯自然物体，都涉及表述问题。自然物质具有客观性，我们可以运用科学实验的方法对其展开剖析，以期发现其运动、发展的规律。但文本由于是主体的表述，必然涉及表述的主旨和效果，单纯的客观阐释不足以发现其用意，必须运用理解、调动主体全身心的体会才能完成。就此而言，文本具有话语的特质。

---

① ［苏联］巴赫金：《文艺学中的形式主义方法》，李辉凡等译，漓江出版社 1989 年版，第 83 页。
② 同上书，第 81 页。
③ 同上书，第 84 页。

巴赫金指出文本具有两极性，以区别于一般语言产品。文学文本一极是其语言存在，另一极则是语言背后的含义及其他文化属性，并且第二极非常重要。因为第二极决定了文学文本具有主体性和人文性，决定了进行理解与对话的必要性。"每一文本都以人所共识（即在该集体内约定俗成的）符号体系、'语言'（至少是艺术的语言）为前提。……但同时，每一文本（即表述）又是某种个人的、唯一的、不可重复的东西；文本的全部含义（所要创造这一文本的主旨）就在这里。这指的是文本中关系到真、善、美、历史的东西。这一因素在某种程度上已超出语言学和语文学的范围。这第二个因素为文本本身所固有，但只能在情境中和文本链条中（即在该领域的言语交际中）才能揭示出来。"① 众所周知的事实是，文学文本还有意放大、强化了第二极的存在，唯有如此，文学的独创性和审美性才得以凸显，因此文学文本就是一种独特的话语存在。

（三）文学文本具有对话性

如上所述，文学文本是一种话语存在，具有人文属性，这是其具有对话性的前提。"在没有话语、没有语言的地方，不可能有对话关系；在事物之间或逻辑范畴之间也不可能有对话关系。对话关系的前提是要有语言，但在语言体系中不存在对话关系。对话关系不可能存在于语言的各成分之间。"②

文学文本不仅是话语存在，而且还具有"杂语"性质，存在多种"声音"，在其内部各种成分进行对话。对此，日本巴赫金研究专家北冈诚司做过如下分析："巴赫金首先把'杂语'定义为'在一个表述内部，

---

① ［苏联］巴赫金：《文本问题》，《文本 对话与人文》，白春仁等译，河北教育出版社1998年版，第302—303页。

② 同上书，第321页。

两种［不同的］社会语言混在一起，在同一个表述舞台上两种相异的语言意识相遇'。在这种情况下，这两种语言意识不仅不同，也因时代、社会［阶层］的分化而分离开。由于语言混合使得两种社会语言变得相对，开创了形成语言形象的可能性。"① 当然，文学文本的"杂语"性质更是形成文本"狂欢化"效果的重要原因。

文学文本具有对话性的根本原因在于文学活动具有交往性质。文学活动不是一般物质活动，是心对物的解释与征服；文学活动是心灵的交往，是心与心的交流与相互理解。作为文学活动中介物（作者—文本—读者）的文学文本自然蕴含心灵与精神因素，具有对话潜质。"对话关系——这是言语交际中任何表述之间的（含义）关系。任何两个表述，如果我们把它们放在含义层面上加以对比（不是作为物，也不是作为语言学的例证），那它们就会处于对话关系之中。"②

文学文本之所以需要对话还在于，文学文本解读是一种理解活动，而不是一般的解释。自然科学研究是解释，而文学解读与批评是理解。"在解释的时候，只存在一个意识、一个主体；在理解的时候，则有两个意识、两个主体。对客体不可能有对话关系，所以解释不含有对话因素（形式上的雄辩因素除外）。而理解在某种程度上总是对话性的。"③

文学文本的对话性主要表现在四个方面：第一，文本内部人物与人物之间的对话。巴赫金"复调小说"理论中已指出，作品中每个人物都是独立个体，都有独立的思维逻辑，全然不受作者控制。因此，人物之间的矛盾与对立必然存在。第二，作者与作品人物之间的对话。作者并

① ［日］北冈诚司：《巴赫金：对话与狂欢》，魏炫译，河北教育出版社2002年版，第243页。
② ［苏联］巴赫金：《文本问题》，《文本 对话与人文》，白春仁等译，河北教育出版社1998年版，第322页。
③ 同上书，第314页。

不存在于作品之中，而是以"作者形象"作用于作品，这一居于作品人物群像之外的"作者"或"叙述人"必然对作品人物的行为做出自己的评价，表现为潜在"口吻"与"语气"，多为讽刺或赞叹。这些评价不同于作品人物的自我评价，表现为一种或统一但更多时候相矛盾的对话。第三，作者"自我"的对话。巴赫金称其为自我的"双声性"。在文学文本中，作者可以把自我作为审视和描写的对象，使其成为客体并以被书写的客体形象表现自身，使作者成为创造的形象的再创造。"表现自己——这就意味着把自己变成他人眼里和自己本人眼里的客体（意识的现实）。这是客体化的第一步。但又可以把自己视为客体而表现对自身的态度（客体化的第二步）。在这种情况下，自己的话语便成为客体的话语，并获得第二个（也是自己的）声音。但这第二个声音不会映出（自身的）影子，因为它表示的是纯粹的关系；而话语那现实客体化、物质化的实体，则全交给了第一个声音。"① 第四，读者与作者及作品人物之间的对话。巴赫金非常重视读者因素，读者对文本的解读不是还原作者创造的人物形象，不是全盘接受作者对社会生活的理解，更不可能对作品人物形象的所作所为无动于衷，读者需要在与上述因素的交流与妥协中形成自己的见解，但一般不可能形成共识。巴赫金多次指出不能忽视读者的积极参与，"文本不是物，所以绝不可把第二个意识、接受者的意识取消或淡化"②。

文学文本的对话性制约着文本意义的解读。

（四）文本意义在对话中生成

在巴赫金看来，文本的对话性通过理解活动实现，文本意义在对话

---

①　［苏联］巴赫金：《文本问题》，《文本 对话与人文》，白春仁等译，河北教育出版社1998年版，第310页。

②　同上书，第305页。

与理解中生成。这是因为："作为主观反映客观世界之文本，是意识的表现，是反映某种事物的意识之表现。而当文本成为我们认识的客体时，我们可以说这是反映之反映。理解文本也就是正确的反映之反映。通过他人的反映达到被反映的客体。"① 理解需要读者全身心地投入体会，需要两个心灵的沟通与交流。在此基础上，巴赫金通过比较分析，进一步指出了人文科学研究进行理解的必要性。自然科学研究是对客体或物的剖析，需要精确的解释，人文科学或精神科学探究的对象是人的创造，需要体验基础上的深刻的、博大的和精微的理解。他认为对文学文本进行解读更不能做一般意义上的解释，必须是特殊意义上的理解。因为文学文本与其他人文科学文本相比，以追求最大限度的独创性为己任。"任何真正创造性的文本，在某种程度上总是个人自由的领悟，不受经验之必然所决定的个人领悟。所以它（在自己的自由的内核中）不可能用因果关系来解释，也不可能诉诸科学的预见。"② 文学文本就是具有"真正创造性的文本"，对其研究只能依靠作为主体的人内在体会与将心比心的理解来完成。

每一种理解都是读者的积极介入，都是心与物、心与心的交流。理解的方式有多少，文本意义的生成方式和类型就有多少。概括起来，有对语言符号的理解，有对各种语言风格的理解，有对各种作者形象的理解，有对各种描绘对象的理解，有对各种语言背后含义的理解。理解方式尽管无限多样，但概括起来只有两个层面：一是对文本作品语言及各种表达技巧的功能意义的理解；二是对语言背后的意义与价值的领悟。其中，后者具有主导地位，即使对前者的解释也包含人文意义，并不是

---

① ［苏联］巴赫金：《文本问题》，《文本 对话与人文》，白春仁等译，河北教育出版社1998 年版，第316—317 页。
② 同上书，第305 页。

纯语言学研究。因为，文学文本中形式因素本身也带有文化属性，与生俱来附带意识形态功能。巴赫金论述道："这个基本内容由语言的具体社会历史目标所决定，由意识形态话语的目的所决定，由意识形态话语在其自身历史发展过程中的具体范围和具体阶段中所完成的具体历史任务所决定。这些任务和话语的目的决定了具体话语——意识形态的运动，以及意识形态话语的各种具体类型，最后决定了话语本身的具体的哲学概念。"① 尽管"词的结构意义完全不一定就招致其含义的意识形态的假定性"，但是"这种假定性只不过是某些艺术流派的独特的结构特点罢了，而且就是在这里这种假定性也是相对的。在它的后面还隐藏着绝对的意识形态立场"。②

因此，文本意义在对话中生成，这是一种立足语言学、语文学，但又超越语言学的人文科学意义上的对话。

三 巴赫金文学文本理论的意义

巴赫金是一个充满争议的文艺理论家，其理论庞杂丰富，既有俄国形式主义因素，又带有马克思主义色彩，迥异于其他派别和理论体系，在20世纪西方文论中独树一帜。20世纪70年代以来，巴赫金文艺理论在东西方国家产生了长远影响，其提出的文本理论更是别具一格，在西方文本理论发展过程中具有突出地位。

第一，立足于超语言学思想，发展了西方形式主义文论的语言客体文本理论。在俄国形式主义文论、英美新批评和法捷结构主义理论看来，文学文本就是一封闭的语言体系，文本研究就是探究文本语言、结构及

① M. Bakhtin, *Dialogic Imagination*, Austin and London: University of Texas Press, 1981, p. 271.

② ［苏联］巴赫金:《文艺学中的形式主义方法》，李辉凡等译，漓江出版社1989年版，第78页。

各种表现技法的运用；文本理论是一种科学形态的文学批评，人文色彩并不突出。尽管巴赫金也从语言学角度研究文本，认为文学形式的确非常重要，但"艺术的特殊性正在于：被表现的东西无论怎样有意义和怎样重要，表现的物体本身永远不会成为仅仅是形象的技术上辅助的和相对的体现者"①。普通语言只有与一定的诗性结构相联系，其文学价值才能得以显现，"总之，语言只有在具体的诗学结构中才具有诗学的特性。这些特性不是属于作为语言学对象的语言的，而恰恰是属于结构的，不管这结构的样子如何。生活中的一个最简单的言谈，一个运用得恰当的词语，在一定条件下都可以作为艺术接受的对象"②。但他更坚持文学文本语言不同于普通语言，它以"杂语"方式，充满"互文性"，包含多重意义上的对话，是一种超语言或文化语言。这就从根本上破坏了文本的封闭性，极大地解放了文本生产力，为文本意义的多元化阐释提供了哲学依据。

第二，构架了马克思主义和形式主义之间的桥梁，为西方马克思主义文本理论的发展指出了方向。很长时间以来，马克思主义文学理论只关注文学作品的意识形态内容和政治斗争功能，对文本问题涉及很少。20世纪60年代的法兰克福学派为了反对西方"文化工业"所带来的异化功能，提出了"革命的形式"理念，主张以"反艺术""否定的艺术"等变形的艺术反对大众泯灭读者反抗意识的企图，文本形式得到重视。巴赫金并不是一个严格意义上的马克思主义者，但在具体文学研究过程中，巴赫金却坚持了马克思主义立场、观点和方法，他坚持辩证唯物主义方法，他对形式主义提出了严厉批评，其文本理论更多关注了文本形

---

① ［苏联］巴赫金：《文艺学中的形式主义方法》，李辉凡等译，漓江出版社1989年版，第60页。

② 同上书，第113—114页。

式的文化因素，作者创作文本、读者解读文本都是一种特殊的对话，文学活动是一种特殊的意识形态生产过程。这就为其后詹姆逊的"泛文本"理论、伊格尔顿的审美意识形态生产理论等西方马克思主义理论的文本观念提供了有益的启示与借鉴，推动了马克思主义文论与形式主义文论的有机衔接。

第三，丰富了读者审美阐释文本理论。巴赫金的文本理论不同于英伽登、伊塞尔从现象学哲学出发构建文本结构层次体系，然后以理论逻辑的缜密性征服读者，巴赫金从文学文本特别是文学语言实际出发，从言语形象、言语体裁、作者形象、表述主体、解释与理解关系等多种角度分析了文本的对话性特质，指出文学文本中充满了对话性因素，是两个主体意识的沟通与斗争。因此，文学活动就是一种特殊的交往活动。巴赫金虽然没有过多提到读者的参与方式及介入过程，但我们时时能够感觉读者的无处不在。因此，我们称其为特殊的读者审美阐释文本理论。

作为一种另类的读者审美阐释文本诗学，巴赫金理论打通了三种文本诗学形态，特别是沟通了读者审美阐释、语言客体文本诗学与话语文本理论的联系，极大地促进了后者的发展，需要引起研究者重视。

第四节 互文理论与文本诗学

互文理论是 20 世纪 50 年代出现的一种挑战传统的文本观念，它依据解构主义理论对文本语言、文本结构及文本与文本之间关系做出了新的解释。在该理论看来，文本语言具有寓言性、释义具有无穷性，文本结构不是稳固的，而是具有颠覆性，文本由于与相似文本具有互文关系，因此对其整体释义也必然具有无限多样性。互文理论关注了文本特性，并且主要是从读者解读视角展开的，因此它也是一种别具特色的文本诗学理论。

作为一种后现代文本观，互文性理论不同于结构主义文本观，但与解构的文本理论有着密切联系。该观念顺应了后现代社会多元化时代对文本的要求，但同时也对传统理论构成了严重威胁，甚至扭转传统、导致新思维形成。该理论虽不是严格意义上的读者审美阐释文本理论，但互文意义的解读与挖掘离不开读者的参与，甚至可以说离开读者，互文现象就没有多少意义。互文理论的影响是多方面的。

一　互文性理论探源

"互文性"概念最早是由克里斯特娃于1969年在其《符号学》中提出的："每一个文本都把自己建构为一个引用语的马赛克，都是对另一个文本的吸收与改造。"① 即每一个文本中都包含了其他文本因素，每一个文本都不可能是一个与外界绝缘的封闭语言体系，而是与其他文本有着这样、那样的联系。以对文本理解为基础，克里斯特娃还在其论著中多次对"互文性"做出一些补充性解释："'互文性'一词指的是一个（或多个）信号系统被移至另一系统中。但是由于此术语常常被通俗地理解为对某一篇文本的'考据'，故此我们更倾向于取易位（transposition）之意，因为后者的好处在于它明确指出了一个能指体系向另一个能指体系的过渡，出于切题的考虑，这种过渡要求重新组合文本——也就是对行文和外延的定位。"② 总之，克里斯特娃是在由语言符号构成的文本内部研究文本的互文及其生产性的，从根本上说，这是一种狭义的互文本观念。

"互文性"概念虽由克里斯特娃提出，但互文性思想却早已存在，其源头可以追溯到索绪尔、艾略特和巴赫金。索绪尔理论是一切现代语言

---

① 转引自冯寿农《文本·语言·主题》，厦门大学出版社2001年版，第18页。
② 转引自［法］蒂费纳·萨莫瓦约《互文性研究》，邵炜译，天津人民出版社2003年版，第5页。

学、符号学理论的源头，他认为语言符号是一套关系体系，语言的意义产生于各符号之间的区别与差异。因此，语言意义并不指涉外物，而是指向本身。这一方面说明语言符号具有自指性，另一方面也暗含语言具有非指涉性，其中后者对互文性理论至关重要。当文本被确认为一个非指涉性的语言织物时，那么，其评价标准乃至意义就会被认为产生于文本内部，语符差异的无限区分性及语符间关系便变得十分重要，而语言内层面的互文便产生于此。在此基础上引发了研究者对具有虚构性文本"互文性"特征的深入理解，施蒂尔勒就非常清楚地论述到这一点："（文学的虚构文本以）文本空间的面貌出现，在这一空间，所有的文本因素都与其余所有因素相联系，因为虚构文本的伪指本质预先设定每个概念都必须放到所有概念的背景下来看。文本作为一个文本空间，其余各种潜在的联系无限制地增衍。从读者的视角看，这种文本乃是一种反思的空间，或反思的媒介。读者可以对它一步一步探讨，却无法穷尽。"①

　　如果说索绪尔理论从语言内层面指出了文本中必然含有互文性因素，那么，艾略特和巴赫金则从文本生产角度论述了文本间存在互文性的可能。艾略特认为诗歌不是放纵感情而是逃避感情，不是表现个性而是逃避个性，因为优秀的诗歌不在于表现了多少独特的东西，而在于怎样实现了与历史的有机联系。优秀的诗歌都表现了历史中出现的共性因素，都是对历史传统的承续和"模仿"。若从此角度来看，此在文本必然与历史经典文本之间具有互文性关系，理解此在文本必然涉及经典文本中相关因素，此在与历史便千丝万缕地连在一起。克里斯特娃1965年从保加利亚来到巴黎，因介绍西方人不太了解的巴赫金思想而一举成名，其"互文性"概念就直接来自巴赫金理论。巴赫金反对独白性语言，因而对

_____

① ［德］施蒂尔勒：《虚构文本的阅读》，张廷琛《接受理论》，程介未译，四川人民出版社1989年版，第181页。

语言具有独白性特点的诗歌不太关注；但他对小说特别是陀思妥耶夫斯基的小说，却持有浓厚的研究兴趣。他认为小说语言是一种对话性语言，其中充满了多种声音并进行着多层次的对话：有人物之间的对话，也有作者与人物的对话，甚至有时在人物话语的后面隐含作者的潜台词。因此，小说语言具有"复调"性、对话性和狂欢性，类似于中世纪的民间狂欢节，人们可以任意以粗俗的民间俚语对抗甚至颠覆传统语言及其背后的等级次序，实现语言的狂欢。基于这种认识，文本就不会是一个封闭的、稳定的独白式客体，而是遍布裂隙，以此为对话和潜台词提供存在空间。语言的狂欢性也决定了文本结构不是一种稳定存在，而是具有解构性。在解构过程中重新建构，释放文本中可能存在的多种意义，并与其他文本建立多种关系，甚至是文本与外部世界的联系。"最起码，两种陈述之间的任何关系都是互为文本。'两种并列的文本、陈述发生了一种特殊的语义关系，我们称之为对话关系。这种对话关系就是交际中所有话语的语义关系。'"①

事实上，索绪尔、艾略特和巴赫金的认识只是提供了互文观念产生的理论前提和种子，而其真正生根、发芽、茁壮成长还要有现实环境因素的滋养和有心人的精心培育。我们认为，这种外部环境因素主要有二。

第一，结构主义文本观的转变。20 世纪风起云涌的结构主义思潮使得文学文本研究范式有了根本变化，如果说 20 世纪早期的形式主义文论还有一些人文色彩的话，那么 50 年代后的结构主义文论则完全追求科学性、客观性，注意挖掘文本背后具有普遍性的深层结构，注意文本内部各语符之间的影响与制约关系，文本内部的互文关系即产生于此。解构思潮虽然一反结构主义的封闭、稳定文本观，但其颠覆的工具仍是文本

---

① ［法］托多洛夫：《巴赫金、对话理论及其他》，蒋子华等译，百花文艺出版社 2001 年版，第 259 页。

间的复杂联系，它从结构主义所忽视的地方开始建构其理论，它解释了文本意义的不确指性和游移性。正如陈永国所言，结构理论和解构思想都利用了互文性观念，只不过各自的出发点迥异罢了。"这种批评（指互文性批评——笔者注）的惊人之处在于它的双向作用：一方面，结构主义可以用互文性概念支持符号科学，用它说明各种文本的结构功能，说明整体内的互文关系，进而揭示其中的交互性文化含义，并在方法上替代线形影响和渊源研究；另一方面，后结构主义或解构主义者利用互文性概念攻击符号科学，颠覆结构主义的中心关系网络，破解其二元对立系统，揭示众多文本中能指的自由嬉戏现象，进而突出意义的不确定性。"①

第二，对读者的关注和意义理论的转型。20 世纪以前，文学理论关注的中心是作者及其创作才能；20 世纪前半叶，文论研究中心有所转移，人们关注的焦点是文本本身；而 50 年代以后，又有了变化，人们谈论最多的是读者的解读能力问题，读者理论成为 20 世纪后半期的显学，接受美学、读者反应批评就是借着这股东风登上历史舞台的。与此同时，文学意义观也有了显著变化，20 世纪以前，研究者普遍关注作者如何赋予文本以意义；20 世纪上半叶，重点探讨文本如何传达意义，各类文本各有哪些特点；而 50 年代以后，读者释义成为理解文本意义的关键，因为艺术文本具有开放性，其意义永远不可能被穷尽，不仅如此，而且常读常新。解释学大师伽达默尔从人与物的对话关系出发，指出了读者阐释对理解文本的重要性："流传物并不只是一种我们通过经验所认识和支配的事件，而是语言，也就是说，流传物像一个'你'那样自行讲话。一个'你'不是对象，而是与我们发生关系……流传物是一个真正的交往

_____

① 陈永国：《互文性》，《外国文学》2003 年第 1 期。

伙伴，我们与它的伙伴关系，正如我和你的关系。"① 这种"我"与"你"的关系就是一种交流和对话关系，这也决定了意义必然是动态变化的，随着交流语境的变化而有所不同，文本与围绕在文本周围的语境便构成了一种互文关系。当然，这种"互文"不同于文本内的互文。

二 互文性含义及其演变

互文性含义本身颇为复杂，并且随着人们认识的变化而有所发展，因此它并没有一个稳固定义。对其理解通常与对文本的理解密不可分，两者相互补充，共同发展。大致看来，互文性有广、狭两层含义：狭义上认为，互文性是指一个文本与存在于本身中的其他文本之间所构成的一种有机联系，其间的借鉴与模仿是可以通过文本语言本身验证的，该观点的代表人物是以研究结构主义叙事学而闻名的热耐特；广义上认为，互文性是指文本与赋予该文本意义的所有文本符号之间的关系，它包括对该文本有启发价值的历史文本及围绕该文本的文化语境和其他社会意指实践活动。所有这些构成了一个潜力无限的知识网络，时刻影响着文本创作及文本意义的阐释。这种观点的代表理论家是以强调解构批评而闻名的罗兰·巴特、德里达和克里斯特娃等人。经历过结构与解构思潮的乔纳森·卡勒也认为对互文性的全面理解要注意两点：一是文本与文本之间存在的可验证的有机联系；二是文本与文本之外社会意指实践活动的多方面关系。"'互文性'有双重焦点。一方面，它唤起我们注意先前文本的重要性，它认为文本自主性是一个误导的概念，一部作品之所以有意义仅仅是因为某些东西先前就已经被写到了。然而，就互文性强调可理解性、强调意义而言，它导致我们把先前的文本考虑为对一种代码的贡献，这种代码使意指作用（signification）有各种不同的效果。这样

---

① ［德］伽达默尔：《真理与方法》，洪汉鼎译，上海译文出版社 1999 年版，第 136 页。

互文性与其说是指一部作品与特定前文本的关系，不如说是指一部作品在一种文化的话语空间之中的参与，一个文本与各种语言或一种文化的表意实践之间的关系，以及这个文本与为它表达出那种文化的种种可能性的那些文本之间的关系。"① 在卡勒看来，后者并不是可有可无的，它作为文本阐释的语境虽无以名状，甚至不可寻绎，却时刻发挥着重要作用；离开了它，文本可能无法被理解或得出离题千里的谬解。从以上分析可以看出，结构主义理论家对互文性多持狭义理解，而解构理论家则多从广义角度谈论互文性。前者注意揭示互文联系的可验证性，而后者则更关心互文意识的存在，而个中原因就在于他们对文本的认识观点迥异。一方面，这种不同显示了互文性是一个开放的范畴；另一方面，其由狭义走向广义的历程也正好迎合着批评领域由结构理论走向解构思潮的历史现状。

在互文性理论发展过程中，必须注意几个突出问题。只有理解了这几个问题，才能把握互文性范畴的要义。

第一，结构主义将互文性看作封闭文本内部的联系，这种联系与文本之外的现实世界毫无瓜葛。"文学结构主义理论最重要的一点，就是首先要把文学作品的各种要素同其他文学作品的各种要素联系起来去理解，而不牵涉到某种全然外在于文学的背景。"② 而解构的互文观念则打破了文本内外界限，将研究的触角伸向文本之外的文化因素。"在所谓的（所表达）'意义'已经完全由差异组织构成的程度上，在已经存在着文本之间相互参照的文本网络的程度上，文本变化中的每一'单个术语'都是由另一术语的踪迹来标识的，所假定的意义内在性也已经受到它的外在

---

① 转引自程锡麟《互文性理论概述》，《外国文学》1996 年第 1 期。
② ［法］约翰·斯特罗克：《结构主义以来》，渠东译，辽宁教育出版社 1998 年版，第 51 页。

性的影响。"① 解构理论看重文本之外的文本网络的持续不断的影响。

第二，结构主义理论认为互文性是对文本间相互关系的探讨，侧重于对共时因素的挖掘；而解构理论却恰恰看中文本中的动态因素，将文本间关系理解为一种双向交流，将文本外因素视为对文本中因素激活的条件，总之，强调发展与生成。巴特就认为文本不是指已然织就的产品，而是时时处于生成、编织、延展不已中。文本就是不停地编织，也就是不停地引入。约翰·斯特罗克在评论巴特的文本观时也指出了这一点："巴特从意义的角度出发，彻底转换了批评家的职责，他所关注的不是产品本身，而是生产体系，不是意指本身，而是意指过程。当我们还在为文本的意义究竟是什么的问题充满困惑的时候，巴特所要理解的则是文本如何产生意义的问题。"② 克里斯特娃作为互文性理论的权威研究者也十分看重文本的生成性，她将文本分为两个层次：现象文本和生成文本。前者是构成文本结构的语言现象，是已完成的作为生产物的文本；而后者则是作为生成性乃至生成活动而被理解的文本。"与现象文本是意义作用与传达机能的文本表层层面相对，生产文本是将意义作用的生产局面这一深度乃至厚度带给表层的东西，文本成立于两者的交点上。……生产文本是现象文本的萌芽作用，这种作用被写进了现象文本自身之中。生产文本将现象文本'摧毁、多层化、空间化、动态化，并将现象文本推向非实体的厚度'，因此文本变成了拥有复数音域的共鸣体。"③ 显然，克氏更关注的是生成文本的内在性和制约性，是其将文本解构又重新建构，使文本拥有多元逻辑，具有多元结构。

---

① ［法］德里达：《符号学和文字学》，包亚明主编《德里达访谈录：一种疯狂守护着思想》，何佩群译，上海人民出版社1997年版，第82页。

② ［法］约翰·斯特罗克：《结构主义以来》，渠东译，辽宁教育出版社1998年版，第53页。

③ ［日］西川直子：《克里斯托娃：多元逻辑》，王青等译，河北教育出版社2002年版，第358页。

第三，结构主义仅仅关注文本本身及文本间内在有机联系，而解构的互文本观念则突出了读者在沟通文本间及文本与社会关联过程中的重要性，文本潜在意义能否释放就在于读者本身语言能力和文学能力如何，读者成了理解文本的关键。文本解读是以文本和读者为轴心展开的读者与作者、文本与历史、现象文本与生成文本之间的多层次、多方位交流，在交流过程中，读者发挥着重要作用，但这也不可避免地使文本解读含有较大主观成分。"读者必须具备深层挖掘能力，这种要求一方面使得阅读不再像传统的方式那样承接和连贯，另一方面也使得读者可以对含义有多种理解，甚至可能改变和扭曲原义。每一个人的记忆与文本所承载的记忆既不可能完全重合，也不可能完全一致，对所有互文现象的解读——势必包含了主观性。"①

第四，结构主义文本研究采取科学态度、客观精神，以严密的逻辑推理与演绎方法探究文本现象背后的深层结构及文本在语言、结构诸方面的多重联系，做到既不离开文本内部关系又涉及多个文本；而解构的互文性观念则遵循快乐原则和主观精神，将文本阐释视为一种立足文本与读者的重新书写行为，目的不在于挖掘文本背后的深刻含义，而在于在书写过程中获得身心愉悦。巴特曾将阅读文本所获得的愉悦分为两种：一是阅读经典可读文本后因理解作者原意而获得的一般性愉悦；二是阅读可写文本因不理解原意而激发创作冲动的"极乐"，这种在文本原意若隐若现刺激下所引发的创作欲望就类似于色情演出中的挑逗行为，微敞的衣饰、微露的肌肤令欣赏者展开无穷想象，在遐想中获得满足。约翰·斯特罗克论述了巴特对互文阅读方法的理解："他要求文本能给他带来不断的满足，这恰恰证明了他自己作为读者或文学批评家的根深蒂固

---

① ［法］萨莫瓦约：《互文性研究》，邵炜译，天津人民出版社2003年版，第83页。

的享乐主义。"① "因此，恋人是一位读者，但又是一位特殊的读者，是一个文本，一个真正作家提供的文本所需要的那种读者。他必须想尽各种办法，独自去从内部理解文本，再现文本。他像恋爱中的人那样过于情感化，一厢情愿地把文本单纯看成恋人的表白。"② 《恋人絮语》和《S/Z》可视为这种情绪化解读的成功范例。

而在所有对互文性解释的理论中，有一位研究者的观点令人耳目一新。不同于众多研究者从语言文本角度探讨互文性产生的原因，布鲁姆从创作与接受心理视角分析了这一问题。不像艾略特那样，强调后来作家如何接受了传统经典文本影响，其文本是怎样保留了传统因子。在布鲁姆看来，文本应该创新，应该有意摆脱传统影响，甚至有意对经典文本进行误读，在误读基础上改写传统文本。这是一种影响的焦虑在作祟，它类似于俄狄浦斯内心涌动的"杀父娶母"欲望，它渴望摆脱"父亲"的影子。在《影响的焦虑》（*The Anxiety of Influence*）中，布鲁姆对作者创造心理做了细致的分析："一切作者所感受到的被影响的焦虑促使他们对自己读过的东西和模式加以利用和改变。从这一焦虑中产生了五种态度。第一种是追随，即延续前人的作品，使它达到原文应该达到的目的；第二种态度是重新杜撰一段文字，使读者把作品看成一个新的整体；第三种态度是与模式的决裂；第四种态度是完全依赖自己可能拥有的想象的残余；最后第五种态度是将视点颠倒过来，使前人的作品看上去反而出自自己的作品，用格诺的话说就是，让另一部作品反而成了'先行的抄袭'。"③ 在这种态度指导下，创作出的新文本必然与传统文本之间构

---

① ［法］约翰·斯特罗克：《结构主义以来》，渠东译，辽宁教育出版社1998年版，第68页。

② 同上书，第69页。

③ 转引自［法］萨莫瓦约《互文性研究》，邵炜译，天津人民出版社2003年版，第120—121页。

成互文性关系，对文本的解读也要求采取互文性立场。由此看来，新作是在旧作的"影子"中完成的，无论其有多少创新，都摆脱不了旧作的纠缠。

而国内对互文性的理解与西方情况相似，但比较侧重其广义解释，基本上将互文性看作一种解构观念，并认为正是互文性观念彻底摧毁了结构主义追求深层结构的梦想，将文本研究引向文化阐释，以文化中所包含的多种因素去激活文本中潜在的各种意义，给予文本多种解释。黄鸣奋先生就认为："在文学理论中，'互文性'是一个专门的术语，意指通过归因发现某一文本（或意义）是从其他文本（或意义）中析取或据以建构的。它着眼于特定文本（或意义）与其他文本（或意义）的联系。从引用或引文的角度看，它涉及一个文本被其他文本引为参考时如何显示的问题。互文性是广泛存在的。……当然，互文性并非单指文本之间的关系而言，历史的、社会的条件同样是改变与影响文学实践的重要因素，读者先前的阅读经历、知识储备和在文化环境所处的地位也形成至关重要的互涉。"[1] 而陈永国认为 20 世纪 60 年代后西方出现了迥异于传统批评的互文性批评："所谓互文性批评，就是放弃那种只关注作者与作品关系的传统批评方法，转向一种宽泛语境下的跨文本文化研究。这种研究强调多学科话语分析，偏重以符号系统的共时结构去取代文学史的进化模式，从而把文学文本从心理、社会或历史决定论中解放出来，投入一种与各类文本自由对话的批评语境中。"[2] 即互文性批评不同于传统的社会历史批评、心理批评和传记批评，但也不同于俄国形式主义、新批评和结构主义的封闭文本研究；而是立足文本，揭示单个文本与其他文本之间的联系及文本与外部世界的多样联系。它是一种"宽泛语境下

---

① 黄鸣奋：《超文本诗学》，厦门大学出版社 2002 年版，第 198 页。
② 陈永国：《互文性》，《外国文学》2003 年第 1 期。

的跨文本文化研究"，应当说这种定位较为准确。由此，我们可以看到，无论是对互文性的解释，还是对互文性批评的理解，都已不再是在封闭的文本内进行形式研究，而是将探寻的目光转向文本之间及文本与外部文化环境的复杂联系。这种研究不会以寻找永恒结构和唯一解释为目的，它所发现的只能是模糊的语言、松散的结构和多重的意义。互文性研究在立足文本客观性基础上，已经表现出对文本间及文本外因素的关注，而后者也是文学文本解读不能忽视的重要因素之一。

三 文本互文类型

互文观念的产生与解构主义思潮关系密切，从根本上讲，它也体现出一种反对单一与稳定、主张多元与颠覆的解构倾向，可以说互文精神就是一种立足文本形式的解构精神。但在互文理论诸派中，不同于美国耶鲁解构学派和法国解构理论过于强调词语本身的区分功能和修辞意义，将文本意义仅仅理解为字词、语句、语用层面上的多元阐释，境界不够开阔且过于琐碎。巴赫金的"对话"理论将语言问题与文化价值有机结合起来，既将文本意义阐释理解为语言问题，但又不仅仅是语言问题，它是立足语言形式的文化问题。并且，巴赫金还认为文本解读具有对抗性和颠覆性，但又不仅仅是对抗和颠覆，它更像是一种平等交流与对话，在反对单一与僵化的理解中，注意挖掘文本中潜在的各种可能意义。巴赫金理论对于我们理解互文类型很有启发价值。

巴赫金认为，在人类生活中存在着两种不同语言意识或语言追求。一种是私人语言，它追求表达的奇特化和个性化特色，语言使用者寄希望于通过语词的巧妙配合与搭配传达出他对社会独特的体验与感受，这种语言的最终发展趋势是走向朦胧与模糊，其传达的内蕴可能只有语言创造者自己明白。诗歌语言就是在该语言意识的影响下形成的。"诗歌风格满足于一种语言和一个语言意识。诗人不能把自己的诗思和自己的诗旨同他所运用的那个语言对立起来，因为诗人整个地生活在这个语言之中，所以不能在这风格的范围内把语言变成思索的对象、反省的对象、对之采取某种态度的对象。"① 另一种是社会语言，它追求语言的明晰性和可理解性，最终达到交际目的。小说语言在很大程度上就是一种社会语言，它所运用的词语、句式和表达的意义是清楚的，能够为一般公众所理解。但小说语言的透明性并不影响其传达意义的复杂性和丰富性，由于语言除表现自身外，还表现社会现实及作者对社会的看法，其中包含的不确定性因素更多。就此来看，巴赫金认为，诗歌语言是一种纯净语言，具有独白性；而小说语言是杂语共生的语言，具有奇声喧哗和对话特征，这种语言能为文本释义的多种可能性提供客观基础，因此他本人更关注小说语言的杂语共生现象。托多洛夫曾对巴赫金关于诗歌与小说语言特点的认识进行过分析："具有互文性的散文体就与不具有互文性的诗歌相对立。诗歌的复杂性存在于话语和社会之间；而散文的复杂性则存在于话语本身和说话人之间。……'诗人的言语是他个人的言语，诗人在其中绝对地，共有地使用每一种形式、每一个词、根据直接用途选择的每一种词组，它直接表示诗人的意图。每一个词应当直接、迅速地反映出诗人的意图；在诗人和话语之间不应有任何距离。散文学家则不谈语言，他或多或少超脱它，然而是透过语言来说话，这种语言从他口中出来显得有点不灵活、离谱和具体化。'"② 这样看来，在超越语言本身的小说语言中，便包含两种声音——叙述者声音和语言自身声音；如果文本中人物还要说话，人物与其语言、人物与叙述者之间便出现了杂语共鸣现象，对话关系由此产生。在这种情况下，对话语或文本的释义

　　① ［苏联］巴赫金：《长篇小说的话语》，《小说理论》，白春仁等译，河北教育出版社1998 年版，第 66 页。
　　② ［法］托多洛夫：《巴赫金、对话理论及其他》，蒋子华等译，百花文艺出版社 2001 年版，第 264—265 页。

就不能仅仅停留在语言表层，还需要结合话语表达主体及其思想世界展开。由此可以得出，巴赫金的对话与互文理论不是纯文本层面的，它指向了文本之外的广阔社会生活，它不再仅仅是语言的相互指涉，而是语言背后两种或多种话语主体思想的交锋，读者能从中发现新的人际关系、领会到新的"微言大义"。国外巴赫金研究专家凯特琳娜·克拉克和迈克尔·霍奎斯特高度评价了巴赫金对话理论："他所构造的语言哲学，不仅可以直接应用于语用学和文体学，而且可以用来研究最切近的日常生活问题……巴赫金把语言实践的社会原动力视为具体化的力量，这种力量构造着在意识之间的世界中的人际关系。他强调语言既是一种认识活动，又是一种社会实践，这使他与众不同。"① 巴赫金理论的突出贡献就在于使"互文性"获得了超出语言学以外的意义，将"互文"与人的生活实践联系在一起，扩大了"互文"的指涉范围。

而巴特和克里斯特娃的广义互文理论也认为，互文性是指任何文本与赋予该文本意义的知识、代码和表意实践之总和的关系，而这些知识、代码和表意实践形成了一个潜力无限的网络。在这一点上，两种"互文"思想达成了共识。我们之所以不厌其烦地辨析"互文"的意指范围，用意无非在于指出"互文"现象遍布书写文化中，而不仅仅是一个语言问题。只有做出这样的界定，才为分类研究提供了一个广阔的视域，使研究不至于落入狭小境地而显得琐碎不堪。同时，它也使我们进一步认识到，对"互文"意义的阐释也不单单是语言学的任务，它远远超出了语言领域，涉及生活实践的方方面面。我们认为对互文性分类的讨论，应立足于此在文本及其语言客观存在，然后在此基础上，揭示文本间的联系及由互文带来的意义变化。按照这种理解，文本续接方式及引入文本

---

① ［美］凯特琳娜·克拉克、迈克尔·霍奎斯特：《米哈伊尔·巴赫金》，语冰译，中国人民大学出版社 1992 年版，第 1 页。

对此在文本发生影响的价值取向便成为互文本分类的两个重要标准。所谓"文本续接方式"只有两种：要么是直接引入，它可以通过可征实的文本分析比较得出；要么是间接引入，这主要是指前在文化实践的暗示，文本间并没有可征实的直接联系。所谓"引入文本对此在文本发生影响的价值取向"，即引入文本客观上对此在文本起到了何种影响、发挥了什么作用。这也有两种情况：一是肯定了此文本的存在，与此在文本保持基调上的一致性，体现了一种正向价值；二是客观上歪曲或否定了此在文本，两者并未达成共识。依据续接方式上直接、间接的不同和对此在文本发生影响的价值取向上肯定、否定的区别进行划分，互文性就有四种存在形式：直接引入具有正向肯定价值的"引用"；直接引入具有否定价值的"抄袭"与"拼贴"；间接引入具有肯定价值的"用典"；间接引入具有负向价值的"戏仿"与"戏拟"。需要说明的是，此处所说的"负向价值"是就生活中一般判断而言的，就文学活动来说，这种"负向价值"实为引入文本与此在文本意指含义上的不和谐，而这种步调不一致所造成的张力却正好迎合了互文对话精神，反而能取得意想不到的美学效果，并成为当代文学创作的一种时尚。

互文理论作为一种后期的文本观念，质疑了结构主义的稳固文本观，主张释义的多样性和不可穷尽性，对于赏析古代诗歌文本、解读当代"戏说"及影视改编文本富有启发价值。

读者审美阐释文本诗学包含诸多理论派别，既有受现象学哲学方法影响产生的英伽登、伊塞尔阅读现象学理论，又有糅合马克思主义与形式主义方法而形成的巴赫金文本对话理论，还有来源于解构主义文论的"互文"理论。上述所有的理论，一方面重视读者参与，另一方面更加关注文本特殊结构，可以说，它们从读者视角重新"发现"了文本。这是一种特色鲜明的文本诗学形态。

第五章　话语理论与文本诗学

　　20 世纪是一个出现了语言学转向的世纪，这一论断只说对了一半。从 19 世纪末到 20 世纪五六十年代，语言学方法的确影响了人文社会科学几乎所有的领域；但在 60 年代以后，随着后工业社会和消费语境的到来，特别是 90 年代"冷战"的结束以及大众文化的勃兴，预示着"文化转向"的到来。就文本诗学来说，语言学转向的时代孕育了语言客体文本诗学，而文化转向则促成了话语文本诗学。话语理论也从语言入手，但它不侧重文本的语言技巧及结构层次剖析，它更关注语言背后的社会文化的影响，探究文化因素如何导致了文本语言的变异和言说的不同。如果说语言客体文本诗学以研究文本自身客观存在为主，读者审美阐释文本诗学从一个侧面探究了文本与读者的特殊关系，那么，话语文本诗学则重启文本与世界的联系，探究文本事件与社会生活的互动。但这不是向传统模仿论和文学文化观念的简单复归，这是螺旋式的向前发展与提升。掌握"以言行事"的话语含义及话语叙事规则，明确文本与意识形态的复杂联动关系，是理解话语文本诗学的关键。同时，文本与世界的关系通常表现为历史语境和历史事实对文本书写的影响，但我们也应看到：文本本身是一个历史性事件，而历史通常也以文本形式存在（与一次性的历史事实相比较），如此一来，文本与历史便纠结在一起，需要从文本诗学角度进行辩证剖析。

第一节 从语言到话语

客体语言文本诗学将文本视为封闭的语言系统，着力探究文本的诗性秩序；而话语文本诗学打通了文本与外部世界的联系，不仅研究文本内部意义的生成机制，更关注文本与权利等意识形态因素的互动关系及知识与真理的生产法则。从语言到话语的转变是西方思想观念转型的产物，是西方文化发展逻辑的必然结果。

一 话语含义

"话语"一词新近出现的频率颇高，被广泛用于人文社会科学研究。但"话语"含义颇为复杂，并不是每个使用者都明确其含义，准确挖掘并使用其蕴意。因此，需要厘清其原初含义并梳理其蕴意演变轨迹。

（一）语言学含义

一般认为，中文的"话语"一词译自英文的"discourse"。按照英美权威辞书的定义，其含义大致可包括下述解释，"书面或口头交流或论争；口头或书面对某一主题的正式讨论；相互联系的系列语言表述"①，以及"观念的传播和交流、以书面和口语对某一主题的论述以及推理的能力"②。因此，也就不难理解中文翻译有时也将其译为"论述"，因为其中包含了交流与对话，包含了主体的言说行为过程。就此而言，"话

① Pearsall Judy & Patrick Hanks, *The Oxford Dictionary of English*, Oxford: Clarendon Press, 1998.
② Guralnik David B, *Webster's New World Dictionary of the American Language*, William Collins Publishers, INC., 1980, p. 402.

语"应该是一个大于语词、等于或超过语句的语言单位，能够表达或传达相对完整的语言意义；"话语分析"也不是一般的语法分析，而是在语法基础上涉及语句产生的文化背景和交流双方价值判断的语言社会行为研究。

"话语"与"语言""言语"相关，是语言学研究的重要问题，但又超越语言。结构主义语言学认为"语言"是隐藏于具体语言表达之下的潜在秩序与体系，类似于象棋的行棋规则；而"言语"则是个性突出、具有私密性的具体言说现象，类似于一盘具体的象棋对弈。"话语"介于二者之间，与"语言"相比，它不是潜在规则，而是人之思想具体交流的体现；与"言语"相较，它突破了私人性，突出言说行为的社会性及其传达思想的价值取向。因此，"话语"中包含了更多文化意识形态因素。伊格尔顿的评说非常准确："'语言'是言语或书写，它们被客观地视作没有主体的符号链。'话语'则被看作表达（utterance）的语言，被认为涉及言说和书写的主体，所以至少有可能涉及读者或听者。"①

（二）福柯的阐释

"话语"含义的不断扩展，特别是人文意义的引进与福柯知识考古学研究密切相关。福柯认为我们生活在一个话语的世界，因为语言或其他符号形式构成了人类文化整体。"我所感兴趣的是话语的形式，不是造成一系列言语的语言结构，而是这样一个事实，即我们生活在一个凡事都要说出的世界。这些说出的词语实际上不是像人们想象的那样是不留痕迹的过眼烟云，事实是，无论这些痕迹多么分散，它们毕竟会保留下来。我们生活的世界是完全被话语所标示、与话语相交织。话语是指被说出

---

① ［英］伊格尔顿：《二十世纪西方文学理论》，伍晓明译，北京大学出版社 2007 年版，第 93 页。

的言语，是关于说出的事物的话语，关于确认、质疑的话语，关于已经发生的话语的话语。在这个意义上，我们生活的这个历史世界不可能脱离话语的各种因素，因为话语已经扎根于这个世界而且继续存在于这个作为经济过程、人口变化过程等等的世界中。因此，说出的语言既然是已经存在的语言，就会以这种或那种方式决定以后将会说出的东西，无论后者是否脱离一般的语言框架。"①

但语言并不完全透明，类似于科学知识被人类所共享，它隐含了丰富的社会文化关系——权利及其相关利益尤为突出。因此，正如前文所言，福柯感兴趣的不是话语语言结构及表述技巧，也不是各种话语附带的正确与否的价值属性，而是话语形成过程及话语被认可为真理时所隐含的各种权利控制。知识考古学所探究的就是知识的产生原理、形成过程和知识的结构，是关于知识的产生"知识"。由于人文社会科学知识不同于自然科学知识，它以"真理"面目存在，但"真理"并不等于客观事实；它与"真实性"相关，但又超越真实，包含了权利宰制关系，甚至在一定程度上是对"客观真实"的伦理判断。福柯多次指出"话语"知识考古学的任务所在，"考古学只能起到一种工具的作用，这种工具能使人们比以前更准确地连接社会形成的分析和认识论的描述；或者它有助于把主体位置分析与科学史的理论联系起来；或者它还能使人们把交叉的地点置于生成的一般理论和陈述生成的分析之间"②。"如何变为连贯的并具有确定目标的沉思手段，如何让特定话语从这些沉思手段中浮出并被视为真理，如何又将它们与寻求真理并复述真理的责任联系起来。"③

---

① ［法］福柯：《死亡与迷宫》，转引自刘北成《福柯思想肖像》，上海人民出版社 2000 年版，第 189 页。

② ［法］福柯：《知识考古学》，谢强、马月译，上海三联书店 1998 年版，第 67 页。

③ 同上书，第 268 页。

这样，在福柯看来，"话语"问题事实上并不是严格意义上的语言学问题，而是以语言为凭借但又超越语言的知识产生原理和知识谱系研究。

（三）通行的理解

经过福柯重新阐释并赋予"话语"以文化权利含义，使得该范畴成为 20 世纪中叶以来人文社会科学研究广泛使用的表意载体。一般认为，"话语"是人类极为重要的表意方式，是主体积极参与实践的表征。话语活动是一个渐次展开的互动过程，包含施事者、受事者及双方价值评价的积极介入。话语分析就是立足文本语言特征，运用各种分析手法充分挖掘文本隐含的权利制约关系和其他各种社会价值取向，对文本进行文化释义的活动。童庆炳先生干脆将"话语"界定为"特定社会语境中人与人之间从事沟通的具体言语行为，即一定的说话人与受话人之间在特定社会语境中通过文本而展开的沟通活动，包括说话人、受话人、文本、沟通、语境等要素"①。这一解释很有道理。

二　从语言到话语的文化逻辑

（一）现代到后现代的历史背景

从语言到话语的转变发生在西方由现代到后现代的历史转型时期，是社会转型的文化表达。肇始于启蒙运动的现代性诉求，以追求科学、客观、公正为己任，最终导致了严格科层体制的形成和各学科的独立。明确的研究对象、科学的研究方法、准确的知识表达成为现代科学知识的唯一要求，理性乃至辩证理性成为思考科学的最科学的方式。结构主义语言学及其倡导的深层结构研究是这一追求的典型方案，20 世纪上半叶文学语言学方法的盛行与其息息相关。"第二次世界大战"以后世界格

---

① 童庆炳主编：《文学理论教程》，高等教育出版社 2004 年版，第 69 页。

局有了明显变化，随着跨国资本主义形成和经济持续增长，后工业社会或消费社会到来。消费社会遵循后现代逻辑，主张取消深层结构剖析和宏大叙事探究，主张采用多元化视角看待文化问题；突出主体的积极参与意识，突出文化阐释的本土性和民族性；关注文化符号背后的强权和压制，关注少数族群的生存自由与权利。后结构主义提出的"解构一切"成为这一趋势的时代号角，广泛地影响了语言学、文学、历史、哲学乃至思想史的研究。"话语"范畴已经隐含并透露出上述气息。"结构主义抨击那种认为语言是反映已经存在的现实的工具和表达人类意图的工具的观点。它们相信，'主体'是由'永远已经'存在的语言结构产生的。一个主体的发言属于言语的领域，而言语又是由语言控制的，而语言则是结构主义分析研究的对象。这样一个系统交流观排除了包含一切个人之间、个人和社会之间互动的主观过程。而批评结构主义的后结构主义批评家们引入了'讲述主体'和'过程中的主体'的概念，他们不把语言看作一个非个人化的体系，而是将其看作一个永远与其他体系，特别是与主观体系发生关联的体系。这样一种语言在使用中的概念被概括为一个术语：'话语'。"①

（二）不同的知识——真理观念

由语言到话语的转变还与价值观有关，说到底受文化阐释观念影响。一般认为，西方哲学发展经历了三个阶段：古代的本体论哲学、近代的认识论哲学和现代的语言论哲学。本体论哲学探讨世界的本原，更关注知识的源头，形而上的思考较多；认识论哲学探究知识的产生过程，更关注主体的认知能力和认识途径，心理分析乃至实验考证不少；语言论

---

① ［美］塞尔登、威德森、布鲁克：《当代文学理论导读》，刘象愚译，北京大学出版社2006年版，第177页。

哲学思考知识的传达，符号学、传播学乃至文化学因素多与其相连。在本体论哲学影响下，古代价值观念多与神性因素相关，真理与神圣性密不可分；在认识论哲学指导下，近代价值观念多与实证方法相关，真理与真实相近；而语言论哲学的影响，则使得现代价值观念呈现多元化，符号能否传达真理又如何传达真理成了哲人们思考的核心问题，人们逐渐认识到语言表述能否成为真理受文化乃至权利控制的影响。事实上，现代价值追求在结构主义语言学盛行的 20 世纪上半叶就有了明显分野，同是关注语言对人类生活的影响，索绪尔与海德格尔走向了不同路径。前者强调语言的体系性、科学性、层次性，妄图建构语言科学；而一旦语言科学建立，那就不是人说语言，而是语言说人，语言成为人之主体性确立的前提。后者更关注语言的原初性和唯一性，语言与人之存在的关系成为海德格尔哲学探究的重点。在海氏看来，原初性的语言能够展示言说者的本真存在，而文学语言最具有原初性与独创性，所以"诗是人类存在的家园"。"新的价值取向表现为两个方面，一是'方法—知识'取向，二是'思想—真理'取向，基于此形成了两条不同的道路，一条路的始端站着索绪尔，一条路的始端站着海德格尔，索绪尔对语言的内部的、结构的、共时的、整体的考察引发了'方法—知识'之路，海德格尔对语言与存在的思考引发了'思想—真理'之路。'方法—知识'的路向对各种形式主义文论不无裨益，'思想—真理'的路向激发了文学研究中的存在之思。"[①] 可以认为，语言范式与话语范式研究方法的不同在一定程度上是由不同的价值观——真理观导致的。

（三）客体体系到主体述行的语言观念

当然，导致由语言到话语转变的直接原因在于语言观念的改变。毫

---

① 孙辉：《从语言到话语——当代西方文学理论批评两度转向之学理逻辑探析》，《暨南学报》2002 年第 5 期。

无疑问，作为表意实践活动的媒介形式，语言具有工具性；并且在结构主义看来，语言作为先于个体的人客观存在还具有本体意义，语言体系与规则制约着人的主体性的展开。但所有上述认识，在后结构主义看来都成问题。后结构主义承认语言具有工具性，但语言并不是称职的工具，语言的不透明性及与声音相比缺少鲜活性的不足，只能僵硬地传达现实认识。更重要的是，语言也不具有本体地位，语言寓言性的特质决定规则只具有相对制约意义，并且稳固结构与意义也根本不存在。语言作为媒介的意义主要体现在交流与流通过程中，语言的生命因为有了人的参与而流光溢彩。因此，研究语言客体体系并非最为重要，重要的是探究语言过程及其附带的价值观念，关注主体述行的语言观念渐渐成为主流。语言应该具有双重职能，一方面为世界建立秩序，使世界能够被理解；另一方面为人类创造意义，使世界成为一个活的、充满生机的、有价值的世界。"在这种秩序的建立中，语言就是从理解和创造秩序的双重意义下将世界实现了。而交谈正是人们面对面情境中语言的实现能力，因此，在交谈中语言所客观化的事物，会成为个人意识的对象。所谓实体维持的实义，事实上是指持续用相同的语言，将个人所经历的事物客观化。"①

三　方法转型对文本诗学的影响

由语言到话语观念的转变对文学研究带来了全方位影响，甚至导致了文学观念的转型。文学不再仅仅是具有审美性的语言产品，而是介入社会生活、影响社会生活、进行人际交往的重要社会实践方式。作为人类生活活动的重要形式，完整的文学活动一般涉及世界、作者、作品和读者四个要素。坚持语言观的现代文本诗学只关注作品客观诗性秩序，

---

① ［法］柏格、卢克曼：《社会实体的建构》，邹理民译，台湾巨流图书公司1991年版，第169页。

而坚持话语观的后现代文本诗学则立足文本（作品）存在，更多地探究文本与世界、作者、读者的互动关系，并注意挖掘权利、历史、意识形态观念等因素对文本解读潜在的制约与影响。这种影响主要表现在以下几个方面。

（一）强调文本的生成性和解构性

语言文本观认为文学作品是具有诗性秩序的客观语言存在，文学研究应围绕诗性语言、诗性结构、诗性技法等文本形式因素展开，主要探讨文本客观层次、各层次相互关系、文本深层结构与稳固秩序、文本叙事序列与方法等问题，以此客观性存在为基础，试图构建文本科学。这在俄国形式主义、英美新批评、法捷结构主义等文论派别中表现十分突出。话语文本观则认为文学活动属于人文社会科学活动，有其必然包含的社会文化属性，不能将自然科学方法移植到文学研究。根本原因在于：第一，文学文本自身并不是客观不变的语言存在物，其中并不存在稳固的结构。早在20世纪60年代，解构主义大师德里达就从语言哲学的高度指出了语言的生成性与解构性，文本中语词意义时刻处于不断解构与延宕的过程中，我们不能得到确定意义，只能看到或想到语言"播撒"的"踪迹"。美国解构主义批评大师保罗·德曼也分析过语言的"寓言性"，语言并不确指外物，语言的符号性及其与实物的异质性决定它只能近似地、暗示性地代指外物，而文学文本由于其特殊的表意方式尤其具有"寓言性"，自然文本具有多义性与生成性。第二，文本作为话语活动，不能忽视作者的存在。我们可以正确理解作者的寓意，也可以误解作者寄寓的判断，但不能掩盖或取消文本中的思想交流。无论这种思想主旨是作者明确炫示，还是受文化霸权操控的无意识流露，它都是一种客观文化存在。塞尔登等人一针见血地指出语言文本观与话语文本观的这一分歧："试图建立'科学的'文学结构主义并没有产生印象深刻的成果。

不仅是文本，而且连作者都被勾销掉了，因为结构主义把实际作品和创作者都置于括号中了。以便把真正的研究对象——体系——孤立出来。在传统的浪漫主义思想中，作者是先于作品存在的一个思考的、经受痛苦的存在，他的经历给作品提供了营养；作者是文本的本源、创造者、祖先。但在结构主义者看来，作品并没有本源。每一个个别的言说都有语言在先：这就是说，每一个文本都是由'已经写过'的东西构成的。"① 话语文本观就是要恢复已被结构主义等形式研究所忽视的作者及其身份，还原作品的生命与人学品质。

（二）突出读者的参与意识

话语文本理论不是有关读者的理论，而是强调文本构成的动态性、对话性和生成性的理论。对于文学批评或文学解读而言，话语文本理论就不仅是研究文本语言结构，而是更多关注文本意义及其生产过程，读者因素自然得以突出。主要原因在于：第一，由于文学语言具有寓言性，文学结构具有不稳定性，而每一次批评与解读又都需要阐释其相对统一的意义，这就决定了批评家或读者主体参与的重要性。甚至可以说，批评主体的前理解与文化视野在很大程度上影响着批评的旨趣和深度。第二，由于文学文本是一种话语存在，而话语又是一种表意实践形式，这就意味着其中隐含多种文化因子。文本批评或解读不仅要还原作者的意图，分析作者意图通过何种方式如何加以传达，还要以批评主体旨趣为视角对文本进行价值评判，当然科学的话语批评还要探讨文本如此创作背后的文化逻辑。需要说明的是，读者参与意识的增强还与20世纪60年代兴起的接受美学、读者反应批评有关，也与后现代语境中多元文化观

---

① ［美］塞尔登、威德森、布鲁克：《当代文学理论导读》，刘象愚译，北京大学出版社2006年版，第96页。

念的盛行相一致，是多种合力作用的结果。

（三）关注文本与社会的互动

如果说语言文本理论将文本视为封闭的语言体系，探究科学的文本层次与秩序；那么，话语文本理论则视文本为开放的体系，与社会文化有着割不断的联系，并且着意研究这种关系的形成与运行机制。从话语文本理论的形态来看，巴赫金主要探讨了文学话语的对话性本质及其与意识形态的互动关系，侧重话语的本质与含义研究；福柯则从知识形成的微观视角考察话语生产的运行机制和内在文化逻辑，指出权利无处不在地影响话语与真理的确定，"认识型"和"档案"以认知无意识的形式制约着具体话语判断的形成，同时他还论述了话语形成的外部控制方式、内在制约手段、话语使用条件和话语反控制策略等，可以说是话语逻辑学、知识学；哈贝马斯则站在社会批判立场，分析了工具理性对诗意生活世界的破坏，指出了强化个体语言资质、优化理想的言谈语境、重建交往理性话语的重要意义，可以说是话语的普遍语用学理论。上述三种理论都站在文化哲学高度、从不同视角探究了话语与社会生活的互动关系，论证了话语作为一种表意实践活动的文化属性。

（四）话语理论研究范型

话语理论给文学研究带来了全方位影响，导致了文学批评范式的转型。就文本诗学而言，引发了由客体语言文本观到话语生产文本观的转变。

就方法论角度来看，话语文本理论打破了封闭的语言体系，视文本为开放的、与社会文化具有互动关系的语言存在，认为文本是一个意识形态斗争和争夺的场所，集中精力研究文本与权利等文化因素的相互影响。其中，巴赫金的对话理论、语言的狂欢理论、话语与意识形态理论，以及洛特曼的文化符号学理论、伊格尔顿的审美意识形态生产理论、詹姆逊的"泛文本"理论，都具有方法论意义，从方法论高度指导了 20 世纪 60 年代以来的文学批评和研究。

与此同时，在各个不同的文学研究领域话语理论也取得了瞩目成就，促进了文艺批评的繁荣与发展。后殖民主义、女权主义、新历史主义文学批评是这方面的代表。

后殖民主义理论认为西方霸权主义以自己的偏见为核心塑造了想象中的"东方"，创建了"东方学"，因此西方学界对东方的理解中存在着文化霸权，这是强势文化输出的必然结果，西方文学中关于东方的描写乃至西方关于东方文学的批评中都有强权意识。后殖民主义文学理论就是要揭示文学话语和文学批评话语中隐含的强权及其运行机制，反对西方中心主义，提升东方民族自信心和民族认同感。赛义德、斯皮瓦克、霍米·巴巴等作为东方族裔的西方学者以自己的切身体验为基础构建了后殖民主义话语理论。

女权主义文学批评认为传统社会是男权中心主义社会，男权意识渗透到生活中所有方面，女性没有自主意识，女性的"疯癫"与"美德"都是男权形塑的结果。因此，无论是男性作家还是女性作家的文学创作中女性形象都受男权中心主义的制约，不是真实的女性。女权主义文学理论呼吁颠覆男权中心主义，提倡"身体写作"，以女性身体的真实感觉书写真实的女性人物，发出女性自己的声音；而女权主义文学批评则要揭示以往文本中男权意识的无意识浸透及运行方略，构建女权主义文学批评话语。女权主义话语理论的代表波伏娃、西苏、巴特勒、伊利格瑞等都是女性批评家，其理论构建都以切身生活体验为基础，同时又受席卷西方的女权主义文化运动影响。

新历史主义认为历史以文本形式存在，历史事实的唯一性决定了后人对历史的理解只能通过文本文献加以把握，而无论多么客观的文献都已包含了编纂者的筛选，所以无客观的"历史"。而文学特别是有关历史的文学书写更是一种创造。这样，文学书写和历史文献书写之间就具有互文关系，并且都具有文学性。因此，从历史学视角研究文学，不需要拘泥于历史事实探讨文学的真实性，因为历史事实也是人为的选择与书写。文学的历史学研究应该关注的是文学话语如何创造了历史，或者何种权利导致了只能如此书写历史；文学研究还应该注意探讨历史书写中权利渗透及"抑制"关系，将文学场中权利的争夺逻辑与程序显示出来；文学研究更应该重视"野史"或断裂的历史片段，也许它们更能显示历史的真实面目，甚至"野史"还能促使批评家对文本做出更新的阐释。美国学者海登·怀特、格林布拉特等构建的新历史主义文学批评话语理论揭示了文本与历史不一般的互动关系。

从语言到话语的文本诗学研究方法转型是多种合力综合作用的结果，是历史发展的必然。它对 20 世纪中后期文学研究影响巨大，不仅带来开放的文本观，而且还酝酿了 21 世纪初席卷世界的文学文化研究，贡献自不待言。

第二节　诗性文本与话语意识形态生产

虽然意识形态含义颇为复杂，包括诸多因素，众说纷纭。但在文艺本质方面，理论界却能达成共识：文艺是一种审美意识形态。该认识不仅包含静态的对文艺性质的确认，更重要的是指出了文艺活动是意识形态斗争的场所，纠结着政治、宗教、伦理等各种意识形态因素的较量，时刻处于变动之中。其中，后者是"西方"马克思主义文本理论的主要见解，对于建设当代特色的马克思主义文艺理论体系很有启发价值，尤其值得关注。

一　话语意识形态理论含义

"话语"是20世纪50年代以来在西方非常流行的范畴,其提出也与"语言学转向"有关。"话语"本身就是一个介于"语言"与"言语"之间的概念,但又与上述两者具有明显不同。"'话语'(discourse)原是语言学中的一个概念,指构成一个相当完整的单位的语段。通常限于指单个说话者传递信息的连续话语。"[①] 出于对结构主义文论的反叛,福柯赋予"话语"以新的含义:"话语"是一种人类社会实践方式,该活动以语言存在为凭借,但其中纠结着各种社会文化力量的渗透和介入。福柯认为结构主义乃至一切形式主义文论都把作品视为语言客体,认为文学阐释就是立足语言学角度、从技术层面挖掘作品的客观意义,这必然会导致对形成和创造文本丰富意义的其他因素的忽视与省略,不仅孤立了文本,而且还减少了文学解读的人文色彩和价值关怀。他还认为文本并非意义的中心,但它是意义产生的前提,文本阐释应该作为一种话语活动展开,特别需要关注外部文化语境特别是政治经济力量和意识形态操控的介入。"话语"是人类的一种主要实践活动,文本阐释则是一种文化实践,文本意义并不唯一,而具有多种可能性和无限生成空间;文本释义也非静态,而是文本与社会文化因素的互动过程。童庆炳先生干脆将"话语"界定为"特定社会语境中人与人之间从事沟通的具体言语行为,即一定的说话人与受话人之间在特定社会语境中通过文本而展开的沟通活动,包括说话人、受话人、文本、沟通、语境等要素"[②],这很有道理。

文学活动是一种话语活动,话语中纠结着意识形态因素。但在20世纪中后期的西方马克思主义理论家看来,意识形态的含义有了较大变化。

---

① 朱立元、张德兴:《西方美学通史》(第七卷下),上海文艺出版社1999年版,第376页。

② 童庆炳主编:《文学理论教程》,高等教育出版社2004年版,第69页。

这方面，阿尔都塞的贡献最大。他认为"意识形态"是与人们生活条件相关且指导人们进行价值判断的信仰体系，它不再是一种纯粹的理论，而就是日常生活本身，就包含在普通生活的方方面面之中。就连新历史主义理论家蒙特鲁斯也认为："过去所谓的'意识形态'，指的是某一社会集团共同的信仰、观念、价值观系统，而近来已发生了很大变化，这一术语越来越同一个社会的成员如何被塑造、再塑造，以致成为该社会一个自觉的公民这一过程联系在一起。这样，任何一种专业活动，连同其内容，就都是一种意识形态的产物，它不仅体现在从事此活动的专家学者本人的信仰、价值观和经验，它同时又在积极地使这些信仰、价值观和经验具体化。"① 因此，在现代意义上的意识形态就是指再现权利再分配关系的人类社会实践过程，它不能摆脱物质生活。意识形态理论研究的不是具体意识形态的内容，而是意识形态作为一套信仰是如何发挥影响的，这一主张显然受到了当时追求结构主义的科学梦想的影响。其后西马文论与美学多受阿尔都塞影响，自觉地将语言学方法与传统马克思主义文论有机调和。他们达成的共识是：文本研究不能摆脱语言学方法，但文本活动又是一种意识形态生产——一种暗示权利再生产关系的物质实践活动。在这一活动中，充满着冲突与碰撞，进行着新的搭配与重组，以致产生新的权利关系系统。对此，詹姆逊在《政治无意识》里有精辟的表达："意识形态并不是诉诸或投资于符号生产的某种东西；确切地说，审美行为本身就是意识形态的，因此，审美形式或叙述形式的生产就应被视为一种意识形态行为，它具有某种对不可解决的社会矛盾创造出想象的或形式的'解答'的功能。"伊格尔顿说得更为直截了当："文学文本不是意识形态的'表现'……确切地说，文学文本是意识形态

---

① 盛宁：《新历史主义·后现代主义·历史真实》，《文艺理论与批评》1997 年第 1 期。

的生产。"① 从根本上说，文本活动是一种文化实践，或曰文化修辞学。很明显，以詹姆逊、伊格尔顿为代表的诸多西方马克思主义文艺理论家认为文学活动就是话语意识形态生产。

二　话语意识形态理论的产生与发展

话语意识形态文本理论立足后现代语境，从社会学、文化学视野考察文学活动，将文本创造与解读视为社会文化实践——话语活动，关注该活动的动态性，并注意挖掘文本中丰富的意识形态因素。话语意识形态文本理论在 20 世纪 60 年代后西方马克思主义文论与美学中表现尤为明显。西马文本理论与传统马克思主义文学理论最大的不同就是突出了文学的"文学性"，注意将文本的意识形态功能与文本语言结合起来，从这一语言客体中窥见意识形态因素或把文学活动本身视为一种意识形态生产。就这一点来说，在形式主义文论兴盛之时，很多有识之士就注意将语言形式问题引入马克思主义体系，并产生了一定影响，这主要有巴赫金立足语言提出的"对话"理论以及对语言意识形态特性的分析。"语言的准确性、精炼、欺骗性、分寸性、谨慎等特点，当然不能认为是语言本身的特点，正如不能把语言的诗学特征看作语言本身的特征一样。所有这些特征不属于语言本身，而属于一定的结构，并且完全决定于交际的条件和目的。"② 此处所说的"交际的条件和目的"就是与意识形态密切相关的现实社会需要。在其他著述中，巴赫金明确指出了这一点："这个基本内容（指文本的蕴意——引者注）由语言的具体社会历史目标所决定，由意识形态话语的目的所决定，由意识形态话语在其自身历史发展过程中的具体范围和具体阶段中所完成的具体历史任务所决定。这些

---

① 周宪：《超越文学——文学的文化哲学思考》，上海三联书店 1997 年版，第 269 页。

② ［苏联］巴赫金：《文艺学中的形式主义方法》，李辉凡译，漓江出版社 1989 年版，第 127 页。

任务和话语的目的决定了具体话语—意识形态的运动，以及意识形态话语的各种具体类型，最后决定了话语本身的具体的哲学概念。"① 在这以后，洛特曼的文化符号学文本理论既突出了文本语言符号意义的不断建构生成性，同时也没有忽视文本与文化意识形态的关系。但需注意的是，以上所提到的"意识形态"范畴主要是传统意义上的，涵盖面较为狭窄。

真正获得突破的是马歇雷。马歇雷自觉接受了阿尔都塞的意识形态理论，也认为意识形态是一套实现主体社会化的生成机制，这一机制向主体发出召唤，主体主动认同。首先肯定的是，在马歇雷看来，文学活动是一种意识形态生产。一个文学文本中包含的"无意识"因素通常就是其真实的"意识形态"含义，这类似于拉康所说的真正的"主体"。但在具体创作过程中，这种特定意识形态的含义通常被主导意识形态因素所遮盖，文本好似宣传了主导意识形态，赋予主导意识形态以具体可感的形式。但事实是，"文本赋予意识形态的东西以精确、具体的形状，这样便赋予它以某种'突出位置'，但也同时将它的缺陷和缝隙置于突出位置，这些缺陷和缝隙是文本无论如何也不能说出的，这些示义过程又总要躲开（但也偷偷地侵入）文本"②。这样，真实的"意识形态"便如影随形地伴随着表层主导意识形态。而文本作为意识形态生产的价值就在于揭示两者对立中瞬间生成的意义，特别是揭露出文本中暗示的真实生活实践活动的原貌。由此看来，在这一活动中就会产生一种新的文本释义，因为通常情况下，文本所说出的东西与其想表达的东西并不完全一致，文本生产作为一种意识形态生产侧重研究后者以及揭示后者是如何被遮蔽的。在这种情况下，文本生产要揭示的就是整个活动赖以展开的

---

① M. Bakhtin, *Dialogic imagination*, Austin and London: University of Texas Press, 1981, p. 271.

② ［英］伊格尔顿：《文本·意识形态·现实主义》，王逢振等主编《最新西方文论选》，朱刚译，漓江出版社1991年版，第433页。

意识形态机制。"作品所要谈论的与它实际所说的总是不太一致。作为批评家，我们研究的就是作品所言与所欲言何以始终不尽相同。在异己的支配下，文本永远像拉康的主体一样不能与自己等同，它不断地'淡入'它力图'缝合'的能指活动中去。（应当强调指出，将文本比作主体只是一种类比，否则有人会认为这同早些时候提出的一个论点相矛盾——原文注）文本像主体一样，也是通过抑制某些（意识形态）决定因素才得以进入存在，而文本在某些'症候性'环节上又开始将这些决定因素泄露出来了。"①

那么，如何揭示文本中包含的多种意义呢？人类学家泰特罗分析人类学释义时的论断很有启发价值。"本文'似乎'看到的东西与它实际上'显示'出来的东西是两回事。这一点非常有趣且颇为耐人寻味。因此，在阅读日志文本时，必须意识到本文中潜在的无意识。凡是本文描述显示出困惑、犹豫的地方或无声之处，也就是最具有启发意义之处。"② 马歇雷对此有同感，他认为文本解读应采用"症候法"，善于从文本中闪现的突出症状入手，然后就此展开剖析。因此，文本活动作为一种意识形态生产要十分关注那些停顿、阻滞、空白、沉默之处，正是在这些地方能够无意识地流露出作者的真实意图，也正是通过这些地方才能认识到现实生活中复杂的权利斗争，这些地方最为真实可信。因为，意识形态作为"缺场的原因"，势必通过作家在文本叙事方式中烙下印记，播下踪迹，这在作品的内容与形式因素方面都有暗示。当然，这种显露与传达完全以无意识的方式运作，并通过文本中的阻滞、断裂、空白、间隙之处体现出来。虽然在很大程度上，这是作者所未曾或无法完全意识到的，

---

① ［英］伊格尔顿：《文本·意识形态·现实主义》，王逢振等主编《最新西方文论选》，朱刚译，漓江出版社 1991 年版，第 433 页。

② ［法］泰特罗：《本文人类学》，王宇根译，北京大学出版社 1999 年版，第 7 页。

但正是它们的存在构成了文本的意义源泉。因此，我们必须抓住这一点，从这些以往不为人所注意的地方打开其突破口，做出文本意识形态阐释。马歇雷对托尔斯泰作品的分析就采用了这一手法："托尔斯泰博得了革命的镜子这一称号，并非由于他反映了革命斗争。如果说作品是镜子，肯定不是依据它和被'反映'的时代或时期的明明白白的关系。他'显然不了解'他的时代，他'显然避开'它。我们在作品这面镜子中所看到的，并不完全是托尔斯泰所看到的，不论就他本人的观点来说，还是就他作为一位思想的代言人来说，情况都是如此。"① 正是采用"离心式"态度、运用症候法，马歇雷发现了托尔斯泰作品的全部秘密，完成了一次成功的意识形态文本阐释。

采用症候式阅读、将文本视为一种意识形态物质实践活动这一理论，其突出优点在于主动借鉴了西方解构观念，将文本释义看作一种包含意识形态的意义生产活动，突出了文本含义的复杂性和多义性，迎合了时代潮流。"'症候式阅读'首先是对文本明晰性的质疑和抛弃，它强化了文本的可疑性和非透明性，使得阅读行为本身增加了复杂性和多义性。"②

三 话语意识形态理论的典范——伊格尔顿审美意识形态生产文本理论

如前所述，伊格尔顿的意识形态理论不同于前人，理解意识形态本质是我们分析其审美意识形态生产理论的前提。在伊格尔顿眼中，意识形态就是一套包含复杂关系的权利再生产体系，意识形态远不只是一些自觉的政治信念和阶级观点，而且是构成个人生活经验的内心图画中变化着的表象，是与体验中的生活不可分离的审美的、宗教的、法律的意

---

① 陈定家：《意味深长的"沉默"——马谢雷意识形态批评理论评介》，《文艺理论与批评》2001 年第 2 期。

② 孟登迎：《阿尔都塞意识形态理论与文艺问题》，《外国文学》2002 年第 2 期。

识过程。意识形态研究的重点是在各种具体社会实践领域探讨这一体系是如何运作的，它研究的着眼点不是历史"实在"，而是历史关系的真实状况。伊格尔顿认为文学活动，特别是文学批评活动（或文本阐释活动）是一种意识形态生产，尽管这种认识与传统马克思主义理论并无多大区别，但他对这一活动发生机制的论述却颇有启发价值。

首先，伊格尔顿自觉接受了 70 年代颇为盛行的解构理念，以该理论的"文本生成性"观点去解释意识形态中存在的复杂性。传统意识形态理论认为文学文本只宣传一种意识形态观点（主要是统治阶级的意识形态），文本直观地反映现实，与现实生活具有一一对应性。伊格尔顿坚决反对这种极端认识："无论占主导地位的还是与之相对的意识形态至少都会有两个方面，两者都有把握和释放的时刻，可以固定，也可以推翻，可以再现，也可以移植。我的观点一直就是：用固定的、不变的意识形态效应将这些运作'配对'，在政治上是一个严重错误。"① 而解构主义的"文本生成性"观点恰能印证这一点。解构主义理论认为文本意义不是固定的、唯一的，而是处于不断的生成过程中，不同读者会得出不同的认识，即使同一个读者，第一次阅读与其后的阅读也会有区别。造成这种状况的主要原因在于：一是词语意义总是处于无限的延宕过程中，词无定义；二是文学文本本身具有修辞性。解构主义对文本复杂性的理解恰好可以用来对抗传统中对文本意识形态"单纯性"的认识，每一个文本中都会存在多种意识形态，每一种意识形态中又存在相互依存的对立双方，它们之间的复杂组合决定了文本释义具有多重性。"在这点上，意识形态的东西以其表面的'单纯性'反照于文本的复杂性：前者孩子般天真地坚信能指的透明和所指的一拍即合，而这种信念早已被成熟的

① ［英］伊格尔顿：《文本·意识形态·现实主义》，王逢振等主编《最新西方文论选》，朱刚译，漓江出版社 1991 年版，第 441 页。

成文性抛弃了。这样，就应由成文性通过自己的策略以意识形态所潜抑了的东西来向意识形态挑战，将意识形态所包含却又无法正视的那些虚晃掩饰之词的意义统统揭露。"① 因此，伊格尔顿认为，理解文本意识形态生产首先应坚持解构观念。

其次，伊格尔顿认为文本本身包含对立的意识形态因素，两者对立统一的存在方式造成了文本特有的意识形态效果，文本意识形态分析的价值就在于揭示这种效果的生成过程。在这里，伊格尔顿以诗歌语言的独有效果为例探讨了文本意识形态的这一存在方式。诗歌语言，一方面，作为普通词语，它有自己常规用法和固有意义，即使在诗歌文本中，这一意义也起着较为重要的作用；另一方面，它又因与其他词语的独特搭配而试图超越原有意义，产生一种新的意蕴。诗歌文本的特有价值就产生在语言的稳固性与歧义性之间。"一方面，很可能出现这种情况，即集合意义（这里指文本意义——引者注）试图造成一种非固定的、偏离中心的、为语言—意义的多重性所区别开来的'封闭'：言语的特指性为语言的歧义共存性替代。一首诗中的某个词会尽力限制该词的多重词典意义以达到它的效果。另一方面，也可能有逆向情形：集合意义会力图依照置语言—意义于其中的那个语境来松动语言—意义的稳定性。诗歌语言常常被认为异乎寻常地精确，又异乎寻常地模糊，这一事实多少让人领悟这种辩证状况。"② 文本的独特意义及其意识形态效果就产生于词语及文本结构的既稳固、唯一又歧义迭出的辩证统一中。"这样一来，我看这上述两种机制与文学文本的意识形态效果是有联系的。因为'意识形态效果'既存在于对语言中不断派生出的歧义进行定格和捕捉的过程之

---

① ［英］伊格尔顿：《文本·意识形态·现实主义》，王逢振等主编《最新西方文论选》，朱刚译，漓江出版社 1991 年版，第 428 页。

② 同上书，第 431 页。

中，又存在于语言不断从确定意义向它的各种置换意义和替代意义的退行过程之中。……强调这一点很重要，因为目前相当一部分声称有'政治'意图的符号学思想，都把意识形态效果整个地置于推论性封闭之中，置于有倾向地把语言'扣'到某些特定的能指上去的过程之中，从而抑制了语言那些带有破坏性的、无止境的繁衍新义的创造力（朱丽娅·克里斯特娃的著作可能与此不无关联——原文所有），但这种观点完全无视了那些恰好是通过意义的退行、替换和聚缩才获得的意识形态效果。"①不仅如此，在伊格尔顿看来，文本中所包含的意识形态因素也以类似的机制发挥作用，一方面，主导意识形态要确定自己的主导地位和独一无二性，以君临天下的气势压制、遮盖其他意识形态；另一方面，文本又存在多种解读的可能性，其他意识形态又以潜在方式时常打破主导意识形态的稳固性，以造成一种狂欢化效果。而文本作为意识形态生产的价值就产生在这里，文本分析的目的就在于揭示这种关系。由此看来，无论是从微观语言层面上，还是从具有整体性的内容层面上来看，文本都有着复杂含义，文本不断进行着意识形态生产。

最后，文本意识形态生产必须以现实实践为基础，即必须把文本放入一定的历史语境中展开。众所周知，文本生产采用了虚构化的做法，这是因为文学生产的目的不是描述某种客观的历史"实在"，而是为了显示并让人们集中精力关注一个话语体系或某种社会的自我生产方式。虚构化使文学文本"偏离"了历史"实在"，但这在一定程度上可以使文本摆脱具体时间和空间的束缚与限制，与繁杂的日常生活保持一定距离，从而具有更大的涵盖性和包容性。因此，文本分析首先必须立足文本语言体系或话语结构，否则，便是捕风捉影的空谈。但文本释义又不是纯

---

① ［英］伊格尔顿：《文本·意识形态·现实主义》，王逢振等主编《最新西方文论选》，朱刚译，漓江出版社1991年版，第431页。

语言分析，文本意义是由整个构成文本的语境传达出的，是词语本义与语境决定了用语内蕴的丰富性和具体性。"意义是话语行为受语言控制的效果，但并不能归结为语言，它是去占据语言本身内部的一个特定的'符号示义场'。这样，我们既要避免对意义作纯形式主义或结构主义的理解，避免符号学惯常提供给我们的那种理解，同时也要避免有些未能将言语不可避免的受制约性考虑在内的'人本主义'的语言—行为理论。……我们无法理解那种认为文学文本处于它叙说（enunciation）行为的语境以外的说法。"① 但要真正对文本的意识形态效果做出正确判断，仅仅立足于文本语境分析还不够，必须跃出文本，跃入现实实践（或者说历史语境），在具体现实中揭示其中包含的复杂意识形态关系及其作用机制。"很难判定示义过程的退行效应或写实效应究竟何时有助于保证或改变意识形态条件，以重新产生一套占主导地位的社会关系。或者换一种更好的说法，我们能够做出这样的判断，但根据只能到历史的集合中而不是到文本中去寻找。"②

明确了文学文本意识形态生产机制以后，我们再分析审美意识形态生产的过程。在伊格尔顿看来，意识形态因素渗透在文学文本活动的方方面面，文学文本活动本身就是一种审美意识形态生产活动，这主要表现在：第一，无论是文本创作过程，还是文本消费过程，其运用的材料——前文本意识形态材料本身就是一种具有自身特定形式的生产，或者说，是以历史真实为材料生产出来的产品，文学文本生产其实是生产的生产。第二，艺术程式、手段以及解读理论本身并不是纯粹的审美范畴，它们已经受到了意识形态的决定性影响，甚至转换为审美意识形态。

---

① ［英］伊格尔顿：《文本·意识形态·现实主义》，王逢振等主编《最新西方文论选》，朱刚译，漓江出版社 1991 年版，第 429 页。

② 同上书，第 441 页。

"因此，对前文本意识形态材料的加工制作不外乎就是对那些材料进行审美意识形态的筛选、组织、张扬、掩饰、暗示、神秘化或自然化。"① 第三，前文本意识形态并不是被动地接受加工和制作，被捏成形，而是在生产过程中与具有多重结构的主体审美意识形态产生交合与影响并得到修正、补充和转化，从而形成一种新的"文本意识形态"或文本产品。但是，我们需注意的是，文学文本创作生产出的意识形态"真实"只是一种"准真实"，因为文学生产作为一种话语虚构实现了对历史"实在"的秩序化与条理化，并且其本身已受到了意识形态的影响。因此，从某种意义上说，文本意识形态生产过程就是在"真实"虚位的情况下建构"真实"，"以真实的不在场构成真实的在场"②。第四，文本解读过程也是一种意识形态再生产过程，表现为价值观的交换与改变。伊格尔顿借鉴了马克思政治经济学理论对其进行阐释，他认为文学的审美价值就产生于读者对文本的解读活动之中。"文学价值，是用对文本的思想见解，用作品的'消费性生产'，亦即解读行为所制造出来的一种现象。它所表示的永远是由相互间的关系所确定的价值：'交换价值'。'价值'的历史，是文学思想实践的历史——这种实践绝不是对已制作好了的产品进行单纯的'消费'，但是我们却必须把这种实践作为文本确实在进行的（再）生产来研究。"③ 第五，意识形态在文学文本里也显现为一种无序的、混乱的状态。文本批评就是要揭示那种产生无序和分裂的话语的扭曲机制，重构文本的内部移植过程。"科学的批评"应该穿过文本的裂隙和沉默之处，把对象话语与它的生产条件联系起来，揭示隐义或意识形

---

①　马海良：《文化政治美学——伊格尔顿批评理论研究》，中国社会科学出版社 2004 年版，第 164—165 页。

②　Terry, Eagleton, *Criticism and Ideology*, New Left Books. 1976, p. 186.

③　[英]伊格尔顿：《马克思主义与美学价值》，陆梅林主编《西方马克思主义文论选》，漓江出版社 1988 年版，第 705—706 页。

态的作用过程。

伊格尔顿认为，在当今社会，人类在驱除宗教的同时，也日益使自我沦落为政治、哲学、科学、经济等枯燥无比的对象的对应物，而独有文学起着类似宗教的功能，它能以给人情感体验的方式守护着人类的精神家园，让人进入想象的王国，使人放松。与此同时，整个文学审美活动也执行着意识形态功能，文本生产就是一种审美意识形态生产。伊格尔顿文本科学的特色是坚持意识形态一元论，即文学文本是一个从写作到阅读的意识形态持续生产过程；其文本理论既保持了"审美形式"的某种本体论意义，又通过文本与意识形态以及历史真实的关系，保持了文本的"实质内容"。在这里，"文本"是一个既有别于历史实在又不同于纯语言形式的语言实体，文本审美意识形态生产理论的价值就在于指明文本活动是一种持续不断的意识形态表意实践过程。"在他看来，文学文本反映（如果仍然要用'反映'这个词的话）的并不是历史实在，而是反映了产生'现实影响'的意识形态的作用情形。同样，文本不是一种自足的封闭的'有机'本体，而是意识形态发生作用的一个动态和开放的表意过程。因此，文学的真实性不是说它'反映'了历史的实在，而是说它本身就是意识形态的产生过程，在这个意义上展示了某种历史的真实。"①

综上所述，话语意识形态文本理论的核心是意义的生成性和意义与文化的关系问题。从方法论基础上说，这种理论坚持语言学分析模式与意识形态生活（社会现实）的有机统一，两相兼顾，并不顾此失彼。具体说来，此处的语言学模式是解构的语言学模式，此处的意识形态是阿尔都塞意义上的意识形态，两种新的研究视角在话语意识形态文本理论中做到了较好结合。其研究目的就是既打破传统封闭的语言观，又反对

---

① 马海良：《伊格尔顿的思想历程》，《山西大学学报》2000 年第 2 期。

机械的意识形态理论，主张把文本活动视作一种文化事件或人的意指实践活动。文本研究不仅分析其中包含的意识形态观念（在詹姆逊的理论中较为突出），更要揭示意识形态是如何进入文本并如何通过文本发挥作用的（在伊格尔顿的理论中占据优势），即研讨话语意识形态文本生产的规律。这样，现实文化活动便自然进入该理论的研究视野，而所有这些，在伊格尔顿近期的"审美意识形态理论"研究中都有新的进展。当然，费斯克的符号政治学大众文化解读理论、德塞图的"游击战"视觉文化批评理论等也都有这种倾向，并已经在当前产生了深远影响。

第三节　诗性文本与历史叙事

文学作品以诗性文本形式存在，历史也以文本形式存在于人们的述说和记载中，文学文本与历史文本保持一种张力，它们之间具有间性文本关系。阐释文学必然涉及历史文本，解释历史形貌、还原历史事实，文学文本也是重要的佐证材料，两者密不可分。美国马克思主义理论家弗里德里克·詹姆逊的文本理论很好地处理了两者之间的关系。

在当今语境中，马克思主义面临很多严峻问题，遭受来自左右阵营的攻击。右翼人士认为在后现代社会中马克思主义不再有效，其权威理论话语已被社会主义国家纷纷转投资本主义怀抱事实所证伪；左翼人士则认为马克思主义研究应回到"马克思"传统，不能与后现代其他理论相融合，否则就是政治上的倒退。面对此情此景，西方马克思主义理论主将詹姆逊勇敢地接过时代赋予的重担，将现代语境中占优势地位的语言文本理论与历史概念有机结合起来，既一贯坚持马克思提出的历史唯物主义立场，同时又借鉴了结构主义、解构主义语言学阐释模式，成为后马克思主义时代理论转型的成功范例。

一　詹姆逊的理论来源

面对左右阵营的攻击，詹姆逊既不悲观，也不盲目跃进，他深刻地认识到在后现代语境中，"老式的马克思主义已难善其用"①，并认为只有兼容并蓄，适时转换才是唯一出路，"当今世上应该有几种不同的马克思主义，每一种都适合其社会经济体系的特定需要和问题，这与马克思主义的精神，即思想反映具体社会环境的原则，是完全一致的"②，"马克思依据具体的社会经济语境的变化而变化"③。因此，詹姆逊提倡马克思主义批评应具有包容性和开放性，主张借鉴西方其他理论观点，但与此同时，他又始终认为马克思主义理论是文化研究"不可逾越的视界"（un - transcendental horizon），这是一种坚持马克思主义思想和原则前提下的多元主义和相对主义。以下几种理论、观点对詹姆逊研究方法的形成影响极大。

（1）马克思主义文艺批评的原则与立场。马克思主义理论的核心就是物质决定意识，意识对物质具有能动作用；历史发展不以作为个体的人的意志为转移，是众多"合力"共同作用的结果；文艺活动具有意识形态性，社会历史生活是文艺产生的源泉和发展的动力。詹姆逊坚持了上述立场，这主要表现为：第一，坚持"总体性"观点。历史发展方向是确定的、可分析的，并不像解构主义所说的那样不明晰、不确定，出现了偶然性和断裂；生产方式的基础性决定了历史现象具有总体性特征，对历史现象进行阐释的最终依据是"生产方式"的沿革，后现代文化之所以出现了由深度时间模式向平面空间模式的转变，关键原因是跨国资本主义生产方式的出现，而不仅仅是表意链索中能指、所指关系的断裂。

---

① Jameson, Fredric, *The Political Unconscious: Narratives as a Socially Symbolic Act*, Ithaca: Cornell University Press, 1981, p. 11.

② Jameson, Fredric, *Marxism and Form*, Princeton: Princeton University Press, 1971, p. 4.

③ Jameson, Fredric, *Late Marxism*, London: Verso, 1990, pp. 6 - 7.

第二，坚持历史发展观点，提出了"永远历史化"① 主张，即认为对文化现象的解释既需要共时语言学、结构主义阐释模式，更需要从发生学角度分析其生成原因，并注意其发展背后的历史秩序。第三，始终主张文艺现象具有意识形态性，并把分析其意识形态的转化方式及功能作为文化研究的根本任务，其理论可概括称为"文化的政治阐释学"。因此，詹姆逊非常关注现实问题，他称"第三世界"的文学是"民族的寓言"，其本身蕴含了"第三世界"人民的民族——国家理想。全球化语境中的文化问题也是詹姆逊关注的焦点，他认为全球空间的殖民化进程已经渗透进硕果仅存的领域：大自然和人的无意识，雷同的农业耕作方式和文化生活观念在全球范围内有可能实现，所以"第三世界"反殖民、反文化霸权的任务十分艰巨。

（2）黑格尔的辩证法思想。这是詹姆逊借鉴其他理论、言明自己主张的方法论基础。黑格尔辩证法的核心就是矛盾对立统一，对立双方互为条件并且在一定外在条件作用下地位可以互相转化，并由此推进事物发展。詹姆逊非常赞同这一观点，"因此，在伟大的《逻辑学》的最著名的一章中，黑格尔告诉我们如何把这些具有潜在麻烦的范畴当作同一性的差异性的范畴。你从同一性开始，他说，结果只能发现同一性总是依据与其他事物的差异来限定；于是，你转向差异性，结果发现任何关于差异的思想都涉及关于这一特殊范畴的'同一性'的思想。当你观察同一性时，你把二者解作不可分割的对立，你学到必须总是把二者放在一起来思考"②。也就是说，对事物进行分析，要注意区分矛盾双方，并时刻注意其互为依存与转化关系。实际上，詹姆逊提出的文化发展"主因"

① Jameson, Fredric, *The Political Unconscious*：*Narratives as a Socially Symbolic Act*. Ithaca：Cornell University Press，1981，p. 9.

② ［美］詹姆逊：《论作为哲学问题的全球化》，陈永国译，《外国文学》2000 年第 3 期。

说、认识阐释"主导符码"理论就坚持了这一点，文化发展不是断裂的，而是新旧几种"生产方式"并存，只不过在一特定阶段某一种占主导地位，其余处于附属地位而已。依此理论，詹姆逊区分了资本主义发展的三个阶段：市场资本主义、垄断资本主义和跨国资本主义。马克思主义文化阐释的主导符码也是生产方式或文化现象背后的"历史"或"缺席的原因"（阿尔都塞），但这并不排斥结构主义的语言形式或语言交流、荣格的"集体无意识"、存在主义的"焦虑与自由"、现象学的"暂时性"等，因为这些方面都是文学本性展开必然涉及的内容，所有这些理论方法的运用都能够丰富马克思主义文艺批评；不唯如此，历史发展也应作如是观，"在一个仅仅表面上统一的文化文本中，既考虑隐含在总体性或总体化概念中的方法论的必要性，又考虑一种'症状'分析对潜在的不连续性、裂缝和异质活动的关注，这二者之间也许没有很大的不一致"①，即对历史文化现象进行研究应在强调显在"主因"的同时，注意对潜在因素的分析，正是两者的"合力"促进了历史发展。詹姆逊理论之所以具有很大包容性且创见迭出，就在于坚持了综合立场，可以说，辩证法思想是詹姆逊吸纳其他理论观点的方法论基础。

（3）语言学阐释模式。语言学方法不是一种政治意识形态理论，较少直接涉及阶级意识，但它能较好地解释各种文化现象的结构及其生成与转化方式，并能揭示其背后的深层原因。结构主义、解构主义都以语言学理论作为哲学基础，前者认为文本是一个独立、封闭的自足世界，其意义产生于各构成要素区别性差异造成的张力结构；后者自称是"结构主义的自我颠覆"，但并未真正打破语言囚牢，只不过突出文本意义的不确定性和不稳定性而已。詹姆逊理论受到语言学方法影响很大，但这

---

① Jameson, Fredric, *The Political Unconscious*：*Narratives as a Socially Symbolic Act*, Ithaca：Cornell University Press, 1981, pp. 56 – 57.

种影响是间接的，其直接理论源泉是阿尔都塞的结构主义马克思主义理论和拉康的后结构主义精神分析学说。阿尔都塞认为历史作为一种"缺席的原因"，既不可弃之不顾又不可轻易接近，只能通过文本"裂缝"和"症状"窥其真相，因为作为向人们提供想象性虚假关系的意识形态已将真实历史遮蔽；拉康认为以语言无意识方式构筑的"象征界"（或符号界）将人异化为"他者"，人的真实存在、人的各种欲望都受到了压抑，"真实界"难以彰显，"想象界"受到很大限制，詹姆逊在《拉康的想象界和象征界》中对此做了深刻分析。詹姆逊接受上述二人的观点并加以转化，他认为人的意识与利比多的关系类似于意识形态与社会现实矛盾的关系，两者之间也构成了压抑与被压抑、掩盖与被掩盖的关系，意识形态作为一种假象关系阻断了社会现实矛盾的显现，并将其压制到社会集体的潜意识之中，不过这一潜意识的承担主体不是作为个体的人，而是政治——经济群体，詹姆逊称这种意识为"政治无意识"。任何文本的创造都包含了潜意识因素的渗入，在此文本更像社会现实的能指，文本分析、文化研究就像弗洛伊德的"梦的解析"，其价值就在于揭示这种"政治无意识"是如何被传达的。因此，文本、文化就是作为社会象征行为的叙事符号，詹姆逊有一本专著就取名为《政治无意识——作为社会象征行为的叙事》，可见这一思想在其理论体系中的重要性。

概而言之，马克思主义立场是詹姆逊立论的基础和出发点，黑格尔辩证法思想是其批评体系的方法论基础，而语言学阐释模式则是其理论展开的具体操作方法，三者的密切融合体现在詹姆逊对文本与历史关系的解释中。

二 文本与历史

詹姆逊持广义的文本观，将"文本"与"历史"两个概念有机结合起来，对各种文艺、文化现象做出了富有说服力的阐释。

首先，作品（文学活动的成果）以文本形式存在，这是不言自明的，但其中必包含历史与意识形态成分。这是因为：第一，从语言自身来看，文学是语言的艺术，作品是语言结合体，语言的能指所指结构、语音效果、叙述句法、修辞表达都涉及文本含义，但即使在纯语言结构中也渗透着历史与意识形态因素，言说方式本身就是一种历史行为，古代不同于现代、中国不同于西方。洪堡语言学创始人洪堡认为，"事实上语言从不指称事物本身，而是指称事物的概念，这种概念是由精神在语言创造过程中独立自主地构成的"①，即语词、概念、形式都是受"精神"因素影响形成的，各符号形式中包含了历史因素。第二，从语言形式与内容关系看，艺术形式只有深刻地触及社会历史语境或真正的生活内容时，才具有永久的生命力，这是马克思主义文艺学的根本原则。卢卡契掷地有声地说："艺术形式始终是具有一定内容的形式。"② 詹姆逊在《语言的牢笼》一书中就针对当时占主导地位的语言论批评发表了自己的见解，他认为只有打破结构主义语言学模式的囚牢，对文学的解释注入历史因素，才会合理而深刻；从批评实践看，他对聊斋故事《鸲鹆》和康拉德作品《吉姆爷》的解释最终都是立足文本指向历史的。

　　其次，"历史"以文本形式存在。（在这里，"历史"指历史文献和历史文化事件，而不是指历史真实或历史本来面目，新历史主义称前者为小写的历史，后者为大写的历史）在此，詹姆逊借鉴了新历史主义观点，新历史主义认为，"历史"事实并不是"探索者通过询问他面前的现象所'发现'的，而是'构造'出来的，历史学不是通过当前的视角去解释过去，而是创造或虚构一个现实的'过去'，所以历史学家无非是以

_____

　　① 姚小平：《论人类语言结构的差异性及其对人类精神发展的影响》，商务印书馆1997年版，第104页。
　　② ［匈］卢卡契：《审美特性》（第二卷），徐恒醇译，中国社会科学出版社1986年版，第270页。

客观性和学术性为招牌来掩饰自己意识形态倾向和文学虚构性质的文学家"①，因此"历史"是虚构的。在这里，"历史"不是指社会现实，因为社会现实永远处于时间流逝过程中，人不能回到过去，更不能直接把握过去，"历史"只是人们以现在的视角想象过去的结果，因此"历史"就是文本，"历史"也有结构层次上的划分。"历史在任何意义上不是一个文本，也不是主导文本或主导叙事，但我们只能了解以文本形式或叙事模式体现出来的历史，换句话说，我们只能通过预先的文本或叙事建构才能接触历史"②，因此要把握过去，理解社会现实，只有对"历史"进行"文本"分析。詹姆逊对此深信不疑，"整个世界就是一堆作品、文本，时髦、服装也是一种文本，人体和人体行动也是文本。……新式的社会科学认为社会是一种文本，因为社会包含了一系列的行为，这些行为就像是一些语言"③，行为、事件本身类似语言的能指，而社会现实矛盾则是其所指。因此，对历史文本的解释可以采用语言学模式，但不能忽视社会现实的存在，"在"的历史文本是以无言的历史现实为依据的。"我们并没有随意改造任何历史叙事的自由"④，历史文本分析必然涉及意识形态分析。

最后，文本的历史性和历史的文本性。这虽然是新历史主义的核心理论，詹姆逊不在其列，但它完全符合詹姆逊的理论思路。一方面，文学创作及其他文本事件都具有特殊的历史性，它们是在一定社会的、物质的历史性氛围中产生的；另一方面，人们又不能触及全面而真实的历史生活，历史只能以断续的"文本"形式存在，要恢复历史真相的连续

① 韩震：《历史的话语分析和文本分析》，《青海社会科学》2000 年第 4 期。

② 张京媛：《新历史主义与文学批评》，北京大学出版社 1997 年版，第 19 页。

③ ［美］詹姆逊：《后现代主义和文化理论》，唐小兵译，北京大学出版社 1997 年版，第 204 页。

④ ［美］詹姆逊：《晚期资本主义的文化逻辑》，张旭东等译，生活·读书·新知三联书店 1997 年版，第 252、392—393 页。

性和可理解性，必须对这些历史文本进行阐释。詹姆逊得出的结论是："历史"只以文本形式存在，要把握历史真实，可以通过分析历史的文本形式，而不必苦苦探求真正的历史事实。[①] 概而言之，文本与历史真实的关系是复杂的，文本的背后隐藏着历史。对文本（包括历史文本）进行阐释，批评家必须具有较强的主体意识和历史意识，超越文本。

三　超越文本

詹姆逊将自己的马克思主义文艺批评方法归结为文本阐释。文学以文本形式存在，历史也以文本形式存在，文学和历史之间具有互文性关系，它们都是历史真实的表征形式，因为历史已不可触摸，并成为永远的过去，历史真实只能以文本形式呈现，社会冲突和矛盾只能以美学形式在文本中得到想象性解决，而对真实历史的揭示只能通过文本阐释方式，从文本"缝隙"和"断裂处"窥见历史真相。什么是阐释？阐释就是对文本的重写，即"根据某一特殊阐释主符码重写特定的文本"[②]，这样，这种文艺批评就比传统马克思主义方法更具优势，它不是直接面对社会现实，不是采用传统的阶级对位法进行索引式的考究，它是站在一定距离之外，将文艺现象作为一个纯客观的文本进行符码破译，解释文本如何以隐喻的方式提出并解决社会现实矛盾。正因如此，这种批评方法可以借鉴其他阐释模式，而不必固守一隅（即顽固地坚持文学是对现实的模仿），其他阐释方式的旁敲侧击式辅助可能会使阐释主符码威力豁然彰显。

詹姆逊的批评实践非常丰富，范围极广，小到文学作品，大到文学理论、文化现象都在其批评之列，但无论面对何种批评对象，詹姆逊都

---

① 参见朱刚《评詹姆逊的元评论理论》，《当代外国文学》1997 年第 1 期。

② Jameson, Fredric, *The Political Unconscious: Narratives as a Socially Symbolic Act*, Ithaca: Cornell University Press, 1981, p. 10.

自觉坚持立足文本—展开阐释—超越文本的一贯立场。面对复杂文学、文化文本，詹姆逊是从以下几个方面进行批评阐释的。

（1）"元评论"（meta‐commentary）方法。这是詹姆逊对各理论派别批评方法的批评。所谓"元"，具有"超越""在……之上"的含义，所谓"元评论"就是对文艺评论、文艺理论自身的批评。詹姆逊认为文艺阐释活动具有一个突出特点，那就是自释性，即在批评过程中首先要解释的不是如何去评析某个文学文本，而是为什么要以某种形式去评析它，"也就是说，每个阐释都必须包含对自身存在的阐释，必须显示自己的可信性，为自己的存在辩护：每一个评论一定是一个元评论"。①"元评论"的着重点不在于分析批评对象的内容，而在于揭示分析赖以成立的阐释符码，通过这套符码可以探究批评家的哲学观、批评动机及目的，从而揭示该符码本身的意识形态性。因此，"元评论"虽是立足符码（批评体系），但最终目的却是体系背后的社会现实及其对批评家的影响，这本身就超越了文本形式。与批评本身相比，它是站在更高理论层面，在深入分析自身内部构成关系基础上，对批评理论自身优势与不足的阐释。詹姆逊对俄国形式主义批评、巴特《S/Z》的分析都采用了该方法。

（2）"元评论"的基本操作模式。"元评论"的基本操作方法是，"区分症状和被压制的思想，区分明显的和潜在的内容，区分掩饰的行为和被掩饰的信息"，其目的是"找出潜意识力本身的逻辑，找出它从中产生的环境逻辑；一种在它自己语言的现实之下隐藏它的表现的语言，一种通过回避过程本身而显出被阻碍的客体的闪光"②，显而易见，这种操作模式立足文本，在细读文本基础上，找出文本"裂隙"并从中窥见其背后被压制到无意识中去的东西。政治无意识的压制力就是历史本身，

---

① 朱刚：《评詹姆逊的元评论理论》，《当代外国文学》1997 年第 1 期。
② 陈永国：《文化的政治阐释学》，中国社会科学出版社 2000 年版，第 131 页。

"找出潜意识力本身的逻辑"就是探究政治无意识的逻辑，即研究文本结构背后的深层历史原因，这也正是"元评论"的目的之所在。

在具体操作方面，詹姆逊认为可分为由表入里、由浅入深的三个层次加以展开，区分掩饰和被掩饰的信息。第一个层次为直接的社会政治事件，将具体文艺作品和叙事行为作为社会矛盾冲突进行细致阐释与注解，把握哪些事件是直接的、哪些虽未言明却是"缺席"的在场；第二个层次是社会层面，主要指斗争和阶级意识，将作品文本放在相互对抗的阶级群体关系中，挖掘其中包含的政治意识形态功能；第三个层次是历史层面，这主要指生产方式的变更，具体做法是将文本放在整个生产方式的复杂系统中阅读，因为按照"主导符码"和"主因"理论，在每一种生产方式中都共时地存在其他已经过时的和即将形成的生产方式，文学文本正是以寓言和象征方式展示文化和生产方式的复杂关系及其变化的，詹姆逊以对巴尔扎克小说《萨拉辛涅》的文本阐释为例对上述理论进行了演示。从其批评实践来看，詹姆逊是立足文本，指向历史现实的，重在揭示文学文本、历史文本隐而不显的政治无意识（包括错综复杂的社会矛盾）。因此，文本具有意识形态性，文本并不像新批评理论所主张的那样，仅仅是一个封闭的语言组合体。

以此为依托，詹姆逊十分关注"第三世界"文学，并提出了"第三世界"文学是"民族寓言"的理论。在他看来，"从整个世界范围内看，如果北美和西欧可以称为世界的城市，那么亚洲、非洲、拉丁美洲则构成了世界的农村。从某种意义上讲，当代世界革命也显示出一幅农村保卫城市的图景"①，恰如黑格尔提出的著名的主奴关系理论，"第三世界"与"第一世界"是对立的。在此情况下，"第三世界"文学以各种隐喻方

---

① Jameson, Fredric, *Marxism and Form*, Princeton：Princeton University Press, 1971, p. 399.

式反映了本民族被殖民的过程及反抗情绪，自然是"民族的寓言"。反观"第三世界"文学和文化事件可以引起有识之士对"第一世界"历史的思考，揭露其罪恶的发展史，这是"西马"左派的一贯立场。什么是寓言？各家理论对此有不同解释，普卢塔克认为，"叙述的是一件事，而理解的却是另一件事"[1]；而西方寓言史研究专家安格尼斯·弗莱切认为，"简言之，寓言就是言此意彼"[2]，也就是说，寓言事件必定包含言外之意，"第三世界"文学显然具有这种特征。第一次世界大战以来，特别是"第二次世界大战"后，西方社会迅速由垄断资本主义向跨国资本主义转变，经济全球化带动了文化全球化进程，在抵制"第一世界"经济、文化渗透，反对殖民主义的过程中，"第三世界"文化乃至其他社会事件不可避免地成为民族解放的心声和"民族寓言"，它以文本形式隐喻着民族反抗情绪和对自身民族特性的剖析。在中国，这可以从鲁迅的创作中看出，《呐喊》自序中黑暗的"铁屋子"与沉睡在屋中的众人以及觉醒的孤独者就是以寓言的形式分别暗示着超稳定压制人性的封建体制、被传统麻痹而不觉醒的芸芸众生和少数觉醒但又不知出路的革命者，《狂人日记》中的狂人、《阿Q正传》中的阿Q及与其相关的人物事件都有类似功能。"在《阿Q正传》中，中国精神被谴责为精神手淫，这不仅显见于阿Q在歌剧院拧了一个女人的大腿后夜里产生的性幻觉，更重要的在于他逐渐形成的那种想象的自我至上的满足。这是传统中国文化危机的真正表征，也正是根据这一危机，阿Q的精神至上成了诊断中国社会世纪病的病灶。"[3] 也就是说，阿Q是半殖民地半封建社会中国精神的象征，已渗

---

① Fletche, Angus, *Allegory*: *The Theory of a Symbolic Mode*, Ithaca: Cornell University Press, 1964, p. 237.

② Ibid., p. 2.

③ ［加］谢少波：《抵抗的文化政治学》，陈永国、汪民安译，中国社会科学出版社 1999 年版，第 132 页。

透到中国人的骨子里，并在小至生活细节、大到社会重大事件中都有所体现，阿Q形象足能引起"疗救的注意"。推而广之，韩少功小说《爸爸爸》、阿城小说《棋王》也具有这种功能。詹姆逊在评价"文化大革命"这一社会文本时也看到了这一点，"在'文革'中，这个意象（指毛泽东在对人民的讲话中所做的比喻'我们这个民族，就像一颗原子弹……一旦里面的核子被撞碎，其释放的热量将会产生无比巨大的力量'）促使了旧时封建与乡村结构的解体，同时也促使了那些结构中的旧习俗神奇般地消除，进而唤起了一场真正的群众民主运动"①。因此，"文革"作为一个文本事件，其意义不在文本之内，它在全球化语境下显示了中国人不屈服欧美列强威胁的勇气和决心；同理，非洲"黑人文学"、美国"少数民族文学"、女性文学乃至拉美魔幻现实主义作品、张艺谋的电影都具有"民族寓言"的特征。

不唯如此，后现代文化出现了"视觉转向"，叙事方式明显表现出由深度时间模式向平面空间模式的转移，由此导致了主体历史感的消失及为了强调视觉效果而剪裁拼贴式的创作。在此情况下出现的真实感的模糊、对伪崇高和畸趣体验的追求等都具有明显的意识形态功能，它们使观众满足于当下感官享受而放弃了对现存制度是否合理的质疑。对这类新事物的分析，詹姆逊坚持了一贯的文本阐释方法，他认为视觉文化中的意识形态操纵与大众的想象性满足之间具有相辅相成的关系，它们构成了文化文本不可或缺的两个方面，"迄今一直被操纵的观照者由于他或她对被动性的赞同而得到了特别满足的回报"②，潜在意识形态操控与视觉文化的快感效应同谋，共同扼杀了大众的反抗激情，因此现代是一个

---

① ［美］詹姆逊：《晚期资本主义的文化逻辑》，张旭东等译，生活·读书·新知三联书店1997年版，第392—393页。

② ［美］詹姆逊：《政治无意识》，陈永国译，中国社会科学出版社1999年版，第70页。

平庸的时代，是一个缺少思想的时代。

　　由上述分析可以看出，生活在语言批评时代的詹姆逊，在很大程度上借鉴了语言学方法对文艺、文化现象进行论述，特别值得注意的是，其对文本理论的引进。文学是文本，需要对其结构层次进行分析，历史也是文本，更需要通过叙述方式和评论方式的"裂隙"挖掘其中被掩饰的历史真相。因此，总体来说，詹姆逊批评方式是立足文本，却又超越文本、指向历史现实的，从而坚持了马克思主义批评传统。对于后者，安德森给予了极高评价："对比之下，詹姆逊后现代理论第一次在提出资本主义文化逻辑的同时提供了资本主义社会形式的整体变化的一幅图画，这是一种更具包容性的视野。在此，在从局部到普遍的过渡中，西方马克思主义的使命已达到其最完善的顶峰。"①

---

　　① Anderson，Perry，*The Origins of Post - modernity*，London：Verso，1998，p. 72.

第六章　当代文本诗学反思与批判

　　当代西方具有丰富的文学文本理论思想，但挖掘、梳理这些并不是研究的最终目的。一方面，我们必须保持清晰的头脑，对西方文论进行辩证分析，择其优者为我所用；而文本理论就是研究与剖析西方当代文论的重要视角，从其形态与类型深入剖解有利于看清当代西方文论的优点与弊端。另一方面，我们必须牢记研究当代文本诗学是为了建设中国当代文本理论。由于特殊历史文化原因，中国当代文本诗学并不发达，甚至有些落后。我们应该找准原因，提出切实的发展规划。事实上，我们还应该回归历史，重视传统文学理论资源的发掘。中国古代虽没有提出"文本"范畴、细致研究文本结构，但文本形态变化丰富，文本形态的几经变迁直接影响了文学观念的嬗变。当然，语言观念也是制约文本形态变迁与载体形式提升的重要因素，可以说，语言观念、文本形态与文学观念的嬗变有机联系在一起。由于中国特殊的文化土壤，在"重质轻文"文艺思想影响下，古代文本理论并不发达，这是事实。但这并不意味古人不关注文本形式，大量、丰富的文本观念以"另类"形式存在，需要深入挖掘与整理，以便为当代文本诗学建设"增砖添瓦"，真正做到"古为今用"。

第一节 从文本理论看20世纪西方文论中的"强制阐释"

20世纪西方文学批评与研究中"强制阐释"倾向的出现、蔓延与20世纪西方追求现代性的特殊文化语境相关,更与在此过程中强势发展的文学文本理论联系密切。文学文本理论与强制阐释互为干扰,具有复杂关联。一方面,文本理论强调文学研究必须立足文本展开,按照常理,一般不会导致脱离文本的强制阐释倾向的产生;另一方面,既然是强制阐释,很难保证立足文本展开,因为在强制阐释中论者主观意图和观念先行的意味很浓。但实际情况是,偏偏是文本理论促进了强制阐释倾向的产生,个中关系值得深入探究。

一 强制阐释与文本理论的关联

"强制阐释"是新近张江先生针对20世纪西方论文发展特征提出的一种重要认识。"强制阐释是指,背离文本话语,消解文学指征,以前在立场和模式,对文本和文学作符合论者主观意图和结论的认识。"① 张先生将其基本特征概括为四个方面:场外征用、主观预设、非逻辑证明和混乱的认识途径。该认识一针见血,可谓把握住了西方文论的"病根"。何谓"强制"?《现代汉语词典》的解释是"用政治或经济力量强迫"②。不同于生活中的强制事件,文学批评中的强制阐释既不是利用政治权利,也不是凭借经济实力强制进行,而是凭借意志力量、运用场外征用方法和理论肢解文学作品,得出不符合作品本身实际的结论。因此,在文学批评活动中,"强制阐释"的产生大多不是因为外力强制,更多情况下,

① 张江:《强制阐释论》,《文学评论》2014年第6期。
② 中国社会科学院语言研究所词典编辑室编:《现代汉语词典》(修订版),商务印书馆1988年版,第909页。

是批评主体自我强制的结果。就文学批评而言，强制阐释一般有两种不同情况：一是方法上的强制，批评主体毅然决然采用某种方法或立足某个视角去阐释文本，得出不同于作者创作意图但文本客观上蕴含的意义；二是观点、认识方面的强制，批评主体采用某种立场或前见阐释文本，得出不符合文本原意但符合论者主观意图的解释。尽管方法上的强制容易导致产生与文本作者意图并不一致的观点和认识，但它毕竟不同于强制立场和囿于前见的批评，在更多情况下，这一"强制"体现为一种自觉的方法论意识和理性批评视野。无论是方法的强制还是观点的强制，自古有之。古代希腊的"模仿"论与汉代经学研究中的"天人合一"论等就属于方法的强制，而中世纪西方的神学批评与中国秦汉时期的伦理道德批评等就具有鲜明的观念先行特征。20世纪西方文学批评与研究中强制阐释倾向尤为突出，强制阐释盛行有其历史的必然，但更与文本理论的形成与转型密切相关。

"文本"是20世纪西方文论与批评中出现频率极高的一个范畴，其含义颇为丰富。见仁见智，该范畴在不同学派的理论体系中具有不同解释。概括起来，"文本"一词应包括以下相关内容：第一，文本是一个现当代文论概念，对其解释必受语言学模式影响，新的语言学理论的出现会改变人对文本含义的理解。第二，文本作为一种客观存在的语言"织体"，具有类似"词语"的存在方式。从结构上看，词语具有能指、所指之别，文本也包含类似的二重组合，"能指"是其语音、句法、结构，"所指"是其隐而不露的意指思想。第三，文本意指思想不是自明的，其意义生成方式多种多样，意义效果因方法、立场的不同而有所区别，需要细心解读。我们就是在这一较为宽泛的意义上使用该范畴的，强调上述文学观念的理论都可称为"文本理论"。

总体而言，20世纪西方文本理论经历了由作品到文本、由自在到建构的跳跃式发展过程，在这一过程中产生了形形色色的文本观念。这些理论观念既相互联系，又有着对文本问题的独特认识，相与共生，争奇斗艳。与传统理论相较，我们更倾向于将文本理论定位为一种特殊的解读与批评理论，因为这一观念最大限度地斩断了作品与作者的有机联系，更为"客观"地考究作品特质及其意义产生。完整的文学活动涉及作者、文本、读者和世界四个要素，在整个 20 世纪文本理论发展过程中，各种文本观念的争鸣主要是在与后三种要素的关联中完成的。细究起来文学文本理论主要有三种形态：语言客体文本理论、读者审美解读文本理论、话语意识形态文本理论，相应地分别关注了文本与自身存在、读者和世界的相互影响关系。尽管所有文本理论都强调立足文本进行文学批评或研究，不存在"背离文本话语"现象，但它们却最大限度地刻意割裂文本与作者的联系，夸大了读者（批评家）解读、研究文本的主动性和多样性，很容易导致文学研究得出"符合论者主观意图和结论"的强制性认识。20 世纪西方文论强制阐释倾向的有无、程度及效果与文本理论强势形成及其类型联系密切。

二 语言客体文本理论与强制阐释

20 世纪西方首先出现的是语言客体文本理论。语言客体文本理论将文学文本视为封闭的语言客观存在物，文本是一个独特的语言"织体"，有其特殊的品质和组织规律，有关文学的一切秘密都只能在该"织体"内部寻找，与外部现实毫无瓜葛。

文学理论之所以关注作品本身，这有多方面原因。一方面，是对此前理论界忽视作品研究的反拨与矫正。20 世纪以前，特别是浪漫主义兴盛时期，情感论、才性论、天才论、想象问题、灵感问题是文论研究的重点。"诗是诗人强烈情感的自然流露"（华兹华斯）、"文学是受压抑的无意识的升华"（弗洛伊德）等理论主张有很强的辐射力。20 世纪初，

从俄国形式主义开始，则从根本上扭转了这一研究方向，开始立足于
"文学性"，探寻文学作品自身特点。国内学者张冰论述过俄国形式主义
这种开风气之先的作用："把历来是神秘的美的发生学基础，变为可操
作、可定性定量分析的一种过程。这就把笼罩在美身上的形而上学迷雾
一扫而光，将其还原为可视可感可分析可操作的。美在形式主义者手中，
再不是虚无缥缈不可捉摸不可把握的，再不是一种只可意会不可言传的
东西，再不是诗人或作家一种神秘主义的主观命意，而是一种可视可感
的物质实体。"①

　　另一个重要原因是语言学研究方法的影响，即所谓的"语言论转向"
带来的全方位介入。在接受语言哲学影响的诸理论派别中，结构主义势
头最猛，它已将这一方式应用于人类学、历史学、社会学、艺术学的各
个领域，并取得了突出的研究成果。"语言学已经跃居西方人文科学的领
导地位，这门科学的高度理论性使它成为任何思考的出发点……语言学
为人们提供了一种关于人类现实的符号学的描述模式和说明模式。"② 语
言学理论对文学研究的影响主要表现在：第一，就直接的较浅显层次而
言，语言学的兴起引起了研究者对文本语言乃至表达技巧的重视，将文
论研究核心定位在语言织体本身及其组合规律上。第二，从较深层次上
讲，索绪尔语言学认为语言本身是一个具有层级区别的逻辑结构体系，
语言的意义产生于能指层面与所指层面体系内部存在的区别与差异。索
绪尔结构语言学方法对文艺研究影响巨大，甚至其本身的缺憾也直接遗
传给了文艺研究，其注重整体性、结构性、宏观性的特点使得文论家常
常忽视了单个作品和读者个体体验的存在，使得结构主义文论成为一种
脱离实践的理想逻辑论证。语言学理论的兴盛，导致了语言论转向，而

---

① 张冰：《陌生化诗学》，北京师范大学出版社 2000 年版，第 82—83 页。
② 盛宁：《人文的困惑与反思》，生活·读书·新知三联书店 1997 年版，第 39 页。

这无论是就关注语言本身还是就方法论意义上的指导而言，都对 20 世纪西方文本理论的发展造成了难以估量的影响。

语言客体文本理论发展跨度较大，从肇始于 20 世纪初的俄国形式主义文论一直延续到 70 年代盛行的解构主义文论，几乎席卷整个 20 世纪，产生了广泛影响。语言客体文本理论强制性地将文本视为一个语言事件，文本的意义及价值与文本之外的社会现实没有关系，封闭性的文本分析是文学批评与研究的唯一方式。语言客体文本理论突出地表现为方法的强制，强制运用语言学方法并根据语言特质研究文学，文本形式规律探究是其关注的重点。语言客体文本理论学派众多，各学派都有不同的探究文本之谜的策略。

俄国形式主义文论十分关注文学语言表现技巧问题，认为文学语言能够精确地传达作者的体验与感受，但文学语言不同于日常语言，它必须经过艺术技巧处理，只有这种具有阻拒性、扭曲性的"陌生化"语言才能引起读者的新奇感和注意力，读者仅凭着对语言本身的体验与分析就可以形成对现实世界的重新认识。所以，文本批评就是对语言形式陌生化程度的批评，就是对造成文本与现实保持必然距离的各种创作技巧的分析，文学研究就是剖析文本语言技法及其艺术价值。正如什克洛夫斯基所言："新的形式的出现并不是为了表达一种新的内容，而是为了代替已经失去审美特点的旧形式。"① 由于文学存在的载体形式即为语言，因此俄国形式主义文论探究文学语言的独创性立足本体展开，较少强制色彩。

新批评文本理论更为关心文学语言特质，它把文本视为一个封闭的语言有机体——孤立的与外部现实没有任何联系的客观存在物。文本分

① ［俄］艾亨鲍姆：《"形式方法"的理论》，［法］托多洛夫《俄苏形式主义文论选》，蔡鸿宾译，中国社会科学出版社 1989 年版，第 35 页。

析不关心内容，只关心文本"肌质"本身。"细读"分析是新批评理论采用的唯一的批评方法，该方法主张立足文本本身，从语言入手，逐层展开，重点研究语境对文学语言的"变形"功能，留意文本特殊表达所带来的"张力"效果，挖掘文本中含混、悖论之处，找出其中包含的神妙精微之意。新批评理论采用实证的自然科学方法剖析文本，试图通过细致剖解、辨析文本语言以发现文学传达人类经验的精妙性和准确性，其强制性表现在对社会历史批评、心理批评和伦理道德批评的决绝排斥，对语言分析和文本结构分析的过分迷恋，是方法的强制导致了其研究文学人学价值的迷失。

结构主义文论认为文学文本与语言具有类似的结构，其特殊的深层结构制约着形色各异的具体文学文本形态。在其看来，科学的文学研究的任务就是排除主观性，探究文学文本具有决定意义的深层构成方式和图式。结构主义文本研究采用结构语言学方法，其研究的着眼点在于以语言学二元对立原则挖掘文本中可能存在的对立组合，以期发现一种新的结构模式。结构主义文论研究的目的不在于整理、归纳细枝末节的表现技巧，更不是处理文本中隐含的现实内容，而在于探究表层背后的深层叙事模式。结构主义文论甚至并不关心作为个体的孤立文本，而是以个体文本为凭借挖掘其深层叙事模式，最终目的在于揭示文本间联系及共同享有的深层结构，渴望建立一种文本科学。格雷马斯的"符号矩阵"模式、布雷蒙的复杂叙事序列组合模式等很能说明上述动向。不可否认，剖析文本结构层次，有利于文学研究有序展开；毋庸置疑，归纳、整理文学叙事模式，有利于从整体上研究文学特质；但文学毕竟是"人学"，文学活动要再现人类丰富生活、表现人们内心细微感受，文学研究当然应该关注其中渗透的人类情感活动。结构主义文论看到了文学作为语言活动与语言科学的内在关联，并尝试运用语言学方法解释文学问题，有其创新的一面；但其强制性地根据语言法则探究一切文学问题，特别是将文学文本视为一个封闭的、受深层结构影响的无个性特质的语言存在物，其牵强、僵化与固执的面目便越发清楚了。

解构主义文本理论的核心是颠覆结构、拆解语言、指出意义的不确定性，互文性也是其着力探讨的一个问题。解构的基础是首先让人们必须认识到影响人类认识世界、形成知识的语言本身是不可信的；由语言自身区别与差异产生的意义更是不确定、不准确的，因为在语言系统内部这种区分因层级的不同而处于无限进行之中，意义一直被毫无理由地推延和延宕，意义一直处于被构建的"路上"而不得留驻。解构的方法就是指出语言的"寓言"本质，寻觅其背后的蕴意；检查文本中的"裂隙"，阐发其可能蕴含的思想；时刻注意"互文本"的存在，探究文本间的联系，描述超出文本自身的其他价值。在这方面，巴特的《恋人絮语——一个结构主义文本分析》是一个标本性的成功案例。解构主义在其产生之时，主要是运用语言学方法，从文本语言入手拆解结构主义大厦的基石，但其后来逐步延伸到对文本主旨和意义的拆解，成为女性主义、新历史主义和后殖民主义等诸多"后"学理论的立论基础。在解构主义理论家身上，不仅存在语言学方法的强制使用，而且还有着几近于固执的、强烈的质疑传统和反抗稳定结构精神，认识与观点强行介入文学研究的倾向也较为突出。解构主义文论最大的缺陷在于拆解了传统，使过去的人文大厦轰然倒塌，成为一堆破碎的瓦砾；但要重构何种大厦和精神支柱，其目标并不明确。在其身上，破坏的快感多于构建的奢望，这在一定程度上也影响了其公信力。正如解构主义指出了语言的"寓言"性和不稳定性，并没有影响人们仍旧将语言作为最主要的信息载体并正常使用语言一样；也正如现实生活中对社会诸方面不满者大发牢骚、极力批判，但仍无法摆脱坚硬的现实原则、仍旧照样"生活"一样，解构主义文论虽然拆解了语言大厦、消解了文学宏大叙事等，但人们并未将文学视为文字游戏，仍旧研究并关注文学的主题与意义。解构主义最大贡献在于留给我们质疑与创新精神，并推动了后现代文化思潮的如期到来。

语言客体文本理论如同韦勒克所言的"内部研究"，都将文本视为诗性语言存在，都将文学研究看作特殊的语言分析。语言客体文本理论虽然强制运用语言学方法研究文学，但并未给人以"强制"之感。这一方面在于文学即为"语言的艺术"，采用语言学方法研究文学理所当然，是其"分内之事"；相反，传统上将文学绑架于政治、宗教、伦理道德等"分外"之事，反而不近科学。就此而言，立足文本的文学语言学才是科学意义上的文学研究。另一方面，20世纪初中期"语言学转向"业已形成，各种语言学方法已渗透进人文社会科学研究诸多领域，成为主导研究方法和"显学"。仿佛不采用最先进的语言学方法，特别是结构主义语言学方法研究人文社会科学，就显得守旧与落伍。这在一定程度上也掩盖、遮蔽了文学语言学研究的强制色彩。

三 读者审美解读文本理论与强制阐释

20世纪50年代以后，读者理论成为显学，接受美学、读者反应批评理论凭借这股东风登上历史舞台，读者审美解读文本理论就是在这一思潮中形成的一种文本理论形态。读者审美解读文本理论强调文本在文学阅读及研究活动中的基础地位，并着意探究文学语言特质及文本特殊结构层次，但与语言客体文本观念有所区别，其剖解文本结构的用意在于指出文本是一具有空白点的意向性存在物，其意义与价值的实现只有与读者展开双向交流才能完成，是读者的审美性阅读、填空与对话保证了文学文本审美价值的最终实现。

读者审美解读文本理论的哲学基础是现象学。在现象学看来，文学文本即为读者审美阐释的特殊意向性客体，唯有与读者展开双向交流才能获得意义阐释的多种可能。把现象学方法引入美学、文学领域的是英伽登，这位波兰美学家最重要的贡献就是提出了文学文本客体结构理论。"作为现象学的美学家，他的美学似乎比他的现象学更为重要；而作为美学的结构分析家，他的结构研究又比美学本体论及一般价值论更为重要。"① 英伽登承接了胡塞尔现象学衣钵，但又有自己的创新。在英伽登看来，现实生活中有两类意向性客体，一类是认知行为的意向性对象（包括实在对象和数学中的观念性对象），另一类是纯意向性对象。文学文本属于后者，其结构包括如下四个渐次递进的层次："（a）语词声音和语音构成，以及一个高级层次的现象；（b）由句子意义和全部句群意义构成的意群层次；（c）图式化外观层次，作品描绘的各种对象通过这些外观呈现；（d）在句子投射的意向性事态中描绘的客体层次。"② 不同意向性客体有不同结构层次，相较而言，前者纯粹单一，而后者则充满不确定因素，需要更多调动主体积极参与能力。"前者有一种离开认识主体而独立的'自足性'，而艺术性对象中只有一部分属性通过作品呈现出来，其余属性则有待于观赏者的想象力来补充，因而就不是自足的。他认为美学的（纯意向性）客体与实在的客体之间有着清楚的界限，不能像胡塞尔那样一律'还原'为观念性的东西。"③ 事实上，任何有关实际对象在受到经验检验以前仍然需要意向性投射作用，即使是实际存在的东西，它与认识主体也是处于一种变动着的意向性构成的关系中的，主体对于这个实际对象也不能了解其一切方面，因而总要在认识的过程中赋予它一些主观性的"杂质"（impurities）。读者在阅读作品时同样也要

---

① 李幼蒸：《结构与意义》，中国社会科学出版社 1996 年版，第 428 页。

② 蒋济永：《现象学美学阅读理论》，广西师范大学出版社 2001 年版，第 31 页。

③ 李幼蒸：《结构与意义》，中国社会科学出版社 1996 年版，第 288 页。

通过字词的意义来进行意向性"投射"，不管被意向的对象是有现实存在性的，还是纯虚构的。因此，作品故事中的人物、背景、事件之中就充满了读者在一次具体的阅读中所增附的主观性"杂质"①。这是文学审美阅读的必然。

法国现象学美学家杜夫海纳在其《审美经验现象学》中进一步深化了文本审美阅读及其多重效果的观点。他认为审美活动中主体的参与至为关键，艺术作品在读者阅读之前还不是审美对象，仅仅是一物品，读者的审美意向性活动使其美的潜能变为现实。为此他提出了几个重要命题：艺术作品加上表演者的表演等于审美对象，艺术作品加上目击者等于审美对象，艺术作品加上公众而成为审美对象。当然，审美经验的形成也须借助审美直观形式，艺术作品包括由浅入深的三个层次：感性、主题和表现，审美主体知觉结构也由三层构成：呈现、再现和情感。在审美直观活动中，艺术作品与审美知觉各个层次达到契合，读者的美感与文本的审美意义得以产生。

将读者审美阐释文本理论发展到顶峰的是德国文艺理论家伊塞尔。伊塞尔以现象学理论为指导，细致阐述了文本解读过程。他认为文本解读过程是文本特殊的"召唤结构"与读者"游移视点"双向运动、和谐统一的互动过程，其中较少存在强制阐释的可能。"召唤结构"是文学文本最根本的结构性特征，它引导读者积极介入解读过程，使文本的潜在意义得以挖掘与具体化，并使读者最终获得再创造的愉悦。"召唤结构"包括三种结构功能性因素："空白""空缺"和"否定"，但在文本与读者的交互活动中，三种结构性因素功能与作用并不相同。"空白"作为文本固有的静态结构性因素，是形成"空缺"和"否定"的基础，没有

---

① 李幼蒸：《结构与意义》，中国社会科学出版社 1996 年版，第 291 页。

"空白"，文本全都是质实的书写，读者的想象无法产生，后两者根本不可能存在。"文学本文并不再现事实，而是运用这些事实去激发读者的想象。如果文学本文将其诸因素组织得明明白白，一目了然，那么我们作为读者，就会不屑于读，或者抱怨本文不给我们任何主动的余地。"①"空缺"是解读过程中出现的动态结构性因素，它由读者不断转换的视野以及由此导致前后比照所产生，构成了读者对文本局部的全新认识。"这样，空缺就成为建造审美对象的重要引导契机，因为它们决定了读者对新的集中注意的看法。……因此，这些空缺可以通过相互修正来使读者将片段连接在一个'场'中，从而能使读者从这些'场'出发来组成各种视野，然后使每一视野与先导的及后续的各种片段相适应；这一过程通过更替集中注意点和背景关系的一系列活动，使文本的图景发生根本变形，而产生其审美对象。"②"否定"作为文本解读的功能性结构因素，它主要发挥着阅读动力的作用，唤起读者的兴趣与探究欲望，更新读者的视野，推进解读活动持续深入。伊塞尔高度肯定了这种作用："否定性充当表现与接受之间的一种调节，它发起了构成活动，这种构成活动对实现产生变形的潜在条件必不可少。在这个意义上，否定性可称为文学文本的基本结构。"③

与此同时，读者如何介入文本，如何将"隐含的读者"转变为现实的读者，如何将文本的潜在结构性因素激活，真正实现其应有效能？为此，伊塞尔提出了"游移视点"概念。"游移视点"不是文本某种固定不变的所有物，而是读者的一种阅读审美期待，是读者意识的积极参与造

---

①　［德］伊塞尔：《阅读活动——审美反应理论》，金元浦等译，中国社会科学出版社 1991 年版，第 105 页。

②　［德］伊塞尔：《文本与读者的交互作用》，转引自朱立元等主编《西方美学通史·二十世纪美学》（下），上海人民出版社 1999 年版，第 312 页。

③　［德］伊塞尔：《阅读行为》，转引自朱立元等主编《西方美学通史·二十世纪美学》（下），上海人民出版社 1999 年版，第 313 页。

成其变动不居，具有了"游移"的性质。伊塞尔说得很清楚："个别句子的语义指示物总是意味着某种期望——胡塞尔把这些期望称为'绵延'。在文本中……每一个个别句子的相关物都预示了一个特殊的视界。因此被文本预示出来的视界就会给读者提供一种观点，这种观点（不管它有多么具体）必须包含不确定性，以便唤起读者对于解决这些不确定性的方式的期望。这样，每一个新的句子相关物都会回答前一个句子相关物引起的期望（或者肯定地回答，或者否定地回答），同时唤起新的期望。""已经被读过的东西在读者的记忆中缩小成为一种经过压缩的背景，但是在新的语境中，这种背景又不断被唤起，并且被新的句子相关物修改，这样就导致了读者对过去综合的重新建构。"①

总之，在伊塞尔看来，在文本解读过程中，文本和读者时刻保持紧密的互动关系，其互动效果就是独特文本意义的出现。在文学解读活动中，很少有读者意识的强行介入，更多情况下是文本吸引读者、引导读者解读，文本意义产生于两者的交互、合作运动。

读者审美解读文本理论既是一种文本理论，也是一种审美观念，它继承了文学研究关注文本客观存在的时代观念，伴随20世纪中期读者意识觉醒而兴盛，并产生长远影响。它对探究阅读鉴赏心理过程、审美经验的产生、审美主客体结构层次及其关系等理论问题富有启发价值，并且直接发展或影响了接受美学、读者反应理论等文艺美学思想的走向。但细究其理论指向，可以发现读者审美解读文本理论虽然一直认为读者介入对于文本意义的现实转换非常重要，甚至是决定的，但这并不意味着忽视文学文本独特的结构构成及其"召唤"作用。甚至可以做出这样的结论：两者和谐统一、融为一体，是一种门当户对的相互选择，并没

---

① ［德］伊塞尔：《阅读活动：审美响应理论》，霍桂桓等译，中国人民大学出版社1988年版，第148—149页。

有谁强制谁的因素。读者的审美解读是一种忘情的投入，并非一定通过文本读出意志强加给大脑的东西，得出文本之外的其他意识形态观念。所以，读者审美解读文本理论巩固了文学解读、文学欣赏的理论基础，并细致剖解了解读的行进路线，同时也指出了一般性的文学解读活动不会带有强制阐释的可能。

四　话语意识形态文本理论与强制阐释

"'话语'（discourse）原是语言学中的一个概念，指构成一个相当完整的单位的语段。通常限于指单个说话者传递信息的连续话语。"① 出于对结构主义文论的反叛，福柯赋予"话语"以新的含义："话语"是一种人类社会实践方式，该活动以语言存在为凭借，但其中纠结着各种社会文化力量的渗透和介入。福柯认为结构主义乃至一切形式主义文论都把作品视为语言客体，认为文学阐释就是从语言学角度、就技术层面挖掘作品的客观意义，这必然会导致对形成和创造文本丰富意义的其他因素的忽视与省略，不仅孤立了文本，而且还减少了文学解读的人文色彩和价值关怀。他还认为文本并非意义的中心，但它是意义产生的前提，文本阐释应该作为一种话语活动展开，特别需要关注外部文化语境特别是政治经济力量和意识形态操控的介入。"话语"是人类的一种主要实践活动，文本阐释则是一种文化实践，文本意义并不唯一，而具有多种可能性和无限生成空间；文本释义也非静态，而是文本与社会文化因素的互动过程。童庆炳先生干脆将"话语"界定为"特定社会语境中人与人之间从事沟通的具体言语行为，即一定的说话人与受话人之间在特定社会语境中通过文本而展开的沟通活动，包括说话人、受话人、文本、沟通、

---

① 朱立元、张德兴：《西方美学通史》（第七卷下），上海文艺出版社 1999 年版，第376 页。

语境等要素"①。这一论断很有道理。

所谓话语意识形态文本理论，就是 20 世纪 60 年代后出现的一种源于文本理论的变形文本观念。受解构主义思潮和后现代文化观念影响，它强调文本释义的多样性；受读者理论影响，它更加关注文学研究过程中读者的积极参与功能；特别是受言语行为理论影响，它更倾向于将文学文本视为一个语言事件——"以言行事"，文学文本是一种特殊的表意实践方式，文学研究乃至文学解读也是一种读者或批评家介入现实的特殊行为。话语意识形态文本理论关注的核心问题是意义的生成性和意义与文化的关系问题。从方法论基础上说，这种理论坚持语言学分析模式与意识形态生活（社会现实）的有机统一，两相兼顾，并不顾此失彼。具体说来，此处的语言学模式是解构的语言学模式，此处的意识形态是阿尔都塞意义上的意识形态，两种新的研究视角在话语意识形态文本理论中做到了较好结合。其研究目的就是打破传统封闭语言观、反对机械的意识形态理论，主张把文本研究作为一种文化事件或人的意指实践活动来看，文本研究不仅分析其中包含的意识形态观念（在詹姆逊的理论中较为突出），更要揭示意识形态是如何进入文本并如何通过文本发挥作用的（在伊格尔顿的理论中占据优势），即研讨话语意识形态文本生产的规律。其中，后者又是该理论关注的重点。

话语意识形态文本理论立足后现代语境，从社会学、文化学视野考察文学活动，将文本创造与解读视为社会文化实践——话语活动，关注该活动的动态性，并注意挖掘文本中丰富的意识形态因素。话语意识形态文本理论在 20 世纪 60 年代后的西方马克思主义文论与美学中表现尤为明显。翻开历史，可以发现，在形式主义文论兴盛之时，很多有识之士

---

① 童庆炳主编：《文学理论教程》，高等教育出版社 2004 年版，第 69 页。

就注意将语言形式问题引入马克思主义体系，并产生了一定影响，巴赫金提出的"对话"理论以及对语言意识形态特性的分析即为代表。"语言的准确性、精炼、欺骗性、分寸性、谨慎等特点，当然不能认为是语言本身的特点，正如不能把语言的诗学特征看作语言本身的特征一样。所有这些特征不属于语言本身，而属于一定的结构，并且完全决定于交际的条件和目的。"① 此处所说的"交际的条件和目的"就是与意识形态密切相关的现实社会需要。20 世纪 60 年代，阿尔都塞扩大了"意识形态"的含义，他认为"意识形态"是与人们生活条件相关、指导人们进行价值判断的信仰体系，它不再是一种纯粹理论，而就是日常生活、就包含在普通生活的方方面面。意识形态理论研究的不是具体意识形态的内容，而是意识形态作为一套信仰和知识产生规则如何发挥影响。目前活跃于文坛的西马主将詹姆逊和伊格尔顿也受到了阿尔都塞学说的影响，不过他们的思想都较为复杂，理论渊源不止一种，但可以肯定的是，前者更多地接受了与阿尔都塞思想接近的拉康的影响，而后者则直接继承并发展了阿尔都塞和威廉斯的理论。他们理论的共同结论是：文本研究不能摆脱语言学方法，但文本活动又是一种意识形态生产，从根本上说，文本活动是一种文化实践，或曰文化修辞学。

20 世纪 80 年代以后，文学文本是一种话语间性存在、是人们意见交流的寓所，已经成为人们的共识，越来越多的批评家和文学研究者刻意从文本中发现属于自己的东西，甚至凭借文本、借题发挥阐述自己的主张。这一趋势在 20 世纪西方具有人本主义批判传统的文论学派中有着集中体现，特别是 80 年代后出现的后殖民主义理论、女性主义理论、新历史主义理论乃至民族想象与文化认同理论、酷儿理论、生态批判理论等

---

① ［苏联］巴赫金：《文艺学中的形式主义方法》，李辉凡译，漓江出版社 1989 年版，第127 页。

都发展了这一文学批评的文化诉求。在该文学研究中，观点的强制提出多于方法的强制运用。

总体来看，话语意识形态文本理论虽也强调立足文本，从文学文本是一个语言客体出发研究文学，但在这里语言学并不是必需的、唯一的方法，甚至对语言客体和文本的强调仅为研究凭借。更多情况下，该研究更为关注文本中的语言事件，将特殊的语言表达和言说方式视为不同文化观念干预现实、介入现实的必然体现。语言不仅仅是形式，语言形式背后涌动着价值诉求。文学研究就是通过话语分析探寻这种隐匿的文化价值。由于见仁见智，上述理论派别中都不同程度地存在观念先行、"对文本和文学作符合论者主观意图和结论的认识"，强制阐释在所难免。

五　文本理论与强制阐释关系再思考

20 世纪西方文学批评与研究的强制阐释倾向与文本理论的强势发展具有密切联系，其间关系复杂，值得深入反思。

第一，文本理论的形成导致了强制阐释成为可能。20 世纪以前，西方文学研究比较关注文学活动中的社会环境和作者因素，探究社会生活、作家经历在作品中的反映与渗透以及文学的社会功能，宗教伦理批评、社会历史批评、传记批评较为发达。20 世纪以来，随着文学科学的确立，理论家更加关注文本客观结构及其语言特性，文本理论得以形成；加之读者意识的崛起，文学消费与解读成为整个文学活动的中心。如果说 20 世纪以前文学研究较为关注作者传意的准确性，文学批评以探寻作家意图与文学社会价值为主；那么，20 世纪以后的文本批评则更加注重文本自身科学性及读者释义问题，文学研究不再刻意挖掘作家原意，而是"凸显"批评家声音。这就客观上为强制阐释提供了机会和可能。

第二，不同文本理论视域中，强制阐释产生的类型和程度有所不同。细致分析起来，文学接受活动可分为文学解读、文学研究和研究文学三个不同层面。文学解读即为一般性的阅读和赏析，以读者获得精神体验与享受为主；文学研究即为探究文学形式特质及构成规律，以建立文本科学为最终旨归；而研究文学则多以探究文学中包含的价值内容为指向，对文学活动进行文化研究。在上述三个层面中，三者既相互区别，各自独立，独立完成文学接受的某一方面功能，又密切相连，共同承担文学释义任务。其中，前者是后者的基础，后者是对前者的进一步发展。20世纪形成的三种文本理论恰好提供了上述三种接受活动的理论基础，读者审美解读文本理论解析了文学阅读活动过程，其中不包含强制阐释；语言客体文本理论提供了文学研究的基石，在文学研究中含有强制成分，但基于研究科学性和客观性要求，这种强制多为方法的强制，本身无可厚非；话语意识形态文本理论提供了研究文学的新思路和新视角，放大了读者参与意识及文本的文化价值，使得文学之外的多种因素堂而皇之介入文本，为强制阐释大开方便之门。就此而言，文本理论对强制阐释的影响范围及程度需要仔细辨析与研究。

第三，文学文本理论为科学的文学研究提供了理论支撑，具有较高的启发价值。毫无疑问，科学的文学研究必须立足文本展开，批评家在细读文本基础上，通过剖析文本语言、结构及各种表现技巧的运用，探究这些形式的变化如何导致了文本内容与现实生活保持一定的距离，从而产生特有的审美价值。读者审美解读文本理论科学地解析了文本阅读过程，指出了读者与文本之间交互关系之于文学阅读和研究的重要意义；语言客体文本理论科学地剖析了文学语言特质、结构层次及各种结构模式，提供了文本分析的理论依据和多种可操作方法；而话语意识形态文本理论则深刻地指出了文本与文化的互动关系，并提出了研究文本意识形态功能的多种视角，为文学的文化研究提出了很好的策略。尽管语言客体文本理论容易导致方法上的强制阐释，尽管话语意识形态文本理论不可避免地带来认识与观点上的强制阐释，但我们可以扬长避短，综合利用各自优点，构建科学的文学批评体系。一方面避免语言客体研究的纯形式主义倾向，另一方面摆脱意识形态文化研究"脱离文本、直奔主题"的不良倾向，当避免了上述两者的强制阐释缺憾后，科学意义上的文学研究才会出现。

文本理论是 20 世纪西方文论中重视文本自身与读者解读关系的重要理论认识，主要有语言客体文本理论、读者审美解读文本理论和话语意识形态文本理论三种形态。各种形态文本理论的强势发展对"强制阐释"现象的出现及渐成声势具有不同影响。语言客体文本理论固执地运用语言学方法研究文学，虽立足文本展开研究，但方法论意义上的强制非常明显；读者审美解读文本理论关注文本特质与读者互动关系，指出彼此互动多于某一方面的强制介入，准确、有效地解释了读者文本解读与赏析的自然过程；而话语意识形态文本理论则着重指出了文本作为表意实践方式的社会干预功能，倡导文学的文化研究，其中观点先行现象较为突出，是真正意义上的"强制阐释"。科学的文学研究应吸取各种文本理论所长，立足文本客观存在基础探究其审美特质与社会功能，避免"强制阐释"不良倾向的产生。

第二节　中国古代文本理论的"另类"表达

中国古代并没有像西方 20 世纪那样严格的文学文本理论，这是由中国古代特殊的文化哲学追求及其制约下的文学理念造成的。在其影响下，中国古代文论更关注文本内在精神，并以重感悟不重逻辑分析的言说方式进行文艺批评。然而，中国古代并不缺少文学文本观念，它们以另类方式存在。重文采与韵律的文本创作观、重层次的文本结构观、披文入情的文学阅读观和有特色的评点批评方式就是这一文学观念的有力显示。借鉴与发掘这一文学遗产，有利于建设当代科学形态的文本理论体系。

一　中国古代文本理论不发达景观

中国古代文学文本理论极不发达，表现为伦理道德批评一统天下，文学批评主要探究作品中蕴含的道德理念和教化功能，而对其结构形式及艺术特色关注较少。具体来说，体现在下述两个方面。

（一）从批评内容看，关注作品内在精神

国内著名学者张伯伟曾指出，中国古代文学批评方法在内在意旨方面表现为三种主导倾向（或批评旨趣）：以意逆志、推流溯源和意象批评。这一论断全面而深刻。这三种批评旨趣全然关注作品的历史文化蕴意，无一涉猎文本结构形式。

来源于孟子的"以意逆志"与"知人论世"结合在一起，形成一种关注作品人生的批评方法，主要探讨作品与作者及社会的联系。该批评方式的主要功能在于，一方面能够有效研究作者的创作意图及其客观表达效果；另一方面对于全面揭示作品与社会无处不在的联系也颇富实效。

而肇始于钟嵘《诗品》的"推流溯源"批评方式实为一种"影响研究"，该方式注意将当下文本放在同类历史文本序列中进行比较，特别关注当下文本对前在文本的接受与转化，注意分析当下文本的历史地位。如钟嵘评刘桢："其源出于《古诗》。仗气爱奇，动多振绝。贞骨凌霜，高风跨俗。但气过其文，雕润恨少。然自陈思以下，桢称独步。"① "推流溯源"文学批评方式在古典文献学研究领域颇有影响。

意象批评是形成于魏晋六朝时期的一种审美批评，它借鉴当时品鉴人物和谈玄论道的方法把握作品的神韵和内在品质，重在传达作品给读

---

① （南朝梁）钟嵘：《诗品》，周振甫《诗品译注》，中华书局 2004 年版，第 37 页。

者带来的印象感悟。这种批评一般采用形象而生动的描述，类似于文学创作，但其中深刻的蕴意却需要学人仔细斟酌、反复思索。如李充《翰林论》："潘安仁之为文也，犹翔禽之羽毛，衣被之绡縠，犹浅于陆机。"①《世说新语·文学篇》："潘文烂若披锦，无处不善；陆文若排沙简金，往往见宝。"②《南史·颜延之传》："延年尝问鲍照己与谢灵运优劣。照曰：'谢五言如初发芙蓉，自然可爱；君诗如铺锦列绣，亦雕缋满眼。'"③ 虽形象生动，充满生气，但缺少逻辑纹路，需要体验与领悟。该批评方式侧重读者主观感悟与审美表达，也与文本理论迥然有别。

（二）从批评言说方式看，重感悟不重学理

张伯伟在其《中国古代文学批评方法研究》中指出古人有关文学批评言说（表达或传达）的形式有六种：诗话、诗格、以诗论诗、评点、选本和摘句。每一种批评言说类型，大多从感悟印象出发，生发点滴见解，大都不太重视学理分析，不做长篇大论。在这六种批评言说方式中，选本批评更多暗示某种批评观念或文学观念，一般不进行具体分析。诗话则涉及内容庞杂，包含大量文人逸闻趣事，不是严格意义上的文学批评。以诗论诗则采用诗歌创作方式传达文学观念和理论主旨，可视为一种诗化批评。诗格探讨诗歌创作技巧和作品品格高低，可看作中国古典特色的创作理论。只有评点和摘句针对文学文本展开，与严格意义上的文本批评类似，可惜体系不强，终不能系统探究作品结构层次。因此，中国古代文本批评的确不够强势。

换一个角度，我们也会得出类似认识。众所周知，中国古代很长时

---

① （东晋）李充：《翰林论》，钟嵘《诗品》（卷上），周振甫《诗品译注》，中华书局2004年版，第41页。

② （南朝宋）刘义庆：《世说新语·文学篇》，广陵书社2009年版，第40页。

③ （唐）李延寿：《南史·颜延之传》，中华书局1975年版，第881页。

间以来文史哲并不分家，文学、历史、哲学著作合为一体。因此，中国古代早期的很多文学观念和文艺批评观点都隐藏在这些著述中。当然，这不是说文学批评与其他学术思想完全混同，而是与各个时期占主导地位的学术相关联，以一种特色鲜明的别样形式出现。先秦诸子学说竞相争鸣，诸子的文学主张大都通过"对话体"的形式提出，孔子的《论语》就是如此。两汉经学发达，文学观念多通过经学"注疏"的方式出现。与此同时，在很多历史文献中，在史学"征实"精神的影响下，如《史记》《论衡》中"征史"的文学批评观念时有出现。而魏晋时期玄学一时盛行，"得义忘言"的品评之风格外流行。无论是对话体、注疏体、征史类还是玄谈式批评方式，都不够重视文本自身的形式因素，这也在一定程度上影响了文学自觉之后的文学批评方式，从渊源上制约了中国古代文学文本理论的形成。

当然，我们还可以将中国古代文学批评（或文学研究）放在一个更大范围内进行俯视与定位，这一舍弃枝叶的远观和"简化"处理，能使我们更清楚地认识其形态与特色，这就是中国古代学术思想史。先秦时期的子学研究中，文学批评以"对话体"形式关注文学的社会致用功能；两汉经学研究中，文学批评以"注疏"体式注意探究文本意象的历史演变和"微言大义"；魏晋六朝玄学思潮中，文艺研究以"得义忘言"的谈玄关注作品的言外之意与神韵；隋唐时期，禅宗思想的发达使各种学术研究都带有佛学气息，文学批评以直观"妙悟"感悟文本的境界与格调；宋明时期，理学思想统摄一切，"文以载道"的文学观念盛行，以致"作文害道"的偏颇之见时有出现，文学批评以"义理"探究为主；有清以来，朴学成为主流，文学批评常以审定文献、辨别真伪、校勘谬误、注疏与诠释文字为主的"考据"式研究居于主导地位，文本审美品质探究成为奢谈；而清末民初，教育救国语境使得文学批评多以政治时评为主，文本研究更是无从谈起。这一概观化的学术史从宏观视域中显示了中国古代文学批评方法发展的轨迹，也从侧面透露了文本批评不发达的现实。

二 中国古代文本理论缺失探因

文学文本理论是一种形式主义理论，十分关注文本结构层次及其特点，多采用文本细读基础上的形式分析法完成。相较而言，由于中国特殊的文化传统、思维方式及文艺品评惯例，文本理论在中国古代并不发达。

探究原因，在文化哲学层面，体现为重人生的文化哲学。

第一，中国古代哲学重人生论而不重知识论。"儒家舍人生哲学外无学问，舍人格主义外无人生哲学。"[①] 中国古代哲学是一种宗法式哲学，无论是儒家还是道家，包括意蕴深刻的《周易》都将天、地、人融为一体，以人事为中心勾画圆融体系。重人生、重人事、重实际，哲理阐发往往从伦理人情着眼，多的是教训式的箴言，却缺少逻辑周延的理性分析。西方人则认为："唯有当思想不去追求别的东西而只是以它自己——也就是最高尚的东西——为思考对象时，即当它寻求并发现它自身时，那才是它的最优秀的活动。"[②] 这即是说西方人敢于把自我与"非我"当成同一的研究对象，对自我和"非我"都做出明确的研究。这最终发展为严格意义上的科学。对于文学活动中的主客体因素，西方也做如是理解。而中国古人，则更关心文学的人事功能，用世时鼓吹文学为载道之工具，归隐时作为乐天安命的精神寄托，而对文学本体缺少研究，对文学研究方法自然就缺乏自觉意识。张伯伟在评论"以意逆志"与儒家人性论的关系时说道："从儒家人性论所含蕴的意义来讲，一旦在修身、治学方面延伸展开，就必然会导致'以意逆志'与'知人论世'之说的产

① 梁启超：《先秦政治思想史》，东方出版社1996年版，第84页。
② ［德］黑格尔：《哲学史讲演录》（第1卷），贺麟等译，商务印书馆1981年版，第10页。

生。由修身而导致的'知人论世'，和由治学导致的'以意逆志'，如果推到极致，二者实际上是会通为一的。因为治学的目的还是在于修身，即孔子所强调的'为己之学'。"① 这种对中国古代哲学与文学关系的论述，见解深刻，一语中的。在这种文化观念影响下，中国古代文学活动是人类经世致用实践活动的重要组成部分，承担伦理教化职能，文本自身特性及文学学科地位并没有得到突出，这也使得文本结构层次及其他形式因素没有得到充分研究。

第二，与哲学上重人生论不重知识论相结合，在思维方法上重感悟不重论证。所谓重感悟，也就是从人生的体验出发，并加以感情因素的渗入，而这种感情因素和心理因素都会造成真正的思维惰性，使理解仅仅停留在感悟阶段，不能形成理性知识。这从中国古代的教育教学方法中得以清楚的显示。中国古人认为"书读百遍，其义自见"，老师不需要做烦琐的分析，学生只要"熟读""涵咏"就可以了。受道家"目击道存"思维方式的影响，中国古人认为直观感悟就能发现事物不可言传的本质与奥秘，"意象批评"广为流行。赵与时《宾退录》卷二载："米元章采隋唐至本朝得一十四家续之：僧智永书经，气骨清健，大下相杂，如十四五贵胄褵性，方循绳墨，忽越规矩。褚遂良如熟驭战马，举动从人，而别有一种骄色。虞世南如学休粮道士，神意虽清，而体气疲困。欧阳询如新痊病人，颜色憔悴，举动辛勤。柳公权如深山道人，修养已成，神气清健，无一点尘俗。颜真卿如项羽挂甲，樊哙排突，硬弩欲张，铁柱特立，昂然有不可犯之色。李邕如乍富小民，举动屈强，礼节生疏。"② 而西方追求的论证却要求概念的有序性，要求厘清概念之间的种属关系和转换关系，为更深层次的逻辑分析打下基础。事实上，重感悟

① 张伯伟：《中国古代文学批评方法研究》，中华书局2002年版，第9页。
② （元）赵与时：《宾退录》（卷二），上海古籍出版社1983年版，第25页。

的思维方式已经在一定程度上制约中国古代符号学和语言学的发展，因为感悟思维可以停留在"只可意会，不可言传"的层面，似乎符号表达仅仅是辅助手段，无足轻重。相应地，这也影响到了古人的理性思维能力和符号分析水平。

在文学活动层面体现为重质轻文的文学观和鉴定式批评方式。

第一，重质轻文的文学观。中国古代关于文学本体问题的论述集中在"文道"关系方面，"文"是形式与载体，"道"是内容与主旨。在创作过程中，"文"与"技"属于同一层面，体现为艺术构思成果的物化手段，而"道"则是作者的意图与作品主题，属于核心成分。在文学鉴赏过程中，"文"为作品表层，体现为辞采、声律等，"道"为作品深层，体现为思想与教化成分。在中国传统文学批评活动中，"文以载道"观念居于主导地位，到了宋代甚至还出现了"作文害道"的思想。这种重质轻文的文学观念使得文学研究刻意关注作品内容，甚至在研究过程中可以脱离文本"直奔主题"，其带来的负面影响体现为形式研究的贫弱，文本理论不够发达。

第二，就文艺作品的批评方式而言，中国古代文学批评重鉴定不重分析。鉴定在于一言以概之，仅做直观笼统的把握，如"此诚佳句也""具悲慨之气"等。而分析则是层层剖解，然后做综合把握。批评方式上的差别使得中国古代批评类似文学鉴赏，而绝少体系完备的理论著述，主要批评文体多为诗话、词话、诗格、摘句，甚至以诗论诗体式也大量存在。如钟嵘《诗品》评曹植："其源出于《国风》。骨气奇高，词采华茂，情兼雅怨。粲溢今古，卓尔不群。故孔氏之门如用诗，则公干升堂，思王入室，景阳、潘、陆，自可坐于廊庑之间矣。"① 与感悟式思维结合

---

① （南朝梁）钟嵘：《诗品》，周振甫《诗品译注》，中华书局2004年版，第35页。

在一起的鉴定式评判多在沉思默想间完成，不能进行细致的学理分析，不能为俗人说法，影响以剖析为基本手段的文本理论的发展。

三　中国古代文本理论的另类表达

中国古代特殊的文化传统决定了不可能有西方那样采用理性方式注重形式分析的文本理论，但这并不意味着中国古人不关心文本形式、不重视作品的本体存在。汉语不同于英语、法语、德语等表音文字，它是一种重视形体存在的表意文字。中国古代文学就是通过音、形、意按照一定规律和谐组织在一起形成的文本表达古人对社会的诗意理解，这决定了汉语追求自己特有的诗性展示和诗意表达。从一定程度上讲，汉语诗性存在影响着汉语文本构成和文本观念。这也意味着中国古代文本观念以一种不同于西方文本理论的另类方式传达出来。我们可以从中国古人的文本创作观、结构观、阅读观和批评方式中较为清楚地看到这一特点。

（一）重文采与韵律的文本创作观

"文"来自"鸟兽之文"，最初之意就是花纹。许慎《说文解字》解释为："文，错画也。"段玉裁将其进一步解释："错画者，交错之画也。《考工记》曰：'青与赤谓之文'，错画之一端也。错画者，文之本义。"刘勰更是承接上述认识在《文心雕龙·情采》中做了精彩论述："若乃综述性灵，敷写器象，镂心鸟迹之中，织辞鱼网之上，其为彪炳，缛采名矣。故立文之道，其理有三：一曰形文，五色是也；二曰声文，五音是也；三曰情文，五性是也。五色杂而成黼黻，五音比而成韶夏，五性发而成辞章，神理之数也。"[①] 由此可见，在中国古代，"文"是形式因素，就是色彩斑斓、多姿多彩。文学运用优美语言创造逼真形象反映社会生

―――――――――

① （南朝梁）刘勰：《文心雕龙·情采》，周振甫《文心雕龙注释》，人民文学出版社2002年版，第346页。

活，语言等形式因素自然不能忽视。上述因素综合起来，被称为文采，有无文采成为评价作品艺术价值高低的重要标准。

中国古代是抒情文学的王国，诗文创作十分繁荣，而小说等叙事文体创作逊之。诗文创作非常讲究结构严整、语言凝练，文本大多短小精悍，一般不需要进行宏观而繁复的谋篇布局。因此，中国古代指导、研究诗文创作的理论主要体现在章句学之中，而章句学关注的核心就是诗文的文采与韵律问题。何谓有文采？有文采意味着文笔流畅，语言优美，节奏和谐。具体包括以下几个方面：句式是否整齐匀称，多用正句；能否根据表达的需要灵活变换句子的长短和结构；词汇是否丰富多变，能否避免无谓的重复和呆板的模仿；语言是否自由活泼，富有音乐感，读之朗朗上口；能否选择合适的意象，准确传达自己的感受；能否情景交融、虚实相生创造见于言外的优美意境。作品若能达到上述要求，便为文采斐然。所谓韵律，主要指文本语言的节奏，是汉语特有的一种形式因素。诗文韵律主要体现在三个方面：第一，词语运用。主要包括双声、叠韵词的选择，冷暖、明暗、大小、轻重等对比关系词语的使用等。第二，句子安排。主要包括对偶、互文、平仄等涉及句子整齐形式的考究，句子的韵脚与旋律等。第三，文本结构。主要包括文本内容的起承转接，诗文的复沓、叠章结构，文本整体的格调与风貌等。另外，还需要注意处理词句与文本整体关系，使各个部分协同合作、相得益彰。"夫人之立言，因字而生句，积句而为章，积章而成篇。篇之彪炳，章无疵也；章之明靡，句无玷也；句之清英，字不妄也。"[①] 刘勰的章句理论清楚地分析了上述问题，辩证而深刻。总之，上述章句理论都是文本创作应该关注的问题，也是考量文本形式及结构特色的重要依据。

---

① （南朝梁）刘勰：《文心雕龙·章句》，周振甫《文心雕龙注释》，人民文学出版社 2002 年版，第 375 页。

（二）重层次的文本结构观

作品是整个文学活动的枢纽，作者的创作以文本完成为标志，读者的阅读从辨析文本而开始，文本成为沟通作者与读者的桥梁。因此，探究文本结构及其特点，无论是对于作家创作还是读者鉴赏都非常重要。事实上，古人也很早就对文本结构进行了多方面研究。

尽管中国古代没有西方那样的逻辑严密的理性分析，也没有严格的从一定哲学体系出发探究具体事物的思维习惯，但这并不妨碍中国古代先贤在学理层面对文本问题提出精深理解。他们或从朴素唯物主义出发或依据自身体验与感悟，对文本结构及其相互关系做出独到分析。就普通文本而言，《周易》及《周易略例》从哲学高度剖析了文本的结构层次。先秦时期的《周易》较早指出文本结构由言、象、意由表及里三层次构成，特别指出了"象"在文本结构中的重要性。魏晋时期玄学家王弼在对《周易》的解释中清楚而深刻地剖析了三者相互依存的关系。"夫象者，出意者也；言者，明象者也。尽意莫若象，尽象莫若言。言生于象，故可寻言以观象；象生于意，故可寻象以观意。意以象尽，象以言著，故言者所以明象，得象而忘言；象者，所以存意，得意而忘象。"①在由言—象—意三者构成的文本中，后面的层次是目的，具有决定作用；但前面层次也很重要，作为表现后面层次的手段，在文本中不可缺少。三者相互依存，互为存在的前提和条件，无论文学文本还是其他文本都必须具备。不同于王弼，刘勰主要剖析了文学文本的结构特征。如前所述，刘勰指出文学文本由"形文""声文"和"情文"三层次构成。"形文"是汉语文学文本特别需要关注的地方，汉语诗文由方块文字构成，

---

① （三国魏）王弼：《周易略例·明象》，楼宇烈《王弼集校释》，中华书局1999年版，第609页。

文字的外形结构及组合、文字的书写、文字的写景状物是该层次的主体；"声文"特指文本语言的音乐化效果；"情文"主要指涉文本的蕴意与情思。刘勰的文本层次理论虽没有王弼分析得更为辩证，其普适性也不及王弼；但其立足汉语文学，鞭辟入里，是最早、最为辩证的中国特色的文学文本结构理论。此后，叶燮等人也多次辨析诗文结构层次，提出了类似认识并做了进一步阐释，丰富了中国古代文学文本层次理论。

（三）披文入情的文本阅读观

总体而言，中国古代文学阅读非常重视对作品内容的体悟，注意挖掘文本蕴含的微言大义，以期从中受到启发与感化，实现文本应有的伦理教化功能。这一总体趋向虽以感悟文本内蕴为主，但这并不妨碍对文本形式自身的重视，因为文本是传达蕴意的工具和载体。宋代著名理学家朱熹的文学文本阅读理论很有代表性。朱熹将诗文阅读分为四个阶段：第一，熟读原文，"今欲观《诗》，不若且置序及旧说，只将原诗虚心熟读，徐徐玩味。候仿佛见个诗人本意，却从此推寻前去"。第二，逐字逐句细读，"大凡看书，要看了又看，逐段、逐句、逐字理会"，"看文字未熟，所以糊突，都只见一片黑淬淬地"。第三，把握大意达到"通悟"，"《诗》中头项多……须是通悟者方看得"。第四，由外而内读通读透，"读书之法，既先识得他外面一个皮壳了，又须识得他里面骨髓方好"。最后，朱熹将这种读书概括为"沉潜讽咏"①。这是一种"总—分—总"的阅读方法，先总体感悟，然后进行细致文本分析，最后感知体会文本背后的精髓。这种方法内外兼修，以挖掘文本原意为主，颇具传统特色。但在这里，文本自身因素并未被忽视，而是成为阅读分析的一个重要环节。由外而内，意味着阅读从文本形式入手，逐层深入；"看了又看，逐

---

① （北宋）黎靖德：《朱子语类》（卷十），中华书局1986年版，第162—175页。

段、逐句、逐字理会"，意在指出形式分析环节的繁复与细致，对形式本体的高度重视、对文本构成因素的精细分析，是读者能够体会文本意义的重要保证。该认识虽称不上严格意义上的文本阅读理论，但其对文本本体的关注值得重视。

事实上，中国古人很早就已认识到文本形式因素在阅读过程中具有重要作用，并做过精辟阐发。王弼谈到的"言生于象，故可寻言以观象；象生于意，故可寻象以观意"，就明确指出在文本分析过程中，"言"为"象"的媒介、"象"为"意"的载体，语言媒介、形象载体分析是体会文本意义不能绕过的环节。刘勰在《文心雕龙·知音》中指出："是以将阅文情，先标六观：一观位体，二观置辞，三观通变，四观奇正，五观事义，六观宫商。斯术既行，则优劣见矣。夫缀文者情动而辞发，观文者披文以入情，沿波讨源，虽幽必显。"[①] 这一论述可以说是对中国古代文学阅读方法的总体把握，颇具方法论意义。其重要意义在于：第一，标明文学文本阅读的根本原则：文学阅读必须从文本入手，而不是脱离文本、直奔主题的"离题发挥"。"夫缀文者情动而辞发，观文者披文以入情，沿波讨源，虽幽必显"，这意味着文学创作必须有感而发，不能无病呻吟，文学阅读必须从文本出发，遵循由形文—声文—情文的逻辑程序，才能发现作品要义。所谓"沿波讨源"，就是阅读过程中由表及里、由浅入深层层分析，唯有如此，文本蕴藏的"微言大义"才能得以揭示。第二，指出文学文本阅读的具体方法：六观法。一观位体，辨析文本体式与格调；二观置辞，探究文本章句与用词；三观通变，梳理文本发展与演变；四观奇正，审视文本创作技法的承续与创新；五观事义，考察文本的典故与意义；六观宫商，探讨文本的声音变化与韵律。上述六个

---

① （南朝梁）刘勰：《文心雕龙·知音》，周振甫《文心雕龙注释》，人民文学出版社 2002 年版，第 518 页。

方面，大多专门就文本形式展开剖析，有的虽涉及文本内容，但已是形式化的内容。因此，整体来看都属于文本形式分析的方法。

由王弼提及、刘勰正式提出的从文本形式入手、逐层剖析各个层面的文本阅读方法后来得到朱熹等人的继承与发展，终于成为中国古代可以与"新批评"细读法相媲美的颇具特色的文学文本阅读方法。

（四）有特色的"评点"批评方式

中国古代文学批评方式种类繁多，有序跋体、以诗论诗体、诗话词话、评点体等，此处无意就各种批评方式展开具体分析，而重点考究其批评视角和存在形式。就此而言，毫无疑问，在上述各类批评形式中，评点体最能体现文本批评的特点。中国古代明末清初以来的小说和戏曲批评大都采用这一方式。评点式批评采用在精读文本基础上发表感想式评论的方法，以总批、回批、眉批等方式点评文本要义、精髓与精彩之处。采用这一批评方式虽不能形成鸿篇大论，但往往细处着眼、切中肯綮，一语点破天机，很有启发性。

评点式批评已经具备文本批评的雏形，是对传统批评方式的创造性转化。主要表现为：第一，就批评过程而言，直接立足文本展开批评。评点式批评不是鸿篇巨制，不是脱离文本的研究性论文，它是在文学文本上的个人书写。它以文本为底本，以批评家的感悟为前提，直接将评论与见解题写在文学脚本中。总批是对文本整体的反思与领悟，回批是对文本章节（特别是章回小说）的分析与论断，眉批是对文本局部内容的赏析与评判。批评家的批评融合在文本阅读过程中，批评意见与文学文本交相呼应，能够直接给予读者以指导。在评点批评中，眉批最多，它也最能显示该批评的精髓。第二，就批评内容来看，侧重文本形式分析。评点虽也涉及作品人物形象及主题意蕴的论断，以指导读者受到感悟与教化，但总体而言，其侧重在于文本的艺术特色。分析人物，更多涉及形象塑造方法，阐释主题，主要探讨其传达的过程与手段。评点批评中，最具特色之处在于形成了对"文"（主要是小说）的一套独到见解，其中文本结构层次、文理章法、修辞言说是研究的核心。这种由词句、章法到整体的形式分析，已经具备较为严整的逻辑体系，为近现代科学形态的文学研究指出了方向。第三，就批评方法而言，重理性逻辑分析不重主观感悟。自产生以来，中国古代文学批评一般从个人感悟出发，采用品鉴方式，以形象比喻语句书写内心体验，主观感悟多于理性思考。与前人批评相比，评点批评则已有突破，它以探究文本事理为主，采用理性逻辑分析方式进行述说，客观因素增强。如金圣叹论"鸾胶续弦法"，"有鸾胶续弦法，如燕青往梁山泊报信，路遇杨雄、石秀，彼此须互不相识，且由梁山泊到大名府，彼此既同取小径，又岂有止一小径之理。看他便顺手借如意子打鹊求卦，先斗出巧来，然后用一拳打倒石秀，逗出姓名来等是也，都是刻苦算得出来"[①]。金圣叹在指出小说创作中如何进行两条线索衔接以增强作品内容生动性、丰富性时，不再谈感受，而是举事例进行分析，以理性力量征服读者。这一理性分析方法在金圣叹评点中比比皆是。评点方法中理性分析优势在于严密、周全、以理服人，已具备科学批评的基本要求，为后起学术研究做了铺垫。

　　尽管评点方式还有很多不足，表现为缺乏在细密分析基础上的整体把握与综合，评断较为朦胧，不够清晰，而且没有产生理论专著；尽管评点批评方式不利于产生像西方那样系统的批评理论，甚至一定程度上阻滞了传统印象感悟批评方式的承续，但当代学者还是对这一批评方式评价颇高，特别指出金圣叹的"六评"才子书颇有理论建构意义，认

① （清）金圣叹：《读第五才子书法》，《金圣叹评点才子全集》（第三卷），光明日报出版社1997年版，第25页。

为其甚至可以称为"中国的新批评"①。这些见解，值得我们关注和重视。

四　借鉴与转换中国古代文本观念

如上文所述，中国古代虽没有现代西方那样逻辑体系严密的文本理论，也没有类似的多个派别和团体，但中国古代的诗文批评中却包含丰富的文本观念，并且由于这些观念与批评话语密切融合，因此更具指导性和说服力。这些观念虽不成体系，但由于汉语文学传统长久影响，对于当代文学创作与批评更具亲和性和启发价值。如何更好地挖掘和利用中国古代文本思想，是我们当前面临的重要问题。

（一）坚持"古为今用，推陈出新"的原则

继承古代文化遗产必须坚持毛泽东当年提出的"古为今用，推陈出新"的原则。作为文学遗产的古代文本观念是前人对文学文本存在形式及结构层次的思考，其提出基于当时混整思维和品鉴传统，体验感悟因素较多，与当代科学思维和分析方法有较大差异。因此，借鉴古代文本思想时，当应剖析、鉴别，为我所用，强调出新。如对王弼"言—象—意"理论的借鉴，我们当吸收其三层次文本思想，但更需要发展其观念，需要根据现代语言理论和阐释学思想，对文本语言特点、艺术形象特征及文本意蕴进行更深入的挖掘。

（二）立足汉语诗性传统有效借鉴

中国现当代文学毕竟是在对古代优秀文学传统的继承基础上发展而来的，毕竟它们都采用汉语言说方式和汉语篇章构成，毕竟在表情达意的方式上有太多的相似。特别是无论如何创新，但都以汉字为载体形式

---

① 樊宝英：《论金圣叹的细读批评》，《齐鲁学刊》2004 年第 2 期。

和物化手段。这决定了古今剪不断的血缘关系的永久性存在，这也是借鉴古代文学文本观念的基础和前提。因此，古人关于文字韵律、互文排偶、句式辞章、篇章结构的文本诗学思想，都应该活化进现代文本批评体系中，使其成为推进当代文本科学发展的"助产剂"。

（三）在西方文本理论对话中适时转换

当前是一个全球化和"地球村"的时代，任何国家、任何事物的发展都必须注意吸收和利用全人类创造的最新成果，以换取最高效率的前行，闭关锁国已经成为历史。在这一语境中，中国古代文本观念应与西方现代文本理论进行对话，在对话中激活其有价值的潜在因素，并加以适时转化。如金圣叹的评点方法与英美新批评"细读"批评非常相似、金圣叹提出的"草蛇灰线""鸾胶续弦""横云断山"等文本结构与叙事方法与结构主义叙事学诸多理论相近。类似的文本观念在中国古代还有很多。我们完全可以以现代文本理论为参照，对金圣叹等的这些文本思想进行现代阐释，使其成为中国特色文学文本理论的有机组成部分。

中国古代诗文批评中包含丰富的、颇具特色的文本观念，值得我们深入挖掘和借鉴。

第三节　媒介载体、文本形态与文学观念的嬗变

众所周知，文学是语言艺术，或者说语言是文学的第一要素。具体说来，语言不仅是文学存在的媒介载体，而且语言还构成了作品本体；脱离了语言（无论是口头语言还是书面语言），文学便不存在。因此，语言因素对文本诗学研究至关重要。语言因素对于文本诗学研究的影响是多方面的，既可以从文学语言诗性特质的角度展开探讨，也可以从文学语言存在方式的变化进行分析，其中后者作为文学形式因素（媒介载体）

不仅直接构成了文本形态，而且影响着对文学本质的理解。载体形式的变化导致了文本形态的变化，并导致了文学观念的嬗变。这一文学发展规律，也启发人们坚持变化的文本观，影响着当代文本诗学体系的构建。

新的媒介载体的出现会导致文学文本形态的变化，而文本形态的演变又必然带来文学观念的转变，引发有关文学本质的争论。文学发展史上，文学文本由口语文本—文字文本—多媒体文本—可视文本的转变很好地验证了上述观点。文学演变的这一规律对于研究当前文艺热点问题很有启发价值，目前电子新媒介技术导致文本形态多样发展，由此引发的"文学泛化""文学终结"等问题值得重新思考。

一 媒介载体、文本形态与文学观念的关联

当前，文艺领域涌现了诸如"文学泛化""文学性""文学终结"等诸多热点问题，争论颇为激烈。说到底，这些问题都与对文学本质的理解有关。如果固守先前的文学观念，拒绝认同当前文学领域发生的新变，那自然会得出"文学边缘化""文学终结"的结论。探究文学本质，我们不妨转变研究思路，不期望得出唯一的、固定的、内核式的结论，而是探究氤氲一时的文学观念，因为文学观念中孕育着对文学本质的理性思考。而文学观念的演变与推进完全来自文学活动本身发生的变化，人们在感受文学作品的过程中，逐渐形成对文学的理性思考。就此而言，研究媒介载体、文本形态（现实实践中文学存在方式）的变化，能够使我们清楚认识到人们的文学观念何以会发生转变，也有利于明确当前文艺研究领域"文学性""文学终结"何以会成为热点问题以及如何解决上述问题。

文本就是一种表意符号体系，文学文本即为文学作品的客观存在形式。离开了文学文本，文学活动的结果便无以记载与传承。自文学产生以来，其突出超功利性、娱乐性的审美品质并没有发生根本变化，但由于承载文学作品的媒介形式不断更新，文学文本形态也在发生不断变化。每一种新文本形态的出现，在强化文学某一方面审美特质的同时，可能会在不同程度上削弱对文艺另一方面审美属性的理解，逐渐改变人们对文学的传统认识。每一次文本形态的变化，都会导致文学观念发生新变，影响着对文学本质的理解与探讨。远古时期，人们依据口语媒介，创造了可听文本，形成了重抒情、重想象、重音乐效果的文学观念。古代，人们发明了文字，创造了文字书写文本，形成了重书写、重诗意的文学观念。近现代人们依据印刷媒介，创造了可读文本，产生了重娱乐、重通俗的文学观念；随着 20 世纪解构主义和阐释学的兴盛，还曾出现过可写文本和突出释义多元化的阐释性文学观念。而当代人们则利用视听媒介，创造了可视文本，逐渐形成了重形象、重感官体验的文学观念，并直接引发了"文学性""文学终结"等问题的热议与争鸣。探究媒介载体、文本形态的变化及其导致的文学观念的演变，有利于深入揭示与解释文学本质以及与其相关的当代热点问题。

二　媒介载体、文本形态与文学观念的嬗变

远古：口语媒介、可听文本与重抒情的文学。文艺是伴随着人类的诞生而产生的，在没有文字记载以前，就已经存在文艺活动。文学史研究表明，"中国文学在其文字诞生以前就已经产生了"[1]，"文学艺术并非起于有了文字之后，远在文字发明创造以前，文学艺术早已产生"[2]。最早的文学是在民间流传的口语文学，其媒介载体是口头语言，其文本形态是口语文本，而其创作方式则是集体而为。最早的文学体裁应该是歌谣与神话传说，前者抒发了人们在日常生活中产生的喜怒哀乐之情，而

---

[1]　中国大百科全书编委会：《中国大百科全书》（文学卷），中国大百科全书出版社 1986 年版，第 1 页。

[2]　游国恩：《中国文学史》（第一册），人民文学出版社 1963 年版，第 4 页。

后者则记载了当时在生产力极度落后情况下人们以幻想的方式探讨人类起源和渴望战胜自然的决心。这两种文学体裁最突出的特征就是其抒情性、想象性，而口语、歌谣文本存在形态恰恰强化了当时人们的这一文学观念。关于诗歌起源"三位一体"的理论可以证明远古抒情文学观念盛行的认识，"诗者，志之所之也，在心为志，发言为诗。情动于中而形于言，言之不足，故嗟叹之，嗟叹之不足故永歌之，永歌之不足，不知手之舞之，足之蹈之也"①。原始诗歌与音乐、舞蹈同时产生，都是出于抒情的需要。

虽然远古口语文本文学由于地域方言的使用及口语易逝等原因，很难得以保存，更难得以流传下来，这使得考证其文本特点很难实现，但通过《诗经》等记载远古文学的文字文本还是可以认清古人关于文学本质的理性认识。不妨来看《诗经》中的《芣苢》："采采芣苢，薄言采之。采采芣苢，薄言有之。采采芣苢，薄言掇之。采采芣苢，薄言捋之。采采芣苢，薄言袺之。采采芣苢，薄言襭之。"该诗明显地保留口语形式，抒写了勤劳善良的劳动妇女采摘芣苢的欢娱之情。西方文学的源头《荷马史诗》也是借助口语媒介以口头传唱形式创作并得以流传，保留着鲜明的口语色彩和抒情痕迹。关于远古文学创作，鲁迅曾指出："人类是在未有文字之前，就有了创作的，可惜没有人记下，也没有法子记下。我们的祖先的原始人，原是连话也不会说的，为了共同劳作，必须发表意见，才渐渐地练出声音来。假如那时大家抬木头，都觉得吃力了，却想不到发表，其中有一个叫道'杭育杭育'，那么，这就是创作，大家也要佩服、应用的，这就等于出版。倘若用什么记号留存了下来，这就是

---

① 毛公:《诗·大序》，郭绍虞主编《中国历代文论选》（第一册），上海古籍出版社 1979年版，第 12 页。

文学。"① 由此看来，远古时期的文学是以口语文本形态存在的民间集体创作，主要用以抒写日常情感和民族起源想象。

　　古代：文字媒介、可读文本与重诗意的文学。随着生产实践的发展和交际需要，人们发明了语言文字。谈起语言文字的起源，马克思论道："语言是一种实践的、既为别人存在并仅仅因此也为我自己存在的、现实的意识。语言也和意识一样，只是由于需要，由于和他人交往的迫切需要才产生的。"② 文字是一种符号形式，尽管各民族的文字很不一样，但其功能是一致的，那就是记录和承载各种文明成果。文字产生以后，自然也成为文学活动的重要载体形式。

　　就中国文学发展来看，文字文本主要包括石刻文本、甲骨文本、金属文本、竹简文本、布帛文本、纸质手写文本等。与远古口语文本相比，文字文本削弱了传播的直接、亲切、方便和简易特长，但获得了复制、保存和流传的更多便利。并且，文字媒介改变了文本形态，它创造的是可读文本。人们可以字斟句酌，认真面对文字，作者以文字为媒介精细而准确地传达自我对社会的体验与感受，读者也可以通过文字仔细体会作者的言外之意。文字媒介还使得创作摆脱口语集体创作状态，导致专业文人出现，如孔子即是这一方面的代表。文字媒介和可读文本的出现对前此文学观念带来巨大冲击，出于"立德立言"的需要，作家开始考虑文字的准确、文本的精美和作品的意蕴，从先秦到隋唐间争论不休的"文质"关系、声律理论以及"言意之辨"等问题就是上述观念的延伸。在这一时段，人们普遍认为文学是可读的文字，文学本身要引发联想、耐人寻味、传达丰富的意蕴，耐读而值得反思、回味。文学应该通过简

---

　　① 鲁迅：《且介亭杂文·门外文谈》，《鲁迅全集》（第六卷），人民文学出版社 2005 年版。
　　② ［德］马克思、恩格斯：《德意志意识形态》，中央编译局《马克思恩格斯全集》（第 3 卷），人民出版社 1995 年版，第 34 页。

约文字传达丰富意蕴，文学应该展示诗意人生，文学应该满足人的想象，为人的精神家园提供一方净土。唐诗是这一时期文学的代表，最能体现当时的文学观念。杜甫诗歌中的格律、李白诗歌中的想象、《春江花月夜》中的意境将这一文学观念发挥到极致。

在可读文本形态发展过程中，我们必须注意手工印刷文本。在中国，其盛行时期大约是北宋至清末，在西方则是工业革命以来的事情。手工印刷文本出现的前提是雕版技术和活字印刷术的发明，它可以将文学文字通过复制展开批量生产与流通。与书写文字文本相较，其优势在于：第一，传播范围拓宽，传播速度加快，并且实现读者与作者的分离；第二，可以进行版面设计，以图文并茂的形式增强文本接受的可能性；第三，主要是满足普通读者的阅读需要，使文学逐渐走向大众。印刷媒介、读本文本使得文学的"微言大义"等诗教成分减少，文本内容更加趋于世俗和浅白。手工印刷文本在快速传播文学的同时，也改变了人们的文学观念：文学不再仅仅是高雅的上层人士的专利品，而是所有人类的精神消费品，文学不仅仅具有教化功能，更是一种娱乐工具。文学的审美娱乐属性得以确立和流传。

现代：大众媒介、多媒体文本与世俗化的消费性娱乐文学。随着资本主义工业大生产和科学技术的进一步发展，主要是20世纪以来各种媒介技术的迅猛发展，社会生活有了翻天覆地的变化。依托各种媒介技术，文学文本形态出现新变，我们称为大众媒介文本或多媒体文本，之所以称为多媒体文本，是因为文学文本中包含了更多复杂因素。这一文本形态主要有两种形式：一是机械复制印刷文本，二是电子文本。前者依托各种机器技术，使得文学以精美的、仿真的方式迅速传播，加速了文艺的通俗化过程，其主要存在方式是杂志文本、报纸文本和书籍文本。无论哪一种形式都将读者放在关键位置，以满足读者需要、获得较大经济收益为主要目的。后者则是电子技术高度发展的结果，主要有广播文本、影视文本等形态，其中混合了各种高科技手段，既有可视成分，又有可听因素，以全方位方式强化读者的身体感觉。大众媒介文本进一步强化了文学的娱乐本性，将文学的启蒙功能转变为娱乐体验，文学成为一种普通的精神消费品。

　　需要注意的是，生活在 20 世纪的法国著名文艺理论家罗兰·巴特还曾将文本分为两种：可读的文本与可写的文本。前者以古典文本为主，读者可以从中发现明确而固定的意义，读者阅读就是沿着作者构思的叙事线索去发现这种意义与主题。而后者则以现代文本为代表，它是一个充满矛盾与悖论的开放体系，其中的语言和意义与其他文本交织在一处，该文本既没有稳固的结构，也没有确指意义，一切都需要读者在阅读中重建。"单一文本不是靠近（即归于）一种模式，而是从一种网系进入无数切口；沿着这种进入过程，并不是从远处注视一种合法的规范与差异结构即一种叙事和诗学规则，而是从远处注视一种前景（一种由片段带来的前景，一种由其他文本、其他编码引起的前景），然而这种前景的逝点却不停地返回，并且神秘地开放：每个（单一的）文本都是无止境地返回而又不完全一样的，这种闪动即这种区别的理论本身（而不仅仅是范例）。"① 罗兰·巴特的文本分类很有指导意义。一方面，他从文本特质出发，区分了侧重于故事性的阅读文本和侧重于意蕴含义的阐释性文本；另一方面，他也告诉了我们面对文学文本的两种态度，到底是跟随作者的思路被动性地接受，还是充分发挥主观能动性和主体因素进行创造性解读·罗兰·巴特认为后者能最大限度地激发读者，使其在阅读中获得"文之悦"。显然，这种可写性文本观念的产生与现代人的解构欲望有关，

----

① ［法］罗兰·巴特：《罗兰·巴特随笔选》，怀宇译，百花文艺出版社 1995 年版，第 162—163 页。

更与将文学视为文字游戏的娱乐文学观念相关。反过来，可写文本也促生并强化娱乐文学观念。可写性文本虽未必一定导致文艺的俗化，但一定会强化文学的娱乐化效果。

当代：电子媒介、可视文本与感性直观的文学。当前，随着高科技技术突飞猛进和网络普及，以电子媒介为依托，文学文本形态有了新发展。网络文本和可视文本成为文学文本主要的存在形态，并直接导致了重形象的文学观念。网络文本就是网络上存在的文学形态，它通过电子技术将作品放在网络虚拟空间，读者不仅可以以读屏方式阅读文学，还可以以接龙方式创作文学，真正实现了作者与读者之间的互动与交流。不仅如此，网络文本还可以充分利用媒体技术设置声音、图画，以超链接、超文本方式丰富读者的阅读。网络文本的存在形式多种多样，可以是网络游戏，也可以是手机文学、博客文学等。另外，电子媒介技术的发展，使得文学的视觉转向真正成为可能。首先，网络文学本身丰富的图片拼贴及其读屏方式增强了文学活动中视觉性因素；其次，网络欲望化写作强化了读者的感性形象体验；再次，文学作品的触"电"和经典文本的影视改编，增大了可视文本的比重；最后，读图杂志、动漫艺术、电视文艺等文学形式的出现，在扩大文学边界的同时，也推进了文学视觉化过程。可视文本消解了文学中蕴含的沉重哲理与深思，发展了文学本已具有的形象属性，使重感性形象文学观念茁壮生长。这也是当前流行而又颇受争议的文学观念。

三　有关"文学泛化""文学性"及"文学终结"等问题的重新思考

考察文学文本形态发展，我们可以发现这样一条规律：社会实践发展导致了生产技术的提高，其中包括各种文学媒介载体的出现；新媒介载体作为文学物化形式引导文本形态的变化，这便有了从口语文本—文字文本—手工印刷文本—大众媒介文本—网络可视文本的跳跃式发展。每一种文本形态的出现都不同程度地强化了文学某一方面的审美属性，口语文本凸显了文学的抒情性，文字文本关注文学深层意蕴和言外之意，手工印刷文本扩展了文学的通俗性和娱乐性，而大众媒介文本则强化了这一趋势，网络文本及其可视效果则突出了文学的感性形象性。就文学文本形态发展总体而言，若依人们感受方式来看，则经历了可听文本—可读文本—可视文本的变化，依次突出了文学之抒情音乐色彩、韵味与诗意含义、感性形象显现等方面的审美属性。因此，是文学文本形态变化导致了人们文学观念的嬗变，从而也引发了文学史上有关文学本质的争论，使得对文学本质的认识不断加深。这也应验了马克思《德意志意识形态》中提出的著名论断："我们的出发点是从事实际活动的人，而且从他们的现实生活过程中还可以揭示这一生活过程在意识形态上的反射和回声的发展。甚至人们头脑中模糊的东西也是他们的可以通过经验来确定的、与物质前提相联系的物质生活过程的必然升华物。"[1] 物质生产—媒介载体—文本形态—文学观念之间有着必然联系，各种文学观念的提出不是偶然的，都是对文学实践的回应，有其现实基础。

从文学史来看，每一次文学文本形态的变化都会带来有关文学本质问题的大讨论。由口语文本到文字文本的转变，引发了"文质"（内容与形式）问题的争论，促使文学关注自身精美语言形式。文字文本到印刷文本、大众媒介文本的变化导致了文学"诗意""灵韵"问题的讨论，更使得精英知识分子悲叹世运不再、怀念经典文学。而由印刷媒介文本到电子文本、可视文本的转变，则使得人们甚至发出"文学死亡""文学终结"的悲叹，乃至重提"文学性"的维护问题。

---

[1]　［德］马克思、恩格斯：《德意志意识形态》，中共中央编译局《马克思恩格斯全集》（第五卷），人民出版社1958年版，第30页。

每一次大讨论，都会促使人们对文学本质进行重新思考，产生新的文学观念。而这一新型文学观念并不是对前代文学的彻底否定，而是在坚守文学审美属性范围内进行，是对文学审美本质的某一方面进行放大、发展。口语文本关注文学的抒情审美属性，文字文本突出文学诗意与韵味审美属性，印刷媒介文本强化文学的通俗娱乐审美价值，而网络文本、可视文本则发展了文学直观感性形象审美属性。所有这些，都没有超越文学范围，也没有导致文学被其他人文科学取代或消亡。

每一次大讨论的直接后果就是推动文学创作更加繁荣。具体来说，文学文本形态的变化导致人们对文学本质产生新的理解，而在新文学观念的指导下，文学实践领域逐渐产生了新的体裁或类型，如口语文本中的歌谣，文字文本中的诗、词、曲，印刷文本中的绣像小说，新媒介文本中的网络文学等都是在当时新型文学观念的指导下产生的。就这样，文学在更新换代中得以延续发展。

考察媒介载体、文学文本形态与文学观念关系的历史变迁，梳理其中隐含的规律，对于我们重新思考当前几个文学热点问题很有启发价值。

"文学泛化"或文学的扩容是一个值得探讨的问题，因为新媒介的出现，使得文本形态出现很大变化，不仅出现了网络文学，更有手机文学、博客文学、短信文学等新形式，而且随着视觉转向的到来，依托电子媒介，电视文艺、影视文学等可视文本也渐趋流行。文学文本形态的新变与多样化带来的直接后果就是文学无处不在，充斥在人们日常生活的方方面面，似乎所有能带来娱乐效应的可听、可读、可视文本都可以称为文学。"文学泛化"与扩容就是人们面对文本形态新变文学观念上产生的一次波动。它由文学实践引出，已然已被普遍接受，无论承认与否，这已是既定事实。相信随着文学实践的进一步发展，理论界定会对其做出合理解释。

"文学性"是文学本质研究的核心问题，"文学性"讨论是对文学泛化与扩容现象的理论思考。就雅各布森提出"文学性"的初衷来看，"文学性"就是研究文学之所以被称为文学的根本特征，即关注文本自身的区别特征。文学文本形态多样化，特别是网络文本、可视文本的盛行，以及突出身体直观感觉的欲望化写作，冲击着有关文学"诗意化"深度模式的传统观念。文学只是满足人们瞬间的空间感觉吗？文学只是唤起人们身体欲望的娱乐消费品吗？显然不是。但是消费时代的文学又不能没有上述功能，甚至在某些方面还扩大了上述功能。文学的"文学性"研究必须囊括上述内容，在协调"文学性"与"文化性"的基础上进行探讨；否则，只能是纸上谈兵。"文学性"研究也是由媒介载体、文本形态的新变引发的文学观念、文学理论争鸣。

　　文学能终结吗？显然不能。自人类诞生以来，文学就作为陪伴人类的精神食粮不离左右，从精神上帮助人类战胜饥饿、战争和其他天灾人祸带来的痛苦，给人以心灵慰藉。虽然媒介载体的改进与发展，曾多次导致文学文本形态产生这样那样的变化，由此使得人们关于文学审美本质的认识有所偏重，产生过不同的文学观念。但这并不妨碍文学的坚挺存在，甚至还推动了文学的丰富和发展。当前重诗性的文字文本文学受到了以电子媒介为载体形式的网络文学和影视文学等重直观身体感觉文学形式的严重挑战，以致有学者惊呼"文学终结"、文学最终被视觉图像文艺所取代，甚至树起纯洁文学的旗帜，对大众媒介文本、网络文本、影视经典改编展开声讨。笔者认为，消费时代重提文学的人文关怀、关注文学的历史之思十分必要，因为它维护着文学作为精神食粮的特质。但对各种新媒介文本形态本身进行指责与批判，则似乎没有必要。各种文本形态只是充分利用自身优势，不同程度地强化文学某一方面的审美属性，并没有使文学偏离其本质，导致自己被取代。当前，新媒介可视文本适应了快节奏生活，以身体直观感觉形象地描述五光十色的社会、传达人们的审美感受，自有其存在价值和优势。"文学终结"中"终结"的是传统文学观念，但并没有终结文学活动本身，因此"文学终结"一说要慎提，更需要辩证分析。

媒介载体、文本形态与文学观念的变迁研究告诉我们：每一文学观念乃至文学理论的提出都不是偶然的，它来自文学实践，源于文本形态的新变，是变化着的文学存在形式本身引起人们文学观念的变化，并导致人们进行理论思考。每一种新文本形态在不同程度地保留文学固有本质的同时，又对文学某一方面审美属性进行了扩大与发展，丰富人们对文学的理解。因此，变化的仅仅是文本形态和发展着的文学观念，但文学永远不会被终结。

第四节　语言观念演进与文本理论形态的嬗变

狭义来看，文本诗学或文本理论是 20 世纪西方出现的一种重要文艺研究倾向，主要指俄国形式主义、英美新批评、法捷结构主义及与其相关理论派别的观点和认识。该理论突出文本在文学活动中的重要性，主张文学研究与批评就是探究作为客观语言存在物的文本的语言、结构及其独异性。广义来看，文本理论则指一切侧重文本存在与形式的理论倾向，既包括以现象学哲学为指导的各种作品理论，也包括以探究文本意识形态生产为主的各种西方马克思主义观点。不管取其狭义还是广义，研究文本理论不能离开文本语言，不能脱离语言学视野。不同语言观念制约着文本理论类型与形态的嬗变。

语言是什么，语言的功能何在，语言与文学乃至文化的关系如何？在长期争论中，不同语言理论给出的答案并不复杂，语言要么是符号、工具，要么是思维方式与本体。而英国伯明翰当代文化研究中心（CCCS）著名理论家斯图尔特·霍尔则提出了新的认识。不同于前人，他认为语言及语言表达是一种具有物质实践意义的文化活动，是一种嵌入人的生活本身的文化创造，可以称其为"表意实践"（signifying practice），他称其为"表征"（representation）。"表征意味着用语言向他人就这个世界说出某种有意义的话来，或者有意义地表述这个世界。"① 霍尔的解释虽然只有短短的两句，但两句含义并不相同。如果说第一句话指出语言即为工具或本体，具有载体功能，类同前人；那么，第二句话则暗含语言是一种重要行为，具有介入、重估或评价现实的功能，是一种干预现实的特殊实践方式。已故学者余虹也认为西方语言学存在三种不同语言观：第一种是传统的工具论，以亚里士多德理论为代表，主要研究语词与实在的对位关系，在古典主义诗学和浪漫主义诗学中有充分体现；第二种是本体论语言观，以索绪尔理论为代表，主要关注语词与语词之间的关系，在形式主义诗学和结构主义诗学中表现突出；第三种是存在论语言观，以海德格尔理论为主要代表，它着力探讨语词与意义关系问题，在存在论诗学中有集中体现。② 霍尔和余虹的认识很有启发价值。综观整个西方语言学发展历史，我们发现，西方前现代、现代、后现代社会的主导语言观念大致经历了工具论—本体论—话语论的发展历程，而不同语言观念对人文社会科学研究具有方法论意义上的影响。就文本理论发展进程而言，这种影响最明显地表现为导致了文本理论由工具形式论—语言本体论—话语间性论类型和形态的嬗变。

---

① ［英］斯图尔特·霍尔：《表征——文化表象与意指世界》，徐亮、陆兴华译，商务印书馆 2003 年版，第 15 页。

② 参见余虹《中国文论与西方诗学》，生活·读书·新知三联书店 1999 年版，第 88—105 页。

一　前现代工具论语言观与形式论文本理论

作为一种文化现象，语言伴随着人类意识的产生和发展而变化，出现了种类繁多的样式和形态。但在结构主义语言学产生以前，人们对语言本质的共识却出奇地一致，那就是语言是人类认识世界的工具与媒介。虽然不同语族创制的语言符号很不相同，但却都用它来描述现实世界、传达思想，形成知识并展开交流，因此语言是思维的工具、思想的外衣、与读者沟通的桥梁。早在古希腊时期，受当时"本体论"哲学追求的影响，人们更关注语言产生的源泉及本质何在，有两种观点占据上风。一种以柏拉图为代表，认为语言是对神性的"代言"，"神言"控制着人言；另一种以亚里士多德为代表，认为语言是人类理性和逻各斯的体现，是社会约定的结果，"可理解的言语就是习惯的言语"①。尽管两种观点分歧较大，但对语言的功能却有基本相同的认识，语言是思维的工具和媒介。中国战国时期荀子提出了"正名"理论，"正名"的目的在于梳理与规范语言，因为只有名"正"才能言"顺"，才能更好地展开对话与交流。即使到了 19 世纪，这种语言观念仍占主导地位。"'精神'从一开始就很倒霉，注定要受物质的'纠缠'，物质在这里表现为震动着的空气层、声音，简言之，即语言。"② 革命导师的概述一语中的。"一个人不是用想法来写诗，而是用文字来写。"③ 马拉美所言极是，脱离了语言符号，文学无从谈起。在此，语言也仅仅是工具与载体。

概括起来，工具论语言观对语言具有下述认识：第一，语言不具有独立地位，仅是一种载体与媒介，只有与使用者结合起来，服务于说话

①　［希腊］亚里士多德：《形而上学》，吴寿彭译，商务印书馆 1959 年版，第 35 页。

②　［德］马克思、恩格斯：《德意志意识形态》，中共中央编译局编《马克思恩格斯选集》（第一卷），人民文学出版社 1995 年版，第 35 页。

③　转引自袁可嘉等选编《现代主义文学研究》，中国社会科学出版社 1989 年版，第 347 页。

者，才能实现其价值。西方古代自不待言，即使到了 18 世纪启蒙运动时期，笛卡儿提出了著名的"我思故我在"，"思"主要指思维与理性，即逻辑的明晰性与秩序性，与语言有关，但也不是语言本身。语言与思维，乃至与主体性并没有融合与会通，语言仅仅是外在于主体、由主体挑选使用的工具。第二，语言必须准确、明晰、有效。唯有如此，才能胜任沟通与交流的职能。"语言依附于人的理性与意识，它受到逻各斯或神言的控制，担负了传达永在不变之真理的崇高使命。因此，语言总是同确定、明晰、直接、有序、逻辑等质性联系在一起。"① 第三，语言分析应该密切联系"语境"与"文体"。不同的语境要求使用不同的语言，不同的文体选择不同的表达方式与技巧，语篇结构更是与语言息息相关。因此，古代语言研究多集中在修辞学、语法、语言技法方面，较少探究语言本体问题。语言使用本身重于语言观念，甚至可以把语言观念探究融入具体语言使用过程之中。"所以说语法只是阐明思维形式的装束而已。因此各词类是可以从原始的、不依赖于任何语言的思维形式本身引申而得的，将这些思维形式及其一切变化表达出来就是词类的使命。词类是思维形式的工具，是这些形式的衣服。"②

在工具论语言观时期，肯定不会产生现代意义上的"文本理论"，但这并不意味着人们不关心文本问题，不看重语言形式之于文本创造的重要价值。这一时期的文本理论，可以称为"形式工具论文本理论"，以"重质轻文不离文"的面目呈现于人们面前。所谓"形式工具论文本理论"，就是前现代存在的一种突出语言技法独创性、重视结构整体有机性以及关注体制、体式之于文本内容传达重要性的形式主义文论。该文论

① 章燕：《解构的语言观与中国古典试论中言意观之辨析》，《中华文化论坛》2003 年第 2 期。
② ［德］叔本华：《作为意志和表象的世界》，石冲白译，商务印书馆 1991 年版，第 650 页。

在西方 19 世纪中期以前占有主导地位，在中国则"五四"以前尤为突出，是结构主义语言学产生以前文本理论的存在样式和形态。

受工具论语言观影响，"工具形式文本理论"具有下述鲜明特征。

第一，形式服务内容的总体导向。无论西方还是中国，早期的文学都与政治伦理紧密捆绑在一起，执行特殊的政治宣传或伦理教化功能。古罗马时期提出了著名的"寓教于乐"理念，中国古代更是有悠久的"诗教"传统。一方面，这固然与早期社会功利主义文学观有关；另一方面，也与当时人们都把文学语言等形式因素视为作品内容的载体密切相连，"辞，达而已""文以载道"成为人们的共识。若过分关注形式自身，或以创造华丽语言形式为主，就会被标榜为"言之无物"的"形式主义"而受到指责与批评。

第二，强调文本形式的有机完整性与和谐性。文学文本是一种独特的语言客体，必须和谐处理内部各构成要素，使其成为一个结构谨严、和谐有序的有机体。这包括有序安排文本结构，进行必要的衔接与过渡，也包括细致剖析文本层次，挖掘其中情理逻辑关系等。亚里士多德就十分关注悲剧文本的整体和谐性。"按照我们的定义，悲剧是对于一个完整而具有一定长度的行动的摹仿。所谓'完整'，指事之有头，有身，有尾。"[1] 他还认为美的事物不仅内部构成要素安排和谐，还要有适合观赏的体积与长度，整体的有序性与和谐的外观形式对于任何文学文本都非常重要。亚里士多德对于"形式因"的关注及其有机形式理论在西方产生持续影响，一直影响至今。无独有偶，坚持混整思维的中国古人也认为文学文本应是一个有机整体，它以生命的样式鲜活地呈现于读者眼前，与读者进行对话与交流。北齐颜之推指出，"文章当以理致为心肾，气调

---

① ［希腊］亚里士多德：《诗学》，罗念生译，人民文学出版社 2002 年版，第 21 页。

为筋骨，事义为皮肤，华丽为冠冕"①。唐代白居易也曾主张："诗者，根情，苗言，华声，实义。"②由此可见，文学文本就是一个生命存在，语言形式虽不最为重要，但不能缺少。中国古人还深入剖析了文本结构及其有机关系，各部分之间相互依存、缺一不可。"夫象者，出意者也；言者，明象者也。尽意莫若象；尽象莫若言。言生于象，故可以寻言以观象；象生于意，故可以寻象以观意。意以象尽，象以言著。"③ 无论中外，都视文本为一有机和谐整体。

第三，关注体制、体式之于文本构建的制约作用。既然文本是一和谐有机整体，那么文本中每一因素都应该各得其所，并且按照文本文体要求和平相处，文体学应运而生。那么，文体学研究涉及哪些因素，又如何整合这些因素呢？郭英德先生认为："一种文体的基本结构，犹如人体结构，应包括由外至内依次递进的四个层次，即（一）体制，指文体外在的形状、面貌、构架，犹如人的外表体形；（二）语体，指文体的语言系统、语言修辞和语言风格，犹如人的语言谈吐；（三）体式，指文体的表现方式，犹如人的体态动作；（四）体性，指文体的表现对象和审美精神，犹如人的心灵、性格。"④ 文体就如人体，一个器官出现问题，人就会生病；一处处理不当，便会影响文本整体风貌。中国古代产生了丰富的文体学知识，"辨体批评"成为古代最重要的批评方式，有其必然性。

第四，侧重探究词语技巧之于文本创作的重要价值。语言是文学的媒介与载体，但文学语言不同于科学语言和普通语言，它除去作为载体

---

① （北齐）颜之推：《颜氏家训》，《诸子集成》（第8卷），中华书局1954年版，第20页。
② （唐）白居易：《与元九书》，郭绍虞等编《中国历代文论选》（一卷本），上海古籍出版社1979年版，第139页。
③ （三国魏）王弼：《周易略例·明象》，楼宇烈《王弼集校释》，中华书局1999年版，第609页。
④ 郭英德：《中国古代文体学论稿》，北京大学出版社2005年版，第4页。

传达文本意义之外，还具有展示自身的特殊价值。为了传达作者细微而独特的体验与感受，为了显示自身的艺术魅力，它经常突破日常语言规范的限制，通过变形或陌生化方式创造奇特艺术效果。为此，文学语言可以采用象喻式方式创造，"因而人总是按照自身存在的类比，即用人格化的方式，且总是通过一种非逻辑的转借手段，来想象其他事物的存在"①；文学语言可以突破书写常规，甚至是语法逻辑，"没有一个有理智的人会如此大胆地把他用理性思考的这些东西置于语言之中，尤其是以一种不可更改的形式，亦即用所谓书写符号来表达（但文学可以如此——引者注）"②；文学语言必须准确、凝练、字字珠玑，"在诗的作品里，每个字都应该求其尽力发挥为整个作品思想所需要的全部意义，以致在同一语言中没有任何其他的字可以代替它"③。因此，中西古代修辞学都很发达，产生了卷帙浩繁的探究文学技法的专书。它们或静态地研究文学语言的特征，或结合案例具体指导文本创作用词技巧，或阐释与赏析经典文本的用词特色，从技术层面推动文学活动向前有序发展。

二　现代结构主义语言观与本体论文本理论

启蒙运动以来，特别是 19 世纪中期以后，在追求现代性进程中，各门学科加快了自身建设的步伐，结构主义语言应运而生。现代语言学（结构语言学）坚持一种与传统语言学迥异的语言观：语言符号由能指和所指两部分构成，能指是语符的声音、字形等物质层面，所指是语符的概念、含义层面。需注意的是，"所指不是'一桩事物'，而是该'事

---

① ［德］尼采：《希腊悲剧时代的哲学》，周国平译，商务印书馆 1994 年版，第 114 页。
② ［希腊］柏拉图：《柏拉图全集》（4），王晓朝译，人民出版社 2003 年版，第 98 页。
③ ［俄］别林斯基：《莱蒙托夫的诗》，［苏联］别列金娜《别林斯基论文学》，梁真译，新文艺出版社 1958 年版，第 225 页。

物'的心理表象"①。"这样，能指就构成了语言的物质方面；在口语里，能指就是说出来的或听得到的有意义的声音；在书面语里，能指就是字里行间有意义的标记。所指构成了语言的思维方面，它常常被看作非物质的，即使在大脑中所指仍然是一种神经作用的结果（neural event）。"②在大部分情况下，语言符号中能指与所指的结合是任意的，但这种关系一经形成就具有社会约定性，受语言习惯和社会习俗的制约与影响。以现代语言观念考察，语言与现实的关系不像传统上认为的那样清晰、透明、与外界事物一一对应；它认为语言的意义产生于系统内部的区别与差异，与客观外物没有必然的联系。承接索绪尔衣钵的巴特论道："意义只能由于意指关系和值项的双重作用才可以确定。因此值项不是意指作用，索绪尔说，它来自'语言结构中诸词项的相互位置；它甚至比意指作用更重要'，他说：'一个记号中的观念与声音质料不如它在全体记号中周围的词项重要。'"③就连人类学家泰特罗对此也有清醒的认识："对索绪尔来说，语言不再是再现客观现实的一种手段，它并不是以词与物一一对应的方式将现实直接呈现于我们面前，而是一种符指形式，其连贯性有赖于语言系统中的内在关系。语言给我们的是词与概念，绝不是物。因此，我们在自然中所看到和描述的东西在某种程度上是我们的语言系统使我们能感知到的东西。"④概括起来，结构主义语言观具有下述重要认识：第一，语言是一个潜在的系统，掌握系统规则比掌握具体的言说更为根本和重要。"说话的主体并非控制着语言，语言是一个独立的

---

① ［法］罗兰·巴特：《符号学原理——结构主义文学理论文选》，李幼蒸译，生活·读书·新知三联书店1988年版，第136页。

② ［法］约翰·斯特罗克：《结构主义以来》，渠东译，辽宁教育出版社1998年版，第8页。

③ ［法］罗兰·巴特：《符号学原理——结构主义文学理论文选》，李幼蒸译，生活·读书·新知三联书店1988年版，第145—146页。

④ ［法］泰特罗：《本文人类学》，王宇根译，北京大学出版社1996年版，第29页。

体系，'我'只是语言体系的一部分，是语言说我，而不是我说语言。"①
第二，语言意义产生于体系内部依二元对立原则构建的各级别区分关系，
与外部现实指涉物没有必然联系，语言系统中最重要的区分关系有能指
与所指、语言与言语、组合与聚合、历时与共时四种类型。第三，语言
关系中不涉及主体及主体性问题，这是一个去"主体化"的领域，语言
法则高于一切，甚至语言无意识影响主体的认识。第四，文学文本是一
个独立于主体之外的语言客观存在物，它具有自身的构成规则与结构方
式，不受人为因素的影响。

在各门学科追求现代性的大环境中，在结构主义语言观直接影响下，
20 世纪初真正意义上的"文本理论"——语言客体文本理论得以形成。
文学文本是一个语言客体，其存在具有内在自律性；文本意义不是自明
的，需要读者解读与阐释。而一般而言，文学文本解读需要由表及里、
由浅入深逐层展开、逐步深入，依次分析文本语言、剖析文本结构、探
讨特殊技法、考量整体形式，在此基础上再进一步考察上述客观形式的
变化对于文本意义传达的制约作用。因此，语言、结构、表现技巧和文
体形式对于文本诗学研究至关重要。但不同于工具论文本诗学，语言客
体文本诗学的上述研究有其特色。

第一，语言本体地位得以突出。在结构主义语言学影响下，文论界
对文学语言的诗性特征进行深入挖掘，文学语言的诗性品质和陌生化效
果得以凸显。与此同时，文学语言在文本中的功能也得到了深入剖析，
语言不再被定位为表情达意的工具，而是具有本体地位，语言就是作品
本身。穆卡洛夫斯基多次指出："诗的语言的功能在于最大限度地把言辞
'突出'……它不是用来为交流服务的，而是用来突出表达行为、语言行

---

① ［美］詹姆逊：《后现代主义和文化理论》，唐小兵译，北京大学出版社 1997 年版，第
28—29 页。

为本身。"① "在日常用语中，词语似乎是纵向连接的，每一个词对应它所代表的现实。但是在文学中，意义的单元是文字本身。"② 也许雅各布森对诗歌的论述最能代表这一观点的精髓，"诗歌的特殊性在于这样一个事实：即语词仅只被当作语词本身被接受，而不是代指它所表示的客体或某种情感的宣泄，因为语词及其措置、意义及其内、外形式，要求具有自己的分量和价值"③。因此，语言分析是语言客体文本诗学研究不能回避的重要领域。俄国形式主义、英美新批评对文学语言特质进行过卓有成效的探讨，值得肯定。

第二，文本深层结构研究得以强化。在结构主义看来，结构不仅仅是简单的构成因素安排，"作为一个整体的对象是由诸成分组成的，这些成分之间关系的综合就是结构；重要的是结构的整体性，作为组成部分的个体并没有独立的个别属性，一切个体的性质都由整体的结构关系决定，因而个体只被看作整体结构中的诸'节点'，它们只能起传递'结构力'的作用。根据这种观点可以说，世界不是由'事物'组成的，而是由'关系'组成的，事物只不过是关系的支撑点"④。因此，文本诗学不应该仅仅关注文学文本的显在结构，如前后衔接与过渡、上下关系及起承转合、伏笔与照应等，更要探究文本深层结构，特别是要挖掘文本中潜在的各种对立因素，并揭示其背后特定文化因素的浸淫与影响。文本诗学不仅要勘探文本中起支配作用的稳固结构和贯穿全文的平衡关系，还要注意分析结构的断裂性和颠覆性，以及由此导致的文本释义的多样性。在这方面，结构主义和解构主义文论颇有建树，其理论主张影响了

---

① ［捷］穆卡洛夫斯基：《标准语言与诗的语言》，伍蠡甫、胡经之主编《西方文艺理论名著选编》（下册），北京大学出版社1987年版，第416—417页。
② 转引自［法］萨莫瓦约《互文性研究》，邵炜译，天津人民出版社2003年版，第99页。
③ 同上书，第88页。
④ 李幼蒸：《结构与意义》，中国社会科学出版社1996年版，第105页。

20 世纪其他文艺思想。总之，语言客体文本诗学需要探究文本诗性结构及其效果。

第三，抒情、叙事理论与创作技法研究得以深化。表现手法与技巧的运用是形成文学文本诗性特征的重要因素。"在许多情况下，特别是在韵文中，安排语词首先考虑的不是它们构成的意义语境，而是它们的语音形式，以便从语音序列中产生出一个统一的模式，例如一行韵文或一个诗节。安排语词时对语音形式的考虑不仅带来这样一些现象，例如节奏、韵脚、诗行、句子以及一般谈话的各种'旋律'，而且带来语音表达的直觉性质，例如'柔和'、'生硬'或'尖利'。"① 因此，技巧及其效果对于文本诗学研究不容忽视。在抒情性作品中，什么样的语言富有诗意；在叙事性作品中，什么样的结构富有张力；在现代作品中，什么样的构思使文本成为"有意味的形式"，创作技巧的灵活运用十分关键。文本诗学不仅需要运用各种方法从学理上挖掘文本的上述诗性品质，而且更需要在动态过程中阐释上述因素的形成：普通语言通过怎样的变形才能转化为诗性语言，具有特殊表现力；普通事件经过怎样的处理才能成为生动且富有文学性的情节；普通素材经过怎样的虚化处理才能具有"悲剧""荒诞""滑稽"等形而上的审美风貌，具有了普遍的人类学价值。俄国形式主义文论对于陌生化手法的关注，英美新批评对于用字技巧的探讨，法国经典叙事学对文本时间与故事时间关系、叙事视角类型、叙事复合序列形式、作品人物叙事功能的研究，都突出了上述提及的问题，值得关注。

第四，文本整体"形式"得以"浮现"。在文学作品中，"形式"与内容相对，是对作品组织结构与存在形态的整体性特征所进行的理论概

---

① ［波兰］英伽登：《对文学的艺术作品的认识》，陈燕谷等译，中国文联出版公司1988年版，第20—21页。

述及表达。在文艺发展过程中，"形式"因素得以凸显肇始于文学自律性的追求，18世纪唯美主义是其源头，"为艺术而艺术"取代了传统上文艺为政治、道德的他律论认识。文艺自律性追求表现为两个方面：一是深入挖掘文艺的情感感染力和娱乐效果；二是探究文艺的精美性及形式创造的艺术价值。其中，后者就是形式研究。"艺术的王国是一个纯粹形式的王国，它并不是一个由单纯的颜色、声音和可以感触的性质构成的世界，而是一个由形状与图案、旋律与节奏构成的世界。从某种意义上可以说，一切艺术都是语言，但它们又只是特定意义上的语言。它们不是文字符号的语言，而是直觉符号的语言。"① "在艺术中我们是生活在纯粹形式的王国中，而不是生活在对感性对象的分析解剖或对它们的效果进行研究的王国中。"② 卡西尔的用意非常明显，艺术存在的价值不是指向文本以外的世界，艺术的本质就在符号形式本身而已，而文学作为一种特殊的艺术类型，也必然要突出自身的形式特点。但与对文本语言、结构、技法的研究不同，文体形式研究更加关注文学整体性，突出形式与内容的区别及其为内容构形的重要功能，着力阐释形式在文学活动中的制约性作用，深入剖析形式生产机制与原理。总之，形式研究从宏观视域理论性地梳理与阐发形式之于文学活动的重要价值。

三 后现代话语语言观与话语间性文本理论

英文的"discourse"一词，按照英美权威辞书的解释，其含义大致包括如下内容，"书面或口头交流或论争；口头或书面对某一主题的正式讨论；相互联系的系列语言表述"③，以及"观念的传播和交流、以书面和

① ［德］卡西尔：《人论》，甘阳译，上海译文出版社1985年版，第215页。
② 同上书，第183页。
③ Pearsall Judy & Patrick Hanks, *The Oxford Dictionary of English*, London, Oxford University Press, 1998, p. 381.

口语对某一主题的论述以及推理的能力"①。因此,也就不难理解中文翻译有时也将其译为"论述",因为其中包含了交流与对话,包含了主体的言说行为过程。"'语言'是言语或书写,它们被客观地视作没有主体的符号链,'话语'则并被看作表达(utterance)的语言,被认为涉及言说和书写的主体,所以至少有可能涉及读者或者听者。"② 因此,一般认为"话语"是人类极为重要的表意方式,是主体积极参与实践的表征。话语活动是一个渐次展开的互动过程,包含施事者、受事者及双方价值评价的积极介入。话语分析就是立足文本语言特征,运用各种分析手法充分挖掘文本隐含的权利制约关系和其他各种社会价值取向,对文本进行文化释义的活动。童庆炳先生干脆将"话语"界定为"特定社会语境中人与人之间从事沟通的具体言语行为,即一定的说话人与受话人之间在特定社会语境中通过文本而展开的沟通活动,包括说话人、受话人、文本、沟通、语境等要素"③。这一解释很有道理。

话语语言观的出现与后现代文化语境及结构主义语言观自身反思有关。第一,多元化文化价值观念的影响。"第二次世界大战"以后,世界格局有了明显变化,随着跨国资本主义形成和经济持续增长,后工业社会或消费社会到来。消费社会遵循后现代逻辑,主张取消深层结构剖析和宏大叙事探究,主张采用多元化视角看待文化问题,突出主体的积极参与意识,突出文化阐释的本土性和民族性,关注文化符号背后的强权和压制,关注少数族群的生存自由与权利。第二,解构主义哲学方法的启发。后结构主义提出的"解构一切"成为这一趋势的时代号角,广泛

---

① David B. Guralnik, *Webster's New World Dictionary of the American Language*, William Collins Publishers Inc, 1980, p. 402.

② Terry Eagleton, *Literary Theory*: *An Introduction*, Minneapolis, University of Minnesota Press, 1996, p. 100.

③ 童庆炳:《文学理论教程》,高等教育出版社 2004 年版,第 69 页。

地影响了语言学、文学、历史、哲学乃至思想史的研究。"话语"范畴已经隐含并透露出上述气息。"这样一个系统交流观（结构主义语言观——引者注）排除了包含一切个人之间、个人和社会之间互动的主观过程。而批评结构主义的后结构主义批评家们引入了'讲述主体'和'过程中的主体'的概念，他们不把语言看作一个非个人化的体系，而是将其看作一个永远与其他体系，特别是与主观体系发生关联的体系。这样一种语言在使用中的概念被概括为一个术语：'话语'。"① 第三，导致由语言到话语转变的直接原因在于语言观念的改变。后结构主义承认语言具有工具性，但语言并不是称职的工具，语言的不透明性及与声音相比缺少鲜活性的不足，使其只能僵硬地传达现实认识。更重要的是，语言也不具有本体地位，语言的寓言性特质决定了语言规则只具有相对制约意义，并且稳固结构与恒定意义根本并不存在。语言作为媒介的意义主要体现在交流与流通过程中，语言的生命因为有了人的参与而流光溢彩。因此，研究语言客体体系并不是最为重要的，重要的是探究语言过程及其附带的价值观念。关注主体述行的语言观念渐渐成为主流。"我们永远不会遇到脱离语言的人，也永远不可能看到他在创造着语言。我们永远不会遇到一个在与世隔绝中冥思苦想他人的存在的人。我们在世界上见到的唯有在说话的人，对另一个人说话的人，并且，正是语言教导我们如何定义人本身。"② 语言应该具有双重职能，一方面，为世界建立秩序，使世界能够被理解；另一方面，为人类创造意义，使世界成为一个活的、充满生机的、有价值的世界。"在这种秩序的建立中，语言就是从理解和创造秩序的双重意义下将世界实现了。而交谈正是人们面对面情境中语言

---

① ［美］塞尔登、威德森、布鲁克：《当代文学理论导读》，刘象愚译，北京大学出版社2006年版，第177页。

② ［法］埃米尔·本维尼斯特：《普通语言学问题》，王东亮等译，生活·读书·新知三联书店2008年版，第292页。

的实现能力，因此，在交谈中语言所客观化的事物，会成为个人意识的对象。所谓实体维持的实义，事实上是指持续用相同的语言，将个人所经历的事物客观化。"①

因此，坚持话语语言观意味着必须恪守以下原则：第一，话语分析不是单纯的语言研究，必须探究话语本身及其文化逻辑。"向话语提供话语能够言及的对象，因此，不是话语使用的语言，不是话语在其中展开的景况，它们标志的是作为实践的话语本身。"② 第二，话语分析不能忽视话语产生的历史条件，不同语境决定其意义与价值。"话语是由言说的人在主体间性的条件下承担着的语言，也只有在这一条件下，语言交流才成为可能。"③ "语言的准确性、精炼、欺骗性、分寸性、谨慎等特点，当然不能认为是语言本身的特点，正如不能把语言的诗学特征看作语言本身的特征一样。所有这些特征不属于语言本身，而属于一定的结构，并且完全决定于交际的条件和目的。"④ 第三，话语分析应注意挖掘背后裹挟着的各种权利关系及制衡机制，女权主义、后殖民主义、新历史主义、少数族裔等文化因素的渗透与控制需要剖析。

所谓"话语间性文本理论"或"话语文本理论"，就是指 20 世纪中后期在西方兴起的一种文本观念。该理论认为文本既不是意义的单纯载体，其价值也不在于自身形式的营构，文本是一种重要的话语形式，是不同主体间（作者与作者、读者与读者、作者与读者等）交流与对话的

---

① ［美］柏格、卢克曼：《社会实体的建构》，邹理民译，台湾巨流图书公司 1991 年版，第 169 页。

② ［法］米歇尔·福柯：《知识考古学》，谢强、马月译，上海三联书店 1996 年版，第 50 页。

③ ［法］埃米尔·本维尼斯特：《普通语言学问题》，王东亮等译，生活·读书·新知三联书店 2008 年版，第 301 页。

④ ［苏联］巴赫金：《文艺学中的形式主义方法》，李辉凡等译，漓江出版社 1989 年版，第 127 页。

场所，其意义永远处于生成之中。话语文本理论的突出特点在于关注文本自身的解构性与生成性，强调读者参与意识与解读过程。除此之外，更重要的是，文本与社会生活的互动关系得到凸显。如果说语言客体文本理论将文本视为封闭的语言体系，探究科学的文本层次与秩序，那么话语文本理论则视文本为开放的体系，与社会文化纠缠着割不断的联系，并且着意研究这种关系的形成与运行机制。从话语文本理论的形态来看，巴赫金主要探讨了文学话语的对话性本质及其与意识形态的互动关系，侧重话语的本质与含义研究。福柯则从知识形成的微观视角考察了话语生产的运行机制和内在文化逻辑，指出权利无处不在地影响话语与真理的确定，"认识型"和"档案"以认知无意识的形式制约着具体话语判断的形成。同时，福柯还探究了话语形成的外部控制方式、内在制约手段、话语使用条件和话语反控制策略等，可以说是话语逻辑学、知识学。哈贝马斯则站在社会批判立场，分析了工具理性对诗意生活世界的破坏，指出了强化个体语言资质、优化理想的言谈语境、重建交往理性话语的重要意义，可以说是话语的普遍语用学理论。上述三种理论都站在文化哲学高度、从不同视角探究了话语与社会生活的互动关系，论证了话语作为一种表意实践活动的文化属性。

就方法论角度来看，话语间性文本理论打破封闭语言体系，视文本为开放的、与社会文化具有互动关系的语言存在，认为文本是一个意识形态斗争和争夺的场所，集中精力研究文本与权利等文化因素的相互影响关系。其中巴赫金的对话理论、语言狂欢理论、话语意识形态生产理论，以及洛特曼的文化符号学理论、伊格尔顿的审美意识形态生产理论、詹姆逊的"泛文本"理论，都具有方法论意义，从方法论高度指导了20世纪60年代以来的文学批评和文学研究。

四 结语

文本诗学或文本理论以关注文本自身存在为特色，有效地避免了"脱离文本、直奔主题"的不良文学研究方法和批评倾向，自其出现以来深受文论界器重和关注。但我们必须清醒地认识到，文本诗学并非只有一种主张、一种形态、一张面孔。文本诗学的发展与形态嬗变首先受到社会文化运动的影响，其本身就是社会文化洪流的有机组成部分，并推动了社会发展。更需要注意的是，直接导致文本诗学形态演变的核心因素是语言观念。文学的第一要素是语言，对语言本质、特性的不同理解必然影响对文学文本结构、价值的理解。由工具语言观—本体语言观—话语语言观的转变必然导致工具形式文本理论—语言客体文本理论—话语间性文本理论递进式发展。这一嬗变，无论考究其外因还是内因，都顺应历史发展的潮流与文本诗学自身产生的文化逻辑。

在三种文本理论形态中，工具形式文本理论更关注文本形式的载体功能及对内容传达的反作用；语言客体文本理论则强调文本自身的自律性，将研究核心圈定在封闭的语言存在物之内；而话语文本理论则避免了前两种文本理论形态的绝对化倾向，既不将文本形式仅仅作为载体和工具，又不把文本视作脱离内容的形式本体，而是有效地弥合内容与形式的裂隙，把文学文本视为一种特殊的表意实践方式，从文本出发领会内容，解读形式的过程就是理解意义的过程，语境及其他社会因素的变化使文本释义具有生成性和多元性。当前盛行的话语文本理论，一方面不仅超越了语言客体文本理论语言至上的偏颇，另一方面又能有效避免单纯文化研究的空疏，从表意实践角度将文本视为一个社会事件，在文本与社会的互动中探究其意义生产过程。这就有效沟通了文本中的语言与文化，利于探究文本的文化价值，引领着文学研究的发展趋势。当代中国特色的马克思主义文学理论体系建设当从中借鉴经验。

文本理论并非只有一张面孔，而是具有多种形态。每一形态文本理论都应时而生，但语言观念转变的导引至关重要。纵观历史，由工具语言观—本体语言观—话语语言观的转变依次带来了工具形式文本—语言客体文本—话语间性文本及相关理论的递进式嬗变。每一种文本理论都高屋建瓴、思路别致地回应了来自文学现实的挑战，都不同程度地推进了文学形式研究的跃进式发展。中国当代特色马克思主义文学理论体系建设当从中借鉴经验。

第五节　中国当代文本诗学研究现状及对策

　　中国当代文学文本诗学并不发达，这与中国当代社会发展进程有关。一方面，现代启蒙思想仍在延续，当代文学也被提升到启蒙高度，很长一段时间内承担着阶级斗争的"耳目与喉舌"功能；另一方面，20世纪90年代以来，文化研究的全面兴起也影响了对文本本身的关注，导致了"脱离文本，直奔主题"的泛文化研究弊端。建构中国当代文本诗学，应以马克思主义理论为指导，以中国传统文本思想资源和西方当代各种形态文本诗学为参考，做好如下两方面工作：一是剖析文本结构，彻底明确文学文本结构层次及其特征；二是把握文本与社会文化的互动关系，或者说明辨文本语言事件背后隐含的各种意识形态因素。唯有综合上述两方面内容的文本诗学，才是科学意义上的具有当代中国特色的文本诗学。

一　文本诗学研究现状

　　英国马克思主义文艺理论家托尼·本内特曾说："文学以此对接受实施着双重的转移。即其所使之显得陌生的不光是被程式化惯例性表现方式所提供的那一'现实'本身，而且也包括惯例性表现方式本身。文学不光提供认识现实的一个新视角，而且还揭示出那一般被认为是'现实'的东西其实只不过也是一种构成品、是一种形式化的运作结果。"① 托尼·本内特这一论述的核心就是文本结构规则及文学惯例在文学研究中是不容忽视的。然而，文坛发展的实际情况恰恰与此相反。19 世纪末 20 世纪初，欧洲文坛占主导地位的批评方法是社会学批评、作者传记批评、印象感悟式批评，即韦勒克所说的文学"外部研究"，而对文学自身的构成规则及特点多有忽视。50 年后，在亚洲的东方建立了新中国，为了收拾千疮百孔、百废待兴的局面，新文艺政策有意强化了文艺的意识形态功能，并大量借鉴了苏联的文艺模式，这在当时是十分必要的。但"文革"时期提出的"文艺为阶级斗争服务"却对文艺的社会功能做了歪曲理解，文艺研究成了阶级斗争的工具。"拨乱反正"后，文艺作为"新"启蒙的工具更多发挥着启蒙与教育功能，这在一定程度上造成了文艺研究与社会历史研究没有多大的本质区别。这种撇开文本、直奔主题的研究方略最大的失误就在于忽视了文本自身客观存在，把文学研究变成了架空基础的伪科学。

80 年代中期以后，对文学文本形式因素的研究有所增强，陆续出现了一批有关文学语言、结构及叙事学方面的专著。在这些研究成果中，论者一直存有试图将理论研究与文学实践活动结合起来的冲动，并有意识地借鉴西方理论和文本观念，取得了突出成就，推动了国内文艺理论的发展。但在这些研究成果中，依然存在不少问题，突出表现为以下几方面。

（1）文本理论异常丰富，但散见于理论史中，并没有得到很好的挖

---

① 转引自张冰《陌生化诗学》，北京师范大学出版社 2001 年版，第 166 页。参见［美］托尼·本内特《形式主义与马克思主义》，麦休出版有限公司 1979 年版，第 54 页（英文版）。

掘与整理，因此研究不够系统和全面。概括起来讲，20世纪西方文艺理论的发展有两大主潮，一是立足于语言哲学的科学主义文论，二是立足于人文传统的批评与反思理论，其中前者在语言学转向的推动下，得到了长足发展。文学文本理论主要解释文本存在问题，与前者保持着密切联系，甚至可以说就是在前者的理论表述中逐渐产生和发展起来的。因此，在20世纪西方文论由俄国形式主义、新批评到结构主义、解构主义和西马文化批评的发展过程中散见着十分丰富的文本理论思想，也正是这些思想的火花带动着文本观念的发展与变化。但是，国内对当代西方文论的研究存在着不少误区。要么是撰述理论史，以史代论，这容易流于空泛；要么是就某一理论流派、某一理论专家展开专题研究，容易出现的问题是碍于派别之见，评论有失公允，甚至是一叶障目、不见森林。因此，我们面临的任务就是：首先，挖掘与归纳、整理前人的理论成果，将这些丰富的思想收集起来；其次，展开理论专题研究，分析理论本身的内在逻辑与价值及其对文学实践活动的影响。唯有如此，才能推动理论研究的发展，促进文学事业的繁荣。

（2）"文本"范畴一时间成为最时髦的批评术语，被广泛征用，但其含义并没有得到很好界定，更重要的是很多学者提倡文本分析，但在具体批评过程中，并没有彻底贯彻文本剖析方法，更没有关注文学文本存在的几个层次，玄学味浓，口号式话语多，批评实践与理论主张脱节。这一状况在中国当代文学批评中表现尤为明显，很多批评家虽然主张文本解读，但实际批评本身与传统的社会历史批评没有两样，还是抛开文学文本客观存在直接进行主题或内容论述；硬要说这种主张注意了文本，这也仅仅是指其更加关注文本中的事件和主题①，而对文本形式始终关注

---

① 与传统批评相较，这一批评形式十分注意分析文本中涉及的相关事件和意象；而传统批评则更愿意将文本事件与现实人生结合起来，阐述一些离开文本的人生经验。

不够，更不希望将批评的焦点定位于文本语言词频的定量分析、深层结构功能的描述和文本间隐在互文关系的挖掘。而我们认为，真正的文学文本分析首先应该剖析文本中客观存在的因素，从对这些因素的具体探讨中见出文本的特异性及其存在的价值，然后再在此基础上阐释文本隐含的文化意义及人文价值。进行文本分析，并不是提几句口号、象征性地解释一下文本语言特点就能解决问题的；而是要立足文本客观存在方式，切实地就文本的语言、结构、互文等因素做大量实证性研究。在这方面，我们需要做的工作的确还有很多。

二　文本研究遭受忽视的原因

文学文本的客观性之所以没有得到足够重视和深入研究，这有多方面原因，其中包括传统研究思维定式的影响、文本分析技巧的欠缺等客观因素。除此之外，还有很多主观人为因素，是批评主体的有意为之造成了对文本客观性的忽视，使文本分析流于泛泛而谈。

这些因素主要有：

（1）受到接受美学、读者反应理论和现代阐释学的影响，研究者过分夸大读者在文本分析中的主体地位，形成了脱离文本客观性的对文本的过度诠释。兴起于 20 世纪 60 年代的接受美学是对新批评、结构主义等强调文本分析理论的有意反拨，并与几乎同时产生的突出不确定性因素的解构主义思潮遥相呼应，终于在 70 年代成席卷之势。接受美学方法一经形成，便渗透在各人文科学领域，导致了解读模式及研究方法的转变。从根本上讲，接受美学接受了传统人文思想，并融入了现代阐释学理念，是一种突出主体解读能力的现代文艺理论，这无论在尧斯的宏观解释学理论还是伊塞尔的微观阅读现象学观念中都可以清楚地看到。接受美学作为对传统作者中心论、作品中心论的有意对抗，自有其存在的理论价值和历史意义，对其历史贡献，我们不能忽视。由于中国传统文学批评重主观感悟、重主体体验的特殊历史背景，再加上"拨乱反正"后对禁锢主体和人的思想的"文革"十年自觉反思，接受美学传入中国后很快引发了远远超过其他理论派别的轰动效应。一时之间，体验论美学兴起，"重写文学史"的呼声更是此起彼伏，表现出对读者主体地位的空前关注。然而，过犹不及，接受美学的负面影响很快就暴露无遗：过分突出了主体因素，导致了对文本的过度诠释和任意解释，使正常的文学批评变成了毫无客观批评标准的任意涂鸦。社会历史批评、心理批评自然避免不了这些因素的影响，即使强调文本分析的语言批评也不能幸免，文本分析加入了太多毫无凭据的主观臆说。特别是当前颇为盛行的文学文化研究，更是脱离了文本自身特性，从文化主题入手高谈阔论文学特色，颇有"隔靴搔痒"之感。我们认为，文学文本分析注重的是客观实证研究，用这种方法解读文本，必须立足文本的客观性，从文本的语言、结构、互文等客观存在依据出发，挖掘其特异之处，阐释其价值。文本分析应该排除接受美学的不良影响，恢复其重客观、重事实的原貌。

（2）文本分析中非学术化因素的渗入，使得文本批评成为类似作品赏析的不伦不类的主观随想，消弭了对文本客观性因素的强调。文学批评是人文社会科学的一个分支，它应该有自成体系的批评原则和批评方法，遵循科学研究的规范和标准；批评家也应该在具体批评实践中自觉维护其科学性和权威性，使其具有科学形态。提倡文学批评的科学性重在坚持科学研究精神，即坚持实事求是、立足客观存在的实证精神，这并不是只要坚持了研究成果的出版、发表规范和尊重知识产权就能解决得了的。就文学文本分析来说，坚持科学研究就必须立足其客观性。而长期以来，中国学界的文学批评中渗入了太多非学术化的因素，且不说有意的"棒杀"和"捧杀"带来了多少失实报道和文坛官司，就是漫不经心的任意涂鸦也增添了不少文坛公案。文学文本分析是一种学理批评，不同于行业批评、媒体批评和日常批评①，其立论的前提是首先把握文本客观存在的特点，然后在坚实理论的指导下进行层层剖析，最后得出客观、公正的结论。而当代学人的不少文本分析却偏离了这一正确航向，要么因时即景，要么吟咏赏析，完全抛弃了文本分析应该坚持的学术精神。鉴于此，我们呼吁关注文学文本理论研究及其指导意义。

（3）文化研究崛起的影响。20 世纪 90 年代以来，随着网络高科技技术的发展和视觉文化转向的到来，大众消费文化呈席卷之势。面对这一局面，文艺研究范式有所转变，文化研究兴起。该研究范式借鉴法兰克福学派文化批判理论、伯明翰学派文化唯物主义理论和西方各种文化现代性观念，着力挖掘文艺产品中包含的微观政治因素及其社会变革功能，阐释文艺活动中隐含的阶级、性别、民族等身份差异和认同等问题，即所谓的"文化因素"。该研究范式对于后工业社会状况、文化语境和消费心理也关注较多，但对作品本身有所忽视，缺少必要的文本细读和结构分析，有时会出现"脱离文本，直奔主题"之嫌。当前这一文学研究范式的盛行一定程度上影响和阻碍了文学诗学的发展。

三　文本诗学构建策略

（一）文本诗学构建的对策

针对上述问题，我们认为文学文本诗学构建必须以文本的客观存在为依据；否则，便不可避免出现口号式的夸夸其谈或赏析式的任意阐释。我们注意到，20 世纪的人文科学所关注的重心不再是人存在的意义、人作为实践主体的认识能力如何，而是语言和意义的生成问题，20 世纪哲学领域语言学和阐释学的兴盛恰好是这一转向的风标，并引导着这一研

---

① 参见王一川《批评的理论化——当前学理批评的一种新趋势》，《文艺争鸣》2001 年第 2 期。

究转向在各人文科学领域的展开。受这一语境影响，客观地说，文学文本解读就是对文本客观存在因素的挖掘与剖析，从中揭示各因素特点及在表述方式上的不同。就一般情况而言，文学文本解读需要依次经过由表及里、由浅入深的两个层面：一是文本形式因素剖析，二是文本文化意义阐释。其中，前者又包括渐次深入的四个方面。首先，辨析文学语言，剖析其作为文本载体的特征；其次，体察文学文本的结构体式，分析其如何造成了个体文本的特异性存在；再次，揭示文本与文本之间的多样联系，解释其他文本怎样导致了此在文本的重新编织和意义的不确定性；最后，还有超越文本形式因素的文化意味，即揭示形式因素的特殊文化表达。在这里，前三者是研究文学文本客体存在必然涉及的因素，也是通常意义上的文本分析的主体内容；而文本的超形式因素虽也内在于文本，但在解释过程中已带有较多文化性和主观阐释性，因此较为接近文化研究。而文化意义的阐释则更需要文学观念更新和研究视野拓宽，需要彻底弄清文本与召唤结构、文本与对话、文本与互文本、文本与意识形态话语生产等相关问题。这一发现对我们构建文本诗学很有启发价值，我们可以以对具体文本释义的逻辑进程为立论逻辑，层层深入展开对文学文本客观存在因素的探讨。而从历史发展进程来看，20 世纪西方文论由俄国形式主义、新批评—结构主义—解构主义—文化批评的转变也依次将研究的重点聚焦于上述文学文本形式研究的四个层次。这样一来，我们对当代文学文本理论的研究就可以以文本释义的进程为立论逻辑，以历史发展中先后出现的理论观念为线索、脉络，在具体研究中将逻辑阐述与历史描述有机结合起来。同时，对立足文本形式因素基础的各种文化意义阐释理念进行理论研究，以期构建科学的当代文本诗学体系。

（二）文本客观存在的体现方式

依照上述立论思路，我们可知文学文本的客观存在是通过文本中的语言、结构、互文等因素层层体现出来的，它们渐次递进，互相影响与制约，共同构成了文学文本客体。

文学文本分析的第一个层次是辨析语言，对作品进行语言结构分析与描述。20世纪西方语言学主要有两大流派，在此基础上产生了两种语言意识，因其关注重点有所区别而影响着对文学语言的认识。从语言功能上看，文学语言到底是工具、载体还是具有本体性？从语言本质上讲，文学语言到底是确指的独白性语言还是具有歧义性的狂欢化语言？所有这些困惑着整个20世纪的西方文学理论，而集中表现于对诗歌语言与科学语言区别的阐释中。文学是语言的艺术，但文学语言不同于日常语言和科学语言，这并不是说文学语言在词语的选择方面迥异于日常语言，而是指词语在文学功能体系中显示出了独特的艺术魅力。文学语言中充满了反讽与悖论，是一种张力语，只能放在一定的语境中理解。与日常语言相较，文学语言具有自指性和曲指性。

文学文本分析的第二个层次是体察结构。通常的理解是，结构就是对事物内容的组织与安排，属于形式要素；但实际上，结构含义颇为复杂，需要重新审视。就结构的地位来看，结构不仅仅是技巧与手段，它本身就渗透在文本有机体中，具有本体地位。就结构层次来说，结构有表层结构、深层结构之分，前者类似叙事句法，通过化约文本可以得出；而后者则是深藏不露的叙事模式，只有运用结构功能逻辑推演才能获得，深层结构模式具有浓郁的文化含义。就结构的本质来讲，结构并不具有永久稳固性，它徘徊于稳固与颠覆之间，既支撑着文本大厦，又不断挖掘其根基；唯有如此，才能使文本既具有意义的相对稳定性，又具有释义的无限多样性。

文学文本分析的第三个层次是剖析文本间的联系，即揭示互文性。互文意味着此在文本与前在文本之间存在着可征实的文字术语或不可征实的精神意念上的多样联系，它是理解文本意义必然涉及的因素。这种理念的产生本身就意味着人们已将文本视为一种开放的客观体系，而不仅仅是封闭的语言、结构及其由此构成的有机体。但互文不同于影响，互文是文本间的共时横向渗透，影响则是文本间的历时纵向承传。互文类型多种多样，若依征引方式和互文效果为据进行划分，则有引用、粘贴、用典和戏仿四种形式。以高科技和网络为载体的网络文学最突出地展示了互文的特性与价值。

　　文学文本分析还须揭示其文化价值，因此历史、意识形态因素也是理解文本必定涉及的方面，它们虽不直接进入文本，但时刻对文本产生着影响，20 世纪后期的新历史主义批评和马克思主义批评对此表现出尤其浓厚的兴趣。这些主要以两种形式与文本发生着联系，一是历史因素的介入，二是意识形态权利关系的干扰。新历史主义使人们认识到历史事件也是以文本形式存在的，历史叙事与文学文本之间具有一种互文关系；而以阿尔都塞、伊格尔顿和詹姆逊等人为代表的西方马克思主义文艺批评家则将文学活动视为一种独特的文本审美意识形态生产。在他们看来，文学文本活动本身作为一种表意实践方式执行着文化与政治职能。

　　此外，文本诗学构建还需要研究与此相关的诸多理论问题，正是在这些理论的指导下，文本观念发生了诸多变化，导致 20 世纪前后期文本理论观点迥异。这些理论包括解释学哲学倡导的文本阐释观念、文本与召唤结构之关系、文本解读与对话意识、文本存在与话语意识形态的关联、文本传意与历史虚构等。可以说，上述理论引发了解构性文本诗学观的形成与发展。

由此看来，文学文本诗学的构建，要求我们必须将文本中的语言、结构、互文等因素结合起来研究；而要做到对文学文本活动的全面把握，则还须将文本之外的历史、意识形态等因素纳入解释的范围，特别需要彻底弄清各种阐释性文本理论。唯有将上述内容有机结合起来，才能真正弄清文本含义，才有可能构建合理的文本诗学。

第七章　当代文本批评理论与实践

研究当代西方文本诗学，并构建中国当代特色文本诗学理论与体系并不是最终目的。我们不仅要挖掘、借鉴古今中外的文本思想来建设当代理论体系，更重要的是用该理论方法去分析文本事件，甚至用该理论方法"反哺"其他领域研究，以期获得更好的解读与阐释效果。在这一方面，格尔兹的文化的"文本解读"很有启发价值。坚持文本观念，运用文本诗学理论，不仅能够有效指导文化事件的分析，而且对于解读传统文学经典，提升语文阅读教学水平具有一定借鉴意义。同时，以文本诗学为指导，将其灵活运用于当代文学研究与批评中，也易于获得创见，具有非同一般的解读效果。

第一节　莫言小说《蛙》戏仿叙事艺术探究

《蛙》是莫言近几年来推出的力作，2009 年年底由上海文艺出版社出版。该书出版后，好评如潮，直至 2011 年 8 月获得了第八届茅盾文学奖。对于该书，莫言颇下功夫，自称是"酝酿十余年、笔耕四载、三易其稿、潜心打造的一部触及国人灵魂最痛处的长篇力作"。对于该书，莫言颇费心思，规定了特殊的阅读群体，以唤起他们尘封已久的记忆。"本书献给：经历过计划生育年代和在计划生育年代出生的千千万万读者。"毫无疑问，动人的传奇故事和深刻的忏悔主题是赢得读者青睐的主要原因，"讲述了姑姑——一个乡村妇产科医生的人生经历，在用生动感人的细节展示乡土中国六十年波澜起伏的生育史的同时，毫不留情地剖析了当代知识分子卑微的灵魂"①。此外，《蛙》一书中戏谑语言、戏仿式人物塑造、独特结构体式及反讽性整体风貌也为作品添色不少，需要重视。应该说，是深刻的反思性主题和独具匠心的互文叙事艺术造就了《蛙》的成功。本节着重论述后者。

一　戏仿技法的巧妙运用

莫言是一个勇于探索创作技巧的作家，每一部作品都留下了作者深深探索的足迹。《红高粱家族》第一人称叙述手法的大量运用，增强了作品的真实性和传奇色彩；《天堂蒜薹之歌》用瞎子歌唱、报纸报道和作家叙述三个角度讲述同一个故事，使得作品具有多声部的混响效果；《酒国》三重文本叠加交织叙事的方式，则使故事扑朔迷离，讽刺效果突显；而《生死疲劳》则以地主西门闹死后托生为驴、牛、猪、狗、猴的动物"眼光"讲述中华人民共和国成立五十年来西门家族的兴衰变迁，勾勒出国家政治对个人及家庭社会的影响，小说故事不仅生动有趣，而且具有陌生化效果。"茅奖"小说《蛙》叙事艺术上的最大突破就在于采用了互文手法，将戏仿技法发挥到了极致。

"互文性"概念最早由克里斯特娃于1969年在其《符号学》中提出："每一个文本都把自己建构为一个引用语的马赛克，都是对另一个文本的

---

① 莫言:《蛙》，上海文艺出版社2009年版，封二。

吸收与改造。"① 即每一个文本中都包含了其他文本涉及的因素，每一个文本都不可能是一个与外界绝缘的封闭的语言体系，而是与其他文本有着这样、那样的联系。互文理论是 20 世纪 70 年代之后兴起的一种文本观念，它来源于结构主义文本观，但又是对结构主义封闭文本观的有意反叛。互文理论在立足文本客观存在基础上，突出各文本之间以及文本与文本之外因素的复杂联系，强调文本意义阐释的开放性、多样性和不可重复性，构成了对传统理论的强有力挑战。

互文形式多种多样，戏拟与戏仿是其中之一。戏拟与戏仿（parody）有时被译为嘲仿、谑仿和滑稽模仿，其原意是指模仿别人的诗文而作的游戏文字或讽刺诗文。在文学接受活动中，时常遇到这样一些文字，它们似曾相识，却又别具用心，这有可能是作者有意为之的结果，此即为戏拟或戏仿。戏拟或戏仿不同于自亚里士多德以来西方传统诗学所主张的文学是对社会生活模仿和再现的观念，模仿是以严肃态度对生活进行再现，戏仿与其最大的区别就是在模仿生活或传统文本事件时运用了戏谑的态度，以此达到颠覆传统观念与定论的目的。"拟仿的前在文本一般都有崇高、神圣内容和优雅形式，并且内容和形式达到了有机统一，拟仿的目的就在于破坏这种统一性，以优雅的形式表达粗俗或不那么严肃的主题，借内容与形式的反差以造成'笑'的审美效果。拟仿产生的心理机制就是前文本的严肃、高尚与此在文本的通俗、平凡产生交流，读者由前文本的严肃而积聚起来的情感因此在文本的空虚、轻飘突然转化为虚无，'笑'便由此产生。从根本上讲，拟仿不是对前文本进行了转化，而是以漫画形式重新创作了前文本，新文本与前文本之间存在着张力关系，前者对后者进行了否定与讽刺。"②

---

① 转引自冯寿农《文本·语言·主题》，厦门大学出版社 2001 年版，第 18 页。
② 董希文：《文学文本互文类型分析》，《文艺评论》2006 年第 1 期。

小说《蛙》最突出特征就是大量采用戏仿形式进行叙事，强化了作品艺术表现力。

第一，狂欢、戏谑的语言运用。文学是语言的艺术，它需要最大限度调配语言、挖掘语言潜能，增强作品表现力、感染力。莫言是一个语言大师，其作品突出的审美风格就在于通过充分的形象化语言描写，极其细腻、酣畅地书写作品人物的细微感受。这在其作品《丰乳肥臀》《第四十一炮》《酒国》等中都有突出展示。《蛙》与上述作品相较，语言已经收敛，描写已经冷静，其对语言出神入化的运用主要通过戏仿形式得以凸显。戏仿一方面增加了作品容量，另一方面又以狂欢、戏谑方式颠覆了前在语言，造成或幽默或讽刺的艺术效果。例如，作品在写到侄子象群入伍要当飞行员时，写道："大哥忧心忡忡地说：你可别去寻求刺激，人要爱国，当兵的更要爱国，当飞行员的尤其要爱国。"① 这让我们想到了"文革"期间某些领导人的讲话，还让我们想到作品中准姑夫王小倜驾机叛逃台湾一事，作品得以扩容。在写母亲劝说姑姑放弃计划生育工作时运用了如下语言："毛主席说，人多力量大，人多好办事，人是活宝，有人有世界！我母亲说。毛主席还说，不让老天下雨是不对的，不让女人养孩子也是不对的。"② 这种有意的篡改不仅符合说话者身份和当时语境，而且表现力增强，具有突出的讽刺效果。在《蛙》中类似的语言活用现象俯拾皆是。

第二，戏仿、夸张的人物和情节。小说以丰富曲折的故事叙述和鲜明生动的人物形象塑造区别于其他文学体裁，莫言小说尤其擅长于此。《蛙》中莫言巧用戏仿手法在增强故事曲折性、传奇性的同时，也书写了生活的多样与复杂。头顶西瓜皮凫水、躲避计划生育的耿秀莲让我们想

---

① 莫言：《蛙》，上海文艺出版社 2009 年版，第 36 页。
② 同上书，第 56 页。

起了抗战小说中与日本鬼子打游击战的武工队员；陈鼻一家利用地道、地洞逃避计划生育的细节很像电影《地道战》抗日战士与敌人周旋的细节；王脚利用运桃掩护女儿出逃的细节，就像中国现代战争小说中群众掩护、转运八路军、解放军伤员；水陆运桃的场景让我们仿佛看到解放战争时期的支前大军。作品中大量存在的夸张场面描写，唤起读者想象，让我们仿佛回到了如火如荼的革命建设时期，"吃"煤的场面映射了饥荒年代的残酷；隆冬时节胶河北岸滞洪区批斗会场面，反射出"文革"的狂热与荒谬。而堂吉诃德饭馆的巧妙布置使名著《堂吉诃德》成为阅读"底本"，戏中戏《高梦九》剧情设计与胡断"代孕案"让人想起包公判案及"狸猫换太子"事件。这一别具特色的互文手法让我们回到历史，在与历史经典的对照中体会到现实的阴暗与残酷。上述互文叙事手法的运用，大大增强了作品讽刺效果。

二　独特的文体结构形式

小说之所以具有突出的互文效果，与莫言独特的艺术构思有关。小说由剧作家蝌蚪写给日本作家杉谷义人的四封长信和一部话剧构成，自叙与客观展示相结合，多声部共鸣，混响效果突出，显示出独特的艺术风貌。

第一，书信与自叙结合，拉开了"叙事"与"故事"的距离。小说的主体部分是四封长信，每封长信先是叙述人蝌蚪向日本作家杉谷义人诉说当前自己的状态和写信经过，然后通过自叙方式讲述发生在姑姑和自己身上的传奇故事。在每一部分中，信是前奏，故事是主体。信中显示的叙述时间与故事时间呈正向分布，即都是按线形时间发展构思。第一封信写作时间是2002年3月21日，故事内容主要是家乡风俗与姑姑"文革"期间被批斗。第二封信写于2003年7月，故事内容为"我"的婚姻与"我"的计划生育过程。第三封信写于2004年元旦，故事内容是姑姑艰苦的计划生育工作。第四封信写于2008年10月，故事内容是退休后"我"被"代孕"事件。"姑姑"的故事和"我"的故事交替叙述，而"姑姑"与"我"又贯穿所有故事之中。在顺向叙述过程中，交叉叙事使得整部作品既曲折生动、内容丰富，又重点突出。更重要的是，这一书信与自述相结合的构思方式，有利于作品语言和情节互文效果的呈现。写信时间推后，叙述内容靠前，拉开了叙述人与所叙之事的距离，叙述人以"过来人"身份追忆曾经发生的事情。这样叙述人不必因为与故事距离太近而过于动情，也不会因身陷其中而无暇旁叙，叙述人完全可以以轻松的心态、讲故事的口吻转述曾经发生在姑姑和自己身上的故事，甚至可以采用诙谐和夸张的语气、语调展开，以增强故事的趣味性与传奇性。前文所论作品中狂欢化语言、戏仿人物与情节的构思多是在这种情境中完成的。总之，叙述人"声音"的突现与作品故事内容直接串联，这一独特的构思技巧在一定程度上使得作品中戏仿性语言和情节大量存在成为可能。

第二，小说与话剧相叠加，扩大了作品容量。《蛙》的最后部分是话剧。作品延续了前面结构方式，由一封写于2009年6月3日的信和九幕话剧构成。就时间来看，写信时间与话剧故事发生时间基本一致，可谓前后相继发生。就内容而言，话剧部分续接小说部分展开，是对小说内容的进一步发展和深化。话剧部分不仅叙写了陈眉代孕事件的最终结局，使得故事整体连贯、完整圆满，而且还写到了姑姑通过"上吊""死后重生"来忏悔自己的罪恶，深化了作品主题。因此，话剧部分不是狗尾续貂，更不是可有可无，而是至关重要。话剧部分除了对白精彩外，最大亮点在于采用戏仿叙事技法来增强了作品表现力。话剧第八幕是高梦九断案，当神经错乱的陈眉抢走孩子到古装电视剧《高梦九》拍摄现场击鼓申冤时，高梦九徇私枉法乱判案件，将孩子判给养母"小狮子"，该情节揭示了当前社会不公现象大量存在。同时，这一剧情显然是对元杂剧《灰阑记》和布莱希特《高加索灰阑记》的戏仿，在这两部戏剧中，包公和法官阿兹达克英明睿智，都机智运用断案经验正确地将孩子判给生母，使正义得到伸张，冤情得以昭雪。而在话剧《高梦九》中则是相反，良心被权势扭曲，金钱战胜了正义。这与《红楼梦》中"葫芦僧乱判葫芦案"何其相似，可以说是"葫芦案"的翻版。这一戏中套"戏""戏"中蕴藏深意的互文叙事手法，不仅丰富了作品内容，而且还深化了主题，深深折射出社会的不公。

三　多重、复合的审美意蕴

必须肯定的是，《蛙》采用书信体小说与话剧叠加形式构思作品，本身就是一个创新，它打破了以往单纯叙事的小说结构模式，将书信、叙事与戏剧因素相结合，在增加作品容量的同时，增强了小说的生动性和趣味性。更重要的是，这一独特的构思方式对于作品艺术风貌也有至关重要的影响。

第一，狂欢化喜剧效果与主题的弱化。如上所述，小说独特的结构使得作品大量使用戏仿手法，而戏仿作为互文叙事的一种重要形式，其突出价值就在于引发此在文本与前在文本的联系，在互相印证中颠覆前在文本固有意义，以戏谑语气增添新意，实现对前在文本的超越。戏仿是手段，反讽是效果。戏仿最大价值在于使此在作品具有轻松氛围和喜剧效果，呈现反讽意味。反讽理论提出者布鲁克斯曾对"反讽"含义做过如下概述："语境对一个陈述语的明显的歪曲，我们称之为反讽。"① 反讽是一种阅读效果，文本表面讲述了一个合乎情节发展逻辑的故事，但

---

① ［美］布鲁克斯：《反讽——一种结构原则》（1949），赵毅衡主编《"新批评"文集》，百花文艺出版社 2001 年版，第 379 页。

结合语境（上下文）及叙述语气，读者能发现与表层情节意义相左的言外之意。而"言外之意"正是作者创作用意所在，作者以此营造文本丰富的、多重的意蕴。在《蛙》中高梦九乱判陈眉代孕案戏仿了包公智断亲子案，其目的在于讽刺现实社会的某些不公；姑姑工作过程中遇到的诸多逃避计划生育的有趣形式，则从另一个角度暗示了"计生"工作带来的负面影响。而大量戏仿式语言的运用则使得作品妙趣横生，颇具喜剧色彩。

此外，不容忽视的是戏仿手法的运用也在一定程度上削弱和冲淡了作品的反思性，使作品主题的深刻程度受到较大影响。莫言多次提到作品主题是剖析当代知识分子卑微的灵魂，忏悔和反思"计生"工作对国民心灵的全方位影响。然而，戏仿手法具有消解性、解构性，戏仿手法的运用消解了作品崇高、严正的主题，使作品人物形象变得多少有些琐碎，使作品主题多少有些游离。姑姑本是一个大公无私的乡村妇科医生，是作品塑造的正面人物形象，但当作品中写到孕妇耿秀莲头顶西瓜皮奋力凫水逃避计划生育，而姑姑乘机船追击并点烟欣赏时，姑姑的形象就有点像当年的日本人，形象不再高大。当作品中用高梦九判案解决蝌蚪一家与陈眉的"代孕"纠纷时，这一解决方式就显得随意。特别是话剧中姑姑的"上吊""死而复生"式的忏悔更是有些儿戏化，"计划生育"中包含的生命伦理和政治问题岂是象征式的仪式就能解决的？一直以来，生育在新中国是个大问题，"计生"工作中需要总结的经验、教训很多，而作品中貌似大团圆的结局显然不能让人满意，反思不够深刻与强烈。

第二，多彩的生活与无奈的人生。不得不承认，戏仿对作品主题表现有其独特效果。一方面，戏仿手法的运用客观上展示了生活的丰富多彩。民间自有智慧，戏仿语言的灵活运用不仅显示了民风淳朴，而且还原了民间百姓的机智与幽默。一句"毛主席还说，不让老天下雨是不对的，不让女人养孩子也是不对的"，不仅粗朴有趣，而且还生动地反映出下层民众对"计划生育"政策的态度。在躲避计划生育过程中，当地民众想出的各种应对办法既因地制宜，又广泛借鉴，是民间智慧的生动表现，从一个侧面显示了社会生活的丰富多彩，让读者倍感真实，产生身临其境的体验。

另一方面，戏仿情节与场面的涌现，又客观上揭示了当前社会生活中的很多无奈。是什么情结让陈鼻一家藏进地洞、让耿秀莲凫水而逃？是传统的"不孝有三，无后为大"观念。是什么势力让高梦九堂而皇之乱判代孕案？是当今无孔不入的权势和金钱观念。是什么原因使混血儿陈鼻变成了饭馆的堂吉诃德？是当今贫富差距加大和层第观念明显的现实。戏仿场面不仅显示了生活的复杂多样，而且从更深层次上暗示了生活的无奈与病态。如果说前者是平面性展示，后者则是纵向的剖析，更具有感人肺腑的力量，更能以其道德的、人性的蕴意引人反思。

《蛙》是一部成功的作品，不仅在于其反映了新中国六十多年来人口与计划生育这一现实性极强的热点话题，更在于其少有的书信与话剧叠加的新颖结构方式。特别是其独特结构方式支持下戏仿叙事技法的大量运用，使得作品内容既妙趣横生、富有传奇色彩，又与作品反思、忏悔主题遥相呼应，两者相辅相成，极大地增强了作品的艺术表现力，值得深入研究。

第二节　梦醒惊梦——萧平小说《春闺梦》文本叙事分析

《春闺梦》[①]叙述的故事并不复杂：酷爱京剧的大家阔少李少川由于偶然机会结识了初登剧坛的新人金如秋，两人在配演程砚秋名剧《春闺

---

① 小说最初刊发在《时代文学》2005 年第 6 期，作者有意将其搬上银幕，现已完成改编剧本初稿。

梦》的过程中发生了恋情。军阀何益三要金如秋唱堂会，妄图乘机霸占。无奈之下，李、金二人逃走，寄人篱下。限于局势，二人只能分别，李少川参军，不幸战死疆场，金如秋哭坟寸断柔肠。故事的结局是金如秋再演《春闺梦》后不知所往。《春闺梦》是萧平先生众多优秀中短篇中的一篇，其发表为作者赢得了声誉，获得了普遍好评，已成为众多文学爱好者喜欢的现代小说经典文本之一。《春闺梦》也是作者非常满意的一篇，作者已将其改编为剧本，准备搬上舞台或银幕，以更为直观化、形象化的方式揭示深刻的反对战争、热爱和平的主题。本书有意尝试运用一些现代批评方法，对《春闺梦》进行文本分析，揭示其艺术价值形成的内在机制。

一 第一人称叙述技法自如运用

中国传统白话小说叙述方式来自说唱文学和话本文学，它以全知全能的"第三人称"叙述视角客观讲述事件的来龙去脉，显得规模宏大、语气冷静而客观，给人以历史般的真实感。但有时在文本构建过程中，叙述者刻意凸显自己的声音与评价以更好地达到"劝善惩恶""寓教于乐"的功能，也会在一定程度上弱化了叙述的客观性。自五四新文化运动以来，目光远大的先驱者自觉借鉴西方文化，掀起了"白话小说"革命，这自然包括叙述视角的改变与转换，"第一人称"叙述甚至成为一种时尚与变革的标志。丁玲的《莎菲女士的日记》、郁达夫的"自叙传"小说都有开风气之先的意义。自此以后，叙述方式日趋多样。萧平小说《春闺梦》就自觉运用了这一现代叙述视角，在以第一见证人眼光真实叙述事件的过程中，还经常跳出文本以回顾性、反思性口吻凸显自己的声音与评价，在自如转换中将现代叙述视角与传统技法有机结合起来，很好地构建了文本价值。

（一）主观与客观统一的第一人称变种叙述

细分起来，第一人称叙述有两种类型。一种情况："我"是文本的主人公，文本内容就是"我"的经历或见闻，其文体形式多以日记或自传为主。另一种情况："我"是文本中主要事件的参与者，见证了事件发展过程，但不是故事的主人公。这一视角又被称为第一人称的变种叙述。在后者中"我"虽不是主人公但也很重要，因为"我"是事件的见证人和故事的讲述者。"我"由于不是事件的主人公，可以在避免更多关注的同时，以自由的口吻参与文本事件与意义的构建过程，更鲜明地传达小说主题与命意，恰到好处地将客观真实效果与主观内蕴有机结合起来。

《春闺梦》就采用了这一叙述类型。"我"是文本事件的讲述者，也是故事中一个重要人物，"我"具有双重身份。故事的开始是这样的："李少川我知道，我们同时参加票友社，是好朋友。你问的他同金如秋的那段事我最清楚，他跟金如秋配戏是我去说的，他带金如秋跑是我去通知金如秋的，他去济南是我出的主意，我一直为这事后悔，他死去的消息是我告诉金如秋和他家的，金如秋来给他上坟是我带她去的……谁也没料到会出这么件事。""他和金如秋的事发生在一九三一年。那年阴历十月底，丹桂戏院从沈阳请来了个班子，主角是女旦，程派，艺名金如秋。"这是作为故事讲述者的"我"。"戏完以后，我等少川卸了装，同他一起往回走。我说，今儿女主角也真动情了，相会时，眼神都跟平时不一样了。""第二天一早，我们四个人陪着她，骑着自行车往少川村去，傍晌到的坟地。"这是作为故事中人物之一的"我"。第一种身份"我"以回顾性、反思性口吻讲述事件，增添了故事的客观性、公正性；第二种身份"我"是事件的参与者，"我"的存在推动了事件本身的发展进程，使故事显得真实性、体验性强，最易造成生动感人的艺术效果。如果没有"我"的存在，小说的感染力会大大下降。在这里，我们可以做一下比较，唐代边塞诗人陈陶名诗《陇西行》是这样写的："誓扫匈奴不顾身，五千貂锦丧胡尘。可怜无定河边骨，犹是春闺梦里人。"这里完全是诗人的主观抒情，其忧国忧民、关心国计民生的情态清晰可见；但其体验性、情真意切的感染力却稍显不足。唐代著名诗人杜甫著有《新婚别》："兔丝附蓬麻，引蔓故不长。嫁女与征夫，不如弃路旁。结发为君妻，席不暖君床。暮婚晨告别，无乃太匆忙。君行虽不远，守边赴河阳。妾身未分明，何以拜姑嫜？父母养我时，日夜令我藏。生女有所归，鸡狗亦得将。君今往死地，沉痛迫中肠。誓欲随君去，形势反苍黄。勿为新婚念，努力事戎行。妇人在军中，兵气恐不扬。自嗟贫家女，久致罗襦裳。罗襦不复施，对君洗红妆。仰视百鸟飞，大小必双翔。人事多错迕，与君永相望。"诗作以第一人称——征妇的口吻述说了新婚之后的真实离情别绪，体验真切，感染力强，因此而成为闺怨诗名篇。但我们对作者在文中表达的主题和命意还是存有疑问，到底是抒写离情别绪还是控诉战争，是抒写征妇对战争的怨恨还是鼓励新夫去战场建功立业？而萧平《春闺梦》第一人称"我"的双重身份很好地解决了上述问题，在主观与客观统一中，既保证了事件本身的客观真实性，又使其情感感染力丝毫不受损失，故事本身的真实性和倾向性相得益彰。在这里，我们想起了鲁迅的《孔乙己》，它以其"反封建流俗"的命意赢得世界性的声誉，而就叙述方式而言，《春闺梦》与其有异曲同工之妙。

（二）刻意凸显的叙述者口吻与声音

"叙述者的语气与声音"是西方现代叙事学关注的一个重要问题。在西方学者看来，叙事就是虚构一个社会性事件的过程，既然事件是虚构的，其真实程度大可不必追究。而叙述者讲述事件的方式与口吻就显得十分重要，因为它们是影响事件进程和效果的制约性因素。同一事件以不同视角审视会有不同的效果，福克纳的《喧哗与骚动》就利用了这一方式；同时，同一事件或故事以不同声音与语气述说，效果也会迥然有别，经典名著《西游记》与"大话西游"之所以给人的感觉有天壤之别，原因就在于此。在正常情况下，叙述者是不露声色的，根本听不到叙述者的声音，并且在现实主义看来，叙述者的声音愈隐蔽愈好，叙述者的倾向应该在场面和情节的展开中自然而然地流露出来。否则，刻意显示叙述者的声音，会使作品成为"倾向文学"和"时代精神的单纯的传声筒"。现代小说则刻意凸显叙述者的声音，把叙述者从幕后推向前台，使叙述者也成为读者欣赏的对象，让读者在欣赏故事的同时，也不忘体会叙述者对事件本身的态度和评价。20世纪法国作家纪德小说《伪币制造者》就时常有这样的叙述，如在《普氏家族》一章的末尾："父子间已无话可说。我们不如离开他们吧。时间已快到十一点。让我们把普罗费当第太太留下在她的卧室里……我很好奇地想知道安东尼又会对他的朋友女厨子谈些什么，但人不能事事听到，如今已是裴奈尔找俄理维的时候了。"① 受传统影响较大的萧平当然不会像纪德走得那样远，刻意凸显超故事层叙述者，他凸显的是故事内叙述者——作为故事见证人的叙述人。"最后事情就这样定了下来，我为我出的这个主意后悔内疚了一辈子。""当时我想，在军队里也好，这样更安全。在团里当个副官，不是在连队里打仗，没事。那知就出了事。"在这里，我们明显能够感觉到叙述者的自责和后悔。叙述者声音中的人文关怀清晰可闻，小说主题也因此得到深化和彰显。事实上，小说主题得以深化的原因不仅仅在于叙述技法上的创新及叙述者本人的声音，而且还在于传统文化提供的丰富含义，这些素材在互文共生的作用下回应着文本，使文本的深刻寓意不断向外扩散，不断丰富拓展。同时，互文手法也使该文本成为文化链索上重要的

---

① ［法］纪德：《伪币制造者》，盛澄华译，上海译文出版社1983年版，第259页。

一环，传统哺育了文本，文本又发展、延续了传统。这就自然涉及"互文性"问题了。

二 互文见义的多重阐释空间

运用"互文性"观点分析《春闺梦》，是探寻其艺术价值构成机制的另一重要途径。"互文性"概念最早由克里斯特娃于 1969 年在其《符号学》中提出："每一个文本都把自己建构为一个引用语的马赛克，都是对另一个文本的吸收与改造。"① 即每一个文本中都包含了其他文本涉及的因素，每一个文本都不可能是一个与外界绝缘的封闭的语言体系，而是与其他文本有着这样、那样的联系。"'互文性'一词指的是一个（或多个）信号系统被移至另一系统中。但是由于此术语常常被通俗地理解为对某一篇文本的'考据'，故此我们更倾向于取易位（transposition）之意，因为后者的好处在于它明确指出了一个能指体系向另一个能指体系的过渡，出于切题的考虑，这种过渡要求重新组合文本——也就是对行文和外延的定位。"② 总之，克里斯特娃是在由语言符号构成的文本内部研究文本的互文性及其生产性的，从根本上说，这是一种狭义的互文本观念。后来有人对这一观念进行引申，认为互文关系不仅仅存在于文本语词之间，而且同一国度文学文本之间、不同民族文学文本之间都具有相互借鉴与影响的可能性，互文关系自然也就存在。但不可否认的是，民族文学传统越为丰厚，历史越为悠久，文学创作中互文性存在的阐释空间就越大越开阔。正是基于这一认识，我们认为《春闺梦》独特而丰厚的艺术魅力离不开优秀文化传统的滋养。

互文性不同于西方的原型理论。20 世纪中期原型批评理论曾盛极一

---

① 冯寿农：《文本·语言·主题》，厦门大学出版社 2001 年版，第 18 页。
② ［法］蒂费纳·萨莫瓦约：《互文性研究》，邵炜译，天津人民出版社 2003 年版，第 5 页。

时，并影响了当时的文学创作与意义阐释。原型批评理论强调的是一个母题或原型在文学传统中的发展与迁延情况，它关注的是纵向历史发展中影响的存在。互文性也不同于传统"本事迁移"理论，后者侧重于"本事"的典范地位及"本事"在各具体社会历史因素影响下的变异情况，本事迁移也就意味着发生了经典的再生产与意义的重新阐发。无论是原型理论还是本事迁移观念，其立足点在于发掘当下文本的历史承传关系，在大多数情况下，这是一种可征实的影响性存在。比如，王实甫《西厢记》是怎样从元稹《莺莺传》到董解元《西厢记诸宫调》再到目前状态的？上述理论对于研究文学创作问题很有价值。互文性关注的是分布在文本中的各个要素与前此文本或历史传统之间存在的可能性关系，这是一种文本间横向比较研究。① 它对于解读文本多重含义具有重要启发作用。

小说中的互文现象比比皆是。题目《春闺梦》就源自陈陶边塞诗《陇西行》"可怜无定河边骨，犹是春闺梦里人"；小说表达的主题就与杜甫诗《新婚别》极为相似，新婚一别，竟成永别；小说中主人公金如秋不畏权贵的品格就有孔尚任《桃花扇》中李香君的影子……另外，小说中主人公演唱的程氏京剧《春闺梦》及其唱词本身就与小说故事展开的背景与人物内心体验形成映照，别有一种言外之意。需要注意的是，小说文本中存有的各种互文关系都来自业已形成的文化传统，都是传统中固有的一种被认可的客观关系，小说中各种关系在与强大传统文化撞击中闪现出耀眼的光芒和丰富的内蕴。如果说互文现象分布在作品各个层次的话，我们需要解释的是在每一个层次上，互文现象在作品构成和价值形成方面起到了何种作用。

---

① 参见拙作《文学文本研究中的互文和影响》，《烟台师范学院学报》（哲学社会版）2005年第3期。

（一）主题、命意的互文性，使文本包含多重意义联想关系

主题是小说揭示的中心思想，命意是作者的创作意图，主题与命意在多数情况下是基本一致的。因此，了解作者命意就成为挖掘文本主题的重要手段。作者曾多次提到创作《春闺梦》的灵感来自盛行于 20 世纪 30 年代程砚秋的同名京剧。而无论是京剧《春闺梦》，还是小说《春闺梦》，其取名又都源于陈陶边塞诗《陇西行》："誓扫匈奴不顾身，五千貂锦丧胡尘。可怜无定河边骨，犹是春闺梦里人。"诗歌一方面描写了战士勇敢杀敌和战争的惨烈；另一方面也抒写了征妇痴心及诗人对战事不断的批判、渴望和平的愿望。古诗基调规定了京剧和小说的主题，京剧中的张氏、小说中的金如秋都在做着春闺梦，王恢和李少川都成了春闺梦里人。小说中李、金二人逃走，在其姑母家定情、成亲，但限于紧张局势，不得不分离，而这一分离竟成了永别，其悲剧感染力由此而生。而类似的情况在中国传统文学中并不少见，最有名的莫过于杜甫的《新婚别》："嫁女与征夫，不如弃路旁。结发为君妻，席不暖君床。暮婚晨告别，无乃太匆忙。君行虽不远，守边赴河阳。""暮婚晨告别"而成为永别是何等凄惨与悲凉；"嫁女与征夫，不如弃路旁"是何等的悲愤与无奈。传统文学中类似的主题表达强化着小说的说服力。

（二）互文产生的"戏中戏"艺术效果，是形成小说艺术价值的另
  一个重要因素

30 年代程派京剧《春闺梦》叙述的故事为：汉末，诸侯混战，群雄逐鹿，烽烟四起。公孙瓒和刘虞因互争权位而兵戈相向，人民惨遭征戍、流离的痛苦。壮士王恢与张氏新婚不到三日，被抓壮丁，被迫分离。妻子张氏终日在家期盼丈夫的归来，日夜回忆与丈夫一起度过的那段短暂的幸福时光，不觉积思成梦。时而梦见丈夫阵前厮杀征战，中箭身亡，时而梦见丈夫解甲归来，夫妻团聚。而事实上，王恢早已战死疆场。在

小说中，京剧《春闺梦》是事件展开的线索，并且与小说本身构成一个和谐的艺术整体。小说主人公李少川、金如秋因配演《春闺梦》而相识、相知、相爱；金如秋因演唱《春闺梦》而致祸；小说的结尾是金如秋重演《春闺梦》而终不能竟，这也是小说的高潮。张氏的梦就是金如秋的梦，昨天的张氏就是今天的金如秋。这样人在戏中，戏如人生，人生的梦幻感、宿命感弥散开来，成为笼罩小说的幕纱。人们在领悟其哲理蕴意的同时，也必然反思造成这一悲剧的社会原因。

（三）文本中唱词的互文效果

文本中另一种互文现象是穿插在小说中的唱词，它暗示了人物心理、渲染了气氛、烘托了主题，对于人物性格刻画和情节推进起着不可忽视的作用。小说中援引京剧《春闺梦》唱词两处。一处是男女主人公第一次配戏，两人一见钟情的情景。"（南梆子）过门中两人一段相舞，流水似的台步，翻飞的水袖，传情的眼神，就博得了热烈掌声。'被纠缠陡想起婚时情景，算当初曾经得几晌温存'两句，唱得柔情绵绵，牵心动迫，余音未落，就是一个满堂好。"在这里，张氏梦见丈夫荣归故里、回家团聚的幸福感与金如秋情定李少川的羞涩感、兴奋感恰到好处地融为一体。另一处是李少川战死后，金如秋应邀最后一次在丹桂戏院演出。"戏开始进行的还正常，一段（二六），前面几句'可怜负弩充前阵……'唱下来了，不过我听出声音有些发紧发颤。唱到'细想往事心犹恨，生把鸳鸯两相分'，已经有些哽咽。等唱到'去时陌上花如锦，今天楼头柳已青'，就唱不下去了，泪也流出来了，把妆都冲了。"在这里，张氏梦见丈夫战死疆场的痛苦与忧伤与现实中金如秋对李少川的思念达到了重合。一为梦境，一为清醒残酷的现实，在对比中，将小说推向了高潮。

小说《春闺梦》中的互文现象类型多样，有语句的转借，有人在戏中的隐喻，有多重主题的引申表达……所有这些，从细处讲，是文本之间的相互转借、引申与互相指涉；从大处讲，则是对传统文化的承续与发展，是优秀民族文化之网构成了小说文本的含蓄不尽的寓意。《春闺梦》为文学研究中互文分析提供了典范文本。

三 梦醒时分的文化蕴意

《春闺梦》除去具有独特的叙述视角、丰富而深刻的多重文化阐释空间外，对其独特艺术价值构成的挖掘还可以从文本结构构成和艺术意象选择入手，从中可以看到造成李、金爱情悲剧的真正原因以及作者"梦醒时分"情节设计的特殊寓意。

（一）独特的文本结构构成

法国结构主义文论家格雷马斯在其《结构语义学》中提出了分析叙事类作品的著名"符号矩阵"模式。[①] 他将文本中叙述功能相近的结构要素按照二元对立结构原则进行重新排序，在比较中揭示文本意义与价值产生的过程和机制。这一方法很有启发价值，我们也可以运用这一理论阐释《春闺梦》艺术价值的形成。

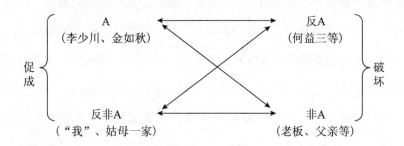

文本中人物可以分四组，李少川、金如秋作为主人公，是事件行动的发出者；何益三等是婚姻的反对者，破坏婚姻顺利进行，是主人公的对立面；"我"与"姑母"一家是帮助者，极力促成美好姻缘；戏院老

---

① 原理可参见 ［美］詹姆逊《后现代主义和文化理论》，唐小兵译，北京大学出版社1997年版，第118—136页。

板、少川父亲是阻碍者，是"非革命"因素，不自觉地阻碍婚姻。金如秋悲剧的原因在于敌对势力过于强大，作为当权者的军界人物何益三在兵荒马乱的年代无人能敌，在提倡"父母之命，媒妁之言"饱浸儒家文化的家庭中，少川父母的地位也是不可动摇的。相对而言，李、金作为叛逆者，其行为虽然大家能够认可，但势力比较弱小；而作为帮助者的"我"与"姑母"一家更是不能从正面提供强有力的支持。更重要的是，帮助者们也不能通过有效手段改变敌对势力，比如说服少川父母，接受金如秋等。所有这些，导致悲剧最终产生。但在分析四组因素时，我们可以明确认识到：战乱才是悲剧的真正根源，呼唤和平是文本确定不移的主题。

（二）"梦"与"梦醒"的文化意义

"梦"是古今中外文学经常涉及的意象，梦中亦真亦幻的美好景象常常是现实中不能实现的理想，人们希望常驻梦中，品味理想。但梦毕竟不是现实，现实是真实的、残酷的，又是人们必须面对的。梦是虚幻的、暂时的，梦醒是真实的、必然的，梦与梦醒就成了众多文学作品表达主题的寓意方式。古代有庄周梦蝶的遗闻，民间有黄粱美梦的传说，文学中有《游园惊梦》的情节……特别是现代作家白先勇小说《游园惊梦》将梦与梦醒故事发展到极致，文本中多重互文关系将"惊梦"的哲理意义充分显示出来：美景依旧，人生无常；韶光易逝，空留慨叹。事实上，古今文学中也有大量关于征妇闺梦的作品，如沈佺期《杂诗》中写出了一个征妇的哀怨："闻道黄龙戍，频年不解兵。可怜闺里月，长在汉家营。少妇今春意，良人昨夜情。谁能将旗鼓，一为取龙城。"中间两句如梦如幻。金昌绪《春怨》："打起黄莺儿，莫教枝上啼。啼时惊妾梦，不得到辽西。"征妇渴望永不梦醒，永在梦中陪伴着丈夫。但如果作品只写梦中事、只写梦幻境界，其主题不会深入。只有写出"梦醒时分"的震惊效果，才能具有动人心魄、摄人灵魂的力量。

《春闺梦》具有"梦"的结构，先写梦中，再写梦醒。《春闺梦》具有"梦"的内容，先写美梦成真，次写梦醒惊魂。更重要的是，《春闺梦》具有"梦"的意义，在"梦"与"现实"的比照中显示其隐喻意义。故事的上半部分，李、金二人的相遇是幸福的，虽有波折，但过着如梦般的生活。故事的下半部分，由于社会的变故，李少川意外战死沙场，金如秋的人生是痛苦的，大有"梦醒时分"的顿悟。故事的结尾是女主人公的"惊梦"，读者读后也有"惊梦"的感觉，我们不仅要思考，是什么原因导致悲剧的发生，又是什么因素招致故事向恶化的方向发展，相信"惊梦"之后的读者在"梦醒时分"都能得出正确结论。由此看来，《春闺梦》像著名传奇《桃花扇》一样，也是"借离合之情，写兴亡之感"。《桃花扇》以侯方域李香君悲欢离合的爱情故事为中心线索，展现了明末腐朽动乱的社会现实，暴露了南明小朝廷的昏庸与腐败，热情歌颂了敢于和权奸作斗争的高尚气节和爱国情感。该剧在结构艺术上的以"一生一旦为全纲领，而南朝之治乱系焉"，终而达到"借离合之情，写兴亡之感"的创作方式更为人称道。而《春闺梦》与之相比，有异曲同工之妙，它也是借李、金二人的爱情悲剧抒写对频繁战争的鞭笞、对和平生活的向往。当然，作品没有像《桃花扇》那样叙述重大政治生活，而是从人性、人道主义角度出发关注着平凡人生，以沁人心脾的力量、"润物细无声"的方式感染读者，在平静语气的述说中寄寓着自己的人文主义情怀。这就是小说中深厚的文化含义。萧平先生也正是以这种方式抒写自己钟爱的故事、关心的话题，显示独特艺术风格的。

《春闺梦》是一部特色鲜明的艺术作品。小说在以第一人称叙事方式突显事件真实性的同时，随时显现叙述者声音，以强化文本主题命意；文本依托深厚的文化背景，在与传统的互文对话中，拓宽阐释空间；文本以其独特的结构构成，以"梦"为核心意象，围绕"梦中"与"梦醒"，以"惊梦"的方式深化主题，具有深厚的文化意蕴。《春闺梦》以新奇的叙事技巧，表现了老作家一贯的文化主题。

第三节　互文观念与文学经典文本解读

互文理论是西方 20 世纪出现的一种文学文本释义理论，它十分关注文本解读过程中，当前文本与先前文本、历史文本及历史文化记忆的多重关联，在比较中凸显当前文学文本的文化蕴意。中国古代也有"互文"思想，但与西方大异其趣。它主要是一种文学创作修辞技巧和文本释义句法。本书在整合中西学术资源基础上，提出了新型当代特色的文本理论，它对于文学经典文本解读具有指导价值。

一　互文观念与互文性理论

互文观念是西方 20 世纪兴起的一种文本阐释理论。与传统解读理论相较，它更加关注文本之间的多方面联系与读者理性思考的介入。互文观念的出现与"互文性"概念密切相关，就问题的实质来说，互文观念主要就是研讨互文性关系，并以此揭示文本意义的不确定性和文本间的多方面联系，从而颠覆传统封闭的文本观。"互文性"概念最早由克里斯特娃于 1969 年在其《符号学》中提出："每一个文本都把自己建构为一个引用语的马赛克，都是对另一个文本的吸收与改造。"① 即每一个文本中都包含了其他文本涉及的因素，每一个文本都不可能是一个与外界绝缘的封闭的语言体系，而是与其他文本有着这样那样的联系。

互文性含义本身颇为复杂，并且随着人们认识的变化而有所发展。

---

① 冯寿农：《文本·语言·主题》，厦门大学出版社 2001 年版，第 18 页。

大致看来，互文性有广、狭两层含义：狭义观点认为，互文性是指一个文本与存在于本身中的其他文本之间所构成的一种有机联系，其间的借鉴与模仿是可以通过文本语言本身验证的。该观点的代表人物是以研究结构主义叙事学而闻名的热耐特。广义观点认为，互文性是指文本与赋予该文本意义的所有文本符号之间的关系，它包括对该文本意义有启发价值的历史文本及围绕该文本而存在的文化语境和其他社会意指实践活动，所有这些构成了一个潜力无限的知识网络，时刻影响着文本创作及文本意义阐释。这种观点的代表理论家是以强调解构批评而闻名的罗兰·巴特、德里达和克里斯特娃等人。经历过结构主义与解构主义思潮的乔纳森·卡勒也认为，对互文性的全面理解要注意两点：一是文本与文本之间存在的可验证的有机联系，二是文本与文本之外社会意指实践活动的多方面关系。"'互文性'有双重焦点。一方面，它唤起我们注意先前文本的重要性，它认为文本自主性是一个误导的概念，一部作品之所以有意义仅仅是因为某些东西先前就已经被写到了。然而就互文性强调可理解性、强调意义而言，它导致我们把先前的文本考虑为对一种代码的贡献，这种代码使意指作用（signification）有各种不同的效果。这样互文性与其说是指一部作品与特定前文本的关系，不如说是指一部作品在一种文化的话语空间之中的参与，一个文本与各种语言或一种文化的表意实践之间的关系，以及这个文本与为它表达出那种文化的种种可能性的那些文本之间的关系。"① 在卡勒看来，后者并不是可有可无的，它作为文本阐释的语境虽无以名状，甚至不可寻绎，但时刻发挥着重要作用。离开了它，文本可能无法被理解或得出离题千里的谬解。从以上分析可以看出，结构主义理论家对互文性多持狭义理解，而解构理论家则

① 程锡麟：《互文性理论概述》，《外国文学》1996 年第 1 期。

多从广义角度谈论互文性；前者注意揭示互文联系的可验证性，而后者则更关心互文意识的存在，而个中原因就在于他们对文本的认识观点迥异。一方面，这种不同显示了互文性是一个开放的范畴；另一方面，其由狭义走向广义的历程也正好吻合着批评领域由结构理论走向解构思潮的历史现状。我们对互文性的理解，应该取其广义。

从历史背景来看，互文观念的出现有其特殊的文化原因。这主要体现在三个方面：一是主体的衰落和文本理论的勃兴。20世纪以前的西方哲学特别关注人的存在问题，特别是德国古典哲学更是把人如何认识世界作为研究的重心。在20世纪初期的哲学中，作为世界"主体"的人也得到了空前关注，卡西尔《人论》、胡塞尔的"主体间性"理论等都是这方面的代表。但是到了20世纪中期，结构主义文本理论的兴起彻底改变了这一状况，文本分析和客观结构研讨成为主流。二是结构主义向解构主义的转向。在文本分析方面，结构主义坚持认为文本是封闭而稳定的体系，文本解读就是发现自身的结构规律。而在20世纪中后期，解构观念的出现改变了这一局面，文本分析意在打破封闭结构，寻找此在文本与其他文本的多样联系和文本释义的多种可能性。三是对读者的关注和意义理论的转型。西方现代文论依次经历了作者中心论—作品中心论—读者中心论的发展过程，与此相对，文本阅读阐释理论也依次经历了关注作者传意—作品承意—读者释义的过程。20世纪中后期哲学解释学的勃兴和接受美学的繁兴加速了这一趋势的到来。①

这样看来，互文观念和互文性思想是西方20世纪特有的一种文学文本阐释理论，具有特定的思想背景、理论含义和意指范围。

在中国，"互文"最早是一个训诂学术语，其核心含义就是"参互成

---

① 参见拙作《互文本：一种挑战传统的文本观念》，《山西师范大学学报》（哲学社会版）2006年第1期。

文，合而见义"。最早提及"互文"这一术语的是唐代的贾公彦，他在《礼仪注疏》中说："凡言互文者，是两物各举一边而省文，故曰互文。"但互文观念早已存在，中国古代的经学注疏非常发达，注疏家早就注意到了古代诗文讲究押韵、对称、复沓、叠章的特点，在古代诗文中有时为了刻意追求这种审美效果，文本中经常采用互文见义技巧。如《诗经》中的《伐檀》《硕鼠》《蒹葭》就多有这种描写。东汉经学大师郑玄在《毛诗笺》中就用互辞、互言、互其文等标示该状况，唐代孔颖达则以互相见、互相足、互见其义称之。而在当代《语言学百科词典》中对"互文"的解释是："两个相互独立的语言结构单位里，互相呼应，彼此渗透，相互牵连而表达一个完整的内容。"① 而在《大学修辞》中互文则是："在结构相同或相似的上下文中，上文里隐含着下文里出现的词语，下文里隐含着上文里出现的词语，参互成文，合而见义。"② 由此看来，在中国古代，"互文"就创作来说，主要是一种修辞手段，就解读来说，主要是一种训诂研究视角。"互文"指的是单一文本内词语与词语、句子与句子乃至句段与句段之间的对举与同义关系。这一特殊的创作方式既能传达独特的意蕴，又能保持文本的整齐结构和内在回环之美。而解读文本则可以通过这一文本内语言存在推测作品用词的精妙之处和确切含义，同时体味作品的含蓄之美和无穷韵味。

进行中西比较的最高境界在于整合中西学术资源，相互借鉴，取长补短，互通有无，最终达到借鉴基础上的有机转化，拓展和发展民族特色的当代中国文艺理论。发掘中西互文观念内在思想，进行合理整合，也具有类似价值。中国古代互文观念侧重于文本之内的内在关联，而西方现代互文观念更多关注的是不同文本之间的有机联系，当然它包括可

---

① 戚雨春：《语言学百科词典》，上海辞书出版社 1993 年版，第 39 页。
② 倪宝元：《大学修辞》，上海教育出版社 1994 年版，第 280 页。

征实的语言关联和不可征实的意蕴关联两种情况。在笔者看来，新的互文思想应该包括下述含义：一是文本内语词、语句、语段间的互文关系；二是此在文本与前在文本间可征实的语言联系；三是此在文本与前在文本及历史文本之间不可征实的文化关联。这种互文观念依次观照了文本中语词形式特点、语词语意含义及文本的文化意义，三者之间是由内而外逐步扩展的关系。这样，整合之后当代意义上的互文精神就囊括了中西两种思想的精髓。而这一新观念的形成对于文学经典文本解读很有指导意义。

二 互文视野中的文学经典解读

文学经典是指那些权威的、典范的、具有较高入史率的伟大作品。其内容大都具有丰富性、复杂性、深刻性和震撼力等特点，而文本体式则语言优美、结构突出、特色鲜明。总之，文学经典具有广泛的社会影响。正因为如此，它才能被历代社会所接受和容纳，并需要做出不同文化阐释。一定意义上讲，对文学经典的阐释不仅传播了文学技巧和文艺思想，而且还能承传优秀文化传统。因此，历代社会都非常重视对经典文学文本的解读。

新型互文观念对于文学经典文本解读的指导是多方面的。与传统文本解释观念相比较，它更加关注文本本身的特点，并由文本出发解释其语言、文化蕴意。而传统解释学则更多从"心声心画"理论出发，采用"以意逆志"的方法重点阐发作者与作品的有机关系：作者创作了作品，作品传达了作者的认识，文本分析就是阐释作品传达了作者何种思想和认识，或作者的思想是采用何种语言技巧得以传达的。无论是中国古代的"互文"还是西方现代的"互文性"都立足文本客观存在本身，以文本分析和读者阐释为中心，探讨作品传意方法和读者释义过程，与传统的作者寓意研究——作者中心论大异其趣。依照文本解释由内而外、渐次扩展的顺序和过程，新型互文观念的这一旨趣对文学经典文本解读具有下述指导作用。

（1）挖掘文本词语、语句、语段之间的互文性，体味语言、结构美。文本解释一般先从字词分析开始，渐次扩展到语句、语段、篇章，最后才是文本的整体文化蕴意。只有确切理解了字词表意的准确性与精妙性，才能过渡到语句蕴意的精确解释。中国古代很多诗文传达的含义并不复杂，但为了烘托氛围，造成含蓄之美，有时甚至是为了语句对称与和谐，有意运用了互文对举的创作技巧。如《木兰辞》中"朔气传金柝，寒光照铁衣。将军百战死，壮士十年归""当窗理云鬓，对镜贴花黄"。其中"朔气"与"寒光"形成的互文对照，意在言明北国的寒冷和战争条件的艰苦，而"当窗"与"对镜"，"理云鬓"与"贴花黄"也是互文，含蓄地写出了少女的爱美之心。《孔雀东南飞》"十三能织素，十四学裁衣，十五弹箜篌，十六诵诗书"，以句式的重复与句意的互文描写了刘兰芝的多才多艺。同理，王昌龄《出塞》"秦时明月汉时关，万里长征人未还"、范仲淹《岳阳楼记》"不以物喜，不以己悲；居庙堂之高，则忧其民；处江湖之远，则忧其君"也很好地运用了这一手法。了解与体味互文技法的运用，目的是在文本解读过程中领悟词语、结构的回环美与多重意蕴，以及由此创造的优美意境。

（2）揭示文本间的可征实影响，寻找文本之间的多重联系。笔者在《文学文本互文类型分析》中提出互文的四种方式：引用、拼贴、戏仿和用典。① 就文学经典来看，前三种方式并不多见，用典则十分普遍，具有突出价值。那么，什么是典故呢？"典指经典，泛指历代典籍中的言辞成语；故指故实，泛指古今事类。用典即指引用古今事类成辞表情达意的

---

① 参见拙作《文学文本互文类型分析》，《文艺评论》2006 年第 1 期；或人民大学报刊复印资料中心《文艺理论》2006 年第 5 期。

创作方法。"① 刘勰在《文心雕龙·事类》中对此也有论述："事类者，盖文章之外，据事以类义，援古以证今者也。"可征用的典故内容异常丰富，无论是历史传说，还是名人逸事，都可以以浓缩的语词表达形式进入文本。但就文学活动来说，最常用的典故还是文学典故，即此前文人墨客的独特用语方式。用典这种创作方式在中国古典诗文中比比皆是，特别是在古诗中，为了达到言简意赅、言约意丰、韵味悠远的抒情境界，创造出耐人寻味的意境，"用典"便成为最好的创作方式。而从这一角度讲，巴赫金所说的诗歌文本运用了"独白"性话语，便值得商榷，因为以"用典"方式创作的诗歌就如同小说一样，也包含了"对话"因素——典故与此在文本的交流。事实上，用典不仅仅是一种简单的"据事以类义、援古以证今"的创作方法，由此创作出的文本因含有另一个文本的影子而显得意义异常丰富，可以给解读者留下无穷的遐思与回味余地。这也正是"用典"作为一种互文类型的独特审美效果。如晏几道《临江仙·梦后楼台高锁》中"当时明月在，曾照彩云归"就与李白《宫中行乐词》"只愁歌舞散，化作彩云飞"形成互文对照，在解读作品时，李白诗的恬淡意蕴就会化入当下作品，起到烘托和渲染作用。王安石词《桂枝香·金陵怀古》中"至今商女，时时犹唱，后庭遗曲"，与唐代诗人杜牧诗《泊秦淮》"商女不知亡国恨，隔江犹唱《后庭花》"有可征实的联系，以此加深怀古的情调。这种情况在特别讲究"点铁成金"的宋诗、宋词中表现得尤为突出，辛弃疾的诗词最为明显。《永遇乐·京口北固亭怀古》"凭谁问：廉颇老矣，尚能饭否"，《贺新郎》"易水萧萧西风冷，满座衣冠似雪。正壮士、悲歌未彻"，《摸鱼儿·更能消几番风雨》"长门事，准拟佳期又误"等都以典故丰富的文化含义和历史遗韵沟

---

① 杨胜宽：《用典：文学创作的一场革命》，《复旦学报》1994 年第 6 期。

通古今，使词作具有了意想不到的审美效果。

（3）寻绎文本迁移与重构轨迹，领悟文本的文化蕴意。文学文本间互文关系的一种情况是，此在文本与前在文本是一种重构关系，或者说是同一题材、主题的不同历史、民族阐发。文本解读中关注了这一变化，就等于找出了理解文本文化蕴意的钥匙。因为这一变化正是由特殊的历史、特定的民族需要和文化心态导致的。大致看来，经典文本重构的社会效果不外乎两种情况。一种情况是从经典到经典，即在经典的重构中巩固其经典地位，比如《西厢记》经典地位的形成，它就经历了由元稹《莺莺传》到董解元《西厢记诸宫调》再到王实甫《西厢记》的过程。在这一过程中，其流传日益深远、经典地位得以确立和巩固。另一种情况是从经典到通俗化、世俗化，经典在发展过程中逐渐"解魅"，笼罩其上的光晕逐渐淡散，读者由阅读的膜拜心态转为"戏谑"心态，读者不再关心其神圣价值而仅仅留意娱乐效果。例如，位列四大名著的《西游记》的改编过程，由经典名著《西游记》到动画片《三打白骨精》《孙悟空大闹天宫》再到《大话西游》就体现了这一历程。"西厢记"主题的变化体现出了唐代、元代和明代社会对"自由恋爱"的不同理解，最终确证了其追求个性解放的经典主题。"西游记"由明代到"文革"到当今的变化，也深深地铭刻着时代烙印，最初的"因果报应"思想，后来的反抗秩序主题，当今的嬉戏娱乐观念，都是时代文化心态的表征。事实上这种互文关系还可以跨越长空，体现出民族特色。曹禺的《原野》与美国奥尼尔的《琼斯王》、新近大片《夜宴》与莎翁悲剧《哈姆雷特》可为例证，前者的森林梦幻、后者的王子复仇，都是相同的，不同的是创作方式上的民族特色。前者中东方的鬼神世界与西方的基督忏悔，后者中东方的含蓄神韵与西方的豁达果敢形成了鲜明对比，文本的文化意蕴由此而生。

在这一互文关联中，还有一种情况值得关注：此在文本与前在文本并没有必然的重构关系，但是两者却表达了相似主题。在阅读文本时，很容易将两者进行必要比照，以便于更深刻地阐释此在文本。鲁迅笔下的孔乙己与吴敬梓笔下的众儒生、周敦颐《爱莲说》与李渔《芙蕖》、汉乐府《江南》与朱自清《荷塘月色》等都具有这种张力关系，在比较中，读者弄清了各自含义、理解了作者命意。总之，这一阐释视野的价值在于能拓宽文本的文化阐释空间。

（4）探索文本与历史文本之间的关联，剖析文本的现实意义。新历史主义认为，"历史"事实并不是"探索者通过询问他面前的现象所'发现'的，而是'构造'出来的，历史学不是通过当前的视角去解释过去，而是创造或虚构一个现实的'过去'，所以历史学家无非是以客观性和学术性为招牌来掩饰自己意识形态倾向和文学虚构性质的文学家"①。因此，"历史"是虚构的。在这里，"历史"不是指社会现实，因为社会现实永远处于时间流逝过程中，人不能回到过去，更不能直接把握过去，"历史"只是人们以现在的视角想象过去的结果，因此"历史"就是文本，"历史"也有结构层次上的划分。"历史在任何意义上不是一个文本，也不是主导文本或主导叙事，但我们只能了解以文本形式或叙事模式体现出来的历史，换句话说，我们只能通过预先的文本或叙事建构才能接触历史"②，因此要把握过去，理解社会现实，只有对"历史"进行"文本"分析。由此看来，历史只能以文本形式存在，这样它与文学文本构成一种特殊的互文关系。文学文本解读必须注意挖掘这一隐在的文本以及它们之间的联系，尤其是对于历史题材作品的理解。通常的思路是：细读文学文本，联系历史文本，返回现实世界。这样，文学文本的历史

---

① 韩震：《历史的话语分析和文本分析》，《青海社会科学》2000 年第 4 期。
② 张京媛：《新历史主义与文学批评》，北京大学出版社 1997 年版，第 19 页。

意义和现实价值就会清晰展现。如对郭沫若的《甲申三百年祭》、历史剧《屈原》，凌力的《少年天子》等的理解，就应如此。郭沫若笔下的屈原与《史记》中记载的屈原是否完全相同，屈原的历史处境与作者的时代处境有无相似性，理解了这些，《屈原》的现实意义便会显示在读者眼前。同理，凌力笔下的顺治与《清史》中的顺治具有怎样的不同，顺治的时代与创作《少年天子》的时代又有何相似，便成了挖掘文本文化意蕴的关键。这一关联的研究最大价值在于能够挖掘当前文本的历史意义和文本对现实问题的审美转化功能，能够切实有效地阐发文学文本的现实意义，强化学生的文化知识和综合理解能力。

互文观念是一种新兴的文艺思想，它促进了读者思想解放和文本阐释理论的发展。整合中西学术资源后的互文思想具有更大的涵括性，将文本解读学，特别是对文学经典文本的阐释发展到了一个新阶段，它能很好指导文本中从词语、语句、语段到篇章的文本内解释，同时对于分析文本间及文本与历史的多种联系，也具有引导价值。总之，互文观念是一种能加深读者对文学艺术本质理解、提高其艺术美欣赏和分析能力的有效指导思想，值得我们加以重视和深入研究。

第四节　诗性文本与文化阐释：深描与诊断

克利福德·格尔茨将人类文化事件视为符号文本，通过语言符号学方法解读其中蕴含的文化意义。在人类学研究过程中，通过"深描"与"诊断"的反复纠结，获得多元化价值判断，取得的只能是"地方性知识"。解释人类学方法对于当前盛行的文学文化研究很有启发价值。文学文化研究者要避免脱离文本、直奔主题的弊端，只有立足文本，在一定理论指导下细读感悟，才能获得真知灼见。

克利福德·格尔茨是美国当代著名的人类学家，解释人类学研究方法创始人，其关于印尼巴厘岛文化的考察改变了人类学研究方向，影响了整个 20 世纪中后期的文化研究。不仅历史以文本方式存在，而且各种文化事件也以文本形式承传下来，因此文化阐释也可以采用文本诗学方法。立足于后现代文化语境和多元主义视角，克利福德·格尔茨对"文化"概念的重新界定、关于人类学"解释"本质的确认，特别是提出的"深描"与"诊断"的研究思路甚至超出了人类学领域，对当今方兴未艾的文学文化研究也极具方法论意义。

一　解释转向与解释人类学方法

20 世纪 50 年代以后，随着对读者因素的关注，哲学领域出现了"解释转向"。不同于强调文本重要性的"语言论转向"，"解释转向"强调读者因素对于接受效果的影响。由于读者自身修养具有较大差异，解读文本乃至文化事件得出的结论自然不会相同。"解释转向"认为文学、文化释义具有多种可能性，持多元主义文化观。格尔茨的解释人类学方法就是在这一思潮影响下产生的，处处体现出多元主义文化观念。

（一）解释与阐释：人类文化事件意义显示的途径

早在 20 世纪初，德国哲学家卡西尔就创立了符号学文化哲学，他将人的本质界定为"符号的动物"，以区别于亚里士多德提出的"理性的动物""政治的动物"之论。在卡西尔看来，人与动物最大的区别就在于能够自由创造符号，并通过各种符号表达自我对世界的认识；人就生活在自己创造的符号之网中，人在创造符号的同时也改造并提升自我；语言、神话、宗教、艺术、科学、历史等是人类主要的符号形式，也是文化的主体，它们虽然形式不同，但功能相同。格尔茨认同符号哲学，但不像卡西尔那样孜孜探求各文化符号的起源与本质。他接受韦伯社会行为理论，把人的各种行为都看成一个文化事件，同时也是一个符号文本，探究行为背后隐藏的社会意义与价值。"我主张的文化概念实质上是一个符号学（semiotic）的概念。马克斯·韦伯提出，人是悬挂在由他自己所编织的意义之网中的动物，我本人也持相同的观点。于是，我以为所谓文化就是这样一些由人自己编织的意义之网，因此，对文化的分析不是一种寻求规律的实验科学，而是一种探求意义的解释科学。我所追求的析解（explication），即分析解释表面上神秘莫测的社会表达。"①

在格尔茨看来，人类各种文化形式甚至各种风俗仪式都具有类似语言符号的结构，人类学家的任务就是解释各符号的功能，分析其所蕴含的社会文化意义。因此，人类学研究不能仅仅满足于田野调查，进行实证性资料收集，而必须寻找其背后隐含的人文价值和历史意义。"因此，所谓分析即是分类甄别意指结构（structures of signification）——也就是赖尔称之为通行密码的，但这一说法容易使人误解，因为它使这项事业听起来太像破译人员所为之事，而实际上它更像文学批评家所从事的活动——以及确定这些结构的社会基础和含义。"② 由此得知，人类学研究不是科学实验，更像文学批评，属于解释性学科。格尔茨自觉接受并利用文学符号学批评方法探究人类风俗仪式的社会基础和文化价值，分析符号的能指结构和所指内容以及后者在社会生活中的广泛投射，彻底解释清楚人类各种风俗仪式的社会文化意义。格尔茨在其主要著述中反复说明人类学研究的方法和特点就在于它是话语符号学的、解释性的，"所以，民族志描述有三个特点：它是解释性的；它所解释的是社会性会话流（the flow of social discourse）；所涉及的解释在于将这种会话'所说过

---

① ［美］克利福德·格尔茨：《文化的解释》，韩莉译，译林出版社2002年版，第5页。
② 同上书，第11—12页。

的'从即将逝去的时间中解救出来，并以可供阅读的术语固定下来"①。可以说，符号解释学是格尔茨人类文化研究的主要方法，也是文化风俗意义显示的重要途径。

（二）体悟与深描：解释的表述方式

面对不同地域丰富奇特的人类文化现象，特别是原始文化风俗，人类学家所从事的工作不是通过调查收集材料，而是合理地将其导入现代文化视域，做出社会文化学解释。田野调查固然重要，但那仅仅是文化阐释的前提，人类学研究应着重发现事实材料背后的文化寓意。格尔茨强调指出，"人类学著作本身即是解释，而且是第二和第三等的解释。（按照定义，只有'本地人'才能做出第一等的解释：因为这是他的文化）因此，他们是'虚构'的产物"②。即便是记录下来的文化信息，也是如此。格尔茨恪守的科研信条是："既不求成为一个本地人，也不想模仿本地人"③，对各种文化现象要做出属于自己的合乎理性的解释。

那么如何解释异域文化现象，如何呈现异域文化丰富的社会学内容？格尔茨认为，最有效的方法就是结合自身体验、设身处地的感性呈示与描述。这是一种努力使自己融入当地文化系统，与当地人互为邻里后获得的切实感受，是对异域文化的深度体验。格尔茨称这种文化阐释方法为"深描"（thick description）。格尔茨结合自己对巴厘岛"斗鸡"文化考察经历细述了这一研究方法的成功。自己最初来到巴厘岛的时候，当地人敬而远之，研究只能以"田野调查"的面目展开；后来由于当地警察抓赌，自己与当地人都仓皇逃走，逃走过程中窘态百出反而拉近了与当地人的心理距离，他们真正全面接纳了研究者。在此基础上，格尔茨

---

① ［美］克利福德·格尔茨：《文化的解释》，韩莉译，译林出版社2002年版，第27页。
② 同上书，第22页。
③ 同上。

深入民间、切身体会，终于完成了著名的"巴厘岛"斗鸡文化研究系列。"深描"中既融合了主体的理性思考，同时又以经验形式显现，成为既不同于过于夸大其词的文化旅行日记，又不同于枯燥无味的"田野调查"的新型"民族志"研究范例。

（三）诊断：隐在理论归化与指导

人类文化现象通过"深描"方法得以解释，其中存在的社会价值和意义随之显现。但"深描"中熔铸了太多感性描述，好似经验的表达，容易造成缺乏研究的理论性和深刻性印象。事实上而言，文化人类学"深描"方法隐含了理论指导，是理论与经验的密切融合，并且理论建设和框架构建在研究中十分关键。格尔茨用临床医学中的"诊断"过程形象地指出了这一问题。"在个案中进行概括通常（至少在医学和深层心理学）被称作临床推断。这种推断不是从一组观察结果开始，进而把它们置于某一支配规律之下，而是从一组（假定的）标记开始，进而试图把它们置于某一可理解的系统之中。医疗措施是按理论推断而设定的，但是症状（甚至是在以这些措施检测时）却要受到仔细的检查以求理论上的特殊之处——也就是说，做出诊断。在文化研究中，标记不是症状或一组症状，而是符号行为或一组符号行为，并且，其目的也不是治疗，而是分析社会话语。但是，理论的运用方式——探索以找出事物的隐晦的意义——却是相同的。"① "深描"类似于临床医学的"诊断书"，它面对的也是鲜活的具体事件，最终做出既符合个别特性又能被理解的论断。"诊断书"不可能完全一致，但同一病症的诊断却大致相似；"深描"也是如此，每一个文化事件都有不同的人类学价值，但同一地区、大致相

①　［美］克利福德·格尔茨：《文化的解释》，韩莉译，译林出版社 2002 年版，第 33—34 页。

似的文化事件却有着基本相同的文化寓意，解释人类学研究的目的就在于发现这一文化模式及其在整个人类历史进程中的作用，探寻人类社会进化的规律。

因此，在该类研究中，理论指导是必要的。没有理论先行，"深描"文本就真的成了经验描述，失去研究价值。不仅如此，人类学研究还需要在个案分析中归纳、提升理论，建立完善话语分析体系，提供解释人类文化现象的模式与方法，以便更好地理解全球范围内所有复杂文化现象，显示各自特殊的文化价值。"我们的双重任务是，一方面揭示贯穿于我们的研究对象的活动的概念结构——即社会性话语中'所说过的'，另一方面建构一个分析系统，借此，对那些结构来说是类属性的东西，因而本质上与它们是同一的而属于它们的东西，能够凸显出来，与人类行为的其他决定因素形成对照。对民族志来说，理论的职能在于提供一套词汇，凭借这些词语，符号行为关于其自身——也即是说，关于文化在人类生活中的作用——所要说的得以表达出来。"①

当然，格尔茨本人也深刻认识到了理论与经验之间不可缝合的矛盾，理论的目标是抽象的、普遍性的原理与模式；而经验则只能是感性的、丰富的现象世界。对于采用"深描"方法的解释人类学研究来说，研究者只能无限地缩小这种矛盾，但不可能消除矛盾。"文化符号学方法的全部要旨，如同我已说过的，在于帮助我们接近我们的对象生活在其中的概念世界，从而使我们能够与他们（在某种扩展的意义上）交谈。因此，深入一个陌生的符号行为世界的需要与发展文化理论技术的要求之间，领会的需要和分析的需要之间，必然存在着巨大而又本质上无法排除的张力。的确，理论越发展，这种张力就越深。"② 当两者发生严重冲突时，

---

① ［美］克利福德·格尔茨：《文化的解释》，韩莉译，译林出版社2002年版，第5页。
② 同上书，第32页。

必须牺牲理论，只能依靠经验描述的准确性来暗示理论的价值和事件本身的社会意义。因为"深描"方法存在的前提就在于其论述的具体性和现实性。"这就是文化理论的首要条件：它无法掌握自己的命运。由于它不能摆脱深描所呈现的直接性，它以内在逻辑形成自身的能力因此受到限制。它努力获得的普遍性来自其区别方式的精确性，而非其抽象的范围。"①

（四）解释的知识类型：多元化的地方性知识

格尔茨在其著述中还提出了两个重要范畴："全球性知识"和"地方性知识"。这是知识形态的两种主要范型。前者是普遍真理，放之四海而皆准，通常是西方世界的认识和观点；后者为区域性、局部性真知，在一定时空范围内具有真理性，一般是东方世界对社会人生的认识。由于受西方强势文化和西方中心主义观点所影响，长期以来学界都以西方视点审视全球知识，对东方文化做出过不切实际的错误认识。但在格尔茨看来，解释人类学研究获得的只能是地方性知识，虽如此，但其仍具有真理性。

格尔茨之所以得出上述结论，主要原因有二：第一，是受 20 世纪六七十年代后现代主义思潮影响。后现代主义反对宏大叙事，反对权威，主张解构一切，提倡文化的多元化和解释的多样性。在此基础上产生了女权主义、后殖民主义、新历史主义等各种文论派别，它们都以反传统、消解稳固的深层结构为己任。应该说格尔茨的解释人类学方法也是这一汹涌浪潮中的一朵奇葩，顺应了时代潮流。第二，是其研究方法的必然结果。格尔茨虽然强调理论"诊断"的重要性及理论模式概括的价值，但其研究过程本身却是以"深描"的方式进行的，将自己融入当地文化

---

① ［美］克利福德·格尔茨：《文化的解释》，韩莉译，译林出版社 2002 年版，第 32 页。

氛围中结合切身经验描写、解释各类社会行为的文化学意义。这必然使其解释话语是地方性的，不具有说明一切文化形态的示范意义。但由于这种文化阐释不仅立足现实实践，而且又隐含了一定理论指导，得出的结论自然不仅具有可理解性，而且具有真理性。

格尔茨的解释人类学研究方法在西方学界独树一帜，他将人类所有社会行为都视为一种符号表达，人类学研究就是文化符号释义。在符号阐释过程中，理论指导固然重要，但最根本的还是研究者要融入当地文化语境，熔铸切身体验"深描"文化符号背后的价值与意义。通过"深描"与"诊断"反复纠结所获得的文化阐释只能是一种"地方性知识"。格尔茨的人类文化学解读方法对于当前方兴未艾的文学文化研究具有重要启发价值。

二 解释人类学方法对于文学文化研究的启发价值

众所周知，格尔茨的解释人类学研究方法来源于文学符号学，他将各种人类文化事件看作一个有待解释的文本，正像人们对于文学文本的解释具有主观价值趋向一样，解释人类学对文化事件的阐释也必然带有较强的主观性。人类学研究的目的不是发现科学定理和规律，而是使各类文化事件都成为可理解的，从而显示其隐含的社会文化意义。格尔茨成功地移植了文学研究方法，在人类学领域做出了卓著贡献。研究方法可以移植，研究方法当然也可以"反哺"，我们可以将格尔茨成功的经验再运用于当前文学文化研究，以纠正方兴未艾的文学文化研究"热"中存在的弊端，更好地繁荣当代文学批评。

（一）就研究策略而言，文学文本文化研究必须是立足文本的诠释

文学文化研究必须立足文本，进行体验；但不是复述文本，描述客体，更不是"奇观"式的欣赏，而是亲和性的体验，寻求物我为一的诠

释。在很多情况下，文学文化研究采取了脱离文本、直奔主题的做法。这有两种情况：有的虽对文艺现象进行了文化扫描，但论证的过程则是自上而下的，多从一定文化观念或时代精神入手，得出似是而非的结论；有的对文艺现象的述说也非常细致，但都是隔靴搔痒的现象描述，不能探究问题实质。文学文化研究要避免这一弊端，最好办法莫过于精选个案、立足文本，在"细读"文本事件基础上，分析文本言辞隐喻、结构及背后潜在的意识形态权利关系。文本文化价值的阐发需要社会背景分析，但文本意义的得出却只能依据此在文本，先在文本（其他社会事件）只有通过与此在文本形成互文关系才能最终发挥作用，脱离了此在文本就是顾左右而言他的不知所云。

立足文本是前提，在此基础上，还需要研究主体全身心投入文本之中，体验文本事件的特殊性，寻求物我为一状况下的诠释。这样的论述就不会是对客体的单纯描述，也注定不会成为奇观式的欣赏。这种解释既不会使之过于科学化而缺少生气，也不会因有了主体价值判断而影响其普适性。格尔茨的文化研究经历很好地印证了这一点：起初，他被当地人视为外乡人，自己的考察与研究处处受阻；后来，当地警察抓赌，他在逃跑途中窘态百出，但因此被当地人视为同类，从此以后可以深度体验当地文化，研究迎刃而解。因此，文学文化研究展开的前提就是立足文本。

（二）就研究方法而言，应坚持语言学方法与文化人类学、社会学、
　　　心理学乃至民俗学方法的有机结合

当前文化研究，无论是对文化工业进行批判，还是分析视觉影视改编，乃至探讨流行娱乐节目，有一个共同趋向，那就是方法较为单一，大都从消费语境入手，探究这一特殊文化现象兴起的社会原因。毫无疑问，社会学分析是必要的，因为每一种文化现象的产生都有其特殊的历

史背景和必备的社会条件，"快餐式"文艺只能产生在生活节奏加快的当今消费社会，"手机文学"也离不开快速发展的媒体技术支持。但文化学方法有其先天不足，其得在于视角宏阔，其失在于分析粗疏。中国古代对文学活动进行文化研究，形成了诸多真知灼见，但失于感悟式论断，并没有产生世界范围内振聋发聩的影响。因此，文学文化研究必须将社会学视野与人类学方法、心理学方法、民俗学方法等有机结合起来，才能形成细致深刻而具有说服力的论断。特别是语言学方法，更值得关注。

语言学、符号学研究将各种人类文化活动都视为文本事件，以剖析文本的方法解读人类行为的文化意义。这种方法在现代人文科学研究中具有深远影响，从文本含义的不断衍化就能发现语言学方法的不断扩张。在当代有些批评家那里，文本超出了语言学界限，既可以用于电影、音乐、绘画等艺术种类，"也可以指一切具有语言——符号性质的构成物，如服装、饮食、仪式乃至于历史等等"①。法国现象学符号理论家让-克罗德·高概更是将文本归结为一种表达方式："说文本分析的时候，应该把文本理解成一个社会中可以找到的任何的一种表达方式。它可以是某些书写的、人们通常称作文本的东西，也可以是广告或某一位宗教人士或政界人物所做的口头讲话，这些都是文本。它可以是诉诸视觉的比如广告画。也就是说，实际上是一个社会使用的旨在介绍自己或使每个人在面对公众的形势下借以认识自己的表达方式。"② 既然文化事件都是文本，我们就可以按照分析语言文本由浅入深的层次，逐层探究文化文本语言、结构、结构中的互文关联及其蕴含的历史文化价值。语言学研究方法的最大优势在于能够立足文本，深入探究研究对象客观存在的对立关系，从而得出顺理成章、证据确凿的结论，它能有效弥补纯文化研究的空疏。

① 王先霈、王又平：《文学批评术语词典》，上海文艺出版社1999年版，第168页。
② ［法］让-克罗德·高概：《范式·文本·述体》，《国外文学》1997年第2期。

格尔茨也正是采用语言符号学方法解读巴厘岛斗鸡事件的，格尔茨的成功值得当前文学文化研究借鉴。

（三）研究过程，应注重"诊断"基础上的"深描"

不同于一般文学语言研究，文学文化研究必须具有深厚的文化色彩，描述各类文艺现象所特有的人文含义，"深描"必不可少。但同时文学文化研究又是一种理性分析，必须在一定理论方法指导下完成，需要"诊断"环节的存在。只有做到两者统一，才能不失文化研究之特色。在这方面被称为"文化诗学"的新历史主义很有代表性，"这种'新历史主义'乃是一种采用人类学的'厚描'方法（thick description）的历史学和一种旨在探寻其自身的可能意义的文学理论的混合产物，其中融合了泛文化研究中的多种相互冲突的潮流"①。"就是从极简单的动作或话语着手，追寻它所隐含的无限社会内容，揭示其多层含义，进而展示文化符号意义结构的复杂社会基础和含义。"② 这就要求文学文化研究一方面通过深度描述展示文艺现象本身的奇异色彩和新奇效果，另一方面通过一定理论指导得出符合逻辑的理性判断，在描述中寄寓深刻认识。就研究过程而言，整个论述前后都要做到感性与理论的完美融合。

（四）研究目的，重在揭示文本的社会文化意义

文化研究方法侧重于客体社会属性的挖掘、文化意义的阐释，这包括与客体相关的时代精神、地域特色、阶级阶层特点、民族风情、流派风格和时尚心理等。文学文化研究就需要揭示上述问题作品中或隐或显的体现，解释文艺活动中所氤氲的宗教、哲学、民俗学价值，探讨文艺在构成文化共同体、传承文化等方面发挥的特殊作用。其研究目的不仅

---

① 张京媛主编：《新历史主义与文学批评》，北京大学出版社 1993 年版，第 52 页。
② 张进：《新历史主义与历史诗学》，中国社会科学出版社 2004 年版，第 148 页。

在于使文艺现象成为可理解的，而且使其载负的文化意义充分展示出来。正如格尔茨研究民俗文化仪式，他不是以"他者"眼光在描述风俗奇观，更不是做科学的田野调查记录，他是融入地域文化系统之后进行的感悟式解释，目的在于使这种异域文化仪式成为可理解的，成为人能确认的文化价值传承形式。如果仅仅探究作品的语言特色、叙事技巧和风格类型，那属于语言形式研究；如果只是探讨作品审美特色，那属于文艺美学研究。文学文化研究探究的重点是文艺现象的社会意义和文化构建功能。如对张炜与"胶东文化"、贾平凹与"商州文化"、赵树理与"三晋文化"等作家作品和行为艺术、医学美容、电视广告、综艺直播等文化现象都可以采用文化学研究视角，它在让我们了解有趣文化现象的同时，更发现了文化无孔不入的强大渗透能力。

（五）意义评定，应坚持多元价值观

文学文化研究是一种社会文本阐释，属于人文学科，具有极强的价值趋向性。首先，当今兴盛的文学文化研究是一种后现代观念，它对极端的现代性追求有一种天然的反对，主张以平实的姿态对待各种文化现象，特别是过去不被重视乃至受压抑的各种社会现象，新历史主义、后殖民主义、女权主义等都是文学文化研究的重要派别，它们就从不同角度颠覆了传统认识；而美学日常生活化、艺术人生化、商业化炒作、娱乐化文艺等文化研究的重要领域，也显示文艺走向平民的趋势。区别于传统，当代多元化的文艺观念已经形成。其次，文学文化研究属于人文学科，人文学科的价值属性决定了研究结论会因研究主体立场的不同而不尽相同。特别是处于解释学转向的 21 世纪，文学文化研究的多元化趋向会更为明显。最后，就文学文化研究本身来看，由于它将文艺现象视为一种符号文本，需要调动各种解读方法剖析文本，逐层挖掘其隐含的社会文化价值。虽然都本着严肃态度、科学立场，但由于视角不同，观点必然会有差别。符号文本就如开有多扇窗户的房子，观者从不同窗户看到房内的布置会不一样，澄明了某些部分必然意味着会遮蔽另一些部分。比如，对大众审美文化的论断，采用精英立场和民粹立场得出的结论自然有别。在这里，格尔茨"地方性知识"的论断很有启发价值，文学文化研究虽然借鉴了西方最新方法，但它们必须经过"本土化"过程才能融入中国现实。文本剖析虽带有理论"诊断"，但经过"深描"后得出的论断则弥散着主体体验。因此，文学文化研究必然是多元化的价值阐释。

格尔茨人类文化解释方法受益于 20 世纪盛行的文学语言研究，通过对印尼土著文化事件的研究取得了瞩目成就，成为名赫一时的"显学"。符号人类学方法可以"反哺"当前文学文化研究，其方法程序及提出的某些结论极富借鉴意义，特别是其提出的"地方性知识"论断对当代文化研究尤有启发价值。解释人类学方法值得当代文学文化研究学者关注。

总是，当代中国特色文本诗学的建设必须以马克思主义世界观和方法论为指导，注意借鉴 20 世纪西方文本诗学发展所取得的丰硕成果，立足现实土壤并注意转化传统丰富的文本思想资源，力争特色鲜明、富有时代气息。同时，需要注意，当代文本诗学的构建是众多领域人文思想浸润的结果，吸收了诸多人文思想精华。因此，文本诗学一经形成，还应"反哺"其他领域，为其他人类文化研究提供方法论意义上的有益指导，与其他人类文化领域展开良好的"互动"合作。

结语　诗性文本与文本科学的建立

——20世纪中后期西方马克思主义文本理论走向及其启示

当代中国特色文本诗学的建立应站在时代高度，立足发展视野，充分借鉴20世纪以来西方文本理论发展积累的成果，特别是西方马克思主义文本理论所提出的真知灼见。西方马克思主义文本理论从革命的形式到文本诗学的发展历程与时势赋予的使命完全一致，而当代中国从社会主义革命到社会主义建设的转型与西方马克思主义理论发展何其一致，汲取马克思主义文本诗学发展进程的经验与教训，对于建立、发展科学的当代文本诗学具有十分积极的意义。

一　问题的提出：艺术自律与马克思主义文本理论的产生

众所周知，马克思主义文学理论产生于19世纪40年代，它伴随着无产阶级工人运动的高涨而到来，是对无产阶级文艺运动规律的总结和理论提升，并对当时的无产阶级文艺活动具有极大的指导作用。进入20世纪，随着文艺界对艺术自律问题的重视，马克思主义文艺理论也越来越关注自身形式问题，突出语言、结构、技巧等形式因素及其在文本构成中的决定性功能。我们把马克思主义文艺理论发展过程中出现的这一倾向称为文本理论诉求，本书就是在上述意义上分析马克思主义文艺理论发展问题的。

关于文学自律的理解，中外论述颇为深刻。哈贝马斯认为："自律性也就是艺术作为社会亚系统的某种功能性模式，艺术的自律性也就是面对其社会有用性要求时艺术的相对独立性。"①国内学者周宪认为："从词义上看，自律是与他律相对而言的，自律，即 autonomy 或自主性、自身法则的意思；从美学角度看，自律是把艺术存在的根据定位于艺术自身。"②

从审美现代性角度来看，文学自律性是对审美现代性一个方面的阐释，而这种阐释与近代美学思想密不可分。众所周知，康德在近代美学、哲学史上地位显赫，他认为："快适使人快乐，善使人珍视和赞许，美则使人满意，在这三种愉快里只有对美的欣赏和愉悦是唯一无利害关系的和自由的愉快；因为既没有官能方面的利害感，也没有理性方面的利害感来强迫我们赞许。"③ 我们认为康德所强调的这种无目的合目的性与艺术的自律性要求统一于审美现代性之中，是审美现代性对艺术独立地位强调的体现。康德认为美的艺术是独特的，它有自身的价值和原则。

20 世纪马克思主义文本理论在追求自身价值的过程中，经历了曲折的发展。大致看来，20 世纪中期，受传统马克思主义文论的影响，更加关注文艺的社会批判功能，仅仅把文本形式革新视作"革命的形式"——这一独特形式更容易引发大众的革命欲望。20 世纪后期，受科学主义文艺理论（新批评、结构主义、现象学等理论派别）影响，侧重研究文艺实现社会革命功能的内在运行机制，即文艺作为话语生产、审

---

① ［德］比格尔：《先锋派理论》，高建平译，商务印书馆 2002 年版，第 108 页。
② 周宪：《现代性的张力》，首都师范大学出版社 2001 年版，第 193 页。
③ ［德］康德：《判断力批判》，宗白华译，商务印书馆 1985 年版，第 46 页。

美意识形态生产的发生原理。20 世纪中后期西方马克思主义文本理论经历了由革命的形式到科学的阐释的转变。

二　革命的形式：法兰克福学派的"社会批判"文本理论

所谓"革命的形式"，意味着"形式"是革命的工具和手段，强调"形式"创新的目的在于形式传达的社会内容。受现代性语境中艺术自律意识的影响，法兰克福学派对形式的关注由来已久。在 20 世纪二三十年代，卢卡契和布莱希特有关现实主义与现代主义的论争中就涉及该问题。布莱希特认为现代主义艺术的出现是时代发展的必然，它突出形式的革新，主张艺术技巧的创新。特别是"叙事剧"带来的间离效果，更容易使得观众理性地思考异化现实，带来行动上的革命。而现实主义作品虽然忠实地再现现实，但往往使人沉浸在作品的感人氛围中，被作品所同化，并不一定具有所期望的现实教育功能。因此，形式的创新具有特殊的意识形态价值。"第二次世界大战"以后，随着资本主义福利国家的建立，社会矛盾有所缓和。与此同时，娱乐化的大众文化、消费文艺渐成席卷之势，文艺的现实干预功能进一步弱化。面对这一严峻形势，法兰克福学派第二代领军人物阿多诺、马尔库塞等重提文艺"形式"的革命功能，主张以"否定艺术""反艺术"和"新感性艺术"对抗文化工业生产出的流行艺术、大众艺术，使文艺与现实生活保持必要的距离和张力，产生既反映现实又矫正现实、变革现实的政治价值。

法兰克福学派文本理论虽然突出文艺"形式""文本"的重要性，但与此前和同一时期强调语言客体重要地位的俄国形式主义、新批评、结构主义等文本理论流派有着本质不同。

在内容与形式关系方面，受艺术自律思潮的影响，法兰克福学派十分突出形式的重要性，甚至一度认为形式是文学作品中第一位的要素。如詹姆逊在评述阿多诺观点时说："一部艺术作品的内容，归根结底要从它的形式来判断，正是作品实现了的形式，才为作品于中产生的那个决定性的社会阶段中种种有利的可能性提供了最可靠的钥匙。"① 马尔库塞也多次论及："那种构成作品的独一无二、经世不衰的同一的东西，那种使一切制品成为一件艺术作品的东西——这种实体就是形式。借助形式而且只有借助形式，内容才获得其独一无二性，使自己成为一件特定的艺术作品的内容，而不是其他艺术作品的内容。"② 但总体而言，法兰克福学派仍坚持内容、形式二分的文本结构层次分类方法，形式虽具有独立审美价值，但主要还是服务于内容表达的需要。而形式主义文本理论则认为内容与形式是统一的，两者统一于形式，取消了形式就等于取消了文学。为此，俄国形式主义认定文学本质在于"文学性"，并且只有通过语言"程序"设置带来的陌生化效果才能凸显"文学性"；新批评主将兰色姆提出"文学本体论"，文学本质就在于形式本身，与形式以外的东西无关；结构主义只是关注文学的表层、深层结构，特殊的叙事技巧所具有的叙事功能以及各种叙事批评模式，若涉及情节内容，也是上述形式因素暗示出来的，从不主动从内容入手。

在文艺功能的认识方面，法兰克福学派认为形式创新的目的有特殊的现实政治意义。在高度发达的跨国资本主义时期，异化已扩展到生活的方方面面，作为社会个体的人已失去主体性，成为"单面人"——社会大机器上的齿轮或螺丝钉，其多方面的创造潜能被严重抑制。而被国家意识形态所默许的流行文艺、娱乐文艺已失去应有的反思与批判功能，被同化为日常生活思维。革命的文艺应该采用新异形式——标新立异的形式，甚至可以以非艺术、反艺术、否定性艺术的面目出现，以唤起大

---

① ［美］詹姆逊：《马克思主义与形式》，李自修等译，百花文艺出版社1997年版，第44页。
② ［德］马尔库塞：《审美之维》，李小兵译，广西师范大学出版社2001年版，第179—180页。

众的新感性，恢复人的自由追求。因此，"形式，是艺术感受的结果。该艺术感受打破了无意识'虚假的'、'自发的'、无人过问的习以为常性。这种习以为常性作用于每一实践领域，包括政治实践，表现为一种直接意识的自发性，但却是一种反对感性解放的社会操纵的经验。艺术感受，正是要打破这种直接性"①。由此来看，法兰克福学派认为文艺价值在于社会功效。而各形式主义文本理论关注的焦点全在文本本身，文艺功能就在于它们精确地传达人对现实世界的诗意感受，并能够以新异形式唤起艺术感觉，以打破日常惯例化思维，带来震惊体验。文艺价值仅在审美，与政治、伦理等意识形态内容毫无关系。文学批评是一种特殊的科学研究，其目的在于剖析这一特殊语言存在的运行机制。这种形式背后无内容的文学功能观，最终有可能导致文学沦落为无意义的滑动的能指，成为纯粹的文字游戏。

　　在价值立场上，法兰克福学派吸收了席勒审美救赎功能理论、马克思审美与人的解放功能价值观，认为文艺具有重要的人学价值，它是异化社会中人性自由获得的重要手段。文艺是构建审美乌托邦的重要方面。"虽然艺术是一种审美幻象，但是在高度工业化的资本主义社会中，艺术正是通过营构一种审美幻象而具有了赋予世界以意义和审美救赎的功能。"② 而在各语言客体文本理论中，文艺是人文科学的一个分支，其价值仅仅在于以新异的形式打破日常感知的陈旧与麻木，唤起新鲜的震惊体验，满足人们的审美、娱乐需要，与政治变革毫无关联。

　　由此看来，在艺术自律性追求成为时尚的背景下，法兰克福学派也

① ［德］马尔库塞：《审美之维》，李小兵译，广西师范大学出版社 2001 年版，第 111 页。
② 杨建刚：《形式的革命与革命的形式——俄国形式主义与西方马克思主义的形式观之比较》，《文艺理论研究》2007 年第 6 期，第 12—18 页。

主张形式革新，维护文艺的自律性。但在这一价值诉求的背后，他们更关心文艺的政治功能，形式创新仅仅是革命的一种方式与手段。

三　文本科学的建立：以伊格尔顿为代表的话语意识形态生产文本观

从历史发展角度而言，在诗性秩序构建文本理论兴盛之时，就有很多有识之士指出其不足。以现象学为指导的英伽登、伊塞尔阅读阐释理论就反对文本为一封闭的体系，他们特别强调读者对文中"不定点"和"空白"的填补作用。以阐释学为基础的文学解释学和接受美学更是强调文本的历史效果和意义的生成性。在其看来，文本的意义不是由语言文本决定的，更不是固定不变的，其意义游移而不定，随着读者视点的变化而变化。一定程度上讲，读者最终决定文本意义的具体存在。文本作为一种流传物，通过语言的媒介而存在，并依赖新的解释而获得新的生命力。"流传物并不只是一种我们通过经验所认识和支配的事件，而是语言，也就是说，流传物像一个'你'那样自行讲话。一个'你'不是对象，而是与我们发生关系……流传物是一个真正的交往伙伴，我们与它的伙伴关系，正如我和你的关系。"① 文学作为社会存在物，无论就其内容还是形式来说，必然都受到社会生活多方面、多角度影响，完全将文本孤立起来，无疑是一种唯心梦想。就此来说，诗性秩序构建文本理论表现出一种最浪漫主义的渴望。分析文本正确的做法应该是立足文本，但不忘却文本以外的社会。法国文艺社会学家埃德蒙·克罗正确地指出了这一点："与外部世界的关系，即可以通过文本内部的微型符号体系，也可以通过文本对于社会言语凝聚的生发工作而客观地予以反映，而写作者本人既未发现这些关系，也不可能发现，这一事实使文本具有极广

_____

① ［德］伽达默尔：《真理与方法》，洪汉鼎译，上海译文出版社 1999 年版，第 136 页。

泛的社会视野能力。"① 20 世纪后期马克思主义文本理论所做的工作就是揭示两者交互共存的关系：文本如何显示了社会，社会怎样影响了文本。詹姆逊和伊格尔顿是该主张的代表。

20 世纪后期西方马克思主义文本建构理论的突出之处就是引入了意识形态观念，将文本分析与意识形态密切联系起来。总体而言，詹姆逊的"泛文本"理论政治色彩更为浓厚一些。② 一方面他认为语言学模式的文本分析自有其价值，精确、细致而公正；另一方面，语言的牢笼却限制了文本影响现实、指导现实、参与现实的功能。后现代语境下马克思主义文本分析必须坚持马克思主义基本立场，方法可以灵活多样，但目的却只有一个：揭示各种理论及文本背后所包含的意识形态性。由于詹姆逊的"意识形态"观念较为传统，含义较为狭窄，多指影响人们生活的政治、阶级观念，因此在他看来文本分析就是从语言、结构的裂隙中窥视、挖掘这种观念，所以他自然能得出第三世界文学是"民族寓言"的结论。詹姆逊的理论被称为"文化的政治阐释学"。

相较而言，特里·伊格尔顿的研究更具理论形态，更追求科学性、系统性，其立论核心就是"意识形态生产"。在伊格尔顿看来，意识形态包含了更广含义，涉及文化生活的各个方面。概而言之，就是指影响人们价值判断、自我确认的信仰体系。但他重点研究的不是这一信仰体系内容的变更，而是这一体系是如何工作和发挥作用的，其发挥作用的程序如何。从这一角度来看，伊格尔顿确实遵循了阿尔都塞开创的结构马克思主义之路。就其文本理论来看，他重点探讨的不是文本隐含了一种怎样的意识形态观念，而是文本阐释是如何必然包含意识形态观念并推

① ［法］埃德蒙·克罗：《文学社会学》，［法］马克·昂诺热等主编《问题与观点》，史忠义等译，百花文艺出版社 2000 年版，第 190 页。

② 参见拙作《詹姆逊的泛文本理论》，《文学评论丛刊》2003 年第 2 期。

进意识形态观念发展变化的，正是从这一角度来说，文本分析才会是一种意识形态生产。因此，他反对用固定的意识形态观念解释文本，主张引进后现代主义的"成文性"与其对抗。"可以说，'解构主义'批评的目的是用'成文性'与'意识形态'相抗衡。如果意识形态将咄咄逼人的纷繁意义归于自己名下，成文性就会随即揭示出其中隐含着'阉变点'；如果意识形态以一种具有稳定层次的、围绕着一套特定的自我封闭的先验能指组织起来的意义形式出现，成文性就会表明，在一个唯有暴力才能止滞的、具有无限发展潜能的环节中，一能指是如何去置换、重复并代替另一能指的。成文性揭示出意识形态话语及其他话语形式中不可避免的裂隙、疏漏和自缺，不过，这些话语必须不惜一切代价将它们抑制，成文性将意识形态那磨损了的边缘曝光，在其意义可能得到阐明的地方开刀，疑心十足而拒不承认意识形态那明显的自信，理由是文字符号是诡诈的，根本没有自足的意义。"①

特里·伊格尔顿接受解构主义观点，从语言学角度分析了意识形态生产过程。他不仅认为语言符号的意义是不确定的，处于无限的推延和延宕过程之中，意义是一种悬浮的东西；而且还认为语言符号具有复制性，可以根据需要任意拼贴，并以此创造新的文本。由于符号脱离最初产生的语境而使其意义发生变异，对其新意的理解只能联系新的语境和上下文展开，因而文本意识形态生产是在每一次新的阅读中完成的。"我们很难知道一个符号的'本来'意义和'未来'上下文是什么：我们只是在很多不同的情境中遭遇符号。虽然为了可以被辨认，符号必须在这些情境中保持某种一致性，但是，因为符号的上下文始终不同，所以它

---

① ［英］特里·伊格尔顿：《文本·意识形态·现实主义》，王逢振等选编《最新西方文论选》，朱刚译，漓江出版社 1991 年版，第 425 页。

从来不是绝对相同的，它从未与自己完全同一。"① 因此，任何阅读与文本解读都是一种重写，都是联系上下文展开的重写，在重写中释放文本含义的多样性，在重写中完成文本的意识形态重建工作。"换言之，一切文学作品都被阅读它们的社会所'改写'，即使仅仅是无意识地改写。的确，任何作品的阅读同时都是一种'改写'。没有任何一部作品，也没有任何一种关于这部作品的流行评价，可以被直截了当地传给新的人群而在其过程中不发生改变，虽然这种改变几乎是无意识的。"② 伊格尔顿的这种文本意识形态生产方式意味着："价值既不是文本内在地固有，只等印在读者脑海里的本质属性，也不是像接受美学所说的那样，完全是在阅读过程中由读者印在作品里面的，而是在文本与读者的双向互动过程中生成的。既避免了尊奉不可撼动的终极意义的超验主义，也避免了诉诸毫无依傍的符号游戏的多元主义。"③ 因此，伊格尔顿的文本建构理论具有较强辩证性和现实可行性，其最终趋向是文化修辞学，或他自称的"政治批评"。

四　反思与启示：探索科学的文本文化修辞批评

进入 21 世纪，文本诗学如何发展是一个值得关注的问题。笔者认为在经历了 20 世纪的风风雨雨之后，马克思主义文本诗学应立足文艺审美自律本质，走辩证综合之路，文化修辞研究是其旨归。所谓"文化修辞研究"，就是在研究文学文本时既关注文本语言、结构、创作技巧、文体特色等形式因素，又不忘文本文化含义、主题意蕴和社会价值等问题的探讨，并侧重从文本形式出发，探究这一独特形式如何传达了特殊的社

---

① 　[英]特里·伊格尔顿：《二十世纪西方文学理论》，伍晓明译，陕西师范大学出版社 1986 年版，第 162 页。
② 　同上书，第 16 页。
③ 　马海良：《文化政治美学——伊格尔顿批评理论研究》，中国社会科学出版社 2004 年版，第 164—165 页。

会文化价值。这种研究貌似长期以来颇为流行的"归纳主题"与"写作特色"相叠加的文艺批评方法，但又有本质的不同，因为它不是任意的主题批评和形式批评方法的混合，它是一种完整的、有自己本质规定的文学研究方法。

原因在于：第一，后现代文化语境的影响。后现代多元价值观已深入人心，启发人们进行文艺研究必须重视文本多重意义的挖掘，而不是单纯的形式研究，更不能是单一的"革命的形式"的政治学研究。第二，20世纪后期西方马克思主义文本文化研究的经验。法兰克福学派的社会批判理论和詹姆逊、伊格尔顿等人的审美意识形态话语生产理论影响深远，以致20世纪80年代以来具有席卷之势，成为最为流行的批评方法。当前马克思主义文本理论研究自然应该接受其合理成果，关注文本中的文化因素。第三，20世纪文本诗学发展过程积累了丰富的经验和理论成果，值得借鉴。20世纪上半叶文本诗学发展告诉我们只封闭地探究文本形式特色而不挖掘其审美情感及社会文化价值，会偏离文本的人文特色，是不健全的文学研究。20世纪中后期的文本诗学也昭示着文本并不封闭，需要揭示语言、结构的不稳定性及文本与社会的多方面联系，在对话与交流中阐释意义。更重要的是，20世纪文本诗学提供了诸多具有借鉴价值的文本分析方法，有利于我们在剖析文本基础上展开文化释义。第四，文化修辞研究特色鲜明，价值突出。文化修辞研究既立足文本，又不囿于文本，这就避免了当前文化研究脱离文本、直奔主题的弊端，又避免了形式研究仅封闭地探究形式、忽视人文价值的不足，具有双美之效。它既不脱离文本，从文本形式出发，又关注了形式背后的文本文化寓意，真正能够揭示文艺的多方面价值。

文本文化修辞研究是当代马克思主义文本理论发展的新视点，具有广阔的发展前景，值得期待。

参考文献

一 英文部分

1. *Text*，*Textual Criticism*，In *The New Encyclopadia Britannicav*，Vol. 30，Macropedia Volume 18，Encyclopadia Britannica Inc. 1984.

2. Alison Lee & CatePoynton，*Culture and Text*：*Discourse and Methodology in Social Research and Cultural Studies*，Roman & Littlefield Publisher Inc，2000.

3. Fredric，Jameson，*Marxism and Form*，Princeton University Press，1971.

4. Jacques，Derrid，*Writing and Difference*，Chicago：The University of Chicago Press，1985.

5. Jacques，Derrida，*Of Grammatologyv*，Baltimore：The Johns Hopkins University Press，1976.

6. Jonathan，Culler，*The Linguistic Basis of Structuralism*，In David，Robeyv（eds.），*Structuralism*：*an introduction*，London：Oxford University Press，1973.

7. Jorge J. E. Gracia，*A Theory of Textuality*：*the Logic and Epistemology*，

State University of New York Press，1995.

8. Jorge J. E. Gracia，*Txst*：*Ontological Status*，*Identity*，*Author*，*Audience*，State University of New York Press，1996.

9. Julia，Kristeva，*Julia Kristeva Interviewsv*，New York：Columbia University Press，1996.

10. Manfred Frank，*The Subject and the Text*：*Essays on Literary Theory and Philosophy*，London：Cambridge University Press，1997.

11. Michael，Riffaterre，Intertextuality vs. Hypertextualityv，In *New Literary Historyv*，Vol. 25，No. 4，1994：781–788.

12. Paul，De Man，*Romanticism and Contemporary Criticism*，Baltimore and London：The Johns Hopkins University Press，1993.

13. Paul，Ricoeur，*Interpretation Theory*：*Discourse and the Surplus of Meaning*，Fort Worth：Texas Christian University Press，1976.

14. Philip G. Cohen，*Texts and Textuality*：*Textual Instability*，*Theory*，*and Interpretation*，London：Routledge，1997.

15. Philip，Pettit，*The Concept of Structuralism*：*A Critical Analysis*，Berkeley and Los Angeles：University of California Press，1977.

16. Robert，Scholes，*The Structural Analysis of Literary Texts*，In *Structuralism in Literature*：*An Introduction*，New Haven and London：Yale University Press，1974.

17. Terry，Eagleton，*Criticism & Ideology*：*A Study in Marxist Literary Theory*，London：Verso. 1976.

二　中文译著、论著部分

1. ［俄］M. 卡冈：《艺术形态学》，凌继尧、金亚娜译，生活·读书·新知三联书店 1986 年版。

2. ［苏联］巴赫金：《文本、对话与人文》，白春仁译，河北教育出版社 1998 年版。

3. ［苏联］巴赫金：《文艺学中的形式主义方法》，李辉凡等译，漓江出版社 1989 年版。

4. ［美］保罗·德曼：《解构之图》，李自修等译，中国社会科学出版社 1998 年版。

5. ［日］北冈诚司：《巴赫金：对话与狂欢》，魏炫译，河北教育出版社 2002 年版。

6. ［法］波利亚科夫：《结构—符号学文艺学》，佟景韩译，文化艺术出版社 1994 年版。

7. ［法］德里达：《文学行动》，赵兴国等译，中国社会科学出版社 1998 年版。

8. ［法］蒂费纳·萨莫瓦约：《互文性研究》，邵炜译，天津人民出版社 2003 年版。

9. ［法］杜夫海纳：《审美经验现象学》，韩树站译，文化艺术出版社 1992 年版。

10. ［美］弗雷德里克·詹姆逊：《文化转向》，胡亚敏等译，中国社会科学出版社 1999 年版。

11. ［法］福柯：《知识考古学》，谢强、马月译，生活·读书·新知三联书店 1998 年版。

12. ［美］高友工、梅祖麟：《唐诗三论——诗歌的结构主义批评》，李世跃译，商务印书馆 2013 年版。

13. ［德］伽达默尔：《真理与方法》，洪汉鼎译，上海译文出版社 1999 年版。

14. ［美］格尔茨：《文化的解释》，韩莉译，译林出版社1999年版。

15. ［美］海登·怀特：《后现代历史叙事学》，陈永国、张万娟译，中国社会科学出版社2003年版。

16. ［德］洪堡特：《论人类语言结构的差异性及其对人类精神发展的影响》，姚小平译，商务印书馆1997年版。

17. ［美］霍克斯：《结构主义和符号学》，瞿铁鹏译，上海译文出版社1987年版。

18. ［美］凯特琳娜·克拉克、迈克尔·霍奎斯特：《米哈伊尔·巴赫金》，语冰译，中国人民大学出版社1992年版。

19. ［美］肯尼斯·伯克等：《当代西方修辞学：话语演讲与批评》，常昌富等译，中国社会科学出版社1998年版。

20. ［法］利科：《解释学与人文科学》，陶远华译，河北人民出版社1987年版。

21. ［美］罗伯特·休斯：《文学结构主义》，刘豫译，生活·读书·新知三联书店1988年版。

22. ［法］罗杰·法约尔：《批评：方法与历史》，怀宇译，百花文艺出版社2002年版。

23. ［法］罗兰·巴特：《S/Z》，屠友祥译，上海人民出版社2000年版。

24. ［法］罗兰·巴特：《符号帝国》，孙乃修译，商务印书馆1999年版。

25. ［法］罗兰·巴特：《符号学原理——结构主义文学理论文选》，李幼蒸译，生活·读书·新知三联书店1988年版。

26. ［法］罗兰·巴特：《文之悦》，屠友祥译，上海人民出版社2002年版。

27. ［波兰］罗曼·英伽登：《对文学的艺术作品的认识》，陈燕谷等译，中国文联出版公司 1988 年版。

28. ［法］马克·昂热诺等：《问题与观点》，史忠义、田庆生译，百花文艺出版社 2000 年版。

29. ［法］蒙甘：《从文本到行动——保尔·利科传》，刘自强译，北京大学出版社 1999 年版。

30. ［美］乔纳森·卡勒：《结构主义诗学》，盛宁译，中国社会科学出版社 1991 年版。

31. ［美］乔纳森·卡勒：《论解构》，陆扬译，中国社会科学出版社 1998 年版。

32. ［法］让-克罗德·高概：《话语符号学》，王东亮译，北京大学出版社 1997 年版。

33. ［英］瑞恰兹：《文学批评原理》，杨自伍译，百花文艺出版社 1992 年版。

34. ［美］赛义德：《世界·文本·批评家》，李自修译，生活·读书·新知三联书店 2009 年版。

35. ［俄］什克洛夫斯基等：《俄国形式主义文论选》，方珊等译，生活·读书·新知三联书店 1989 年版。

36. ［瑞］索绪尔：《普通语言学教程》，高名凯译，商务印书馆 2002 年版。

37. ［法］泰特罗：《本文人类学》，王宇根等译，北京大学出版社 1996 年版。

38. ［英］特里·伊格尔顿：《二十世纪西方文学理论》，伍晓明译，陕西师范大学出版社 1986 年版。

39. ［英］特里·伊格尔顿：《历史中的政治、哲学、爱欲》，马海良译，中国社会科学出版社 1999 年版。

40. [英] 特里·伊格尔顿：《马克思主义与文学批评》，文保译，人民文学出版社 1980 年版。

41. [英] 伊格尔顿：《文本·意识形态·现实主义》，王逢振等选编《最新西方文论选》，朱刚译，漓江出版社 1991 年版。

42. [法] 托多洛夫：《巴赫金、对话理论及其他》，蒋子华、张萍译，百花文艺出版社 2001 年版。

43. [法] 托多洛夫：《俄苏形式主义文论选》，蔡鸿宾译，中国社会科学出版社 1989 年版。

44. [法] 威恩·布斯：《小说修辞学》，付礼军译，广西人民出版社 1987 年版。

45. [美] 韦勒克、沃伦：《文学理论》，刘象愚等译，生活·读书·新知三联书店 1984 年版。

46. [日] 西川直子：《克里斯托娃：多元逻辑》，王青、陈虎译，河北教育出版社 2002 年版。

47. [美] 希利斯·米勒：《重申解构主义》，郭英剑等译，中国社会科学出版社 1998 年版。

48. [加] 谢少波：《抵抗的文化政治学》，陈永国、汪民安译，中国社会科学出版社 1999 年版。

49. [英] 燕卜逊：《朦胧的七种类型》，周邦宪等译，中国美术学院出版社 1996 年版。

50. [法] 约翰·斯特罗克主编：《结构主义以来》，渠东等译，辽宁教育出版社 1998 年版。

51. 昂智慧：《文本与世界——保尔·德曼文学批评理论研究》，上海人民出版社 2009 年版。

52. 白春仁：《文学修辞学》，吉林教育出版社 1993 年版。

53. 包亚明主编：《德里达访谈录：一种疯狂守护着思想》，何佩群译，上海人民出版社 1997 年版。

54. 陈厚诚、王宁主编：《西方当代文学批评在中国》，百花文艺出版社 2000 年版。

55. 陈永国：《文化的政治阐释学》，中国社会科学出版社 2000 年版。

56. 丁尔苏：《语言的符号性》，外语教学与研究出版社 2000 年版。

57. 方珊：《形式主义文论》，山东教育出版社 1998 年版。

58. 方生：《后结构主义文论》，山东教育出版社 1998 年版。

59. 冯俊等：《后现代主义哲学讲演录》，商务印书馆 2003 年版。

60. 冯寿农：《文本·语言·主题》，厦门大学出版社 2001 年版。

61. 冯宪光、马睿：《审美意识形态的文本分析》，四川大学出版社 2002 年版。

62. 傅修延：《文本学——文本主义文论系统研究》，北京大学出版社 2004 年版。

63. 葛兆光：《汉字的魔方——中国古典诗歌语言学札记》，辽宁教育出版社 1999 年版。

64. 黄鸣奋：《超文本诗学》，厦门大学出版社 2002 年版。

65. 蒋济永：《现象学美学阅读理论》，广西师范大学出版社 2001 年版。

66. 蒋孔阳、朱立元主编：《西方美学通史》，上海文艺出版社 1998 年版。

67. 金元浦：《文学解释学》，东北师范大学出版社 1995 年版。

68. 李卫华：《价值评判与文本细读——"新批评"之文学批评理论研究》，中国社会科学出版社 2006 年版。

69. 李幼蒸：《结构与意义》，中国社会科学出版社 1996 年版。

70. 李幼蒸：《理论符号学导论》，社会科学文献出版社 1999 年版。

71.（南朝宋）刘勰：《文心雕龙》，周振甫注，人民文学出版社 2002 年版。

72. 马海良：《文化政治美学——伊格尔顿批评理论研究》，中国社会科学出版社 2004 年版。

73. 孟华：《符号表达原理》，青岛海洋大学出版社 1999 年版。

74. 申丹：《叙事学与小说文体学研究》，北京大学出版社 2000 年版。

75. 申小龙：《语言的文化阐释》，知识出版社 1992 年版。

76. 陶东风：《文体的演变及其文化意味》，云南人民出版社 1994 年版。

77. 童庆炳：《文体和文体的创造》，云南人民出版社 1994 年版。

78. 汪民安等：《现代性基本读本》（上下册），河南大学出版社 2005 年版。

79. 汪正龙：《西方形式美学问题研究》，黑龙江人民出版社 2007 年版。

80. 王汶成：《文学语言中介论》，山东大学出版社 2002 年版。

81. 王先霈、王又平主编：《文学批评术语词典》，上海文艺出版社 1999 年版。

82. 王一川：《修辞论美学》，东北师范大学出版社 1997 年版。

83. 王一川：《语言的乌托邦》，云南人民出版社 1997 年版。

84. 魏天无：《文学欣赏与文本解读》，华中师范大学出版社 2011 年版。

85. 项晓敏：《零度写作与人的自由——罗兰·巴尔特美学思想研究》，复旦大学出版社 2003 年版。

86. 肖翠云：《中国语言学批评：行走在文本和文化之间》，黑龙江人民出版社 2010 年版。

87. 徐葆耕编：《瑞恰慈：科学与诗》，清华大学出版社 2003 年版。

88. 徐友渔：《语言与哲学》，生活·读书·新知三联书店 1996 年版。

89. 杨大春：《文本的世界》，中国社会科学出版社 1999 年版。

90. 杨小滨：《历史与修辞》，敦煌文艺出版社 1999 年版。

91. 叶维廉：《中国诗学》，生活·读书·新知三联书店 1992 年版。

92. 余虹：《中国文论与西方诗学》，生活·读书·新知三联书店 1999 年版。

93. 俞建章、叶舒宪：《符号：语言与艺术》，上海人民出版社 1988 年版。

94. 张冰：《陌生化诗学》，北京师范大学出版社 2000 年版。

95. 张京媛选编：《新历史主义与文学批评》，北京大学出版社 1993 年版。

96. 张隆溪：《二十世纪西方文论述评》，生活·读书·新知三联书店 1986 年版。

97. 张卫东：《论汉语的诗性》，商务印书馆 2013 年版。

98. 张毅：《文学文体概说》，中国人民大学出版社 1993 年版。

99. 张寅德：《叙述学研究》，中国社会科学出版社 1989 年版。

100. 赵宪章：《文艺美学方法论问题》，暨南大学出版社 2002 年版。

101. 赵宪章：《西方形式美学——关于形式的美学研究》，上海人民出版社 1996 年版。

102. 赵宪章：《文体与形式》，人民文学出版社 2004 年版。

103. 赵毅衡：《新批评——一种独特的形式主义文论》，中国社会科学出版社 1986 年版。

104. 赵毅衡主编：《"新批评"文集》，百花文艺出版社2001年版。

105. 赵志军：《文学文本理论》，中国社会科学出版社2001年版。

106. 钟晓文：《符号·结构·文本——罗兰·巴尔特文论思想解读》，厦门大学出版社2012年版。

107. 周启超：《跨文化视界中的文学作品/文本理论》，中国社会科学出版社2012年版。

108. 周宪：《20世纪西方美学》，南京大学出版社1997年版。

109. 周宪：《超越文学——文学的文化哲学思考》，上海三联书店1997年版。

110. 朱立元主编：《当代西方文艺理论》，华东师范大学出版社2001年版。

111. 朱玲：《文学符号的审美文化阐释》，安徽大学出版社2002年版。

三　译文及中文论文部分

1. ［法］阿尔都塞：《意识形态和意识形态国家机器》，李迅译，《当代电影》1987年第3期。

2. ［美］保罗·德曼：《美国新批评的形式与意向》，周颖译，《外国文学》2001年第2期。

3. ［法］罗兰·巴特：《文本理论》，张寅德译，《上海文论》1987年第5期。

4. ［英］托尼·贝内特：《科学、文学与意识形态——路易·阿尔都塞的文学理论》，寿静心译，《辽宁大学学报》1994年第4期。

5. ［德］沃尔夫冈·伊塞尔：《文本与读者的交互作用》，姚基译，《上海文论》1987年第3、4期。

6. ［美］希利斯·米勒、金惠敏：《永远的修辞性阅读——关于解构主义与文化研究的访谈——对话》,《外国文学评论》2001 年第 1 期。

7. 曹顺庆等:《西方文论如何实现"中国化"》,《河北学刊》2004 年第 5 期。

8. 曹山柯:《都是为了追寻文本的意义踪迹——结构主义与解构主义文论思想比较研究》,《四川外语学院学报》2002 年第 1 期。

9. 查建明:《从互文性角度重新审视 20 世纪中外文学关系——兼论影响研究》,《中国比较文学》2000 年第 2 期。

10. 陈定家:《意味深长的"沉默"——马谢雷意识形态理论评介》,《文艺理论与批评》2001 年第 2 期。

11. 陈平:《罗兰·巴特的絮语——罗兰·巴特文本思想述评》,《国外文学》2001 年第 1 期。

12. 陈永国:《互文性》,《外国文学》2003 年第 1 期。

13. 程锡麟:《互文性理论概述》,《外国文学》1996 年第 1 期。

14. 方汉文:《道与存在:文本意向性的比较诗学视阈》,《苏州大学学报》2001 年第 4 期。

15. 谷鹏飞:《文本的死亡与作品的复活——新"文本主义"文学观念及其方法意义》,《文学评论》2014 年第 4 期。

16. 胡亚敏:《论詹姆逊的意识形态叙事理论》,《华中师范大学学报》(人文社会科学版)2001 年第 6 期。

17. 黄鸣奋:《后结构主义与超文本理论》,《吉首大学学报》(社会科学版)2001 年第 4 期。

18. 黄念然:《当代西方文论中的互文性理论》,《外国文学研究》1999 年第 1 期。

19. 李朝东:《语言学转向与哲学解释学》,《西北师范大学学报》1996 年第 2 期。

20. 刘康：《一种转型期的文化理论——论巴赫金对话主义在当代文论中的命运》，《中国社会科学》1994 年第 2 期。

21. 刘俐俐：《跨学科视野中的文本批评学的构想》，《学术论坛》2004 年第 3 期。

22. 刘月新：《陌生化与异化》，《江海学刊》2000 年第 1 期。

23. 罗岗：《读出文本与读入文本——对现代文学研究和"文化研究"关系的思考》，《文学评论》2002 年第 2 期。

24. 罗婷：《论克里斯特瓦的互文性理论》，《国外文学》2001 年第 4 期。

25. 罗婷：《论克里斯特瓦与巴赫金的对话理论》，《外语与外语教学》2002 年第 12 期。

26. 马海良：《伊格尔顿的思想历程》，《山西大学学报》（哲学社会科学版）2000 年第 2 期。

27. 孟登迎：《阿尔都塞意识形态理论与文艺问题》，《外国文学》2002 年第 2 期。

28. 潘知常：《从作品到文本——在阐释中理解当代审美观念》，《江苏社会科学》1994 年第 4 期。

29. 钱翰：《文本概念的中国之旅》，《学术论坛》2013 年第 11 期。

30. 盛宁：《历史·文本·意识形态——新历史主义的文化批评和文学批评刍议》，《北京大学学报》1993 年第 5 期。

31. 盛宁：《新历史主义·后现代主义·历史真实》，《文艺理论与批评》1997 年第 1 期。

32. 史忠义：《符号学的得与失——从文本理论谈起》，《湖北大学学报》2014 年第 4 期。

33. 苏宏斌：《跨世纪的对话——评西方马克思主义的艺术生产理

论》,《学习与探索》1998 年第 2 期。

34. 孙丹虹、姜哲军:《喧嚣世纪的启明星——西方马克思主义文论的文本意识形态辨析》,《北方论丛》2001 年第 3 期。

35. 王奎军:《论文本的意义》,《暨南学报》2000 年第 5 期。

36. 王阳:《现象学与文本物质层面》,《海南大学学报》(人文社会科学版)2002 年第 1 期。

37. 谢晓河:《文学文本的结构与理解》,《外国语》(上海外国语大学学报)1997 年第 5 期。

38. 徐贲:《意识形态和"症状阅读"——阿尔图塞和马库雷的文学意识形态批评》,《文学评论》1995 年第 1 期。

39. 徐润拓:《文学的文化研究和文化研究中的文学——有关文学理论和批评的定位与方向的思考》,《文艺理论研究》2003 年第 4 期。

40. 徐新建:《"寻求本文"》,《文艺研究》1997 年第 1 期。

41. 严锋:《超文本与跨媒体的文学》,《中国比较文学》2002 年第 4 期。

42. 杨建刚:《文本与意识形态——马克思主义与形式主义对话中的一个关键问题》,《文艺研究》2010 年第 1 期。

43. 杨建刚:《形式的革命与革命的形式——俄国形式主义与西方马克思主义的形式观之比较》,《文艺理论研究》2007 年第 6 期。

44. 杨建刚:《在形式主义与马克思主义之间对话——巴赫金学术研究的立场、方法与意义》,《文学评论》2009 年第 3 期。

45. 杨胜宽:《用典:文学创作的一场革命》,《复旦学报》1994 年第 6 期。

46. 杨正润:《文学的"颠覆"与"抑制"——新历史主义的文学功能论和意识形态述评》,《文艺理论与批评》1994 年第 4 期。

47. 姚君喜：《文学的意义——德里达的解构主义文学观》，《兰州商学院学报》2001 年第 6 期。

48. 周小仪：《从形式回到历史——关于文学研究方法论的探讨》，《北京大学学报》2001 年第 6 期。

49. 周小仪：《社会历史视野中的文学批评——伊格尔顿文学批评理论发展轨迹》，《国外文学》2001 年第 4 期。

50. 周颖：《保罗·德曼：从主体性到修辞性》，《外国文学》2001 年第 2 期。

51. 支宇：《西方文论在汉语经验中的话语变异》，《外国文学研究》2001 年第 4 期。

52. 朱刚：《从文本到文学作品——评伊瑟尔现象学的文本观》，《国外文学》1999 年第 2 期。

53. 朱刚：《评詹姆逊的元批评理论》，《当代外国文学》1997 年第 1 期。

54. 邹广胜：《读者的主体性与文本的主体性》，《外国文学研究》2001 年第 4 期。

55. 乔雨：《近年来"文学文本理论"研究一瞥》，《中国社会科学院院报》2007 年 12 月 27 日。

后 记

书稿完成，总要谈谈心中感受，述说撰写过程及其中的艰辛与快乐。

书稿内容由两部分组成。主体部分包括第一、二、三、四、五章及结语，是本人主持 2010 年度教育部人文社科规划一般项目"文本诗学：当代文学文本理论研究"（10YJA751015）的最终成果，也是对本人博士学位论文选题"文学文本理论研究"的进一步拓展与深化。余者包括绪论、第六章、第七章，则是本人近期发表相关研究成果的集结。主体部分集中研究文本诗学理论问题，而后者则更为关注文本批评方法与实践。两者相辅相成，从理论和实践两个方面剖析文本诗学问题，构成相对完整的话语体系。

项目在研期间，正是鲁东大学文学院大发展时期。本人除担任本科生的文学概论、美学概论、马列文论、20 世纪西方美学等课程外，还为文艺学研究生开设了人文社会科学方法论、西方现代美学专题课程，为学科教学（语文）教育专业硕士开设了中学文学鉴赏教学研究等课程。班级管理、教研室工作、学科建设、应用型名校工作建设等，也占用了大量时间。本书稿的撰写利用业余时间完成，由于时间仓促，本人学识有限，书中疏漏之处肯定不少，恳请方家批评指正。

作为结项成果，本研究从立项到有序展开研究都得到了教育部、省教育厅、学校社科处和文学院领导及同人的大力帮助和支持，没有他们的时时鼓励与鞭策，该项目顺利完成几乎是不可能的。特别是在结项过程中，外审专家樊宝英教授、张红军教授、孙书文教授、卢政教授、李士彪教授给予充分肯定，并提出了富有建设性的修改建议，对于文稿质量提升帮助极大。本书能在中国社会科学出版社出版，离不开该社文学艺术与新闻传播出版中心郭晓鸿主任的不懈帮助和支持，郭女士为本书的顺利出版付出了大量心血，感激之情难于言表。而在定稿过程中，研究生钟观凤、崔玉清同学为校对文稿付出了大量努力，一并表示感谢。

　　需要说明的是，书稿中部分内容曾以单篇文章形式公开发表在《文学评论》《文艺理论研究》《文艺理论与批评》《中州学刊》《中国文学研究》《天津社会科学》《中国中外文艺理论研究》《文艺美学研究》等国内知名刊物，对于这些或认识或未曾谋面，但对本人学术成长一贯帮助和支持的学者和编辑深表感谢。

　　至此搁笔之际，感谢上述所有支持和帮助过本人学术成长的领导、同事和朋友，谢谢你们！

董希文

2017 年 7 月 12 日